萧殷全集

第七卷
书信 III

名誉主编 王蒙
主编 夏和顺 赖金凤

南方传媒 花城出版社
中国·广州

图书在版编目（CIP）数据

萧殷全集. 第七卷, 书信. 三 / 萧殷著 ; 夏和顺, 赖金凤主编. -- 广州 : 花城出版社, 2023.8
ISBN 978-7-5360-9078-1

Ⅰ. ①萧… Ⅱ. ①萧… ②夏… ③赖… Ⅲ. ①萧殷（1915-1983）－全集②书信集－中国－当代 Ⅳ. ①I217.2

中国国家版本馆CIP数据核字(2023)第142351号

出 版 人：张　懿
责任编辑：夏显夫
责任校对：李道学
技术编辑：凌春梅
装帧设计：黄龙明　张绮华

书　　名	萧殷全集. 第七卷, 书信. 三 XIAO YIN QUANJI DI QI JUAN SHUXIN SAN
出版发行	花城出版社 （广州市环市东路水荫路11号）
经　　销	全国新华书店
印　　刷	佛山市浩文彩色印刷有限公司 （广东省佛山市南海区狮山科技工业园A区）
开　　本	787毫米×1092毫米　16开
印　　张	27.25　2插页
字　　数	476,000字
版　　次	2023年8月第1版　2023年8月第1次印刷
定　　价	800.00元（全十卷）

如发现印装质量问题，请直接与印刷厂联系调换。
购书热线：020-37604658　37602954
花城出版社网站：http://www.fcph.com.cn

目录

致王贵忱2通（附录1件）/ 001

1978年5月28日 / 001
1979年10月27日 / 002
附萧殷题王贵忱藏黄宾虹画作 / 002

致王有钦2通（另函1通）/ 003

1980年12月27日 / 003
××年3月30日 / 004
附王有钦致赖少其（1986年11月1日）/ 004

致王越1通 / 005

1980年6月10日 / 005

致王作志17通（附来函3通）/ 007

1971年5月19日 / 007
1971年6月21日 / 008
1971年7月17日 / 009
1971年8月29日 / 010
1971年10月18日 / 010
1972年3月24日 / 011
1972年8月22日 / 012
1972年11月15日 / 013
1973年3月12日 / 014
1973年5月1日 / 015
1973年9月16日 / 016
1974年3月10日 / 017
1976年8月16日 / 018
1976年10月×日 / 018
1976年12月17日 / 019
1977年4月14日 / 019
1977年4月23日 / 020

附来函
1973年9月28日 / 021
1977年5月10日 / 023
1977年5月15日 / 027

致未艾1通 / 028

1973年7月2日 / 028

致文山1通 / 030

1980年6月15日 / 030

致吴世枫2通 / 031

1980年2月16日 / 031
1981年6月15日 / 031

致西彤5通 / 033

1978年11月27日 / 033
1978年11月27日（另函）/ 033
1979年1月3日 / 034
1979年12月27日 / 034
××年2月26日 / 035

致萧会晃1通（附来函3通）/ 036

1982年5月20日 / 036
附来函
1981年6月3日 / 041
1981年7月2日 / 042
1981年10月26日 / 042

致萧葵葵等1通（附来函1通）/ 043

1981年5月20日 / 043

附来函

1978年1月2日 / 044

致谢望新14通（附来函3通） / 045

1978年10月25日 / 045
1979年4月8日 / 046
1979年4月15日 / 046
1979年6月18日 / 047
1979年9月13日 / 047
1979年11月29日 / 047
1979年12月20日 / 048
1980年4月15日 / 048
1980年9月30日 / 049
1980年10月9日 / 049
1980年10月18日 / 050
1981年4月17日 / 051
1981年5月15日 / 052
1981年8月27日 / 052

附来函

1978年1月19日 / 053
1979年1月11日 / 054
1980年9月23日 / 054

致熊诚2通 / 055

1977年×月×日 / 055
1978年6月×日 / 056

致徐光耀4通 / 057

1949年8月14日 / 057
1951年1月6日 / 059
1951年1月18日 / 059
1952年1月1日 / 059

致徐开垒2通（附来函1通） / 061

1978年12月23日 / 061

1979 1979年1月8日 / 062
附来函
1980 1980年9月10日 / 062

致晏明8通（附来函4通，附函3通）/ 064

1977 1977年4月19日 / 064
1978 1978年10月18日 / 065
1978年11月9日 / 066
1979 1979年3月9日 / 067
1979年7月15日 / 068
1980 1980年9月2日 / 069
1980年11月23日 / 069
1981 1981年11月10日 / 070
附来函
1978 1978年7月22日 / 071
1979 1979年4月4日 / 072
1980 1980年8月26日 / 073
1980年12月3日 / 073
附晏明致陶萍（1983年9月22日）/ 074
附晏明致陶萍（××年11月24日）/ 074
附晏明致陶萍、陶萌萌（1992年11月14日）/ 075

致阎纲1通（附来函3通）/ 076

1982 1982年8月28日 / 076
附来函
1982年5月28日 / 077
1982年7月29日 / 077
1982年8月12日 / 077

致杨宏海1通 / 078

1982 1982年7月6日 / 078

致杨立平1通（附来函1通）/ 079

1981 1981年9月21日 / 079

附来函
1981年5月22日 / 080

致杨应彬1通 / 081

1982年8月×日 / 081

致杨昭科1通 / 083

1975年4月30日 / 083

致野曼4通 / 085

1978年3月11日 / 085
1978年6月5日 / 085
1978年10月19日 / 086
1979年12月8日 / 087

致叶家声1通 / 088

××年10月12日 / 088

致叶孝慎1通（附来函6通） / 090

1981年2月15日 / 090
附来函
1981年2月27日 / 093
1981年4月6日 / 094
1981年5月3日 / 094
1981年9月23日 / 095
1981年10月16日 / 096
1982年3月25日 / 096

致易巩2通 / 098

××年5月10日 / 098

1981年6月8日 / 098

致易准12通 / 100

1978年12月8日 / 100
1980年9月16日 / 100
1980年10月15日 / 101
1981年1月7日 / 101
1981年1月11日 / 102
1981年12月8日 / 102
1981年12月10日 / 103
1982年8月22日 / 103
1982年8月30日 / 103
××年11月26日 / 104
××年7月5日 / 105
××年7月22日 / 105

致勇刚1通 / 106

××年×月×日 / 106

致游焜炳3通（附来函1通）/ 107

1981年×月×日 / 107
1981年5月4日 / 108
1982年×月×日 / 115
附来函
1980年2月4日 / 116

致曾炜7通（附来函2通）/ 117

1979年5月6日 / 117
1979年8月12日 / 118
1979年×月17日 / 118
1980年1月29日 / 119
1980年6月13日 / 119
××年4月19日 / 120

1978

××年×月26日 / 120
附来函
1978年10月12日 / 120
××年4月19日 / 121

致章明1通（另函1通） / *122*

1982

1982年11月2日 / 122
附章明致陶萍（××年1月12日） / 123

致章新建1通（附来函1通） / *124*

1980

1980年6月14日 / 124
附来函
1980年6月7日 / 125

致张波良1通（附来函1通） / *126*

1977

1977年6月5日 / 126
附来函
1977年6月5日 / 129

致张长兴1通（附来函1通） / *131*

1977

1977年6月21日 / 131
附来函
1977年6月2日 / 132

致张海标3通 / *135*

1978
1979
1980

1978年11月7日 / 135
1979年4月21日 / 136
1980年4月19日 / 136

致张继元12通 / *138*

1971

1971年11月23日 / 138

1972
1972年11月16日 / 139
1972年12月12日 / 140

1973
1973年6月29日 / 141
1973年8月3日 / 141
1973年9月15日 / 142

1974
1974年1月13日 / 143
1974年4月22日 / 144
1974年9月10日 / 145

1976
1976年2月20日 / 146

1977
1977年1月25日 / 147

1980
1980年1月17日 / 148

致张幼峰1通 / 150

1982
1982年8月×日 / 150

致张振金1通（附来函1通）/ 152

1965
1965年5月1日 / 152
附来函

1978
1978年1月7日 / 153

致赵启强14通（另函1通，附来函14通）/ 155

1979
1979年9月24日 / 155
1979年10月19日 / 156
1979年12月7日 / 157
附《羊城晚报》约稿信 / 157

1980
1980年1月9日 / 159
1980年1月31日 / 160
1980年2月29日 / 161
1980年8月13日 / 162
1980年8月30日 / 164

1981
1981年3月5日 / 166
1981年9月8日 / 169
1981年10月12日 / 170

1981年12月8日 / 171

1983年4月24日 / 172

1983年5月30日 / 172

附来函

1979年4月18日 / 173

1979年10月13日 / 175

1979年11月19日 / 178

1980年1月17日 / 180

1980年6月7日 / 181

1980年8月7日 / 183

1980年8月23日 / 184

1980年9月17日 / 185

1980年12月1日 / 187

1981年1月25日 / 187

1981年4月×日 / 188

1981年8月25日 / 192

1981年10月11日 / 193

1982年4月14日 / 194

致郑集思2通 / 195

1982年2月6日 / 195

1982年8月2日 / 196

致郑秀婵1通（附来函1通，另函1通）/ 198

1981年6月18日 / 198

附来函

1978年1月20日 / 199

附郑秀婵唁电（1983年9月5日）/ 200

致钟永华17通（附来函9通）/ 202

1965年8月20日 / 202

1966年3月8日 / 203

1966年5月12日 / 204

1966年6月20日 / 205
1967年2月25日 / 206
1971年9月24日 / 207
1971年10月21日 / 208
1972年1月8日 / 209
1972年3月7日 / 210
1975年1月25日 / 211
1979年1月17日 / 212
1979年9月17日 / 213
1979年10月30日 / 213
1980年2月20日 / 214
1980年12月5日 / 215
1981年5月20日 / 217
1982年1月1日 / 218
附来函
1977年7月19日 / 219
1977年8月30日 / 220
1977年12月20日 / 222
1979年1月22日 / 223
1980年2月12日（致陶萍）/ 226
1980年6月14日 / 227
1980年12月1日 / 229
1981年1月5日 / 231
1981年12月25日（致陶萍）/ 233

致朱文森1通 / *235*

1978年12月23日 / 235

致朱逸辉6通（另函2通）/ *236*

1963年7月23日 / 236
1963年9月30日 / 237
1972年12月12日 / 237
1973年6月7日 / 238
1974年6月8日 / 239
1977年10月10日 / 240
附朱逸辉致刘屏 / 241
附朱逸辉致陶萍（1984年9月7日）/ 241

致卓可珰15通 / *243*

1973年1月12日 / *243*
1973年3月4日 / *244*
1973年3月18日 / *245*
1973年4月10日 / *246*
1973年5月25日 / *247*
1973年6月9日 / *248*
1973年7月9日 / *248*
1973年7月21日 / *249*
1973年8月3日 / *250*
1973年9月15日 / *251*
1973年10月11日 / *252*
1974年1月12日 / *253*
1974年7月19日 / *254*
1974年9月26日 / *255*
1974年11月22日 / *256*

致邹育根2通（附来函1通）/ *258*

1982年10月21日 / *258*
1982年10月26日 / *259*
附来函
1982年10月23日 / *259*

致××同学1通（附函1通）/ *261*

1939年5月3日 / *261*

致××同志1通 / *263*

1950年1月5日 / *263*

致××同志1通 / *270*

1982年9月17日 / *270*

致××同志1通 / *272*

1982年9月22日 / *272*

附录

汪裔来函1通（致英子、萧英）/ 274

1983　1983年10月7日 / 274

王德伦来函1通 / 277

1977　1977年10月1日 / 277

王阑西、陶一波（致陶萍1通）/ 280

1983　1983年9月16日 / 280

王蒙来函5通（另函1通）/ 281

1978
1978年4月22日 / 281
1978年7月31日 / 282
1978年9月21日 / 283

1979　1979年1月20日 / 284
1980　1980年3月13日 / 285
附王蒙致陶萍（1983年12月21日）/ 286

王勉思致陶萍1通 / 288

1992　1992年1月15日 / 288

王鸣风来函1通 / 289

1978　1978年10月22日 / 289

王肇岐来函2通 / 291

1982
1982年6月2日 / 291
1982年7月28日 / 292

韦君宜来函1通（另函1通） / 293

1978年×月×日 / 293
附：致陶萍（1983年11月）/ 294

韦丘来函4通 / 295

1980年8月4日 / 295
1980年12月16日 / 295
1981年1月8日 / 298
1981年5月12日 / 300

韦嫈来函1通 / 302

1979年12月7日 / 302

苇文来函1通 / 304

××年4月13日 / 304

文毓来函1通 / 306

1979年1月×日 / 306

吴超来函1通 / 309

1978年2月16日 / 309

吴远来函1通 / 311

1977年10月13日 / 311

吴允海来函1通 / 312

1980年8月26日 / 312

武国华来函1通 / 314

1981年1月17日 / 314

谢发旺来函1通 / *315*

1980 1980年12月9日 / 315

谢金雄来函1通 / *316*

1978 1978年8月9日 / 316

徐健伟来函1通 / *318*

1979 1979年7月13日 / 318

雁翼来函1通 / *321*

1978 1978年10月7日 / 321

严庆澍来函7通 / *322*

1979
1979年3月20日 / 322
1979年5月3日 / 322
1979年8月1日 / 323
1979年9月16日 / 324

1980
1980年7月15日 / 324
1980年12月16日 / 325

1981 1981年2月23日 / 325

杨继业来函1通 / *326*

1978 1978年1月16日 / 326

杨家文来函2通 / *327*

1979 1979年12月7日 / 327
1980 1980年1月29日 / 327

杨奎章来函3通 / *329*

1979 1979年4月22日 / 329

××年1月15日 / 330
××年4月22日 / 330

杨全宁来函1通 / *332*

1977年5月6日 / 332

杨玉玮来函1通 / *334*

1978年10月23日 / 334

杨兆祥来函1通 / *335*

1983年3月21日 / 335

叶笛来函1通 / *336*

1982年2月16日 / 336

俞天白来函1通 / *337*

1982年3月25日 / 337

余仙藻来函1通 / *338*

××6月10日 / 338

原甸来函3通 / *339*

1980年7月3日 / 339
1980年9月9日 / 340
1980年10月22日 / 340

曾敏之来函5通 / *341*

1978年1月16日 / 341
1978年1月28日 / 342
1979年4月11日 / 343

1979年4月24日 / 344
1979年5月5日 / 344

张汉青来函1通 / 346

1966

1966年6月5日 / 346

张惊秋来函1通 / 347

1978

1978年9月15日 / 347

张盛裕来函2通 / 349

1978

1978年2月16日 / 349
1978年4月7日 / 351

张文来函1通 / 352

1978

1978年12月2日 / 352

张又君来函1通 / 354

1981

1981年1月31日 / 354

赵文龙来函1通 / 355

1980

1980年9月9日 / 355

赵贤和来函1通 / 357

1978

1978年9月25日 / 357

郑连英来函1通 / 359

1981

1981年1月10日 / 359

郑贻源来函1通（另函2通）/ 360

1979

1979年4月7日 / 360

附陶萌萌致郑贻源（1979年2月15日）／ 361
附郑贻源致陶萌萌（1984年3月28日）／ 362

郑真来函1通 / *365*

1978年1月15日 / 365

钟毓材来函2通 / *366*

1981年4月6日 / 366
1982年5月18日 / 367

周霭楣来函3通 / *369*

1981年4月2日 / 369
1981年7月21日 / 370
1981年10月19日 / 371

周良沛来函1通 / *372*

1981年6月12日 / 372

周明来函1通 / *374*

××年9月23日 / 374

周扬来函1通 / *375*

1977年10月12日 / 375

周尊攘来函1通 / *376*

1980年12月31日 / 376

附机构来函

上海人民出版社文艺读物编辑室来函2通 / 377

1977　1977年6月4日 / 377
　　　1977年6月18日 / 378

《延河》（《陕西文艺》）编辑部来函2通 / 379

1977　1977年6月22日 / 379
　　　1977年7月19日 / 380

中国青年出版社文学编辑室来函1通 / 381

1977　1977年8月9日 / 381

人民文学出版社理论组来函1通 / 382

1978　1978年3月18日 / 382

《文艺报》编辑部来函1通 / 383

1978　1978年5月17日 / 383

《中国青年》文艺组来函1通 / 384

1978　1978年9月1日 / 384

人民文学出版社现代文学编辑室来函1通 / 386

1978　1978年10月4日 / 386

广东人民出版社来函1通 / 387

1979　1979年10月15日 / 387

《四川文学》编辑部来函1通 / 389

1979年11月29日 / 389

新蕾出版社来函2通 / 391

1979年12月7日 / 391
1981年10月15日 / 392

百花文艺出版社《小说月报》编辑室来函2通 / 393

1980年2月7日 / 393
1981年1月20日 / 394

中国作家协会安徽分会等来函1通 / 395

1980年5月25日 / 395

武汉大学来函1通 / 396

1980年7月 / 396

《奔流》编辑部评论组来函1通 / 398

1981年1月27日 / 398

佗城公社管理委员会来函1通 / 399

1981年9月10日 / 399

广西语文学会《语文园地》编辑部来函1通 / 400

1981年11月15日 / 400

中国作协广东分会来函2通（附录1件）/ 401

1981年1月12日 / 401

附：中国作家协会广东分会设立六个委员会名单 / 401
1981年11月 / 403

北京出版社来函2通 / 404

1982
1982年3月24日 / 404
1982年12月20日 / 405

"中国当代文学评论丛书"编辑部来函1通 / 406

1982
1982年5月11日 / 406

广东省鲁迅文艺奖金评选委员会来函1通 / 407

1983
1983年4月18日 / 407

附中山图书馆致陶萍1通 / 409

1996
1996年8月2日 / 409

编后记 / 410

致王贵忱2通（附录1件）

王贵忱（1928—2022），辽宁铁岭人。古文献版本学家、古钱币学家。曾任粤东交通银行经理、汕头地区建设银行行长。1957年被划为右派。1978年后任广东省立中山图书馆副馆长、广东省博物馆副馆长等职。

1978年5月28日

贵忱同志：

艾青①同志已来信，想转去，怕遗失，还是请你取吧！（还有那天忘了付裱画款。）

白石老人的题字如下："心思手作不愧乾嘉间以后继起高手。"②

据艾青来信说，他与可染③同志已二十多年未见面，据说现在可染的画很难求，他只答应：见到时试试看。

匆匆祝好！

萧殷　五月廿八日

---

① 艾青（1910—1996），浙江金华人。诗人、画家。1957年被划为右派，赴黑龙江、新疆生活和劳动二十余年。

② "心思手作不愧乾嘉间以后继起高手"，齐白石画中题跋，当由艾青转述。艾青《忆白石老人》一文称，1949年他第一次拜访齐白石，是李可染陪同。

③ 李可染（1907—1989），原名李永顺，江苏徐州人。著名画家，齐白石弟子。中央美术学院教授，中国美术家协会副主席，中国画研究院院长。

1979年10月27日

贵忱同志：

　　我明日就离穗赴北京参加全国文代会，三十日开幕，开多少时间还不清楚，估计十一月下旬便可回广州来。

　　你说中山图书馆有抗战前的《民国日报》①，依照你说的厚薄程度，估计是不完（全）的，但不知三三年到三五年的，是否齐全？请您查一查！"郑文生"的小说也请查一查，麻烦你！

　　我文代会后一定到图书馆去拜访！匆匆

祝好！

萧殷　十月廿七日

附萧殷题王贵忱藏黄宾虹画作

　　一九五四年春过沪遇宾虹老人，畅谈甚欢。老人愿回杭后即将画幅寄赠，但我拟岁暮入浙，欲亲到府上拜观并领教。岂料不久老人不幸辞世，不胜悲伤。今见先生墨宝犹见其人。愿贵忱同志永宝之。

一九七八年夏萧殷于羊城

---

　　① 《广州民国日报》，萧殷（郑文生）20世纪30年代曾在其副刊《东西南北》发表小说等文学作品数十篇，欲请王贵忱代为查寻。

致王有钦2通（另函1通）

王有钦（1930—　），笔名贺朗，广东罗定人。广东省文联委员，作协广东分会理事，《羊城晚报》"花地"主编，《作品》散文组长。著有《萧殷传》等。

1980年12月27日

有钦同志：

谢望新、李钟声①两同志的《评论家的艺术情思》②已阅读过。虽则它着重于散文方面分析与评论，但还中肯。其中对于《在柳庄》③的分析，我曾改了几句，这样似乎更合乎作品实际。

文章的第一、二段，谈到我文章的风格和特点，这与文章最后一段的意思是互相呼应的，很重要。这对一般文艺评论工作者可能会有点启发吧？

如须改动，希望与作者商量。

问候国栋④同志！

萧殷　十二月二十七日

---

① 李钟声（1945—　），广东梅县人。《南方日报》记者编辑、总编辑。

② 谢望新、李钟声合作的文学评论《评论家的艺术情思》经萧殷推荐，欲刊载《羊城晚报》"花地"副刊。

③ 萧殷短篇小说《在柳庄》，载1958年7月《作品》杂志。

④ 关国栋（1932—2022），广东南海人，出生于河北山海关。《羊城晚报》总编辑，广东作协理事。

××年3月30日

有钦同志：

　　两篇清样都看了，只改了几个字。

　　改正后，能否再打份清样，以备贴存？请与他们商量一下！为盼！

　　　　　　　　　　　　　　　　　　　　　　　　萧殷　三月卅日

附王有钦致赖少其（1986年11月1日）

少其同志：您好！

　　今天接到龙川县县长袁南炽的来信，对王蒙等同志来龙川参加萧殷塑像揭幕仪式表示高兴和欢迎。

　　但他在信中说："萧殷铜像，广州美院尚无音讯，未知几时能完工，所以揭幕时间也难定。一旦定下，就照信中（我给他的信）所说的办。"

　　他对王蒙同志等来龙川，十分盼望。现在恐怕是抓紧塑像的工程。请你费神同美院同志说说，抓紧去办。

　　关于花岗岩石，在市郊区罗岗附近的柯木塱山里有，"珠海渔女"的石就是从柯木塱山上采的。这可同市园林工程部门打听一下，是由他们协助，把"珠海渔女"凿好运去珠海市的。工程很大，但他们办得很好。

　　好，有空去看望你，祝好！

敬礼！

　　　　　　　　　　　　　　　　　　　　　　　　王有钦上　十一月一日

致王越1通

王越(1903—2011),广东兴宁人。著名教育家。毕业于南京东南大学。曾任中山大学教育系主任、教务长,暨南大学副校长,华南师范学院革委会副主任,广东省政协副主席等职。

1980年6月10日

王越副校长:

　　来信敬悉,谢谢!几次回校均未面晤,甚以为憾!

　　中文系嘱我审阅饶芃子①同志的论文,因近来十分忙迫,时间极少,论文尚未读毕,也未能及时提出书面意见,很觉抱歉!

　　对芃子同志的文章,以前我都曾读过,不仅其中主要论点大都为我所赞同,甚至某些具体见解亦与我相近似。盖自一九五八年起,在艺术哲学、文艺观点、创作方法、文学批评及治学态度等方面,都与我多面接触,加上她治学严谨,对经典不仅下过苦功,且对具体作品的具体分析——从而掌握创作规律——也从未放松。可以说,芃子同志从那时以来,进步一直很快,不仅在教学上获得好评,她的论文在文艺界也引起极大的注意。

　　在此"提级"时期,中文系之所以要我审阅芃子同志的论文,可能是希望我对她的成就加以评价。我现在虽无时间提出系统性的意见,但我的主要看法是明确的。谨供参

---

① 饶芃子(1935—),广东潮州人。萧殷任中文系主任时调入暨南大学工作。曾任暨大副校长、学位委员会主席。

考,匆复。即颂

暑祺!

一九八〇年六月十日

致王作志17通（附来函3通）

王作志（1947— ），业余作者。毕业于广州外国语学院，曾任海南琼山某中学老师，广东湛江市外事处、教育局干部。诗歌创作颇有成绩。

1971年5月19日

小王：

昨晚我才从学习班回来，这次学习时间二十二天，讨论了中央几个文件，收获不少。回来后才读到了你四月廿九日来信，欣悉你工作顺利，忙得很愉快。

葵葵于三月底患黄疸性肝炎，在农场医务所住了一个多月，病仍未痊愈，已于前天（十六日）回抵广州，要继续疗养，否则，很容易转为慢性肝炎。但在学习班结束前，我们干校①通知，为深入清查五一六反革命分子②，要全体学员都回干校去参加运动。看样子，我大概也要回去。如果决定走，就打算廿三日动身，并且把葵葵也带到干校去，让他一人留在广州，很令人不放心，他自己不会管理自己，既不会弄饭吃，也不会休息，这时候，如果调理不善，准会变成慢性肝炎，倘成了慢性肝炎，就无异成为半个残废了。为了他的前途，所以决定把他带去，虽然会有不少麻烦，但想不出其他办法。

我退休问题，领导尚未提出，我也不便提，等一段时间再说。退休的地点，至少要能懂法，最好当地干部对自己能有点理解，这一点很重要，否则，会遇到不少麻烦。本

---

① 1969年4月，萧殷下放中南局连山"五七"干校劳动改造。
② 1967年北京出现"首都五一六红卫兵团"的极左组织。1971年2月8日，中共中央做出《关于建立"五·一六"专案联合小组的决定》，对该组织进行清算。因运动扩大化，造成许多冤案。

来博罗县委第一书记对我很熟悉，但这位好同志于去年去世了。

魏南金①同志很久未见面了，大概是1962年在沙面会晤过，1963年7月在海口见过一次，之后就未见过了。看见他时，请代我问好，并将我的近况告诉他。

这几天都要准备行装，很忙乱，不多写了，匆匆祝你在工作上取得更大的成绩。

萧殷　五月十九日

1971年6月21日

小王：

寄来干校的信收到了，谢谢你的关怀。

我和葵葵于上月廿三日离开广州，回到干校快一个月了。在我们回到干校之前，连部同志已替我们在上草镇②租了一间楼房，因新搬的房子不够住，不少人都在山下租房住，我们的房子很干爽，通风，与市镇近，自己做东西吃方便，这都是好的方面；但也有缺点，我每天都三次上班，每次都要走一段斜坡路，每次上坡气喘都很难受。这个所谓斜坡路，在健康的人看来本来不算什么，但对于我却成了难关。主要是因为近来体质更坏，肺组织的伸缩性更弱了，所以稍一走动，呼吸就感到困难。

葵葵来这里后，身体恢复很快，他胃口开了，很想吃东西，但这里除有时能买到一些鸡蛋鸭蛋外，别的东西都不易买到，几次想买鸡，都没有买来。带来的奶粉和可可（即你在海口买的那一罐）是每日早餐最可口的饮料，估计不久都要吃完。葵葵特别爱吃可可，可惜这里和广州都无法买到。昨日已写信给萌萌，希望她买些芝麻和花生米寄来。

清查五一六反革命集团的运动，正深入展开，闵、车、张③及原中南局"联络部"的坏头裴、孟、白、马④都已押来，这些家伙，作恶多端，确是一批极其阴险的阶级敌

---

① 魏南金（1914—2001），广东龙川人。曾任龙川县委书记、广东省财贸部副部长。时任海南行政公署主任。

② 上草镇，在广东省连山壮族瑶族自治县，中南局"五七"干校所在地。

③ 闵、车、张集团，指闵一帆、车学藻、张天涛等人，1968年广州军区对原中南局机关实行军事管制，定为反革命集团，牵连人数众多。1984年8月12日，广州军区政治部转发军区落实政策办公室《关于"闵、车、张"一案复查落实政策情况的报告》，说明"一九八二年业经中央批准，予以平反，恢复名誉"。

④ 指裴振嵩、孟英、白瑞民、马尚超，参见下函。

人。不久可能展开一场面对面的斗争。运动何时结束，现在上面还没有明说，估计到八月底又能告一段落。

运动结束后，我们干校也将结束。到那时，该分配的分配，该退休的退休。我退休的可能现在看来成分更大了，因体质比去年还不如。匆匆祝你好！

萧　六月廿一夜

1971年7月17日

小王：

来信早收到了，因为忙于参加运动，一直抽不出时间给你写信。葵葵今晨已搭车回广州，他打算到北京去看姥姥，估计八月底才会回来。明日星期，决定放假一天，已好几个星期没有放假了。所以今晚有点空暇，趁空给你写信。在我正打算给你写信时，一个同志把你寄的包裹单（可可乳精）送来，这里离邮局虽然只一百多码，但办公时间已过，只有待明天去领取。

我们这里的运动正进入紧张阶段，这星期几乎每天都有批斗大会。原中南局机关的"联络总部"的一批坏头头，原来都是一批反党、反军的急先锋，是一批无恶不作的反革命分子。"总部"的坏头头白瑞民、孟英、裴振嵩、马尚超①等都是不好的东西，现有的一般监护，有的武装关押。经过充分的揭发，他们的阴谋已经大白。他们在闵、车、张五一六反革命集团的指挥下，干尽了坏事，现群情激愤，斗争十分剧烈。

我虽然上山困难，但还是天天坚持参加斗争大会，除参加运动外，有时也参加养小猪的工作，主要是两个女同志，我只是从旁帮忙而已。

前半月广州有信来，说省革委会有同志想把我调去做文艺工作，说政工组负责同志已同意，现只等组织办公室批准而已。我自己并不急，根据我现在的身体条件，恐怕很难支持机关的"一天三班"的工作制，如果只写些什么倒可以，不过，恐怕事情不会这么简单。万一不能坚持"一天三班"，反而很被动。我的主意是打算退休。现在当然还不便提出，到运动将结束时再说。现在也不知运动什么时候搞完，原已调到省革委去担任重要职务的人（如周焱等）也调回来批斗，今天又有人回来，对象不断增加，所以很难说什么时候结束。

---

① 1960年10月，中共中央政治局决定重建中南局。白瑞民、孟英、裴振嵩、马尚超均为中南局干部。

匆祝你好！

萧　七月十七夜

包裹已取回，两包可可乳精也收到，谢谢！十八日午又及。

1971年8月29日

小王：

　　来信早收到，因最近运动较紧张，几乎每晚都开会，白天都劳动，星期天也不休息，弄得连一点空余时间也没有。好不容易这个星期天（今天）决定休息，才有点时间写信。

　　本来以为运动到八月底会结束，现在看来，到明年上半年不一定能搞完。不但对几个五一六反革命后台和骨干要落实定案，而且要对一批受蒙蔽的，干了不少坏事的人进行挽救教育。现在，不但原在干校的闵、车、张集团人物要清查，去年从干校调出去工作的人，也陆续调回干校，因为这些人与闵、车、张五一六反革命集团的人有着千丝万缕的关系，需要认真审查。这一来，时间自然就长了。

　　省里虽说要把我调回去工作，可是到现在还没有来调，可能因为我们干校是清查五一六的重点单位，现在不便调动。虽然我与闵、车、张集团毫无关系，恐怕也要到年底才可能有点头绪。事情是在变化的，谁也猜不准什么时候能离开干校。现在只能安下心来在干校住下去。我不着急，反正将来组织上是会有妥善安排的。

　　陶萍于下月可能到佛山去参加全省创作会议，会议半月到二十天，会后才能安排具体工作。葵葵仍在北京未归。他想参军，但现在还未找到门路。匆祝健好！

萧殷　八月廿九夜

1971年10月18日

小王：

　　昨日，我从广州回到干校，看到你寄来的信，知道你到了新工作岗位的情况。

　　我于九月已正式解放①，问题已解决了。大家悬念了很久的问题，终于在毛主席的光辉思想照耀下彻底解决了。于九月卅日，我离开上草，十月一日早晨到达广州。陶萍

---

①　指萧殷于1971年夏天完成政治审查。

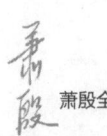

已于九月廿四日回到广州。在广州每日来人不绝，说是回去休息，其实因来人多，弄得更疲劳，最后连到医院看病的时间也抽不出来。半月假期已经满了。

回到干校，一切都很好。今后三连决定不养鹅，改为大力养鸡了。我主要的劳动是养鸡，这比养鹅要省力得多。特别是我脚板下长着四个"鸡眼"，要赶着鹅在河两岸跑来跑去，的确费力。今后可以不吃这份"苦"了。准备发展养鸡，能为大家提供鸡蛋和鸡肉，也是一种愉快的劳动。此外，组织上还要我担负一点专案材料的整理工作，别的就没什么事了。

你在琼山教书，很好。初到新的工作岗位，应该努力培养对新工作的兴趣，什么工作都有迷人的力量，只要你认识了这工作对革命事业的价值，摸清了新工作的规律，之后，不但会有信心，而且会产生热爱。千万不要带着什么不切实际的幻想去选择工作。什么工作都可以锻炼人，都可以为人民服务。工作没有高低之分，只是一种社会分工而已。其次，千万不要时刻想到自己是个"大学生"，应把自己当作一个普通的劳动者。抱着谦虚谨慎的严肃态度去从事，不断总结经验，时刻不忘自己是为广大劳动人民谋利益的一分力量，是为社会主义事业出力的劳动者。若能这样，工作就会踏实起来，就有高度的责任感，从而也就有积极性和创作性。

刚回来，还有不少工作等着我去做，不能多写，祝你在工作中获得最好的成绩！祝毛主席万寿无疆！

萧　十月十八日

有什么困难需要我帮助的，望来信。

1972年3月24日

小王：

你大概已经回到琼山了吧？萌萌在广州住了半个月，于三月五日已回徐闻了。萌萌在广州期间陶萍也回来了五天。

我三月三日，请张医生来给我开了刀，切除了左脚的两个"鸡眼"，手术用了四十分钟，割出的"鸡眼"足有一公分半深，又大又硬，张医生以为这次可能割干净了。我躺了一个多星期，萌萌走后，每日靠菊芳来做两顿饭，到十号我自己起来做饭了。虽然刀口未封口，鲜肉还露出来，而且走起来还有点痛，但我坚持下来了，脚拇趾的刀口已合拢，唯脚底的刀口至今还未封紧，不知什么缘故。准备左脚治好后，再考虑切除右脚的两个鸡眼。

至于哮喘，上月中旬开始到东山人民医院治疗，一边针灸，一边注射胶性钙。后因脚上开了刀，半个月没有去治疗，今后打算继续去针灸和注射。据这里的病人谈，这种治疗法会有效，但所需时间较长。我在最近一两个月内，大概不会回干校，几个干校负责人来看我，都同意我继续医病。住在广州，生活上的确很麻烦，但为医病，也只好坚持下去。

像我这样的身体条件，估计将来继续工作定会有许多困难，体力与脑力都大大不如从前了。据猜测，退休的可能性极大。现在，听说有不少单位对这方面的工作已开始考虑，有的单位已开出了名单。但要妥善安排还得等四届人大的决定。我完全听从组织上的安排，怎么都行。退休也未尝不可。但到何处去安家，却是个难题。陶萍在北方无家乡，而我又不愿回自己的老家（其实那里也没有什么人了），到底到哪里好，现在还无一点头绪。

你最近的情况怎样，工作顺利吧？

荃荃已编入连队，仍在临高县加来。具体通信处是："临高县、加来、第193信箱转12号萧权权收"，他担任六炮手，是压弹的。将来是相当艰苦的。

匆匆，祝一切都好！

萧殷　三月二十四日夜

1972年8月22日

小王：

好久未收到你的信。是否回家度暑假？还是忙于别的事？

我已分配了工作，在广东省文艺创作室担任副主任，主要任务是抓创作和青年辅导工作，但由于身体不好，很少去上班，只在家中看些稿子或处理些问题。

前周接到朱逸辉[①]同志来信，我在复信时提到你，希望他和你联系。估计他以后大概会写信给你的。他现在海南地区革委会文艺办公室工作，担任什么职务我不清楚，他

[①]　朱逸辉（1925—2016），海南万宁人。作家。海南文化局副局长，海南文联副主席，海南作协副主席，海南人民出版社副社长。

为人热情，肯帮助同志，是个打游击出身的老同志了。你有便到海口时，也可以去找找他。就说是我叫你去找他的，他一定会热情接待。

九月中旬，我可能到清远或新会去参加青年创作者学习班①，准备辅导作者修改一些短篇小说，时间大约需要一个月，海南估计也有人来参加。以后，我打算到各地区都走走，多接触些青年作者，摸摸业余作者在创作中存在的问题，将来也可能有机会到海口去。

七〇年，你对中草药的兴趣似乎很高，不知现在怎么样？你在海南，那里的名贵草药不少，最好在时间允许下，不时去采采草药，增进对草药的知识，更重要的，向民间学习草药知识。

匆祝你好！

萧殷　八月廿二日

1972年11月15日

小王：

我昨日到达海口，参加海南戏剧会演活动，现住海口华侨大厦三楼三一六号房，据说可能迁到第三招待所去住，但还未最后确定。接信后，望请假出来谈谈。我可能廿三或廿四日回广州。

已去电话叫荃荃出来住几日，不知何日能来？

前日，我们由农林四横路搬到梅花村三十一号二楼，房子很宽敞，虽很旧，但住起来，比梅花村20号还舒适得多。前晚还没有整理好，昨日一早就离家匆促来海南。因此，什么也没有带，连自己用的东西也没带齐。

写到这里，即接到通知，半小时后，就搬到第三招待所去住，具体住址，打算写在信封上。匆匆。

祝好！余事面谈。

萧殷
十一月十五日、海口、上午十点

现已搬到第三招待所，住在一号楼，楼上二号房。这里比华侨大厦安静，洗澡等方便些，但每顿饭还是回华侨大厦去吃。你来时，可直接来这里找我。十二点又及。

---

① 同年，广东省文艺创作学习班在清远太和洞举行。

1973年3月12日

小王：

　　两封来信都收到了，今日又收到你寄黄芪的包裹单，但还没有时间去取。你买的黄芪不知是何处出产的，是外地来的？还是海南产的？从前年我到从化疗养以来，发现我的血压很高，低压一三〇，高压一八〇。胆固醇也高至三四二，过去在北京时，我的血压极低，所以我一向自以是低血压。前年进疗养院之前，医生给我量血压，竟发现血压如此之高，初我疑为临时现象，后在疗养院每日早晨都量血压，才知道血压确已高了。而且低压高至危险界线以上，实在令我奇怪。前数年在干校，基本过着吃素的生活，很少机会吃肉，怎么会高血压呢？后来问医生，据说精神紧张也会促成高血压。虽然如此！但我很少感觉到它，不头晕，工作时好像不受什么威胁，但听说这是因为习惯了，却更加危险。医生告诉我，要我不要工作得太累，因低压一二〇度以上，随时可能发生脑溢血。这一来，黄芪就不宜服用了，这种温补药品只会促使血压增高。

　　从海口回来后，一直忙乱，创作室的工作越来越多。《广东文艺》①的签发担子又落我头上，责任更重了。今日上午还到白鹤洞去给"广州市文艺创作会议"谈创作问题，谈了三个半小时，下午两点才回来，虽血压高，血小板减少（现只有九万），但精神尚好！工作还能坚持，堪告慰。

　　我们的门牌改了，以后来信请写："梅花村三十五号二楼"，不要再写三十一号了。

　　《知识青年之歌》写完没有？望寄来看看。葵葵已在轻工业设计院工作，当描图员，将来准备学技术设计。

　　匆匆祝好！陶萍明早出差湛江，半月后归来。

　　　　　　　　　　　　　　　　　　　　　　　　萧殷　三月十二日

　　附照片两张。权权来信说他病了，住在海口四二四医院内一科，也不知是什么病，说在看电影时，忽然晕倒了。

---

①　《广东文艺》于1972年2月试刊，不定期出版。1973年1月定为月刊，3月起萧殷任主编。

1973年5月1日①

小王：

　　两封信及两首诗都收到了。这两日，我扭了腰，行动不便，坐下来写东西也吃力，但据说你不久要赴水利工地去参加劳动，只好草草给你先写几行字。

　　给你寄去一本第三期的《广东文艺》收到了没有？来信未提及，念念。第一、二期早已卖光了，第三期一摆出来就被抢购一空，我是偶然在东山邮局看见两本。

　　前月，我记得将我们在海口三所②摄的照片寄给你，没有收到吗？怎么不见提及。

　　关于你的诗，两首我都读过了，都写得太直、太露，言尽意穷，没有什么回味的余地。只以韵文来叙写一些事，一些思想，并不是诗。诗，要有诗的境界，即情景交融的意境。这种意境是景以情合，情以景生，两者水乳相融，以达到一种隽永的耐人寻味的诗意。要做到这一步，对于抒写的对象，首先要有炽热的情感，深刻的认识，然后通过精粹的富有形象感染力的语言，把情与景糅合在一起，既使人感触到你所抒写的景物，又从景物中体现出你的感情（或思想）。诗，就是通过这种既富于思想又富于形象感染力的意境来感动读者，进而打动人心。你的诗，显然在这方面做得很不够。其中特别应当引起你注意的，是诗的主题，也即是你在诗中所想表达的思想。你两首诗的思想，都是一般化的，是从普通的文章中摘取出来的，因此缺乏独创性，缺乏新鲜感。

　　因腰骨痛，不能久坐，只能写这些，供你参考。关于《知识青年之歌》，以后我准备体力条件允许时再详细跟你谈谈，现在希望你根据上述意见，先考虑一下，并望把考虑的结果告诉我，这对我下次具体谈意见时是很有用的。

　　最近不少同志希望我多写些创作问题的短文，但因体力条件，我没有写。但在我写给别人的信中，却写了不少这类问题的意见，但随写随丢失。你如觉有用处，请把这些意见抄在本子上。最好能抄在活页纸上，以便将来能把同类的集合在一起。到那时，我希望有机会再看看这些零碎感想。有几个同志，已开始这样做，我希望你也这样做。

　　我估计，现在要写文章，大约有困难，首先是时间与体力不允许。如你们能把信中有关创作问题的意见集中起来，积累起来，可能将来会有些用处。

　　因血压太高，医生硬要我在家休息，所以广州现在开的几个文艺会议，都没有参

---

① 此函为王作志手抄稿。另有萧殷底稿，仅留中间谈诗歌意境部分。
② 指海口第三招待所，见1972年11月15日往函。

加。陶萍也因血压高，暂在家休息。

匆匆祝好！

萧殷　五月一日夜

1973年9月16日

小王：

好久未接到你的来信了，你近况如何？念念！

七月中旬，曾写了封信给你，但一直未获复函，你不是病了吧？当时本来打算将一本第六期的《广东文艺》寄去，一想，怕你们已放暑假，故不敢寄去，想等你来信后再寄，可是一直至今茫无消息。甚为悬念！

我的健康情况一直不太好，比去年十一月到海口时还差。最难受的是四肢无力，容易疲倦，所以既不方便走动，也觉得看书吃力，所谓年老体衰，大概就是如此吧？血压高仍未好，肺气肿仍如旧，又加血小板减少，实在麻烦。

陶萍患心绞痛，现在也遵医在家休息。

"十大"①以后，我们忙着准备重新评价《红楼梦》这部长篇巨著②，原是写阶级斗争的，但常被人所误解，现中央要求以马克思主义观点加以研究，希望得出恰当的评价。其次，对于秦始皇这个历史巨人，也要重新作出合乎历史唯物主义的评价③。再就对于孔夫子这个奴隶制维护者，也准备给予批判。我因身体不好，不能经常去办公室，但对《红楼梦》分析研究工作，却负一定责任。

萌萌仍在徐闻，葵葵在轻工业设计院工作，一切如常。望来信！匆匆祝好！

萧殷　九月十六日

---

① 中国共产党第十次全国代表大会于1973年8月24日至28日在北京举行。

② 1973年5月25日，毛泽东在中央政治局会议上评价："从文学成就上讲，中国小说，艺术性、思想性最高的，还是《红楼梦》。"此即重新评价《红楼梦》的历史背景。

③ 1973年7月4日，毛泽东同王洪文、张春桥谈话，批评郭沫若大骂秦始皇。8月5日，他在《读〈封建论〉呈郭老》一诗开头即称："劝君少骂秦始皇，焚坑事业要商量。"

1974年3月10日

小王：

 收到你十二月底的来信，不觉又过了两个多月，迟迟未写信的原因是身体不好，常闹病。不是肺气肿感染，就是血压太高，有时又心律不齐。总之，年纪老了，各病都趁体弱而迸发。春节前，接受一项任务，审阅几部长篇；春节刚过，一连发高烧达十余日之久；二月中旬之后，则忙于参加批林批孔运动。因是领导成员，一方面要经常研究运动进展情况和问题，一方面又要带头批，带头联系实际。虽然身体很衰弱，不可能每天去办公室，但只要体力能支持，我还是坚持去上班。现在广州的批林批孔运动正常发展，进展得很健康，比起一些外省来，健康得多了。这主要是由于省委领导抓得紧、抓得准的缘故。

 文艺界现在揭露回潮现象，但还不见有什么"惊人"的事件。山西的《三上桃峰》①的出现，不仅是文艺上的修正主义回潮问题，而是有些走资派妄图在政治上为刘修②翻案。这是严重事件，值得注意。其严重性不完全表现在该剧本上，更重要的，是该省的某些头头暗中支持，暗中捣鬼，与中央对抗，与文化大革命唱反调，妄想否定大寨精神。估计将来你会听到传达，这里就不多说了。

 因为病和忙，所以关于诗的意境的文章，暂时只好搁到一边了。将来看情况如何，再说吧。类似这样的创作问题，由于我经常接触文艺青年的来信和来稿，还有不少，除诗的问题，其他如创造形象问题也不少。但只复了信，没有更多时间来整理，随写随寄随丢，但也没有其他办法。体质越来越差，越感到力不从心的痛苦。

 你要《广东文艺》，因很少到书店，至今还没有买来。编辑部给我的那本，早已给人拿走了。第二期刚出版不久，估计还能买到；第一期是否还有存货，则很难说，总之，打算最近到街上去看看。陶萍的病也越来越不好，至今还在家休息。匆匆祝工作顺利！

萧殷　三月十日

---

 ①　1972年，山西柳林县晋剧团创作的《三上桃峰》，参加吕梁地区、山西省文艺调演取得成功。1974年2月，山西省文化局组织创作班子，对该剧脚本进一步修改，由柳林县晋剧团代表山西省参加华北地区文艺调演。调演中，该剧本被诬为"为刘少奇翻案的大毒草"受到批判。

 ②　刘修，指刘少奇修正主义路线。

1976年8月16日

湛江市教育局
小王：

　　我即刻就要动身回温泉疗养院，但萌萌过两天就回徐闻，趁此机会带几个字给你。数月前曾复你一函，不料你处以"查无此人"将信退回。现我仍在疗养，决定八月底离院回广州。以后来信请寄梅花村三十五号二楼。

　　萌萌调动之事，由她面叙，我不赘言，她想找些人活动一下，望你多多帮助！

　　湛江的熟人甚少，梵扬①等又已调回广州，六〇年曾去湛江开过会，那些人大约都不在湛江了。匆匆，陶萍向你问好！

　　握手！

　　　　　　　　　　　　　　　　　　　　　　　　萧殷　八月十六早

1976年10月×日②

小王：

　　来信及诗早收到了，因为病情极不稳定，不时突然发高热（三十九点八度），加上来人多，我每十天又得去"一五七"军医院③看病，所以不能更早给你写信，请原谅！你的诗没有什么特点，很平淡，也很一般，估计编辑部不会采用，所以没有转去。

　　最近，铲除"四人帮"的大新闻谅你已清楚，这真是大快人心的好消息。这批家伙十年来作恶多端，胡作非为，各界人民、干部被压得敢怒不敢言，已到了忍无可忍的程度。现在不仅这"四害"除掉了，它们的爪牙也逮捕起来，如于会泳、浩亮、刘庆棠④之流，据说已抓起来了，迟群、谢静宜、毛远新⑤之流也抓起来了，据上海来人谈，上

---

　　①　梵扬（1930—　），原名梁铭纲，广东四会人。中国作协会员，广东省作协理事，《南国》杂志主编。

　　②　此函残缺，无落款。根据内容判断，写于1976年10月。

　　③　指解放军一五七医院，在广州市郊沙河梅花园。

　　④　于会泳、浩亮、刘庆棠因"样板戏"受江青赏识，"文革"期间分别担任文化部部长、副部长。

　　⑤　迟群，"文革"期间任清华大学党委书记、教育部负责人；谢静宜，曾任北京市委书记、北京市革委会副主任；毛远新，毛泽东侄儿，曾任辽宁省革委会副主任。

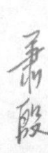

海革命群众已将王、张、姚三个窝捣成稀巴烂。好呀，这是应得的惩罚！听北京来人讲，由于除了四害，人们无不心花怒放，许多人为庆祝这一胜……

1976年12月17日

小王：

　　十月四日收到你关于诗的意境的信，很高兴。准备进一步回你一封信，再深一层来谈谈意境及创作实践问题。把三封信汇集在一起，准备冠以"关于诗的意境"的题目，在报刊发表。当十一月初我准备动笔回信时，恰又收到你十一月四日来信，说你要参加福山水利工地劳动，怕你收不到，所以又把开了头的信搁在一边。一转眼，又过去了一个多月。但现在我天天到医院，写作的兴趣因疲劳而降低了，同时身体也不如从前了。以后待身体稍好后，一定把那封信写出来。现在希望你将我给你的第一封信（即对你的长诗提出意见的那封信，也就是向你谈意境的那封信）抄给我！作为将来汇编成文时备用。

　　我近半年来，心脏病比去年发展了，血压也很高；幸最近注射了"细胞色素丙"，情况略略有所好转。但仍然很少去办公室，只在家里看些稿件。陶萍也因患心脏病在家休息。近来也注射"细胞色素丙"，略好些。

　　葵葵仍在轻工业设计院工作，早出晚归，似乎很忙。萌萌仍在徐闻，去年、今年她的连队都推荐她考大学，但团部不肯放，毫无办法。权权近来信，说到海口看病，不知近况如何？

　　广州几间大学，近来贴出不少大字报，都是关于教学改革的。有的据说提得很尖锐。因我未看，尚不知详细内容。

　　怕你惦着，所以先给你写这封信。匆匆

祝你好！

萧殷　十二月十七日

1977年4月14日

小王：

　　很久不通信了，你最近工作、生活情况如何？萌萌已调回广州，在下面滚了八年多,才回来上师范,实在令人莫名所以。葵葵与荃荃曾到高要县去参加抗旱劳动。前三天才回来。现在,每逢星期日,一家五口都齐全,这是六八年以后所没有的盛况。

春节之后,我开始提起笔来。从前曾打算写《创作论》,后见"四人帮"猖獗,横行霸道,便偃旗息鼓;免得被揪住辫子,只好忍气吞声;但"四人帮"那一套,早就闻到臭味,不敢公开抵制,也从不捧场;真如大家所说的那样,看在眼里,恨在心头。"四人帮"被逮捕后,如像心头落了一块大石,大快人心,我也提起笔来,从二月到现在已写了五篇,其中两篇是谈创作问题的,准备在三、四月号《广东文艺》发表,另两篇是为纪念在延安文艺座谈会上的讲话①发表三十五周年而作,一篇刊《人民文学》、一篇刊《广东文艺》。

一九七三年,我们关于诗的意境问题的通信,我又翻出来,将信的有关内容誊抄了一遍,但第三封信还未写,我准备在这封信中进一层谈到意境问题,然后把三封信凑到一起,标一个标题。你对意境还有什么想法?经这几年的考虑,你对意境一定有新的理解,希望告诉我。对诗的意境有什么问题,造境有什么困难?好的意境是什么?能从一些好诗中举些例子么?希望尽可能详细地写出来。

萌萌经湛江时,买了一罐"速溶咖啡",二元七角一罐,味道还不错,希望你接到我这封信后,设法到售罐头的店里去看看,如有,请代我买四罐,如无便人带,请寄来!所需的钱以后汇去,如何?听说这东西湛江买的人少,而广州却根本见不到速溶咖啡。陶萍问你好!祝工作顺利!

萧殷　四月十四日

1977年4月23日

小王:

前信谅已收到?

现介绍《风云图》的作者杨昭科②同志来看你,他有事来湛江,请予协助。

前信曾托你代买四瓶"速溶咖啡",不知买到否?如买到,可托昭科同志回广州时

---

① 指毛泽东在延安文艺座谈会上的讲话。
② 杨昭科(1937—　),广东普宁人。揭阳市作协主席。《风云图》,广东人民出版社1976年1月出版。

捎来。如还未买到，希望到迎接外宾单位去问问。这东西并非珍品，可能是加工不够标准，由"出口"转为"内销"，有点苦味，就是最明显的缺陷。大概不难找到，需要多少钱？由昭科同志面交。

意境的问题思考得怎么样？想到多少写多少，不必求全，也不可能一下子把全部问题都想到。匆匆祝顺利！

陶萍问候你！

萧殷　四月廿三日

附来函

1973年9月28日

萧伯伯：

九月十六日的来信已收到，很久没有给你去信了，很抱歉。

你七月中旬的来信我这次暑假回校才收到。当时本想给你去信，但由于刚开学，做班主任的工作较忙乱，所以一搁就拖到现在，确对不起。你来信谈及寄《广东文艺》，以后不必了，因为我已订到了。

近日我的工作一般，身体健康，工作学习起来精力很充沛（除做本职工作外，每天还坚持自学三四个小时）。本学期我还是教高二的功课，二个班的语文，兼做班主任。人数多改作文较麻烦些，但方便的是高二的语文我已教了三年，教材内容比较熟悉。

萧伯伯，自从你指出我写的诗歌习作的缺点后，我一直按照你指引的方向去学习，努力提高自己的艺术修养。通过一段时间的学习，对过去一些似懂非懂的东西较明白了，对你指出的那些缺点加深了认识，对怎样才能写好一首诗比以前有了较多一些的了解。最近，我准备按照这些新认识，把《知识青年之歌》大改一次，然后再请你提出批评意见，再进行修改，一直改到成功为止。决不畏难，绝不半途罢手。

下面，把我过去写诗存在的缺点和最近通过学习在这方面得到的一些认识，给你谈谈。

以前我练习写诗，在表现艺术上只注意两点：一是诗歌的修辞手法，再是音韵节奏（当然这两方面也掌握得不好）。至于诗歌的意境，则了解得非常肤浅。一知半解，极不注意。过去我只知道写诗需要意境，但怎样进行艺术构思呢？则没有掌握。因此在写的时候，我只是安排了一下要写的事件和确定所表达的思想，就以为有了结构和主题，便用分行的句子写起来。这样写出来的东西，当然不会有诗的境界，更谈不上引人入胜了。意境是诗歌（特别是抒情诗）的艺术生命，没有意境的创造就不能成为诗。

  诗中丰富的想象、炽热的感情和生动的形象，都是通过意境表达出来的。而我过去却错误地认为，诗歌里的感情是用些有力的语言喊出来的（即直接叙述出来），而不是通过意境表达出来。由于采用直接叙述的方法，所以写出来的东西就索然无味，正如你所批评的那样，"太直、太露，言尽意穷，没有回味的余地"。以前写诗，我还把抒情和写景绝然分开，上一句写景，下一句抒情，景有景句，情有情句，而不是把情和景糅合在一起。由于没有意境，由于没有把情和景糅合在一起，所以写出来的东西就枯燥无味，原来想表达的热烈感情也化成了淡泊的青烟，在诗里连踪影都见不到，剩下的只是些空洞的标语口号。这些东西当然就不会有什么感染力了。你说，写诗要景以情合，情以景生，情景交融。在我研究了一些古典诗歌和新民歌后，对这方面有了初步的领会，觉得成功的诗在这方面都做得很好，例如杜甫"感时花溅泪，恨别鸟惊心"（《春望》）等诗句，就是融景入情、情景水乳相融的佳句。又如《红旗歌谣》里一首民歌："梯田弯弯闪银光，好似白云绕山岗，犁地姑娘云中走，如同织女赶牛郎。"全诗情景交融，真像一幅引人入胜的画，作者的感情全融化在所抒写的景物中，蕴存在诗中的主题思想也通过艺术构思的意境生动地体现出来。

  当然，意境是通过语言表达出来的，如果没有您所说的"精粹的富有形象感染力的语言"，也是写不出好诗来的。凡是有成就的诗人（包括所有作家），都在语言上下过一番苦功夫，千锤百炼，造诣极高。杜甫要求自己"语不惊人死不休"，他一生苦心孤诣地写作，这无疑是他成就"诗史"的一个重要因素。我决心努力学习语言，掌握诗歌的语言艺术。当然，语言艺术不是一朝一夕所能纯熟掌握的，需要在长期的不断的写作实践中去总结和积累。

  关于诗所表达的思想缺乏独创性和新鲜感，这主要是因为自己不善于观察和深入体会，对所写的主题没有独到感受，所以写起来就跟普通文章所表达的一个样。由于平时不注意进行细致的观察，因此写出来的东西没有鲜明的个性，不能抓住最具有特性的细节来突出重点。对人物的思想感情，也由于没有深入体会，所以诗中所抒发的就不是他们发自肺腑的激情，而是自己的主观想象，像这样写出来的东西，当然就不会成为一篇创作。

以前写的两篇习作，经你指出其中的缺点后，我深感自己写诗的修养之差，应努力学习这方面的知识，在实践中学习，又通过学习去指导实践。因此，我准备按照你指出的缺点去修改这两篇习作。当然，现在还有很多关于诗歌创作的知识我还没有掌握，这有待于通过不断的实践去认识，一点点地掌握。我想，这也是符合辩证唯物论的认识论的：实践—认识—再实践—再认识。我相信，通过不断实践和总结，最后是可以认识创作诗歌的规律的，写出真正称得上诗的东西来。

现在，我还在学习和实践中不断地摸索，我想你一定会引导我在写作的道路上不断前进。我有信心，有毅力，一步一个脚印地前进。一个初学者如果离开导师的指引，是不可能沿着正确的道路大踏步前进的。我决心加倍努力，以不辜负你的培养。

暂时谈到这里，近日你的工作很忙吧？你的腰痛和陶萍的心绞痛好了没有？萌萌怎么今年不考大学吗？

搁笔，下次再叙。

王作志　九月二十八日

1977年5月10日

萧殷同志：

你来信要我进一步谈谈对诗的意境问题的理解，从一些好诗中举些例子说明好的意境是什么，下面我就把自己近来在这方面学习的一些体会告诉你，如有不对之处，请批评指正。

毛主席曾经指出：新诗要在民歌和古典诗歌的基础上发展。毛主席的指示，给我学习诗歌创作指出了一条学习民歌的道路。近年来，我比较重视学习民歌。过去在通信中曾和你说过，我除了注意学习书刊登载的民歌外，有一段时间在海南岛我还收集过当地的民歌。我深切体会到，民歌是劳动人民的艺术创作，在民歌里表现了劳动人民无限的艺术创作才能。我国历史上许多著名的诗人，他们的成就都是与学习民歌分不开的；当代的许多富于民族形式为人民群众所喜闻乐见的具有高度艺术的内容的好诗，也是在学习民歌的基础上产生的。优秀新民歌突出的艺术特点之一，就是具有清新的意境。例如《一车粪肥一车歌》这首大跃进民歌：

东方白，月儿落，车轮滚滚地哆嗦。
长鞭甩碎空中雾，一车粪肥一车歌。

民歌里运用比拟的修辞手法（把"地"当作人来写，把"雾"当作其他能够打碎的东西来写），唤起读者的联想，使读者打开想象的翅膀，捕捉它的意境，体味它的深意。诗里不仅描述了清晨运肥的情景，更主要的是反映了劳动者开朗欢乐的心境。读着它，我们仿佛看见送粪的贫下中农坐在车上，头顶晨雾，满面春风，英姿焕发的神态。由于民歌里创造了新鲜的意境，所以把赶车送粪的劳动写得充满诗情画意，使劳动诗化了，诗劳动化了。又如华国锋主席曾经书写过的湖南灌区工地的一首民歌：

高山顶上修条河，河水哗哗笑山坡。
昔日在你脚下走，今日从你头上过。

这首民歌意境新颖，一个"笑"字把河水人格化了，形象生动地表现了灌区人民开山凿河，改天换地的英雄气概。这个"笑"，是劳动人民改造自然的典型感受；这个"笑"，是蔑视困难的革命乐观主义精神表现；这个"笑"，是战天斗地胜利豪情的抒发；这个"笑"，是从几亿贫下中农心窝里迸发出来的！读着它，一幅"高山开道，流水欢歌"的壮丽图景就在我们眼前展现。

我国诗歌有"诗言志"的抒情传统。而诗的抒情，是通过富于感染力的意境表达出来的。运用比兴则是民歌意境的一种传统表现手法。民歌的开头往往先讲客观景物（如日月星辰、山川草木之类），借以在情景气氛和意义上产生联想，接着抒发所要表达的感情。这种情景交融的意境，能产生隽永的耐人寻味的诗意。例如下面这首海南岛土地革命时期的民歌：

五指山上五座峰，五座峰上五条龙，
龙在高山山常绿，毛主席在此遍地红。

五指山下五条溪，五条溪水分高低，

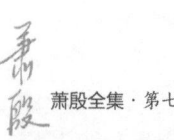

高低流水都北去，我念毛主席在心里。

这首民歌通过"眼前景"，来表达"心头语"。每节的开头都写客观景物，借物起兴，然后借景抒情，揭示主题，表达了海南岛人民对伟大领袖毛主席的热爱和赞颂。诗里把情和景糅合在一起，情景交融，既使人感触到所抒写的景物，又从景物中体现出强烈的思想感情。

又如《毛主席的光辉照黎家》这首诗，把丰富的想象、炽热的感情和生动的形象高度地统一起来，创造了引人入胜、别开生面的诗歌境界，深刻地表达了黎族人民对伟大领袖毛主席无限热爱和对伟大社会主义祖国热烈赞颂的激情：

五指山林涛响隆隆，好似万顷大海起回声；
不！那不是回声，是跃进的凯歌迎国庆。

五指山荔枝树丛连丛，好似万水千山舞长虹；
不！那不是长虹，是天安门红旗连天涌。

五指山开遍英雄花，好似天空落下金彩霞；
不，那不是彩霞，是毛主席的光辉照黎家。

这首诗恰当地选择了眼前景、新鲜事，就地取譬，迂回设喻，交错运用各种修辞手法，使全诗的语言五彩缤纷，创造了生动的艺术形象，产生出强烈的艺术感染力。诗的情绪是那么强烈，感情是那么丰富，每当我吟诵起它时，就沉浸在一种反复回旋的抒情气氛中，被那一层深似一层的诗句所感动。

而我过去写的《知识青年之歌》，就不懂得通过富于形象感染力的意境来抒发感情，感动读者，打动人心。如下面这一段就写得很直，很露，言尽意穷，没有回味的余地：

广阔天地是接受再教育的课堂，我们滚一身泥巴不怕脏，
磨一手老茧把劳动的甘苦尝尝，炼一颗红心献给党。
……
谁说劳动艰苦？为革命吃苦我无限光荣。

劳动人民本色永不忘,打好防修反修的硬仗!

自己原来的主观愿望是想表达知识青年为革命吃苦的精神,抒发"以苦为荣,以苦为乐"的豪迈感情,但由于没有诗的意境,没有把情和景糅合在一起,所以缺乏艺术感染力,不能使人体会到自己所抒写的感情,给人留下的只是一些枯燥乏味的政治术语。

意境是艺术构思的结晶。只有创造性的构思,才有超拔新奇的意境。广大工农兵群众,他们不仅对现实生活有深刻的体验,而且在诗歌的创作中也富于独创性,他们总是以创造精神进行艺术构思的,创造了很多形象鲜明、含义深刻的意境,为我们开创了一代诗风。例如《情意缝进我心里》:

夜里天冷北风急,班长下岗月儿西;
手拿针线灯下坐,为我熬夜缝军衣;
线儿缝在军衣上,情意缝进我心里。

读了这首诗,总觉得"言有尽而意无穷"。这首诗,是精密的艺术构思和高度的艺术概括的结晶,蕴存在诗中的深刻思想,是通过新颖的意境和凝练的语言,生动而又自然地呈现出来的。"线儿缝在军衣上,情意缝进我心里",把全诗的思想境界升华到了相当的高度,这不只是缝军衣,不只是一般生活上的关心,这是无产阶级的感情紧密相连啊!

过去,如果拿这样的题材和主题叫我来写,我根本就不可能进行这种具有独创性的含义深刻的艺术构思,而只会描述一些缝衣现象,用一些枯燥的概念来叙述思想感情。自从你在诗的意境问题给我指教后,又通过一段时间的钻研,现在我已开始逐步懂得了诗歌意境的一些艺术技巧。学习了一些好的诗作后,再对照自己笨拙的习作,我开始体会到,要想写好一首诗,除了要积极参加火热的三大革命斗争,对自己所写的题材有深刻的生活体验外,还必须要有严肃认真的创作态度,以创造精神进行艺术构思,创造富于艺术感染力的意境。今后,我打算根据自己对于意境问题的认识,继续练习写一些诗歌习作,请你继续帮助我。谨致
革命敬礼!

王志 七七年五月十日

1977年5月15日

萧伯伯：

　　你好。你上月给我的来信以及后来托杨照科[①]同志带给我的信都收到了。我已于上月二十七日把一封信及四瓶"向阳花"牌咖啡交给杨同志转带给你，有关一些事情都在那封信里讲了，收到了没有？

　　过去关于学习诗歌意境问题我有一点进步，你便那么重视，去年防震期间萌萌曾同我提及七三年那封信，最近你又两次来信谈到它，使我深为感动。根据你的意见，前几天我挤了些时间把自己近来学习意境问题的一些体会写了出来，现在随信寄去给你。如果你认为有发表的价值的话，就把它和前信（七三年那次通信）及最近你要进一步阐述意境问题的信一起发表吧。不过，我信里所谈的东西，如有不妥之处，请你加以修改。为了不给你增添麻烦，免得你再重新抄一遍，我便用稿纸抄寄给你。如果发表，我不想用真名，而想用笔名，就随便叫"王志"吧！

　　萌萌回广州，是调干回去的，还是陶萍退休顶职回去的？前次听她说准备回创作室，怎么现在又上师范？她具体分到哪间中学，定下来了没有？她和葵葵、荃荃的学习都很忙吧？最近，湛江的学校学习抓得可紧呢，再不像以前受"四人帮"干扰那样了。陶萍现在的身体怎样？

　　我最近的工作很忙。五月下旬全国要开教育会议，六月省要开教育会议，要求每个县、市都要在五月底上报一份教育革命的综合材料和一份典型材料，我目前正在校典型材料。

　　暂时谈到这里，收信后请回信。致
革命敬礼！

　　　　　　　　　　　　　　　　　　　　　　　　　王作志　五月十五日

[①] 应为杨昭科。

致未艾1通

未艾，业余作者，生平待考。

1973年7月2日①

未艾同志：

……因为你的诗太长（3600多行），而我的时间又太少，只能粗粗地读了一遍，现在，在这封短信中所提的意见，只是读后的一点粗浅的感想，不一定正确，也许还有错误，仅供你参考。

我读你的长诗时，发现诗句中夹杂着不少意趣隽永的佳句（可惜我读得太匆忙，未能将它们记下来），无论在意境上或格调上，都是令人高兴的，这说明你有写诗的基础，希望继续发挥这方面的长处，努力写出更好的诗篇来。

这是一方面。另一方面，你似乎还缺乏驾驭叙事长诗的经验，对于叙事诗的特点还不能说十分理解，叙事长诗犹如长篇小说，应有一定的情节和人物，应有情节的发生、发展和结局。但在叙事诗中描写情节和刻画人物时，却又不能像写小说那样只依靠描写和叙述，而是在叙事或描绘生活过程中，仍须带着浓重的抒情成分；也就是说，在叙事诗写作中，即使只是叙事，也需要运用抒情的笔触，在叙事中抒情，在抒情中叙事。凡是优秀的长诗（叙事诗），不仅有完整的情节和人物，而且，如果分割开来，还是许多出色的抒情诗。

你在这部长诗中，既没有连贯的情节，也无性格鲜明的人物。你仿佛只是把接触到

---

① 此函为底稿，无落款。

的和联想到的事象和思想,按照时间顺序,逐节地抒写下来,而且每节几乎都用同样浓淡的笔墨,其间既缺乏内在联系的逻辑,所抒写的事象也缺乏典型特征,既然这样,从长诗(叙事诗)角度看,固然看不出情节,若从短诗(抒情诗)角度看,每一节却又显得过于平淡、飘忽而且表面……

七三年七月二日晚

致文山1通

文山，业余作者。详情待考。

1980年6月15日

文山同志：

近来我忙得不可开交，事情千头万绪，而各方面都很紧迫，紧迫到互相牵扯，各不相让，结果，都无法开始。所谓"牵扯"并不是客观事物"相互牵扯"，而是我的心思和我的情绪。现在有好几篇催着要交卷的文章正待动笔；有几篇中篇来稿正被再三催促、不能不审阅；几个待谈的问题正需要准备材料和意见；有一大堆的读者来信已搁了一个多月……面对着这么一大堆事情，我却没多少时间：晚上热得浑身冒汗，蚊蚋围攻不已；而白天却来客不断，竟不易抽出一点空暇，奈何！

今天下午才瞅个空隙，匆匆读了你的小说《望夫归》。依我的意见，如果像现在这个样子，还是不发表为好。因为不管从内容到形式，都还不很成熟：在情节上恐怕很难使读者相信，而且生活中有特征的东西太少了——在凝聚生活中能体现典型特征的现象方面做得太不够了；在形式上，你好像想通过山歌的情调（也即类似牧歌的情调）来表现这近似爆炸的、激情的情节，不仅在情绪上不相和谐，而且有点格格不入。总之，你没有恰当地把你想表现的内容表现出来。现在一身是汗，恕我不能多写，匆匆此复，遥祝

夏安！

一九八〇年六月十五日晚

致吴世枫2通

吴世枫（1937— ），广西合浦人。毕业于中山大学，曾任暨南大学文艺理论教研室副主任。广东省艺术研究所所长，广东省戏剧家协会副主席，广东省文史馆副馆长。

1980年2月16日

世枫同志：

这几天来人太多，上下午都抽不出一点空暇来看稿①。夜间灯又暗，看不清，前天晚和昨天早，趁空只看了十二页。但该稿总共四十四页，恐怕到星期六下午还没有看完。今天已经是十六日，如明后天继续来人，肯定二十日（星期六）还无法谈读后感，所以今日赶紧写这封信，希望星期六下午你不要来，免得你空跑一趟。

就初步读了十二页的印象，这文章提纲大概很难通过，希望你于星期一（即二月十二日下午三点钟）来时，不要带林华忠同志来。我打算把初步意见先同你交谈一下，再请你与芃子、展人两同志商量商量。然后再确定最后意见。

匆匆祝好！

萧殷　二月十六日

1981年6月15日

世枫同志：

真未料到，昨日我忽然体温升高，头昏眼花，什么也看不下去。游焜炳同学的论文

---

① 指研究生林华忠的论文。

只昨天看了前言,觉得文字疙疙瘩瘩,读得很不顺当,很不容易读下去。

原答应你这个周末来谈,现在病况不好,肯定到时不能看完论文。是否先由别人先看?由你决定!如这样决定,可先把论文拿回去。以免耽误时间。匆匆

敬礼!

萧殷　六月十五日

致西彤5通

西彤（1930— ），原名吴锡彤，广西恭城人。1949年参军，历任政治教导队员、宣传队小队长、创作组副组长等。后转业到中国作家协会广东分会工作，曾任《作品》月刊副主编、《华夏诗报》主编。

1978年11月27日

西彤同志：

蔡其矫①同志这两首较长的诗，当时蔡给我看过，我觉得太长，没有要。不知后来他怎么又送给你们，我意不发，请婉言退还他。

他的短诗已发一月号，也望告诉他。

我很忙乱，一直没有给他写信，请代我致歉。

韦丘的诗，只粗看一遍，还未及提意见，准备今天再读一次。

萧殷　廿七日

1978年11月27日（另函）

西彤同志：

今晨萌萌临走时，我才在匆促中给你写便条。谁知，因太匆促，竟把韦丘的诗装入信封，反把其矫的二首诗留下了。今将蔡的诗奉上，请把韦的诗交萌萌带回来！

---

① 蔡其矫（1918—2007），著名诗人。延安鲁艺学员，中国作协文学讲习所教员、教研室主任。

我顺便翻阅了其矫同志的《悲伤》（一九七五年）及《灯塔》（一九七六年）两诗，觉得寓意颇有现实意义，尤其是《悲伤》蔑视"四人帮"的白色恐怖，始终满怀信心的心境，表现得既清晰又含蓄。希望你们翻出来看看！我只是偶然翻到这两首，你们最好多看几首，从中选择二三首，以备三、四月号选用。

萧殷　十一月廿七日

由萌萌带回韦丘同志的诗，已收到。萧殷廿七晚。

1979年1月3日

西彤同志：

最近收到彭燕郊①与于沙②两人寄来一些诗，因太忙，抽不出一点时间来拜读，实在抱歉！现在只好请你帮帮忙，如有可取的，可选一两首刊用；如不行，请婉言退还！

由于上海文艺出版社催促甚急，我决定明日离开梅花村，暂时躲到一个清静的地方，准备集中精力把那本二十多万字的文艺论集整理出来③。

给彭、于两同志写信时，请代我致歉！并将我的忙迫也告诉他们。匆匆。

祝好！

萧殷　一月三日

1979年12月27日

西彤同志：

长沙有个读者肖琦（据他说过去曾在广州军区）寄来一首《天安门颂》，还附来钟鸣镝的三首短诗，请你看看！如不能用，请即退回作者。地址在稿末。我仍躺在床上，烧已退，但全身无力。

祝你们都好！

萧殷　十二月廿七日

---

①　彭燕郊（1920—2008），原名陈德矩，福建莆田人。"七月派"代表诗人。湘潭大学中文系教授。

②　于沙（1927—2013），原名王振汉，湖南临澧人。诗人、作家。湖南省作协专业作家，中国诗歌学会理事。

③　清静的地方指广州二沙头体委招待所，文艺论集指《谈写作》。

××年2月26日

西彤同志：

　　文化部钟灵[①]同志寄来一篇《长江》大合唱的歌词，说中央乐团已拿去，打算谱曲，但他希望刊物能先发表。

　　我不好处理，已写信给他，告他：已将稿子转编辑部。

　　他所以寄到《作品》来，以为"《广东文艺》是刊登歌词的"。其实《作品》一般不登歌词。

　　其次，《作品》强调有南方色彩，《长江》一稿刊于《长江文艺》可能更合适。

　　诗歌组可用上述两条理由写封信给钟灵，并将稿退还。作者要求速作决定，希即处理！[②]

　　　　　　　　　　　　　　　　　　　　　　　　萧殷　二月廿六日

---

　　① 钟灵（1921—2007），山东济南人。毕业于延安鲁迅艺术学院美术系。曾任中国美术协会副秘书长。

　　② 西彤注："已通，2、28。"

致萧会晃1通（附来函3通）

萧会晃，业余作者。江西省泰和县武山中学教师，致函萧殷并寄呈小说作品，请其修改并推荐发表。

1982年5月20日

××同志①：

去年寄来的两篇小说，都收到了，因我长期患病，没有可能给你复信，实在抱歉！今年三月间，你的催促信，也收读了，自然，在你看来，事情十分简单！只"寥寥"五万多字的作品，为什么要"拖"半年之久？其实事情并不像你想的那么简单：我八个月住医院固然是拖迟复信的客观原因；此外，你在作品中所流露的诸多问题，也不是三言两语能够说得清楚的。因此，当我粗粗读了你的习作后，又感到你写作中的问题很严重，如让你这样发展下去，你很可能误入一条与艺术创造背道而驰的岔道上，于是决定把稿子留下来，准备出院之后向你说说我的读后感。然而使人感到为难的，是你对自己的作品没有一个较客观的估计，你甚至没有发现自己的作品存在着严重的缺陷；相反，你把它们估计得很高，以为这两篇小说习作都已达到发表的水平，因而你满怀信心地要求我"向报刊推荐"你的作品。你的这种看法和情绪反而加深了我的顾虑，照直说吧，怕你受不了，不说吧，照你这样走下去，显然只会闯进一条与你的志趣相反的死胡同里。

现在只能从作品的实际出发，是什么就说什么，既不能瞎捧，也不应胡批，至于评

---

① 此函为底稿，原署××同志。

论的分寸是否恰如其分，那就很难说了。这些出自肺腑的话，也许初听起来很逆耳，但愿你加以冷静的考虑！

你也许以为把人们的遭遇（它的过程或轮廓）写下来就是文学，既不揭示什么真谛，也不体现什么倾向，因此对"过程"毫无选择，也不剪裁，更不讲结构和布局，平铺直叙，漫无中心，既不从这过程中选择一个角落（一个方面，或某种特征，或某种意义）进行强调、集中、概括和延伸或发展，而是随写随感（随发议论或随插入回忆）。结果，怪不得你的习作都写得既拖沓又博杂，既无一线贯串的矛盾冲突，也无完整表现憎恨（或热爱）的情节。人物既无鲜明的性格，也没有促进他们行动的特定环境。读完这样的"作品"之后，使人首先摸不透作者的态度与目的，更弄不清作者打算把读者引向何处。请你想一想，《十年青春付东流》和《父女》这两篇习作是否这样？

你本来很自信，乍一听这些异议，你一时可能不易理解和接受，譬如说，你的作品将把读者引向何处的问题，你可能有自己的解释，但是这不是一个"仁者见仁""智者见智"的纯客观的东西，作为文学，它有它的不容含糊的特点，有它特殊的性能。文学是意识形态，是人生社会事实通过作者意识感情的过滤、融化、升华的产物，它与新闻反映社会生活不同，文学应把可爱的人和事写得更可爱，把可恨的人和事写得更可恨，它应通过形象创造一种艺术魅力，这种魅力不仅使读者热爱它们（人和事），也热爱扶植它们鼓舞它们成长壮大的特定环境。久而久之，经过潜移默化，内心不知不觉滋长了一种向往与热情，产生了一种捍卫它、壮大它的意志和决心。要创造这样的艺术魅力，作者必须要有明确的立场和态度，不能对人物模棱两可，不能朝三暮四，否则你通过人物和事件所要表达的意旨不仅模糊不清，而且还使读者莫名其妙。在你的两篇作品中不都出现了这种不应有的情况吗？

不错，你在《十年青春付东流》中，以一大半的篇幅叙写了教师詹安、鲁娟、章新和朱雯的不幸遭遇的过程，也叙写了造反派头头老鸦咀的无知和残暴，甚至在他不到半个钟头拳打脚踢加上棍棒的折磨中，把詹安老师不仅打晕在地，而且还活活把他淹死。但作者没有着力去揭露他们，没有把这些败类的黑心肝撕开来让读者看个明白。但忽然，到末尾作者却给作品安上一条奇怪的尾巴："詹安、鲁娟已平反昭雪，章新、朱雯已恢复工作，补发工资；老鸦咀已由司法机关逮捕法办，立即执行。"

在你的另一篇作品《父女》也出现了同样的情况，作品的大部分都是叙写教育局副局长、高从中学校长王色桂的鄙劣丑行，从调戏、强奸、陷害、敲诈，简直无恶不作……可是，读者却无法理解，作者在费了很大气力揭露王色桂之后，竟又在作品末尾安上一条奇怪的尾巴："王色桂逮捕法办了。"

这两个尾巴是什么意思呢？按照生活原型的表面，大部分差不多都是如此，到他们的阴谋暴露后，可敬爱的人得到政治平反，职位恢复，而作恶多端的败类也受到他们应有的惩罚——逮捕法办。如果是一篇新闻报道，这个具体结局应该写出来，但如果依靠这类生活事实作基础，然后通过集中、概括，进而创造形象的文学作品，则不一定都写出这类结局。这"一定"或"不一定"的选择，主要取决于作者对这些人物以及他们之间斗争的态度，取决于作者打算向读者倾诉些什么。如果作者满怀激情切望大家从中吸受教训，为了避免这类悲剧重新出现，那么，他在构思题材时，势必侧重于反面人物性格和促使他们进行罪恶活动的特定环境及其恶势力的真实揭露，而绝不会把这类结局当做"尾巴"安在作品上。这样写来，未必就不真实或不典型，因为在现实生活中，像这类"逮捕法办"的手段，并不施及所有参与那次犯罪活动的分子，但这类人到现在却生活在各种岗位上，有些不仅抓住实权，而且还不断往上升……人们如果不从那场惨剧中吸受教训，对这类人的活动又麻痹大意，就可能有一天，这类惨剧在人间重演。这关系到广大人民命运，关系到社会主义事业前途的大事，文学难道可以置之不理吗？

既然这样，那么出现在你作品中的那条奇怪的"尾巴"，又有什么意义呢？

其次，你作品中的人物（尤其是反面人物）的性格及其形成，不仅不能使人置信，简直是彻头彻尾虚假的。譬如你笔下的造反派头头老鸦咀，他变得这样反动和残暴，不仅没有从特定环境中（没有从林彪、江青匪帮的影响与诱惑中）得到解释，反而把他的惨无人道的暴行写成纯粹出自个人的怨仇。据作品介绍：老鸦咀从小不爱读书，经常逃学。其父是大队支部书记，他仗势欺人，偷鸡摸狗，因其父与M分校校长相互勾结，老鸦咀遂成了M分校的学生。他常偷校园水果，趁电影散场调戏女同学，还到女生宿舍去摸人奶子。语文教师詹安认为他一贯表现很坏，向学校建议开除他，从此，老鸦咀对詹安结下了怨仇。他一当上造反司令兼三查组长时，就将詹老师打昏在地，接着一阵棍棒，又用块石痛击头部，然后扔进河里，一直浸死……正因为这样，作品的矛盾斗争便失去了普遍意义，不仅不能真实地反映"四人帮"时期拉帮结派的特点，甚至连当时起码的矛盾特征都被歪曲了。另一篇作品的另一个反面人物——王色桂也是如此，他名义上是县文化局副局长、高从中学校长、高从公社党委副书记，实质上他是一个实实在在的色鬼、流氓兼恶霸。在作者笔下，这个人物竟和另一篇作品的反面人物老鸦咀不相上下，他也从小不爱读书，老是留级，连初中也考不上，由于他舅舅参加过长征，便介绍他去做县委第一书记的勤务员，因他善于察言观色、手脚勤快，很快便取得刘书记的欢心，不仅入了党，还很快上升为文教局副局长。可是他不务正业，成天在女人中间鬼混，因有靠山，所有错误都从宽处理，直到调戏了一个军官的妻子，才被调到县委工作组，但"文革"期间他又升为高从中学校长，而且很快就当上了高从公社党委副书记……作品不仅肯定在"文革"靠裙带关系，靠后门步步上升，而是认为在一九六六年以前也是这样。人物既然这样架空而不真实，那么，存在于这类人和他的对立面之间的矛盾和斗争，哪里还有半点真实的影子呢？根源是你对这方面的生活虽不能说一无所知，但至少是很陌生的，尤其是出现在你作品中的反面人物，既没有性格特征，除了人所共知的那一套之外，连富有特征的细节描写几乎都找不出来；既没有生活气息，也没有合乎生活逻辑的生活场景。反面人物是这样，你笔下的正面人物也是如此。这说明，你的作品除了某些生活轮廓之外，其他部分都是凭空虚构的。

再者，在你的作品中，不仅没有在人物行动的背后烘托出特定的社会环境，而是相反，把社会环境歪曲了。把原有事件的社会性缩小了，甚至抹杀了。在《十年青春付东流》中，你这样叙写着，詹安、鲁娟被"造反派"折磨至死后，章新老师被紧急通知，仓忙出走，逃回广东，不久朱雯也从火坑中被救出，匆忙逃走。从此他们"离开这鬼蜮横行的是非之地"，回到广东便像到了世外桃源。作品这样描写："南方的秋色凉爽宜人，到处是硕果累累，稻香阵阵……与六八河边的恐怖动乱有天壤之别。我们的郁闷心情才逐渐开朗起来。"（原作55页）把十年浩劫竟写成个别的、部分地区的事，出现在作品中的惨剧，好像除了六八河边之外，别省别县都没有。好像"四人帮"那套暴行，只在个别地区出现，暴徒也只是个别的。作者既然这样随意地反映生活，那么叫人如何去判断这段历史呢？读者又从这作品中接受什么教训呢？这种情况，在《父女》中也出现，为了突出李士良的不幸遭遇，竟不惜把人民医院任意抹黑，一个医院的出纳员能恶声恶气地下令停止发药并驱逐病人离院么？这个出纳员对一个被侮辱被损害的女青年，不仅失去了一般的同情，他甚至与恶霸王色桂一鼻孔出气。但作品又没有把这种特定关系揭示出来。

最后，你的两篇作品都拉得很长，按照内容并不需要这么大的篇幅，主要原因是你把文学看得太简单，以为有了曲折离奇的情节，写下来就是文学作品。不管这情节周围有多少旁枝蔓叶，既不加修剪，也无布局；对情节有关的生活，既不浓缩，也不凝聚。

把该突出的不突出,该深化的不深化。结果,鸡毛与鸡毛一同炒,拖拖沓沓,既臃肿,又博杂。对事件的过程,叙述多于描写,抽象说明多于形象的表现,而且中间又被一些随意的议论或回忆所中断。于是文字跳来跳去,一下子叙写事件的过程,一下子又回忆往事,一下子又在回忆中加回忆,重重叠叠,简直使读者头晕目眩,无法捉摸。本来文学作品是要求精练的,但在你的习作中则相反,如果你的确对写作事业抱着希望的话,首先这个毛病必须引起你的注意。

其次,你的作品所以拖沓、冗长的另一个原因,是你在写作之前,没有明确你的写作对象(或写一个人或几个人,或写一件事,或写一个倾向或一种作风……)不管你确定写什么,其中总是有一种你要宣扬或倾吐的意旨或感情。但你似乎不是这样,比如在《十年青春付东流》中,前面写老鸦咀等迫害詹安等人;中间写章新的儿子章瑶从事修理钟表、收音机的生活;以后又写小香(詹安的女儿)的姑妈为她哥哥的婚事发愁,以至劝小香出嫁的一段纠葛;接着,又写小香与章瑶为上大学而闹别扭;最后,两人又前后考进复旦大学,于是皆大欢喜,彼此都充满幸福感。这些事,作为小说来看,中间并没有连贯的内核,作者为什么把这些拉拉杂杂的现象堆在一起?其唯一的理由大概是想表现章瑶和小香的爱情,但如果为这个目的,又为何花费大量的笔墨去写其他呢?

在作品中不仅所叙写的内容与作者所要表达的主旨不一致,就是作品的题目与内容也是马牛风不相及的。作品的开头及收尾,作者都以"心满意足"的心境描述他们之间的爱情,可是为什么冠以一个《十年青春付东流》的题目呢?

以上所谈的只是作品中流露的主要问题,其他的问题,如情节的发生、发展都缺乏性格的基础;在写到某人的□□表情时,常常不顾环境条件如何,不仅显得生硬,而是不真实,等等,都不想多谈了。

这些意见显得很琐碎,在理解上也许会给你增加一些困难,说实在话,这封信是断断续续写成的。我自今年一月离开医院之后,在三月半又卧病了一个月,这次竟头昏低烧、多痰气促,不仅不能写作,连看报刊也感到吃力。到四月中,情况才稍好一些,但完全恢复健康是不可能了。现在容易疲劳,工作不到一小时就无力继续下去,记忆比前也衰退多了,以至每谈到作品的具体问题时,还得不断翻阅你的原稿。因此,信写得很慢,拖延了不少时间,而且问题还不一定说清楚了,心里实在感到过意不去,请原谅!

像你这样把习作寄来的人,是不少的。因此,把我有限的一点业余时间都在阅稿写信中消耗了。而寄稿来的人,是怀着各种各样的目的,有的是怀着虚心听取意见的目的把稿子寄来，有的是准备"捧场"或介绍发表把稿子寄来。后面这种青年虽然为数极少，但在文字交往中的确接触过，由于出自责任感，我照直指出他们在写作实践中的缺点或错误，因而曾招来不满、积怨或仇恨。这三十多年来，我固然在书信来往中获得了许多文学青年的友谊，但无可讳言，我也因此而招来了一些麻烦。一九六四年八月《萌芽》发表了我给一个青年的复信[①]，严肃地指出他在作品中的错误，并从正面阐述了一些道理（这篇短文后来收集在我的《习艺录》一书中）。谁料到，这封复信使这个作者非常不满，竟在十年浩劫初期为了发泄私愤，他居然无中生有，捏造我是"大地主"的谎言，贴出大字报，妄图"落井下石"。我这种遭遇，说明严格地善意地帮助别人的并不都能受到善意的报应，而相反，有时却会尝到意想不到的苦果。现在旧事重提，并没有别的用意，只说明我曾遇到过这种青年而已，同时也想进一步表明，我有时虽然对作品很严格，并提出一些较尖锐的意见，但对作者原是出自善意并怀着热忱的。这一点，希望你也能体谅……

萧殷　五月廿日

附来函

1981年6月3日

敬爱的萧殷同志：

您好！

您是我国当代著名的文艺理论家，您的大部分谈创作的大作我反复拜读过，这对我学习文艺创作得到了极大的教益。

您又是培养青年作者的辛勤园丁，许多中青年作家在您指导下成长起来了。我也希望得到您的指教。现将我写的短篇小说《父女》寄给您，请您在百忙之中帮助我把它修改好，然后请您帮我向报刊推荐。

我是个中学语文教员。我写的是我最熟悉的生活，我要为那些辛勤的民办教师说一句话。

请您一定给我帮助和指教，我将永远感激您。

---

① 指《抛掉心灵里的秽物（作家书简）》一文。

等候您的回信。祝您身体健康,并致

崇高的敬意!

萧会晃　一九八一年六月三日

通讯处:江西省泰和县武山中学。

1981年7月2日

敬爱的萧殷同志:

您好!

我寄给您的小说《父女》想已收到了。

我恳切地要求您能帮助我把小说修改好,并请您推荐给刊物发表。我将永远感激您。

盼您的回信。祝您身体健康!

萧会晃　一九八一年七月二日

通讯处:江西省泰和县武山中学。

1981年10月26日

敬爱的萧殷同志:

您好!

前些日子,我曾寄给您一个短篇小说《父女》想您一定收到了。

现在我又把一个中篇小说《十年青春付东流》寄给您。

希望您能在百忙中帮我把小说修改好,并请您向报刊推荐。我将永远感激您。

您是一位著名的文艺理论家,又是培养文学青年的辛勤园丁。我多么希望得到您的指教。

请早日回复。顺致

崇高的敬意!

萧会晃　一九八一年十月二十六日

通讯处:江西省泰和县武山中学。

致萧葵葵等1通（附来函1通）

萧葵葵，萧殷长子。曾下放海南岛建设兵团劳动，回城后在广东省轻工业设计院工作，不久入读广东化工学院制糖专业，毕业后任广州糖纸食品厂技术员。萧权权，萧殷次子，曾参加海军，广州汽车制造厂安装钳工，后毕业于广东工学院机械系汽车专业。

1981年5月20日

葵葵、穗平、权权、赵彦、红春：

  你们好！我们于今天上午八点半从白云机场起飞，一路都非常平稳，一万公尺高空，下面虽是浓浓的云层，上面却是晴空万里，阳光灿烂，还在飞机上吃了点心，到十点五十分，准时到达北京。文联有人来接，现暂住王府井附近的翠明庄三楼，据说过两天还要换地方，请不必写信来。

  还未看见负责的人，据随团去朝鲜的工作人员说，是从北京坐火车到平壤，大约廿九日下午四时到达，参加朝鲜的文学艺术同盟大会，大约在朝鲜停留十二日，六月中旬就可能回来[①]。

  你妈妈打算留在北京，等我一起回广州。

  希望你们和和气气，注意安全。可将此信转给萌萌、小卢看看！特此报告安平，勿念！

萧殷、陶萍　五月廿日下午北京

---

① 萧殷欲参加中国作家代表团出访朝鲜，后因病未成行。

附来函

1978年1月2日

爸爸、妈妈：

你们好，二十六日晚离开你们后，登上50次直快列车，第二天，二十七日早八时零五分到达衡阳车站，乘中午十一点五十八分的直达快车（从上海至昆明的79次）经过二千四百公里的长途旅行，于二十九日上午五时五十八分到达春城——昆明，昆明确是个四季如春的城市。但早上和中午的温度相差很大，气候晴朗，暖和。不像贵州，阴雨连绵，又潮又冷。路经五省时，贵州和湖南最冷，广西不太冷，经云南省时，半夜很冷，许多人都不幸感冒了，我也不例外。在昆明住了两个晚上，这里正在抓纲治国，管理很严格。两个晚上十二点，警察都来登门拜访，第一天在昆明市逛了一下，熟悉一下地形，第二天到龙门①去了一趟。这个地方是名胜古迹地势险要，整整登了一天，照了张集体相，累得半死，在山顶上，可看到昆明全景及滇池，这个景，咱们家去年的年历上有。三十一日上午八时五十分，我们又登上昆明开往开远（即往河内的那条铁路，是法国人建的，为了抢全世界有名的个旧锡矿而建的）的小火车（即比我们国内的一般铁路要窄），经三百多公里运行，于下午四点十分到达华宁县盘溪糖厂，受到厂里干部工人们的欢迎。元旦这天还和我们开座谈会，并会餐，种种菜里都满是辣椒，辣得我们这些广东人乱出汗，但很快就适应了。盘溪糖厂三日开榨，但到厂后因很忙，到现在才给你们写信。

来信请寄：云南省华宁县盘溪糖厂，广东化工学院实习队，本人就可。因时间紧迫，其他暂不写了。这里鸡和牛干巴（即牛肉干）很便宜。姐姐工作没？

祝身体健康

葵葵　一九七八年一月二日

---

① 龙门石窟，位于昆明西郊，开凿于清代。石窟布局优美，刻工精细。

致谢望新14通（附来函3通）

谢望新（1945— ），江苏金坛人。毕业于中山大学中文系。曾任《南方日报》记者、编辑。广东省作家协会专职副主席，《作品》杂志主编，《花城》杂志副主编，广东省广播电影电视厅副厅长兼广东电视台台长、党委书记、总编辑。著有五卷本《谢望新文集》。

1978年10月25日

望新同志：

报纸及信，在你来后的第二日才收到，勿念！

《作品》中的《谈薮》栏，靠来稿是不行的，因为它所涉及的不是一般的创作问题，而是带方针性的问题，所以希望你和报社同志多动笔！多支持！

本来这几天打算给《人民文学》整理出一篇"作家书简"，借此谈谈由《伤痕》[①]等所引起的问题，即所谓"暴露文学""批判现实主义"的问题……可是整天乱糟糟的，不是被一大堆来稿拖住，就是被不断的来客纠缠住，弄得心情凌乱不堪，大有无从下手之感。匆匆。

祝好！握手。

萧殷　十月廿五日

---

① 《伤痕》，卢新华小说，载1978年8月11日上海《文汇报》。

1979年4月8日

望新同志:

将修饰过的稿样奉上,请查收。改得相当凌乱,请费神校阅。增加了一段,又添了一个题目《议论能代替生活描写吗?》,主旨似乎比较明确了。你看看,还有什么不妥当的地方?

给王淑明[①]的信,发排了吧?打出条样时,我想再看一遍,必要时也想修改一些段落。至于用什么题目,请你帮我想一个好不好?

评论陈国凯[②]同志小说的文章,快脱稿了吧?《序言》提纲及要点,请同时代为考虑一下。最近来,我要赶写的东西,实在太多了!要为《花城》赶一篇文章;在茂名的讲话又要整理成文;第二版《习艺录》又要校阅,时间太少,而来人却如过江之鲫。奈何!匆匆。

握手。

萧殷　七九年四月八日

1979年4月15日

望新同志:

原以为修饰这封信,一两段话就能补充清楚;谁料写起之后,却不是想象的那样容易。虽然花费了一个下午(幸好星期六下午,意外地无人上门,谢天谢地!),还费了很大气力,才写成这个样子,可见这类文章也不简单。题目也不理想,但想不出更恰切的了。

听说《议论能代替生活描写吗?》一文今天已见报,但我还未看见报纸。叫孩子到东山去买,据说《南方日报》已售竣。请你寄两张来,为盼!

稿子今由江霞同志带去,请查收!

陈国凯可能今日首途赴沪,他有无去取回他的小说集?

萧殷　四月十五日下午

---

① 王淑明,人民文学出版社编辑部主任,《光明日报》"文学评论"主编,中国文联研究室主任。

② 陈国凯,广东五华人。1958年进广州氮肥厂当工人,1962年发表短篇小说《部长下棋》。长期受到萧殷关注与栽培,1980年调入广东作协从事专业创作。

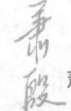

1979年6月18日

望新同志：

　　介绍《中国青年报》广东记者陈貌同志来访，他想看看那篇《寒凝大地发春华》，可是我这里已找不到了，你能否想想办法？

　　近来忙什么？

　　最近要赶几篇文章，月底是交稿期限，真有点心急！

　　祝好！

萧殷　六月十八日

1979年9月13日

望新同志：

　　刘锡诚[①]同志来信，现转上一阅。

　　这里有点消息：你评论陈国凯小说的文章在九期《文艺报》发表，我那篇《序》则被转到《光明日报》[②]去了。

　　可能九期《文艺报》过几天就能收到。据来信，我那篇"急就篇"也在这一期与读者见面了。

　　十月上旬我就要动身到北京去，你有什么事？

　　祝好！

萧殷　九月十三日

1979年11月29日

望新同志：

　　来信悉。所拟两个选题，打算几天后给上海文艺出版社写信时，告诉他们。这两书，如写得好，对读者是有帮助的，想他们会要。我将你的地址告诉他们，他们可能直

---

① 刘锡诚（1935—　），山东昌乐人。《人民文学》文学评论组组长，《文艺报》编辑部主任。
② 指萧殷《〈羊城一夜〉序》，载1979年9月12日《光明日报》。

接与你联系。

上海文艺出版社给我的信，于十余天前，由黄伟宗同志转饶芃子，但至今毫无音讯，信也不见退回，奈何！

下午去文联开会。匆匆致复。

祝好！陶萍问你好！

萧殷 十一月廿九日

1979年12月20日

望新同志：

我仍住在省人民医院东病区201室。高烧已退，痰喘减轻些，但胃口依然如故，每顿最多只能吃一个小馒头，连一两饭都吃不下去。医生说我体质太弱，要我下决心认真"修理"一段时间，看来，这一两个月大概不能离开医院了。

有空来谈谈！每日下午三时到七时都可以进来。自进院至今，连星期日也没有离开过医院。顺问钟声同志好！祝

近安！

萧殷 十二月廿日于东病区

1980年4月15日

望新同志：

你的文章已看过，还不错，并于第三日已寄给秦兆阳同志。他是否能选中，还得等他来信！

十二日，我到暨大和中文系的教师与研究生们谈了一次"社会主义和解放思想"问题，着重谈了政治方向、目标和理想不可动摇，也谈了为实现理想必须把思想从束缚中解放出来；谈到两者的相互促进，相辅相成的关系。如把两者引到各自为政的地步，则是危险的。

来人很多，工作的时间仍不多。有空与李钟声同志来玩吧！

握手！

萧殷 四、十五日

1980年9月30日

望新同志：

　　我们廿一日才从广州动身，中途车坏了三小时，晚六点才到达佗城。现住佗城中学小山上，房宽敞，很安静，空气亦极好。来信仍可寄"龙川县、佗城中学罗海清同志转交"。十月四日我准备到矿泉疗养院去试试看。这里许多人都主张我继续住佗城，因疗养院上下坡对我不合适。准备到那里去看看，如不合适，就带些矿泉水回佗城来疗养，估计十月七、八号会再度回到佗城来。

　　转来《天津日报》邹明同志的信已寄到。你想把《随谈录》寄给《文艺增刊》，不妨和他联系，说我和陶萍在龙川疗养。陶萍大概不久会写信给他，我现在不能写稿，以后一定支持他们。

　　我在珠影的讲话记录，请不要在《南方日报》积压下去了。希望你再加工一番，该增加的增加，该删去的删去，力求道理通顺浅近，然后寄给我，打算另找出路。

　　本来，我想把《随谈录》（带来的三节）改完后一起寄去，但因来人不断，不能继续改下去，现只把第一节（共四页）修改稿寄上，收到后来信告诉我，以免悬念。余两节整理起来难度更大，有暇时一定争取时间修改。到深圳后打算写的几篇短文①，有人动笔否？匆匆。

祝好！

　　　　　　　　　　　　　　　　　　　　　　　萧殷　九月卅日于佗城

1980年10月9日

望新同志：

　　我十月四日来矿泉治疗所，刚到，即收到你的信及十二页《随谈录》初步修理稿。从《□□》编辑部对你的"报告文学"的意见看，确令人莫名其妙，这与"少宣传个人"有什么联系呢？从这种水平看，我也不主张把《随谈录》寄给他们，怕又落得"宣传个人"的罪名。前信我曾希望你与《天津日报》邹明同志联系，去信没有？曾随信附去《随谈录》一书，收到了没有？

---

① 1980年9月萧殷一行访问深圳，约定共同撰写短文。

我原打算只在矿泉治疗所住两三天，但来后，据说要一个月左右才能看见效果，所以决定在这里住二十天或者一个月。在这里治疗效果最明显的是血压病患者，无论是低压或高压，都能恢复正常；其次是肠胃病，但起码要一个月才能看见初步疗效。

这里地处一条山沟，环境宁静，空气清新，处处都显出纯朴的风格，无论是房屋或是人，都如此。

□□□至今无来信，太不像话了！收到稿，居然不来封信说明理由，也不退稿，这是什么意思？

我在珠影的讲话记录，你整理了没有？如能整理得更明确、更生动，是我的愿望，想你也可能做到。

听说在《南方日报》上登有我的《月夜》出版的广告，但我没有看见。你可能已经看见。

来信寄"龙川县、黎咀、矿泉治疗所"我收。匆匆祝好！

萧殷　十月九日

1980年10月18日

望新同志：

寄来《随谈录》七页及寄治疗所的《随谈录》都收到，勿念！

现寄去给李云扬①同志的信和给邹明②同志的信，请你在合适时寄出。

《南方日报》既然不太想刊登我那篇东西，千万不要勉强！我这类记录稿不少，都没有整理，也不太想整理，等编集评论集时再说。

你如果有空暇，可按照你的打算帮我整理一番。即把（一）与（三）合并起来整理；把第二部分独立起来整理，力求自然，说理说得充分。整理完毕再交还给我！

我打算十月底或十一月初回广州。等我回到广州时，你再把整理过的记录还给我，还不算晚。十月四日来治疗所③，已住了两星期，这里空气新鲜，环境安静，加上矿泉

---

①　李云扬（1913—2004），广东台山人。曾任中共中央组织部机关党委副书记、高教部司长、中国科技大学党委副书记、副校长。1979年任暨南大学党委书记、副校长。

②　邹明（1923—1989），原名缪衍生。福建福安人。《天津日报》文艺组组长，中国作协天津分会副秘书长。

③　指龙川县黎咀矿泉治疗所。

水饮用和洗澡，已初见疗效，能勉强吃一两饭。但据说显著疗效要三月以后才可能出现，但我未带冬衣，山区可能很冷，所以下月初一定回广州。只有把一切安排妥当后，明年春再来这里治疗。

《天津日报文艺增刊》处，陶萍已给邹明同志写了信，说明《随谈录》的简单情况，说每篇八九节，全篇约一万字左右，写谈创作问题，希望你们直接联系。匆匆。祝好！

萧殷　十月十八日

1981年4月17日

望新同志：

读了你的信，我很难过，也替你难过！我们都是出于公心，为文学事业而不辞辛苦。真未料到，竟有人会说出如此不负责任的话。还说"这也是你（指我）的意见"云云，是毫无根据的。当时我除了同意他应加"整理"两字外，未表示过任何意见。所谓"自作主张"恐怕只是他自己的猜测，拿不出任何根据。这《随谈录》①是我的意思，用你名义也是我的意思。后来湖南出版社提出应加"整理"两字，才引起我的考虑。

在共同努力过程中你是出了大力，也确如你所说"是共同劳动创造"的，我甚至说有些有关创作规律的章节，要换成别人是搞不成的，这话我不仅说过一次，而是说过多次。

我准备叫□□来医院一次，打算好好跟他谈谈。如果他也爱护我的话，怎么忍心去中伤一个有才能的，且衷心帮助我工作的同志呢？你的信，暂时不预备转给你，免得引起误会反使事情复杂化。

社会上有各种心理的人，传话人也是抱着各种目的的，其中也可能就是这样，也可能在转达时加油添醋。总之，我要尽我的力量使这种莫名其妙的"风传"停止，请放心！

今天哈尔滨来了个王敬文②同志，是《北疆》文学丛刊的编辑。该刊五月创刊，特

---

① 1977年冬至1978年夏，萧殷先后数十次接受谢望新采访，其中有关文学创作的内容便是《随谈录》，整理后交各大文艺报刊发表，后结集成《创作随谈录》出版。

② 王敬文（1936—2008），河北乐亭人。黑龙江人民出版社编辑，黑龙江省作家协会理事、创作研究室主任。

来向我约稿。我向他介绍了你，他可能约你写文章，希望予以支持。将来《随谈录》有余稿也可寄给他！匆匆祝愉快！

萧殷　四月十七日

1981年5月15日

望新同志：

北京已来电报，叫我本月廿日到京，廿八日出国。我正在家中做些必要的准备。

读了赵启强同志的来信，颇有启发，将另写一篇文章才能讲明白（这是访朝归来以后的事情）。我前写给赵的信，原答应给河南《文学知识》（他们大致看过，很同意这类具有指导意义的信函，希望在创刊号刊出），但现在《飞天》①编辑部一定要，而且谈的是甘肃青年作者的问题，认为切中要害，希望得我的同意！不得已，只好让给《飞天》了。

《文学知识》已知我住院不能改写那封信，曾建议把上海《文汇报》退回的《创作随感录》清样寄给他们。现在那封信已答应给《飞天》，请把留在你处的《创作随感录》带回给我，准备修饰一下，寄给《文学知识》。

弘征②来信，盼望你先看看他的诗，并望你为我提出一个序言的要点或提纲。你来时，再面谈。匆匆祝健康！

萧殷　五、十五午

1981年8月27日

望新同志：

入医院已一月余，高烧已退，但因为注射了大量的消炎液，胃口完全被破坏了，每餐不仅不能吃适量的食物，甚至什么都不想吃，连平日最爱吃的甜酸食品，也难咽下。医生说我抵抗力下降到最低限度，如再发生感染发烧，就很危险。现在不断用吊针输送

---

① 《飞天》前身为《甘肃文学》，创刊于1950年，甘肃省文联主办。几度停刊，曾更名为《陇花》《红旗手》《甘肃文艺》等。1981年，《甘肃文艺》更名为《飞天》。

② 弘征（1937—2022），湖南新化人。诗人、书法家、篆刻家。时任湖南人民出版社文艺室副主任。

葡萄糖和氨基酸，以维持最低的抵抗力。但由于注射过多，静脉不仅硬化、溜滑，而且极脆，容易爆裂，稍一不慎，输液就容易输入肌肉内，引起肌肉浮肿……但是不如此，又无法补充起码的营养。于是体质极弱，整天大都卧床休息，不仅不能下楼，连在二楼走廊散步也无能为力。

在这样情况下，我不仅不能改写东西，连报纸也没有看。《芙蓉》要的稿子，我也很心焦，但毫无办法。至此，我才感到自己的生命力的确很有限了。

每日虽然按时治疗、服药，但毫无起色，胃口依然拒绝食物，这是一种更可虑的现象。

许多同志来信都搁在桌上，全部没有复信。自顾不暇，那有什么办法。

趁今天早上还有点精神，给你写封信，并请将我的近况转告熟人朋友。

祝你近好！

萧殷　八月廿七日
于东病区二〇二室

附来函

1978年1月19日

萧殷同志：

黄树森同志昨天告我，说你问起谈形象思维的文章是否见报。

文章原拟这个星期见报，因要先出别的报，故推迟。现定于下星期见报。

报社最近要求发一些访问老作家的通讯，我想写一篇关于你的访问记[①]，不知你的意见如何？望告。

如果你同意的话，请定个时间谈一谈。尔后再说。

祝好！

谢望新　元月十九日早

---

① 作家访问记，当指报告文学《寒凝大地发春华》。

1979年1月11日

萧殷同志：

　　拙作①发表后，报社收到不少来信，反映十分强烈。

　　稿子发的第二天，一早就读到一位中学生热情洋溢的来信，他还提出要就教于你。考虑到你的身体状况，我来复信。

　　附信寄来的一首诗，是许多来信中的一篇较有代表性的东西，请一阅。

　　你此行西樵山，能给我们写点东西吗？

　　请保重身体！

谢　元月十一日

1980年9月23日

萧殷同志：

　　你好！想已平安到达龙川，甚念。

　　你的身体欠佳，一定要珍重。文艺界的同志（正直的、善良的人们）、你的朋友们都期望你能这样做。

　　转去《天津日报》的来信，我想把这一万字的《随谈录》给他们，你的意见如何？

　　凉鞋已买到，我会交萌萌托人带去。

　　祝健康！问候陶萍同志。

谢望新　九月二十三日早

---

① 谢望新、李孟昱撰报告文学《寒凝大地发春华》，发表于1978年9月3日《南方日报》。

致熊诚2通

熊诚（1950— ），广东信宜人。毕业于广东肇庆技校。广东文学院专业作家，《风流人物报》编辑部主任，作协广东分会组联部副主任，广东文学创作出版基金会总干事，《岭南文报》执行副主编。著有长篇小说《狂澜》等。

1977年×月×日①

熊诚同志：

你好！

不知为什么，许久没见到你的习作。今天收到你的稿子，便急忙拆阅。看后，感到十分失望。这篇《东风呼啸》，是概念化、公式化的产物，图解政治概念，没有人物，没有性格典型。显然，这是受"三突出"影响的。

我刚刚在床上为《南方日报》撰写完一篇评论员文章，到时，你可以找来看一看。文学创作方面的理论，这十年来被"四人帮"搞乱了，青年作者受毒害犹深。早在一九七二年清远创作学习班上，我曾有个发言，或许，没有引起你们青年作者的注意。后来，还有一个人贴大字报与我算账。看来，在中青年作者中，不搞清文学理论问题，文学创作难以走上正轨。

我已经住院一个多月，整天卧床，身体很虚弱，不能写很长了。希望下次能见到你的好作品！谨致
礼！

萧殷　一九七七年×月×日

---

① 此函及下函系熊诚据原信抄录，与原函有出入。

1978年6月×日

熊诚同志：

你好！

很抱歉，你上次寄给我的小说，当时我夹在书本中，不料还没有看便又一次入院了。在床上吊针吊了十多天，使我烦得不行，又不能动，也不能看书。今天，萌萌送书来给我，我才见到夹在书中的稿子，然后一口气看了。这篇小说写得还可以，我已经转给《作品》黄培亮同志。

认真说，这篇小说还未能算是佳作，但是个可喜的开端，说明你对文学创作的观念有了认真的思索和反省，开始注意从人物出发而不是从政治概念出发进行构思。

另外，有个人请你打听一下。记得在清远文艺创作学习班上，跟你一起有个肇庆来的青年作者①，写《老牛倌》的作者。这几年没见到他发表作品了，不知现况如何。

致礼！

萧殷　一九七八年六月×日

---

① 熊诚注：该作者就是四会的何海棠，现在四会中学教书。

致徐光耀4通

徐光耀（1925— ），笔名越风，河北雄县人。毕业于华北联大文学系，中央文学研究所第一期研究生。华北军区文化部文艺科、总政文化部创作室专业作家。河北省文联党组书记、主席。著有小说《小兵张嘎》《平原烈火》等。

1949年8月14日

光耀、徐孔[①]、郭锋[②]同志：

现在已半夜十二时半，可是我却毫无睡意，还是趁这时机写封短信吧。

我与陈淼同志常常谈到你们，我常常希望他写信鼓励你们多写些东西，哪怕是较粗糙的东西也好。可是总不见你们写东西来，是否因为眼光太高，怯于下笔呢？老实说，这样的态度是不完全正确的，只有经常写，经常听取读者的意见，经常接受失败的教训，作品才可能逐渐达到成熟。只有写多了，才可能产生好作品，如果总是站着不动，怎么会进一步呢？

一时不能写小说，先写些散文、报告也好。这样写得多了，生活也就渐渐熟悉起来，以后想象也就会丰富得多。因为写散文、报告也需要把握生活，这生活如果经你把握一次，等到写小说时，就会更熟悉了。千万不要抱着"一鸣惊人"的想法，那是不现

[①] 徐孔（1927—2010），辽宁海城人。1945年进入华北联大文艺学院文学系学习，曾任《炎黄春秋》杂志副社长、总经理。

[②] 郭锋（1925— ），黑龙江密山人。历任《东北文艺》杂志、东北文艺出版社、辽宁人民出版社、春风文艺出版社编辑。

实的幻想。

写作不要等"灵感",有时也需要"挤","挤"多了,写作习惯也养成了,把握生活的方法也就熟练起来。你们写作的历史都不很长,千万不要因眼高手低而搁下笔来,因为笔一搁久了,就很难再提起来。这是值得警惕的。

我到北平后,因各方面都来"挤",结果我也被"挤"出了三万多字。我的工作是很忙乱的,如果我不利用深夜硬"挤"的话,一篇短文也不会写出来的。但"挤"也有好处,因为"挤"总得思索,思索多了,也就慢慢熟练起来。

你们不是要求别人多多具体帮助吗?但如果不拿出作品来,别人如何能帮助得具体呢?一般地提出问题,人家只能一般地回答,只有拿出作品来,别人才能从作品的分析中提供具体的意见。

现在杂志刊物很多,这是刺激我们写作的好条件。只有多多拿出作品来,以后你的写作环境才可能得到改善,老是自己苦恼是无用的,因为领导还不晓得你到底能写什么东西。只有拿出货色来,领导上才会考虑你的写作事业。

我与陈企霞同志决定在文联编《文艺报》(半月刊,每期五六万字,其中有四分之一是创作,大部分是理论批评、运动报道),同时我与厂民、吕剑合编《文艺劳动》(由中外出版社出版,每期八九万字,第三期明日可出版)。此外,我还单独在《光明日报》主编《文学》(周刊,每期一万三千字)。因而我这里需要很多来稿,希望你们尽可能多写些寄来。

只要有内容,即使表现方法上粗糙些也不要紧。

厂民参加《人民文学》编辑工作(那是文协的刊物)。只要有内容的作品,发表的地方是很多的。

我已将最近写的短文集成一本《摸索集》,交天下图书公司出版,约九月底可印行,顺告。

匆匆

握手

萧殷　八月十四夜

来信寄:北平东单东总布胡同二十二号,文联。

1951年1月6日

光耀同志：

　　因患痔疮躺了一个多月，现在总算痊愈了。你近来忙些什么？写了短篇小说没有？《平原烈火》①出版后，各方反映都还好。现在编辑部希望你写一篇写作《平原烈火》的经验，如果不能把全部经验都写出来，那么写写其中几点最主要的经验也好。

　　通过这篇经验的写作，你可以借此机会总结一下自己的经验，这不仅对读者有莫大帮助，首先对作者自己是有很大好处，因为这样总结一次之后，可以把一些长处有意识地运用在以后的写作实践中。

　　请你一定写出来，因为你这篇文章已经计划在我们的刊物内容之内，并且希望你在一个月到一个半月写出来。

　　匆匆。祝你好。握手。

萧殷　一九五一年一月六日

1951年1月18日

光耀同志：

　　前次写的信，谅已收到。

　　《平原烈火》的写作经验，动笔了没有？如果可能，希望能于一月廿五日以前寄来。我们一共只约了五个人写这类文章，因其他文章仍未寄到，希望你的文章能在《文艺报》第八期上发表。

　　如暂时有困难，希望来电话告诉我（五·〇三六八）。

　　匆匆。握手。

萧殷　一九五一年一月十八日

1952年1月1日

光耀同志：

　　写来《我怎样写了〈平原烈火〉》已读过，写得还好，我们想在34期上发表。为使

---

①　《平原烈火》，徐光耀著，人民文学出版社1951年版，《人民文学》杂志节选发表。

初学写作者能够得到更具体的帮助和理解，我们希望你再补充一些具体材料。

（一）我们希望你在第三页中谈到记录人物、事件、场面时，举些例子。你在小本子上记录些什么？希望能就你记忆所及（有材料本子最好），补充三二个具体例子。

（二）在第五页，谈到"那些原本互相联系的事便联系起来，分散的人物也合并了，独立单个的场面也连接扩大了。有几个人物由模糊趋于明确，由一嘴一脸渐趋于完整"——我们希望你对这些也有一些具体的例子，因为这样，初学写作者会得到更具体的启发。

（三）在第六页，谈到"有一个真人做模特儿，又另外集中一些同类型人物的特征上去"时，也请你举例子，并说明怎样集中，或写出集中过程。

以上补充，我们认为很易做到的，希望能于二月十三日以前改好送来。匆匆。握手。

萧殷　一九五二年一月一日

致徐开垒2通（附来函1通）

徐开垒（1922—2012），浙江宁波人。历任上海《文汇报》记者、编辑及副刊《笔会》主编，文艺部副主任，高级编辑。著有《徐开垒散文选》《巴金传》等。

1978年12月23日

开垒同志：

这篇《作家书简》①本来十一月底就写得差不多了，由于"广东省文学创作座谈会"于十二月五日召开，我不仅要参加，而且还要做一些筹备工作，故从十一月下旬便将这篇东西撂到一边。会议十二天，北京来了周扬、默涵、夏衍、张光年、李季等同志，不仅盛况空前，会议也开得十分精彩。《作品》二月号准备发表他们的发言。所以散会后，我还是异常忙乱。

今天赶着把这个"书简"写完，但很不理想，题目也来不及定，请你代劳吧！这是原稿，大概字迹还看得清吧？

收到后，请告诉我！如刊用，请寄两张《文汇报》来，因我们单位只有一份《文汇报》。

匆匆，祝好！

萧殷　十二月廿三日

---

① 作家书简，指萧殷应约为上海《文汇报》撰写的书信体文学评论。参见下函。

1979年1月8日

开垒同志：

今日下午托忠干①同志寄出一封信，晚上就收到你寄来的清样及短信。

我匆匆校了清样，只加了几个字，补了一个题目《〈伤痕〉是"眼泪文学"吗？》，你如能想到更恰当的题目，请换一个，如想不到，就算了。

《作品》二期稿，大致已集齐，只是林默涵②同志的讲话还没有送到，他于会议③结束后即回北京，记录稿由他带走，可是至今还没有寄来。这期《作品》出版后，一定寄你一本，勿念！

我家里来人不断，从早到晚，不但不能写稿，连写信也困难，因此，我现在躲在珠江边一个林园④里，集中力量赶编《谈写作》一书，共廿四万字，因上海文艺出版社已催我好几次，大约十天之内，可寄出。

匆匆，祝健！

萧殷　一月八日

附来函

1980年9月10日

萧殷同志：

您好。广州别后两年了，去年开文代会，因您进医院，又失去求教机会。前一时期承二次赠书，非常感谢，现正研读中，以求教益。

我报《笔会》副刊今年发起短篇小说征文，现已初步告一段落，国庆前后当编印一本征文选出版，其中收集了十六篇已发表的小说，另外二十一篇则是未发表过的作品，

---

① 陈忠干（1931—2013），海南文昌人。上海警备区文化干事、广东省体委宣传处副处长，曾与易征创办《现代人报》。

② 林默涵（1913—2008），曾任中宣部文艺处处长，中宣部副部长兼文化部副部长。"文革"中被监禁，1978年任恢复全国文联及各协会筹备组组长。

③ 指广东省文学创作座谈会，1978年12月5日至16日在广州胜利宾馆召开。参见上函。

④ 指二沙头广东省体委招待所。

都是在来稿中挑选出来的。书请冯牧同志写了一篇序文，原计划也想请你写一篇，后来因为赶时间，不及约稿，这是我们的一件大憾事。出书后当寄奉请教。最近据我们报社驻京记者汇报，谈今年短篇小说成绩，没有去年收获大，原因是由于提出"社会效果"问题后，作者思想有顾虑，脑中不免有框框，就有点受束缚。不知你接触到的情况怎样？广州最近活跃吗？

时间过得快，转眼国庆即到，你能在二十日左右给我们写一篇散文或随笔之类的短文吗？用"作家书简"形式写也可以。哪怕千字左右都好。你很久没有支持我们了，这次能下个决心赶一篇给我们吗？

祝健康！

徐开垒　九月十日

致晏明8通（附来函4通，附函3通）

晏明（1920—2006），原名郭灿之，湖北云梦人。曾任《诗丛》主编、《武汉日报》文艺副刊主编。1949年后任《新民报》文艺副刊主编，《北京日报》副刊编辑，北京出版社文学编辑、《十月》杂志编辑。北京作家协会诗歌散文创作委员会主任。著有诗集《三月的夜》《北京抒情诗》等。

1977年4月19日①

晏明同志：

读来信，真是喜出望外！多少年未通音信，也不知你的行踪，虽有时也怀念，但无法通信。我现在住在医院里。六八年后得了肺气肿和高血压，比起十多年前又多了两三种疾病。这十年风霜，比经历一场战争还严重得多，身体衰老了，不但两鬓如霜，记忆力与分析能力也大大衰退了。

谈起长篇小说，它在"四人帮"的铁蹄下早已成灰烬，不仅未完的原稿没有了，连提纲也被毁灭。更可惜的是，在构思《多雨的夏天》②时所写下的七八十条《创作随感录》（共约八万多字）也被毁灭了。

最近，我有一本《习艺录》要出版，拿到书后，当奉赠一册，望批评指正！这本书的"后记"（已发二月号《广东文艺》）朋友们应当看看，这里写了我自己出于一时的

---

① 此函录自《晏明文集》卷七。
② 萧殷1957年春开始构思长篇小说《多雨的夏天》，并着手撰写提纲。手稿在十年动乱中遗失。

悲愤又焚毁了一部《创作论》的提纲。

好久未看见李凌①同志了。前年李焕之②同志在温泉养病时，曾一起回忆延安时的老同学，自然李凌同志也是其中之一，现在闪烁于我脑际的李凌同志，仍然是个年轻、精明的小伙子，仿佛昨天才离开的样子。他受到迫害，想也苍老些了吧？请代问好，并祝健康！话太多，一次说不完，以后有空时通信吧！

握手。

萧殷　四月十九日

1978年10月18日

晏明同志：

在医院里收到你的信，不能即刻写复信，于八月出院之后，又忙于参加机关整风，同时《作品》的编务，也占去了我不少时间，哪里还能抽得出时间来呢？年纪老了，做什么事都缓慢得很，加上杂事繁多，时间就显得越来越少了。只能安于"老牛破车"，慢慢来！

陈子毅③同志已给我寄来了一幅《红棉》，很满意！但现在还没有去裱。你为我代索的画（你来信说"已请两位画家为你作画，一画花卉，一画山水，还有钟灵④兄的猫……"）拿到手没有？如还未画出，请代致谢意！特别是钟灵同志，望代我问好！

你归队事大概已实现了吧？近况如何？望来信谈谈！据说北京新情况很多。在十多天之前，香港各大报社以头条新闻报道"吴德"的变动消息⑤，然而在国内，今天才听报社说，刚收到北京正式的电讯，明天能不能见报还不得而知。

---

① 李凌（1913—2003），广东台山人。延安鲁艺及鲁艺高级研究班学员。音乐评论家。1982年任中国音乐学院院长，兼《中国音乐》主编。

② 李焕之（1919—2000），福建晋江人。1938年入延安鲁艺，师从冼星海学习作曲指挥。华北联大文艺学院音乐系主任。中央音乐学院音乐团团长、中央民族乐团团长。

③ 陈子毅（1919—2019），广东新会人。岭南画派名家，曾任广州市文史馆副馆长。出版有《陈子毅画集》。

④ 钟灵（1921—2007），山东济南人。毕业于延安鲁迅艺术学院美术系。曾任中国美术家协会副秘书长。

⑤ 1978年10月，吴德被免去北京市委第一书记职务，由林乎加接任。

近半月来，我重编了《论生活、艺术和真实》一书，约二十多万字，昨天已编完，算了却一件心事。过几天寄人民文学出版社，今年冬大概不能出书了。

有空望来信！祝全家安好！

握手。

萧殷　十月十八日于广州

1978年11月9日

晏明同志：

三日来信收悉，知道你要来广州，我们又将见面，十分高兴！

《刑场上的婚礼》①，可能残云同志知道的情况较多，黄宁婴②因病住在中山医学院。你到广州后，只要找到戏剧界的人，了解情况的人是不少的。但我却知道得极少，因为我自一九三六年就离开广州，在这以前，谁也不敢谈及这类事；在这以后，我老在华北，就再无机会听到这件事。还是前三四年，人们打算写周文雍同志的事迹时，才听到他与陈铁君在刑场举行婚礼的事。因不写这方面题材，所以只听个大概。

你可能去《十月》，那太好了，我也很想回北京去工作，但现在似乎条件还不成熟。我还是比较喜欢编文学刊物，可是体力不如五十年代了。

近来，我特别留心，加强疾病防御，除注意冷热外，也注射些增强抵抗力的药物，到现在，还总算平安！希望早日见到你！

握手。

萧殷　十一月九日

---

① 陈残云、黄宁婴等曾根据周文雍、陈铁军刑场婚礼事迹改变成粤剧《粤海忠魂》，于1977年首演。

② 黄宁婴（1915—1979），广东台山人。《华商报》编辑，作协广东分会副主席，广东粤剧院副院长，《作品》副主编。

*1979年3月9日*①

晏明同志：

二月上旬出差到高州，本来在那里感到一切都很好，并向当地文联作了一次关于创作问题的讲话，身体也似乎有点起色，但谁料，乘车到飞机场时，司机贪凉爽，将车窗敞开，我竟受了凉，一上飞机就感到头晕，回到广州一连高烧了五六天，近来才好些。但又忙起来了。

二月以来，除主编《作品》外，还要我负责作协的全面工作，党组具体工作都由我承担起来。你说怪不怪？这里至今还存在着一种怪现象：出头露面的不做工作，切切实实做工作的人，什么"照顾"也没有。我是老编辑、老评论员，只要在工作中能起点作用，在评论中能有助青年作者的成长，是心安理得的。可是上面领导的观点，却使人"心寒"。我于六六年秋起，每月被降低工资九十多元（等于减少我的工资三分之一），名义是转级（由文艺三级转为行政十二级），其实是趁机降低工资待遇。去年五月，算是恢复了文艺三级的待遇，但十二年多扣去的工资却一个不补。这里涉及一个原则问题，错了的要不要改正？连资本家被扣的工资都要补还的时候，却不理我的问题，这是对切实做工作的干部应有的态度吗？最近来，我内心有点"非非之想"，想离开广东，到其他地方去工作，别的事情干不了，编个文艺刊物，倒是力所胜任的。

四月底，如健康情况没有太变化，准备到北京参加文代会②。想趁机了解一下北京文化界的情况，如有合适的工作，也不是不能考虑的。

你们出版社有没有招待所？我如果到北京游览，你们能不能提供方便？所谓"游览"者即了解情况寻找工作也。

在这种心境之下，我哪里还能写什么文章？广东人民出版社计划出版的《花城》（不叫《花会》），现在正在集稿，他们甚至到上海、北京去拉稿，何必多此一举？本地稿件既不够，又何必多办一个刊物？其他情况不了解，无可奉告。

四川那位画家的画已收到，请代向他致谢！我近年有个感觉，中国山水渐渐由疏朗、开阔的高逸境界趋向狭窄、密集的局促的山沟、屋缝……这是一种什么美学理想？我觉得奇怪！

---

① 此函录自《晏明文集》卷七。
② 第四次文代会原定1979年4月举行，后延期至11月。

《鹰击长空》可能是幅好画，待有可靠人来广州，托人带来吧！如一时找不到合适的人，就等全国文代会。那时即使我不去，广州总会有人去的。

你说《十月》主管评论的同志打算把一些有关评论的具体想法写出来，但我至今未收到。

近来，我的工作更繁杂了，除《作品》稿件审查外，还要管文代会代表的选举、文代会期间代表团的发言稿、各种政策落实的结论、各创作委员会活动的计划与掌握其活动的情况，等等。我这个人是不善搞这些事务的，现在"赶鸭子上架"，硬来……以后，如何能长此下去呢？

在这种情况下，我的散文固然写不成了，连《创作论》的写作计划大概也会被"悬"起来。不多写了，越写越气恼……

祝你健康！陶萍问你好！

握手。

萧殷　三月九日

给贺新创^①同志的信请代转。

1979年7月15日

晏明同志：

我前天才从新会县回来，读到你半月前寄来的信。我于六月一日为参加一个省召开的创作座谈会赶到新会去，谁知刚到那天就病倒了，血压突然上升至130—185，医生禁止我活动，并且要静卧一周，后服中药并注射"核酪"，病才慢慢好转。除向座谈会谈了一次创作问题，还抽空给香港《文汇报》写了一篇短文——即回答了一个有关批判现实主义的问题，约三千字，最近可能已发表。

据小说组说，你女儿的小说已退，不知他们处理得如何？小说组水平低，我常常不很放心，但又没有其他办法，总不能每一篇来稿都亲自审阅。一年半来，我曾三次抽下他们认为很不错的小说，其实是政治上、艺术上都有问题的作品。相反有时把一些写得不错的作品退了，这一点我最犯愁，但他们又不愿意总结经验，设法提高。到我去新会

---

① 贺新创（1930—2012），湖北武汉人。北京出版社《十月》杂志编辑，《中国作家》副主编。

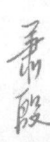

之前，又抽了一篇他们认为的（好小说）……唉，算了。下半年，我打算请创作假，把《作品》的主编职务抛开，专事写作《创作论》或其他文章。现还未提出，不知领导能否同意，但我想写些短文的决心是下定了。

托人带来的画均收到，《十月》编辑部章、张两同志也见到。当时听说你出差两周，故未写信。五月初起，我参加省委常委扩大会议；至五月下旬，为《作品》抽稿换稿事忙乱了七八天；到六月初就离开广州，这两个月来，我一直在忙和病痛中度过。本来以为七月开文代会，谁料一再延期，天晓得什么时候开得成。

陶萍问你一家好！匆匆此复。
握手。

萧殷　七月十五日

1980年9月2日

晏明同志：

三星期之前，曾给你寄上一篇稿子——是年轻评论家谢望新同志记录、整理我的创作心得，我认为记得还忠实，等于是我拟写的《创作论》的雏形。想起你和贺新创同志来信催稿，便怂恿望新同志把它投寄给《十月》。是我直接寄给《十月》编辑部你亲收的，怎么到现在还无回音？是没有收到？还是你不在北京？谅你不会走远，还能是什么别的原因呢？如果认为不适于《十月》发表，也不要客气，把稿退给我就行了。

在其他刊物，偶尔看见你的诗，可见你还是热衷于你的本行。我发表于八月二十日《人民日报》上的文章①，北京同行有什么反应？望告！陶萍问你好！匆匆。
握手。

萧殷　九月二日

1980年11月23日

晏明同志：

好久未通信了。九月下旬，我与陶萍到龙川矿泉治疗所去治胃病，在龙川住了四十

---

① 指萧殷署名文章《发挥文艺编辑培养新人的作用》。

多天，最近才回来。原拟深入山区好好休息一下，谁知到了那里每天还是高朋满座。胃病虽然稍有好转，但无法安静休息，自然也无法写任何短文，而且也未带冬衣去，只好提早回广州来。回到广州，过去那种闹哄哄的生活，立即又恢复了。唉！真没办法，城市愈来愈喧闹，噪音已高到难以忍受的地步。我开始想：将来有可能，最好到农村去居住。

据谢望新同志告诉我，《十月》因讨论《飞天》要占些篇幅，决定把《文学随谈录》放到明年；但《天津日报》创办"文艺增刊"，急需支持，而且本年十二月就出版。在此不得已的情况下，望新同志特写信来征求我的意见。第二部分的《随谈录》虽然已整理好，因顺序关系，不便先在《文艺增刊》发表，所以决定将第一部分《随谈录》寄给天津，现在把第二部分寄给《十月》编辑部。文章的质量，第一、第二部分都差不多。请你和新创同志审阅，如何处理？望告！

折骨自动伞已托人买到，但最近深圳无熟人来，尚须待一段时间，反正现在也用不着，不必忙。匆匆祝健康！

新创同志不另函。

萧殷　十一月廿三日

1981年11月10日

晏明同志：

这半年，我几乎在病痛与奔忙中度过。六月初回到广州，曾在家里读了几本书；之后，应湖南之邀，与陶萍于六月下旬飞赴长沙，任务是向出版社办的创作学习班谈几次创作问题。可是问题尚未讲完，却在长沙病倒，而且即刻进住医院。因那里太炎热，不得不于七月十九日抱病飞回广州，第二日即被送入广东省人民医院。开始病势很猛，每日都得吊灌抗菌素和氨基酸，又因胃口太坏，完全厌食，后来由于注射太多，血管不仅变硬、变滑，而且也变脆了。于是此后每刺必爆，每注射必血管破裂。这一来，体质愈来愈坏，比在北京当你看见我时更瘦弱了。自七月住院至今，不觉已三个多月，因疾病经常反复，至今仍未能出院。何时能出院，只有天知道，医生说：只有你的病痛能回答这个问题。

第五期（发表我的文章的那一期）《十月》杂志，至今没有收到，你社平常寄赠的那一份固然没有收到，难道你们不因我发了一篇而多赠一本么？总之，我一本也未收到。只由朋友在附近"东山区文化馆"，送阅过一次，翻阅了一下。想将文章剪贴起来，也不能办到。是你的没有寄？还是中途遗失了？是否可补寄一本给我？至少，请你们把"剪报"一份寄来，以便保存！这次发表改变较大，使得一些读者向我提出不少难题：第一，读者认为题目与文章内容不全符合；第二，节与节之间，读者认为不相衔接，更与题目无关。对读者提出这类问题，我都想不出理由来回答。我原题是《文艺随谈录》，是随谈随录，原无什么连贯性，而你们把题目改了，又把各节所标的时间、地点都勾掉，使读者都以为是一篇有连贯性的文章来要求，这就难办了。

千万！希望你们设法把那期《十月》寄给我！

陶萍问你好！匆匆握手！

萧殷

于省人民医院东病区十一月十日

附来函

1978年7月22日

萧殷同志：

尊著《习艺录》收到了，十分感谢。这是当前极需的推动文学创作、指导青年作者的好书，是广大青年作者的良师益友。我首先翻阅了目录并反复读了后记。您的经历和体会，使我感到十分亲切。你的喜、怒、哀、乐，我有同感；对万恶不赦的"四人帮"，我们更有共同的语言。

我衷心祝愿你健康长寿，并早日完成《创作论》，这是一本极受欢迎的好书。当然，我也希望你的长篇小说能列入日程，争取早日完成。

北京邮局的工作还有一定问题。你寄来的书，字迹、地址都很清楚，却辗转经过几个支局才到我手，经过了半月时间。

我已请两位画家为你作画，一画花卉，一画山水，还有钟灵兄的猫。由于他们欠画债较多，加上天热，直到现在未兑现。另外，这些人的信用也较差，往往一拖再拖。近年来，我对此颇有体会。只好便中催催，等到手后，再奉上。陈子毅同志的木棉不知画成否？念中。

你和陶萍同志的健康情况，近来好些否？时在念中。

我归队事，已有眉目，两边组织已同意，等市委批后，即可下调令。这里的事办得很慢，只好等着。我近来写了几首诗，已寄报刊，等发表后，请你和陶萍同志指正。

暇时请来信，以免挂念。问全家好，致以
敬礼！

晏明上　七月廿二日

1979年4月4日

萧公：

这是尊称，也是亲切之称，我想你是肯于接受的。记得当年对茅公、夏公①之称呼吧？如今已畅行无阻了。

首先惦念的是你的健康，一想到你就从心里默念：健康长寿，当然包括陶萍姐在内。

你的信早收到了，上班后杂事更多，文艺界会多，又逢发稿，故未及时给你写信，乞谅。

你的心情，我很理解。你的信我读了好几次，感触颇多，久久不能平静。这类事，好像处处有。望你在忙工作之余，安心养病，不要过于劳累。关于你的工作问题，我在这里曾做过一些努力，由于某种原因，不大好办。最好能有一位大人物发话，当然也不需要太大，总得有点权的。

听说文代会四月开不成，可能要到五六月，这是小道消息。北京出版社房子极挤，无招待所。你来时住在宾馆里，也不妨碍访友的。

恕我潦草。祝健康，问陶萍姐及全家好。

晏明上　四月四日

---

① 茅公、夏公，分指茅盾、夏衍。

1980年8月26日

萧殷同志：

手示及转来谢望新同志大作，均悉，感谢你和望新同志对《十月》的关心与支持。

此文，已转给评论组，贺新创同志（去年曾几次给你写信约稿），他看后，认为写得颇有见解，文字也很好，准备请有关同志传阅后，争取发表。一有结果，当即奉告。

你和陶萍同志的健康情况，我一直在惦念中，望多保重。每期寄上的《十月》收到否？请不断给予支持。问全家好。

新创问好。

晏明上　八月二十六日

1980年12月3日

萧殷同志：

你好，二十三日手示悉。因我和新创同志都在休创作假，未能及时回信，请你原谅。

大作原已排完发稿时间，因讨论《飞天》，不得已只好推迟，请你和望新同志务必原谅。

现遵嘱将第一部分《文学随谈录》挂号寄上；第二部分当争取早日研究安排，请释念。你和陶萍同志的健康情况，我一直在惦念之中，你去龙川休养时，我原拟上来问候，因忙乱和血压上升，未能如愿，请谅。

广州当然不是休养、写作的环境，望你好好保重，尽可能避免会客闲谈。如能在广州近郊找个住所，对养病及写作都有利。

陶萍同志身体较过去好些否？近来又有何大作？念念。

你和陶萍同志如有散文、报告文学等佳作，请给《十月》以支持。

萌萌写了东西吗？希望年青一代大写。

望新同志是一位热情诚恳的好同志，为伞给他添了不少麻烦，款一定要付的。问望新同志及你全家好。紧紧握手。

晏明　十二月三日

附晏明致陶萍（1983年9月22日）

陶萍同志：

您好！全家好。

我去新疆一个多月，刚刚回到北京，惊闻萧殷同志病逝，内心万分悲痛！您和全家人的心情，我完全理解，敬请节哀，千万保重身体！您的健康情况不算好，不要因过度哀伤而损坏健康！目前，健康对于您是第一位的！

回忆三十多年来，我与萧公交往，所受教益匪浅！他是我的良师益友，一位刚直可敬的长兄。五十年代—六十年代，在《文艺报》赵堂子胡同十五号的许多次的畅谈、恳谈，好像是在昨天。萧公对无产阶级文学事业的杰出贡献，对文学后辈的殷殷教导，对同辈人的热诚关心，以及他的精辟的理论著述，将在历史长河中永放光芒！我们将永久怀念和学习……

记得1978年秋，我从北京去广州，到梅花村看望你们，健康情况等欠佳，但精神面貌极好，纵论国家大事，痛斥"四人帮"祸国殃民！对时弊与文坛不良现象也给予批评。1981年，我又到广州，去医院看望他，虽已卧床，精神仍佳，谈笑风生……没想到这次见面，竟成永诀，怎不令我万分哀伤！对萧公的殷切思念将是久远的。疾病袭击着我辈，有些中年朋友竟然走到我们前头！我从新疆回来，收到三封讣告，另二同志是中年人，可叹！望您千万保重！

问候全家，祝您健康长寿！

晏明上　一九八三年九月二十二日

附晏明致陶萍（××年11月24日）

陶萍同志：

您好。惠书拜读了，您对萧公的殷殷深情，使我很感动。您是一位善良的好同志，由于种种干扰（包括疾病），几十年来，使您无暇多写作品。今后仍请摆脱杂务，集中精力搞创作，这是头等大事！

萧公给我的信，我找到三封。有些内容，但多是对某些人的坦率批评，您看可用否？用毕，请寄还我，这是很珍贵的纪念。可能在以后写纪念、回忆文章时有用。祝多保重，多创作！天冷了，不要感冒。问全家好。紧紧握手。

晏明　十一月二十四日

附晏明致陶萍、陶萌萌（1992年11月14日）

陶萍同志与萌萌侄：

　　全家好。近来健康情况好吗？又有何新作？时在念中。

　　最近翻旧书，又发现萧殷同志给我的一封信，谈了他的病情和《十月》发他的文章等情况，这会帮助读者、青年作者更了解他。请补进他的书信集中去，如已付排，也可补进去。对萧公的信，请一律不要更动。

　　原信寄上，请查收。我希望你或萌萌复印后，将原件还我，好留作纪念。

　　我再重复一句：对萧公所有书信，不要改动，也不要删节，即使发牢骚、骂人的，也不要删，这可以显示一位正直的老作家的性格，很重要。

　　祝你健康，多多保重！

晏明　十一月十四日

致阎纲1通（附来函3通）

阎纲（1932— ），陕西礼泉人。毕业于兰州大学。先后编辑过《文艺报》《人民文学》《小说选刊》《当代文学研究丛刊》等刊物。曾任中国当代文学研究会副会长，中国新文学学会副会长。

1982年8月28日

阎纲同志：

前去一信，已将《评论集》①目录奉上，但未见复函。谅你最近大概不在北京？

广州炎热异常！尤其是我的住宅，因前面筑起一座三百米长、八层楼高的大厦，不仅南风被阻挡，还受高温阳光的反射，因而住室如像烤箱，连坐着也流汗，加上身体不好，实在难忍！不得已，遂于上星期到暨南大学避暑，这里虽然通风些，但暑气仍然烤人。拟住至入秋后回梅花村。

兹将嘱编的《评论集》奉上，其中三分之一的文章是去年写的，未汇集出版过。全书共约十六万字，如嫌字数太多，可抽掉《是"英雄典型，还是阴谋家形象"》和《给文艺青年朋友们》，并请把原稿退还给我！如可勉强超出十五万字，则希望保留上述两文。

这套丛书，谅你们已有统一的书名，因而我没有在这方面费脑筋。匆祝编安！

萧殷　八月二十八日于暨大

---

① "当代文学评论丛书"，《萧殷文学评论选》，冯牧、阎纲等主编，湖南人民出版社1983年8月出版。

附来函

1982年5月28日

萧殷同志：

您的健康，时在念中。

有《编辑设想》一份寄上，请您自选一本集子①，七月中完成，可否？盼速示下。

您不会使我们失望。陶萍同志好！

阎纲　八二年五月二十八日

1982年7月29日

尊敬的萧殷同志：

我外出开会刚回，见您信非常高兴！

书名统一为《××文学评论集》，自序、请人写序、不写序，均可。

字数不要太少、太多。请速编、速寄，以如期发稿。

祝健康！陶萍同志好！

阎纲　八二年七月二十九日

1982年8月12日

萧殷同志：

发稿在即，拟命名《萧殷文学评论集》，大三十二开，有照片页。

请即航寄生活照一张。广州还那么热吗？

阎纲　八二年八月十二日晨

---

① 即"当代文学评论丛书"之《萧殷文学评论集》。

致杨宏海1通

杨宏海（1951— ），广东梅县人。曾任深圳市特区文化研究中心主任、深圳市文联专职副主席、深圳市文艺评论家协会名誉主席。长期从事城市文化、客家文化研究、著有《文化深圳》《打工文学纵横谈》等。先后获中宣部"五个一工程"奖、广东省"鲁迅文学奖"等奖项。

1982年7月6日

宏海同志：

　　信及《论陈国凯》①均收到，谢谢！

　　去年来我一直在医院住了八个月，不仅不见好转，还日趋沉重。至今年一月，我只好要求医院允许我回家休息，以避免病情老在恶性循环中发展。虽然如此，今年三月到四月中旬，我又卧病了一个多月，这一次受到的损害似比去年还严重，病后常头昏脑涨，四肢无力，不仅不能写什么，连看报也吃力。为此，我建议你将文章寄给陈国凯同志，只要他认为可以，大致是可以通过的。我本来很想读，但力不从心，奈何？请原谅！

匆匆，谨复，顺颂

　　暑祺！

萧殷　七月六日

---

① 杨宏海当时在华南师范学院中文系进修，《论陈国凯》为其论文。

致杨立平1通（附来函1通）

杨立平，曾任上海华东人民文艺创作丛书编委会编辑，1951年调入人民文学出版社，长期在"鲁迅著作编辑室"工作，负责鲁迅日记的人名索引及注释工作。著名鲁迅研究专家、鲁迅博物馆馆长王士菁夫人。

1981年9月21日

立平同志：

你好！你五月廿二日来信，到今天才提笔给你复信，十分抱歉！但这其中，也经过了你想不到的历程。四月初我因肺气肿感染而被送进省人民医院，五月稍好即出院。五月廿日我与陶萍匆匆飞赴北京，住京西宾馆五楼（更确切地说，你廿二日给我们写信时，我们已到了北京），因忙于准备出国访问，所以任何地方也没有去。当时中篇小说评选的人们也与我们一起在一层楼上，来人颇多，也无时间外出。代表决定五月廿八日从北京出发赴朝鲜。但我的胸部忽于廿六日肿痛起来，经医院检查，断定为肋膜炎，但发作得这么突然，医生又怀疑内面有恶性炎症。医生劝我不要去外国，以免途中发生意外，后领导也同意，于是我与陶萍于六月初回广州。在广州经照片检查，证明并无什么恶性炎症，才放了心。到六月底湖南一再邀我去为他们的创作学习班讲课，推又推不掉，只好硬着头皮去显丑，但只讲了三次创作问题。正打算讲第四次时，我不幸病倒了，而且即刻被送进医院。因他们太迷信抗菌素，副作用越来越显著；同时那里的天气又太炎热，不得已，我于十九日抱病飞回广州。七月廿二日即入省人民医院东病区，至今已两月，高烧虽退去了，但胃口很坏，有时什么也不想吃，到现在，每餐最多只能吃半两饭,而且很勉强。因而体力衰弱,大部分卧床,连上楼的力量都没有,使人担忧。

你所关心的我的住处问题,至今仍未解决。现在比三月间更难受了,冬天冷得出奇,夏天却热得难以忍受。现在已住上人,问题更多。说也无用,只能忍受着,憋在心头。你看在这样的环境下,我的宿疾怎能好起来?

陶萍问候你!专此祝你顺利!

萧殷

九月二十一日于省人民医院东病区二〇二房

附来函

1981年5月22日

萧殷、陶萍同志:

我从武汉返京,转眼已二十余日。回京后即被案头的来信、来稿及校样、付型样缠住,拖到今天才给你们去信。请原谅!

这次去广州组稿,受到你们二位的热情接待和大力支持,谨在此向你们表示由衷的感谢!

看到萧殷同志健康状况欠佳,心里很是不安。想起广州那漫长而炎热的夏季,你们那被夺去阳光与风的住室,这样的居住条件对一个患呼吸道疾病的病人是多么不相宜啊。我在离开广州的当天上午,曾给杜埃同志写了一封信,谈到我在你们那里看到的情况,并且希望有关部门能帮助解决你们生活上面临的这一困难。一个多月过去了,不知萧殷同志的气喘病是否因天气转暖而减轻?有无换房或场地休养的可能?我们希望像萧殷同志这样一位为培养青年作者费尽心血的老作家,能有一个较舒适的疗养环境,有利于早日恢复健康,创作出更多指导和教育青年一代的作品来。同时,希望陶萍同志除写小说外,能协助萧殷同志写出一组回忆录,交我社发表。这是对我社的大力支持,更重要的是给下一代留下珍贵的文学史料。

愿二位善自珍摄,萧殷同志早日康复!专此。并致

敬礼!

人民文学出版社杨立平　一九八一年五月二十二日

致杨应彬1通

杨应彬（1921—2015），广东大埔人。曾任广州市军事管制委员会副秘书长，参加华南分局党校筹备和组教工作。后任广东省人民委员会办公厅主任，中共广东省委常委兼秘书长。著有《小先生的游记》《岭南春》等。

1982年8月×日①

应彬同志：

你好！知道你很忙，本不该来打搅你，但有苦难言，经一再犹豫，最后还是决定向你写信，请原谅！

我去年因肺心病曾在医院住了八个月，今年一月才勉强出院。可是自入夏以来，气候异常炎热，我的住所本来经白蚁长期蛀蚀已成危楼，暂靠木柱支撑，赖以苟安；不幸今又在南面筑起两百来米长、八层楼高的"南海渔业指挥部"，使楼房闷热如烤，实在无法忍受！但无处可去，不得已，于七月底，暂来暨南大学（同时也为主持研究生毕业论文的答辩会），但此间并不能休息。天气固然十分闷热，加上经常停电，蚊蚋又多，使人心不宁，不仅不能静养，连正常休息也感到困难。很想回市区去，但我能回什么地方去呢？未免有无家可归之感，奈何！

去年十一月间为我迅速搬出危楼，省委已批准我搬回"文革"前的旧居——梅花村四号二楼，但由于扯皮的事太多，至今虽然已快一年了，仍然无法搬进去。除因户主（"文革"后住进去的郭成柱同志的爱人）提出多条件影响搬迁一延再延外，现在又出

---

① 此函为底稿，无落款。

现了两个问题：（一）前门必经的过道，已被改为客厅，实际上前门已被郭家堵死，从此二楼的唯一出路，只有从后楼经过后小院出入；（二）省委档案馆工地的负责人，硬要占用这个小院，并决定在此盖单车棚。为此，他们不愿拆除小院内的工棚（其实档案馆已大致竣工，大部分工人已住进大楼，工棚已无必要继续保留），以后，还准备叫我们通过车棚顶下楼。然而在车棚顶齐胸处正有五条高压线通过，不但极易触电，连接近也危险。可是，现在他们不愿拆除工棚，我们既无法修理小院及围墙，后门也不能顺利通过。

　　最近了解到档案馆是省委办公厅所属，特将此种情况向你汇报，恳望你抽暇到梅花村去看看，并切实加以处理！

致杨昭科1通

杨昭科（1937— ），广东普宁人。初中毕业回乡务农。20岁开始学创作，发表小说、报告文学、戏剧等近百万字。历任省文联委员、汕头作协副主席、县文联主席。著有中篇四史《韩江血泪仇》、长篇小说《风云图》等。

1975年4月30日

昭科同志：

你回乡后的来信早已收到。由于身体不好，没有及时写信给你，深以为憾。近半年来，我的身体总是不好不坏，时好时坏，或好了又坏，反反复复，极不稳定。药物虽然不断，但不见什么疗效。体质似乎日趋虚弱，两鬓又增添了不少白发。有时也想做点什么工作，可是四肢酸软，倦怠难支，痛感有心无力，徒唤奈何！

仇智杰同志从汕头带回你的短篇《扎根》，要我看看。我一连读了两遍，它留给我的印象，是主题健康、生活气息浓、结构紧密（虽然有点落套、陈旧）、语言生动。毫无疑问，这样的主题思想（写知识青年扎根农村）是有现实意义的，也是广大读者所需要的。

但是这篇小说能否达到你所想望的目的呢？也就是说，《扎根》能否使读者读了之后产生一种力量，引导读者（特别是知识青年）更坚定地扎根农村，并在思想上有所触发，进而提高改造自己的觉悟呢？从这样的角度来要求，就显得小说写得太表面，写得太浅了。

因为你只写了陈立春做了些什么事，却没有写出他为什么要这样做。也就是说，你只在小说里写了他的先进行径，却没有刻画出支配这种"先进行径"的性格。你大概没有忘记恩格斯说过这样名言吧，他说：人物性格不仅表现在做什么，而且表现在他怎样做。要写出一个先进人物形象，当然就要突出地刻画他的先进性格。但是，仅仅把他的许多先进事象堆砌起来，并不等于性格就能鲜明突出，所以同时还应当着力去表现那种支配、决定他行动的精神世界——世界观、思想感情，以及对社会、对人的观点、爱憎，等等。只有把人物性格和人物行动水乳相融地凝聚在一起，人物形象才能站得起来，这样的人物形象才可能饱含着一种思想力量，也只有这样的人物形象，才可能具有深度的、发人深省的魅力。

在你小说里的陈立春，人们只知道他处处表现得安于农村，只看见他事事为农业而辛劳，但是人们却不知道有一种什么精神力量（思想感情）在支配着他。这大概就是主题思想不深刻的原因吧？他为什么决心在农村扎根？他为什么不愿调回城市？一定有他的看法和想法，而这种看法和想法与他的经历、他的思想基础有紧密的联系。如果他的看法与想法与消灭三大差别联系起来，也就是，如果他的看法与想法与消灭三大差别作为出发点，那么这篇小说的主题意义就不仅局限于"为农业服务"，而是有更重大、更深远的意义了，其普遍性也就更宽广了。

从这角度来重新构思，那就不仅农村需要陈立春，而陈立春则更需要农村了（小说写的只有前者，却忽略了后者）。

以上意见是随想随写的，因没有更多精力，所以写得也很散乱，仅供参考。有什么异议，望来信！

匆匆。祝健康！陶萍问你好！

萧殷　四月三十日

致野曼 4 通

野曼（1921—2018），原名赖澜，又名赖观澜。广东焦岭人，毕业于中山大学哲学系。1949年后历任《广州日报》《羊城晚报》文艺副刊编辑，《华夏诗报》总编辑。中国作协广东分会副主席。

1978年3月11日

赖澜同志！

你好！

我近日情况较稳定，不仅能散步，而且还能陆陆续续写点短文，现在正在为四月号《人民文学》赶稿，限十五日寄出，未知能否如愿？

听说你们印了些"四人帮"的谬论（专供批判用的），可否给我寄些来？文艺方面的固然很需要，其他方面的谬论也十分有用，是杂文最好的素材。

代问家文①同志好！陶萍嘱笔问候。

握手。

萧殷　三月十一日

1978年6月5日

野曼同志：

来信早收到。近日虽然很少回办公室去，但整日却忙乱不堪。既未写东西，也没阅

---

① 家文，指杨家文（1923—2004），曾任《羊城晚报》副总编辑。

读什么书，可是到晚上一回想，却是忙忙碌碌、空空荡荡，真可怕！

《文艺报》七月复刊①，一再来催稿，再三希望我于六月中旬交出一篇评论；《诗刊》也一再来信催促，即不能写长文，要求写篇短文也好，可是由于上述那种忙乱，弄得我什么也干不成，你说焦急不焦急？

以后，每日大概还要抽时间回机关去，这一来，写稿就更无可能了。

离开医院之后，饭量稍有增加。这种情况令人啼笑皆非：一间大医院，居然使一个病人连吃一点正常的米饭也不可能，要不是我亲自体验，我准以为是奇闻或传闻者的夸张。这一个月来，靠吃点青菜、咸鱼和有时吃点肉类，体质稍稍增强了些。现在身体情况还算平稳，请勿念！

请代向家文、子艺等同志问好！匆匆祝

健康！

萧殷　六月五日

1978年10月19日

野曼同志：

很久未晤，未免有时思念，忽读华笺及诗篇，甚为喜慰！

诗已拜读，写得既有意境也有感情，缺点是涉及的面太广，因而使人感到后段不如前段精粹。虽如此，还不失为一首好诗。韦丘已去高州，现将诗转给黄雨同志。要发是没有问题的，但十二期恐怕挤不进去了。前星期，已送来大批"发十二期"的诗稿，可能已发排。但这首诗只能发十二月号，我将嘱黄雨同志把某些次要的诗换一换，如可能就最理想。

本来有本《习艺录》要送你，我送书大都是当面送，老不见来，所以还留着，现一并奉上，请收。

祝乔迁之喜！陶萍嘱笔问候！

握手。

萧殷　十月十九日

---

① 《文艺报》于1978年7月复刊，改为月刊。

1979年12月8日

赖澜同志：

　　来信及附来的《"茶菌"在我身上造的奇迹》[①]已读过，真是奇迹！如果冯首明本人不是医院院长，我也会怀疑的。居然"茶菌"治好了这么一些难治的疾病，不能不使人惊讶！

　　请你把他的科学论文复制出来，我很想读读！以后一有条件，我准备自制。从前，我每日一般只喝一杯，每日三杯还未试过。过去我可能饮得不够量，因之效果不明显。

　　中国的事情常常如此，不首先吸收人家的好处，却千方百计去找岔子，实在讨厌！本来可以普及的东西，有些人却想方设法制造障碍，大概妄图垄断吧？

　　陶萍问候你和紫群同志！

萧殷
十二月八日于东病区二〇二房

[①]《"茶菌"在我身上造成的奇迹》，冯首明著，载《食品科技》1981年第5期。

致叶家声1通

叶家声，龙川县佗城镇党委书记，龙川县副县长。

××年10月12日

家声同志：

谅你已回到家乡？我这里还是照样忙乱，来人不断，一天也没有安静的时候。

关于找保姆的事，经我和陶萍考虑的结果，还是希望罗秀娥的二女儿来较合适。她较年轻，外地语言容易学到，且认识些字，工作起来有许多方便；只要肯学习，困难是可以克服的。她来时可以暂时不带粮食，在半年之内，我们大概还可以设法解决。我已写了封信给刘均新，希望你找他谈谈，希望他去做做工作。我们这个保姆与我们之间语言不通，而且她的脾气很坏，动不动就发脾气，最不好的是太懒，初来时好一些，现在却是越来越懒了，结果，我们的生活越来越糟。如果阿娥的女儿能来，希望你或均新来信通知一声，以便将那个老保姆辞掉。她来时，望你多帮忙，看县里有车来广州时，托司机把她带到梅花村来。她对广州人地生疏，无人带，是无法找到梅花村的，这件事，只好烦劳你，先向你致谢！

此事如办成，暂时请勿张扬，只说是来广州看舅公的。

据说刘士馗、徐阳春到佗中任教，这是好事。像他们（还有骆开源、李永川等）这样高水平的教师，现在是不易找到的。但听说每月只给刘、徐两位二十多元，未免太少了！希望你们考虑一下，不要比在校的老师的待遇相差太悬殊。太悬殊了，对哪方面都是不好的,你看如何?仅供考虑。

有空望来信,匆匆祝工作顺利!

萧殷　十月十二日

梅花村35号二楼

致叶孝慎1通（附来函6通）

叶孝慎（1949— ），浙江鄞县人。毕业于上海师范大学中文系。历任《萌芽》杂志编辑、《电视·电影·文学》杂志编辑部副主任、上海图书公司《博古》编辑部执行总编，中国《亚洲论坛》报副主编。著有长篇小说《少男少女们》等。

1981年2月15日①

孝慎同志：

一月十四日来信，我前日（二十二日）才收到。你们的计划，丘峰②同志已告诉我，而且我即刻给他写了回信。按一般道理，我有义务遵照编辑部的意图写篇文章向《萌芽》投稿，但是关于陈国凯同志的成长，却不应归功于我的一点微不足道的辅导。每个青年作者的成长，主要是依靠他们自己的努力；从接触生活到构思题材，从人物塑造到作品完成，离开作者本人的不断努力，并不断地克服各种困难，什么都是假的，甚至连一步也无法进展。虽然有些青年业余作者得到一些实事求是的、切中要害的指点，但这只限于方向、原则、规律或一些艺术法则而已（这种指点固然很重要，但决不能夸大其作用），而辅导者不可能、也不应该代替作者去思考，更不应该代替他们去进行艺术构思。青年作者也不应该抱这种不切实际的幻想。其实，这是不可能的，也是永远做不到的。一个作者产生了创作欲望，首先萌发于他的内心：有一种什么东西要倾吐，这

---

① 此函原刊《萌芽》杂志1981年第4期，题为《辅导很必要，但不能过分依赖》。
② 丘峰（1941— ），广东梅县人。毕业于复旦大学中文系。上海文艺出版社文学编辑，《小说界》《萌芽丛书》编辑。

东西如何孕育，从头到尾都是内在的意识活动。从接触生活开始，到感受了什么；什么打动了他的感情，他为什么感到非倾吐不可；打算通过什么（人物、情节、环境和细节）来体现这种要倾吐的东西；这一系列的激动、酝酿、构思……的过程，只有作者知道。在它没有表现出来之前，辅导者不可能代他想方设法的。

那种用代替构思题材来充当辅导的做法，是不宜提倡的，因为你构思得再美妙的形象，也不是出自业余作者，出自作者的生活和感情，更不是他所体验的生活和激发的感情相融合的产物。只注意"修改"作品，而不注意培养其基本功；即只注意代替作者制作形象和细节，却不在如何观察生活、概括生活，如何将具体的生活特征创造成有个性有生命的形象等方面，给以辅导和培养；即只热衷于拾取鸡蛋，却不注意哺育母鸡。这种做法虽也很费力，但该"作品"的"作者"，归根到底却不是这个业余作者，而是辅导者越俎代庖的结果。这种做法，其后果，就像一个还不会走路，还无自立能力的婴孩，大人虽然可以扶着他的双肩，带动他走几步，并且你还可以向大家显示："你们看呀！这孩子走得多么好！"人们偶尔望一眼，的确也感到走得还像样，有人还禁不住称赞两句；可是当大人把手一撒，婴孩失去了扶持，即刻就会摔倒，不仅不能爬起来继续走路，连站也站不起来了。为什么呢？主要原因是，这个婴孩原本就没有自立、走路的力气和劲儿；这几步虽然还像样，但到底不是他自己能力的表现。如果是文艺创作，就更不应该用辅导者较周密的艺术构思，去代替青年作者自己的朴素的构思，那样不但绝不能引导青年作者走向成长，反而只会助长他们一种不应有的依赖心理。

有些业余作者喜欢把作品寄给别人（编辑或作家），希望帮助他修改，并希望修改后能发表出去。如果这篇作品的人物、情节、环境和细节等方面都写得合情合理，而且又栩栩如生，只是在语言文字上还存在着微小的缺点，编辑同志给予调整润色一下，是可能的。如果作品存在着性格不真实；情节的发生、发展不合理；或者作品的环境根本不可理解等；就意味着这篇"习作"还存在着重大的缺陷。如果要修改，就需要从头再来，就是说，需要重新构思。这当然是一种艰巨的复杂的精神劳动，可是这种创造性的劳动，非经过作者自己苦心钻营、琢磨、酝酿、想象和发酵的过程不可。其理由，前面已经说过，无论如何，别人是代替不了的，除非你不想成才，不想成为一个能独立思考、能独立创造的作家，否则，这一关是偷懒不得的，也没有什么捷径可走。

所以，我始终认为：一个青年作者从幼稚到成熟，由摹描生活表象到艺术形象的创造，主要是依靠作者本人在艺术实践中不断摸索和不断总结中逐步提高自己。这一过程，无一不经过苦心琢磨和呕心沥血。当然，在自己不断实践中取得初步成果时，报刊编辑部还可能对你的作品提出意见，即使最切合实际的意见，也仍然要经过自己的思考、分析、取舍，尤其艰辛的是把自己所接受的原则具体地化为修改计划，化为具体艺术内容的改变。这说明，这一切一切，都依靠青年作者的努力和扎扎实实地积累经验，舍此，再没有其他门径可走。

可是，由于有人对创作辅导的作用过分夸大，而且还迷信这种作用，因而在一些业余作者的头脑里形成了一种不应有的依赖心理。我就接到不少这样的来信：他们常常把作品不能达到发表的水平，归咎于无人亲自指导；无人代改稿子，无人肯把"秘诀"传授给他；埋怨未遇到"指点有方"的人；埋怨无人提拔……；还埋怨刊物编辑部不发表他的作品，"可能由于没有暗中送礼"；埋怨编辑部不重视他的作品；并不满意退稿信写得太简单。但是大概由于这些青年同志急于发表作品，竟疏忽了虚心考虑人家的意见，也不注意去吸收教训，因而也不从自己"不成功"的作品中去发现缺点，并针对这些去努力提高自己表现生活的技巧和水平；反而充满了埋怨情绪，其实这些都是阻拦自己进步的障碍。请设想一下吧，如果我们也在编辑部，每天都收到大量不到发表水平的稿件，而编辑人员又不多，我们该如何来处理这类稿件呢？那些要求对每篇来稿都提出详细意见的作者，不妨也请你为编辑人员的时间和精力设想一下吧！

最近，我收到一封来信，问我一部长篇小说需要看多少时间？来信说：他"现在非常痛苦，不想吃，不想睡，更不想学习，每天精神恍惚"。为什么？原来他于一九八〇年四月十六日给人民文学出版社寄出一部长篇小说，八个多月一直没有消息，"我盼信急切，已经三次写信去问，结果还是毫无音信。再等下去我可能就要疯了"。出版社收到长篇稿件，理应给作者寄回一个收据，长期毫无信息，确实会使人不放心。但我也听说，人民文学出版社长篇小说编辑室已堆着千部以上的长篇原稿。如果一切都从自己一方面来考虑，社会上的许多事情大概都很难理解。青年作者关心自己作品的前途，是可以理解的，但也应想想别人的难处。就是这个写信给我的同志，我也没法回复他的信，原因是通讯处写得很潦草，叫人猜也猜不出来，这大概也是由于只想到自己，却一点不为别人着想的缘故吧！这种情况我已见过不少，不仅通讯处猜不出，姓名看不懂，甚至有的连稿件来信上写的字，也是拳打脚踢，龙飞凤舞，使人如读天书，边读边发愁。自然，在青年作者方面，可能连想也没有想过，他哪里会料到这种稿件给阅稿人增加了多少困难呢？碰到这类情况，叫人家如何向他写回信，又如何向他提意见呢？据说诗人闻一多是坚决拒绝阅读字迹潦草的原稿的。他说："你都不尊重自己的创作，怎么能要我尊重你的稿子？"

总之，为了避免业余作者产生依赖心理，一方面我不同意把辅导作用过分夸大，并以为青年的成长，主要是依靠自己的努力。所以不赞成撰写如何辅导的文章。一方面也劝告业余作者不要把希望寄托在人家的辅导上，不要相信有什么创作秘诀，主要是靠自己的努力，努力从实践中积累经验，逐步提高观察生活、概括生活和表现生活的能力，把自己磨炼成一个有独创精神，有形象创造本领的人。

开始写这封信时是一月二十四日，现在已经是二月中旬了，写一阵又中断一阵，中间不仅为《光明日报》赶写了一篇短文，还生了一场病。断断续续，一封信竟写了三个星期。老牛破车，真是又慢又沉重，但又有什么办法？

岭南还很温暖，今天是二十三度，只穿一件单衣就很够了，百花盛开，已遍地春意……

二月十五日　广州

附来函

1981年2月27日

萧殷同志：

您好。

丘峰同志把您的信稿转来了，叫我真是万分感动。您辗转病榻，还这样关心我们的工作，扶病执笔，文如流水，不绝如缕，摇人心旌，实在叫人找不出恰当的语言来表达感激和敬意。我已签发第四期①，同期发表的还有陈国凯同志的《萧殷同志二三事》，主要是介绍您对青年作者的培养，读来亦催人泪下。

现我需您近影一帧，便于我连同稿件一起发表，不知您是否能接信后即给我寄来，便于我及时制版？

希望您在健康情况允许的时候，再为我们写点东西，如能将你稿上所提的那部《写

---

①　指《萌芽》杂志1981年第4期。

作论》中的若干篇章寄我们发表,我们将更喜出望外。

祝您健康长寿!

晚辈、学生:叶孝慎　八一年二月二十七日

1981年4月6日

萧殷老师:

您好。

早就应该给您写信,也早就给您写过信,只是手边一下子没有找到您的地址,就交给通联组,请他们给您寄出,谁知他们锁入抽屉,就此了事。今天我要给您寄刊物,问起这件事,他们才又找出,"原璧归赵",真叫我哭笑不得。为了表明心迹,我只能一起寄给您了。陈国凯同志情况亦如此,也只能给他发一封迟到的信了。

大作已在第四期发出,上海地区影响极好,大家都想多看到一点您的文字。不知您是否在方便的时候,再为我们写一点?譬如《创作论》中是否可以抽点章节给我们先发表?

希望经常联系,多多指教。敬颂康健,顺利!盼复。

叶孝慎　八一年四月六日

丘峰同志让我代问您好。

1981年5月3日

萧老师:

您好。

我刚刚出差回来,才收到您四月十八日发自医院的信,复信为迟,实在抱歉。

确实没有想到,您竟又进了医院,只是从信上得知,高烧已退,病情稍有稳定,才略好放心。只能希望您好好保重。您的健康长寿,实在是万千文学青年额手相庆的事。

写文章的事,就放一放吧。只是谢望新同志在整理的《随谈录》,不知是否还有没给出去的?如有,最好能给我们些,如能在我们处连载则更好了。我将给谢望新同志写信询问,您是否也能给他打声招呼?

稿费恐怕寄到《作品》或作协了。因通联组不清您的地址，我帮您再查一查。

再一次祝您早日痊愈，能给我们和广大文学青年以指导。敬颂
时祺！

学生、晚辈：叶孝慎　八一年五月三日

1981年9月23日

萧殷老师：

　　您好。刚刚收到丘锋同志转来的信，方才知道您没有收到我的信。其实，我收到稿子后就直接往医院寄过一封信，希望让您早点知道情况，不料反而耽搁了。真叫人不安。

　　您的稿子真太好了。茅公的给初学写作者的信是第十期登完，十一、二期就准备连载您的信。就是最好能再多一些，能多连载几期。不知您手边是否还有？

　　谢望新同志昨天来信，说等您贵体痊愈，再继续整理《随谈录》，我是翘首仰望着的。"已成画饼"说，恐怕难以成立。我想千万文学青年也是这样期待着的。

　　我是一个三十来岁的青年，零星写了一些所谓的"理论"文章，并无多大长进，还想借助长辈指教。您所熟悉的丁玲同志和秦兆阳同志对我一直很关心，您的关心更不赘述。希望能继续得到你们的帮助。感激之情始终在我的心头。

　　我正在写一个中篇，写完后请您过目斧正，恐怕还要耗费你的时间和精力。

　　谢望新同志来信说，许翼心[①]同志正在负责筹备的港台文学座谈会，准备邀我参加。如能成行的话，我可以当面向您求教了。

　　代哈华[②]同志问您好，他期盼您对《萌芽》的一片热忱。

敬礼！健康长寿。

学生：叶孝慎　八一年九月二十三日

[①] 许翼心（1937—2019），广东汕尾人。暨南大学中文系教师，主持现当代文学教研室并组建港台文学研究室。

[②] 哈华（1918—1992），原名钟志坚，四川郫县人。《萌芽》主编，中国作协上海分会副主席。

1981年10月16日

萧殷老师：

您好！信、稿刚刚收到，对于您在病中还是如此热忱地支持、关心我的工作，我真不知说什么才好，而更深一层的是，您如此关心广大的文学青年，更是我永远不能忘却的榜样。

哈华同志仍任《萌芽》主编，凡事亲躬，您对我们工作的支持，我一再转达，他深为致谢。正是他亲自指示我（理论就是我直接对他负责）。你所给文学青年的信从明年第一期开始连载，搞得隆重些，我将在十一期上先发一个广告，专门作个介绍。您如有类似的信，可以在健康允许的情况下，再整理一些给我。今年茅公的信连载了十期，您的信最好也能多连载几期。

您一定要保重身体，您健康长寿，我辈后人幸甚。

港台文学座谈会已决定邀请我赴穗，问题是他们的会恐怕要改到年底或明年初了。丘峰同志昨晚还在我家，最近他在家进修一个月。

多多保重。敬祝早愈，健康、愉快！

学生：叶孝慎　八一年十月十六日

1982年3月25日

萧殷老师：

您好！

丘峰同志将您的《给文学青年》一书转寄给我了，十分感谢。我这两天抓紧在看（因为爱人分娩，时间很少，看得较慢），看完想给《文汇报》写篇书评。他们对此书亦很感兴趣。

今给您转寄去俞天白①同志的一部长篇小说和一个在七九年《十月》上发表的中篇小说。长篇小说是他送您指教的。天白同志是上海作家协会会员，现在本刊编辑部负责小说组工作。他从事小说创作二十多年，十分勤奋，至今仍在一个十来平方的小房间

---

① 俞天白（1937— ），浙江义乌人。毕业于上海师范大学历史系，《萌芽》杂志编辑。参见俞天白来函。

里，每天早起晚睡，伏案命笔。他早就想得到您的指点，无奈他对自己要求十分严格，没有拿得出手的好作品，不敢轻易敲您的门。《吾也狂医生》原将由孙犁①作序，后因他健康情况不佳，只能改为题名。最近，黑龙江人民出版社编辑出版的《北疆》（您在他们的今年第一期上不是发了谈"问题小说"的一封信？关于这个问题，我想另写信向您请教），准备再发他一个中篇，题为《融雪天》。这部作品是《十月》发的那个《现代人》的姐妹篇。《现代人》中的柳一争反对的是当时"四人帮"反对学习外国的先进科学技术，但在粉碎"四人帮"这几年中，我们国家又走上了另一个极端：一切以洋为好。轻视精神的作用，"钱书记"的威力胜过一切。有同志对这左右摇摆的情况失望了，柳一争认为这需要学习外国先进技术，但也要总结消化自己十七年的建设理念。目前，这些现象还像融雪天，雪化了，但却留给我们一条漫长的泥泞道路让我们去跋涉。虽泥泞，但毕竟是春天了。黑龙江人民出版社准备在这个中篇发表后就同《现代人》合起来出一本集子。出集子就考虑到作序。黑龙江人民出版社特地派人到上海来讨论。我自然地想起了您。一方面，您从来关心中、青年作者的成长，乐于为他们做一点实事求是的介绍工作；另方面，您跟双方（出版社方面和我们这里）都有一定的关系。为此，我给您写这封信，并附上天白同志的简函。相信您不会推辞吧？当然，您在病中，时间不必抓得太紧。您只要先给表回复，我们就可以等《融雪天》的板样出来后，再寄给您，然后您再考虑具体的写法好了。

天白同志是个很老实的人，我也不会说什么客套。我们所希望的就是由您这位中国理论前辈说几句恰如其分的话。

我们祝您早日病愈，健康长寿。敬颂
大安！

学生、晚辈：叶孝慎　八二年三月二十五日

---

① 孙犁（1913—2002），原名孙振海，河北安平人。现代作家，"荷花淀派"创始人。《天津日报》副刊编辑，中国作协天津分会主席。

致易巩2通

易巩（1915—2001），原名梁植涛，广州人。历任佛山市军管会文教组组长，华南文联秘书长、主任，《华南文艺》执行编辑、专业创作员，《作品》主编，作协广东分会文学院副主任，作协广东分会副主席。

××年5月10日

易巩同志：

郁茏①、黄天源②两同志的稿子压得太久了，但近来杂务更多，看来，大概抽不出时间来拜读了。现在送还你，你读了就行了。

乱得很，既不能写东西，也不能阅读什么，奈何！

祝好！

萧殷　五月十日

1981年6月8日

易巩：

近几天尚好，不想住医院了，谢谢！

---

① 刘起裕（1934—　），笔名郁茏。湖南安化人。广东作协文学院专业作家，《特区文学》编辑部主任，深圳作协副主席。

② 黄天源，广东文学院专业作家。著有小说集《溜冰恋曲》《出走少女的日记》，长篇小说《骚动》等。

日来，我用拔火罐的方法治肋骨，似有疗效，今日已不痛了。顺告。
祝好！

                 萧殷　六月八日

致易准12通

易准（1931—2006），广西北海人。1953年毕业于华南人民文学艺术学院文学系。曾在广东省委文教部、宣传部工作。作协广东分会理论组长，《作品》副主编、《当代文坛报》主编，广东省作协党组副书记，广东省文化厅副厅长，广东省文联执行副主席、党组副书记。

1978年12月8日[①]

易准同志：

由培亮同志带回去的《彻底推倒"文艺黑线论"》[②]清样，谅已收到。曾打过几次电话，都未打通。

其中有句"不正是那种暗流的继续吗？"请改为"不正是那股暗流还在兴风作浪吗？"

1980年9月16日

易准同志：

昨天我病了，躺在床上发烧，而且太疲乏，无力起床。为了能安宁休息，叫阿姨推说"不在家"，其实这是不得已的假话。

---

① 此函无落款，根据萧殷《给友人的信》可知写于1978年12月8日。

② 由萧殷策划，广东文艺界最早发起批判"文艺黑线专政论"等极左文艺思潮。此文刊于《作品》1979年第2期。

昨夜，我匆匆在《创作随感录》中选了两节，略改了一下，奉上。如不能用还望退还我。这事情我准备继续做下去，将来希望留下一点零碎的感想给青年人。

十八日，我决定和陶萍到龙川去，主要目的是进行"矿泉治疗"，希望能改善消化系统。请代我向吕坪同志请假，陶萍也请假。匆匆。祝健康！

萧殷　九月十六日早

1980年10月15日

易准同志：

十月六日来信及附《月夜》封面一帧已收到。勿念！

我于十月四日来"龙川黎咀矿泉治疗所"，已十一天，每日饮矿泉水并用矿泉水洗澡。开始我亦半信半疑，治了一星期后，才感到有点食欲，到这两天，已能够每餐吃一两饭。好些病人都说治疗三个月后，可增至每餐三两饭，但我未带寒衣来，治疗所又向北面，过冬恐有困难。因而，我准备住到本月底或下月初，先回佗城，再回广州去。如确有疗效，打算明年再来。长期食欲不振，日益消瘦，恐怕不能长此支持下去。如这里的矿泉水能医治，的确不该放过机会。

《月夜》封面我早看过，表示同意。我以为已出书，此次徐巍①同志叫你来征求我的意见，不知有什么具体要求没有？你的《创作随谈》②还未发稿，希望多与徐巍联系，请他多多争取！情况到处一样，稿子交出之后，便"一推再推"，再三拖延，理由是很多的，但谁知道哪一条是真实的！

陶萍问你好！

萧殷　十月十五日

1981年1月7日

易准同志：

这篇短文，我粗粗看了一遍，你的润饰使文字更自然、流畅了，谢谢！请按时寄给

---

① 徐巍，广东人民出版社文艺理论编辑室主任。
② 《创作随谈》，易准著，广东人民出版社1981年出版。

《奔流》^①吧！

在寄出之前，请设法给我留一份"稿底"，因为我正准备把近年短文编集成册，拟交出版社出版。如等到《奔流》出版后再集稿，恐怕时间太迟，因此，在此稿寄出之前，请你或奥列^②同志代抄一份，为盼，并把抄稿寄回给我。至为感谢！

萧殷　一月七日

1981年1月11日

易准同志：

在珠影的谈话记录中，除摘出《随感录两则》外，剩下最后一部分（其实是最主要的部分），你打算如何处理？如打算发表，是否将原稿（打印稿）送我再看一遍？趁此机会，我还打算抄一篇下来，以备放到新编的《给文学青年》评论集中。

还有，那次我谈如何编文艺刊物的几条经验，有无时间帮我整理出来？我打算把这东西也编入《评论集》中，你看如何？

给《奔流》的短文，望新同志已交给你了吧？

萧殷　一月十一日

一月份《作品》何时出版？月中可看到吧？

1981年12月8日

易准同志：

来信收阅。知你忙甚，甚念！

今将《想象》由萌萌带上，希望你先看看，然后再叫萌萌抄一遍，如何？

胃口仍很坏，体质无什么转机，堪虑！匆匆。

祝好！

萧殷　十二月八日

---

①　《奔流》，大型文学刊物，河南省文联主办。

②　张奥列（1951—　），广东大埔人。毕业于中国作协文讲所第七期和北大作家班。曾任作协广东分会副秘书长、创作室副主任，《当代文坛报》副主编。1991年移居澳大利亚。

1981年12月10日

易准同志：

  《萌芽》编辑部来信，决定自明年一月份起连续登载我给文学青年的复信①，并在一月号登一帧我的工作照片。来信催得很急，盼望予以支持。我这里一张照片也没有。前几天，程贤章同志来拍了几张照片（底片在郑集思同志处），可否请潘晋拔②同志放大几张？最好能在三四天内送来，以便及时寄到上海。

  还有一件事：前不久接到作协通知，要老作协会员补领新会员证，我记得半年以前我已交过相片，但没有下文，请麻烦经办人再查一查，问题到底出在什么地方？梁梅珍同志是否知道此事？请问一声，为盼！

  祝工作顺利！

萧殷 十二月十日

1982年8月22日

易准同志：

  由萌萌带来的《随想录》——发掘题材，已看过，大致可以，但还准备修饰一番。

  前次带回的"给青年作者回信"，如《作品》不用，请尽快拿回给我。

  欢迎你星期二上午来，我已准备了《随想录》的提纲。

  昨日由徐楚同志给你带去一封信，谅已收到？评论委员会的工作，到星期二也顺便谈一谈。望你先考虑一下！匆匆。祝好！

萧殷 八月廿二日

1982年8月30日

易准同志：

  《生活·思想·随笔》③已收到，我准备把最后几篇有关文艺的短文抄下来，在九月二十日之前，一定把书送到你处，勿念！

---

① 参见叶孝慎来函。
② 潘晋拔（1939— ），毕业于广州美术学院。国画家，有作品《鲁迅在广州》等。
③ 《生活·思想·随笔》，萧殷著，广州人间书屋1951年刊行。

《突破、新意》和《感染力》抄下来没有？黄树森同志负责整理的《想象》大概已整理完毕？他答应到中山图书馆去找寻并复印《井疙瘩的血》（连载一九三九年三月廿三日到廿五日重庆《新华日报》第四版），进展得如何？

托人到中大去找寻三十年代我的小说，昨天张幼峰①同志来告诉我，中大图书馆的人，仔细翻阅了当年的《广州国民日报》及《市民日报》，都不齐全，只剩下很少的几份，三五年和三六年的更少，因此，我的小说一篇也没有找到。现在，唯一的希望是北京图书馆了。除张奥列同志外，我还托中大图书馆的同志托人去找，他们知道北京图书馆的老馆员，据说冯乃超②同志也是北京图书馆负责人之一。

前次借给中山图书馆一张照片（供绘像时参考），希望把照片要回来，请梁惠卿同志去催一下！

我准备的《创作随想录》，已谈过四篇，共约多少字？够发几期？望告！

这里小咬多得很，被骚扰得心神不安，前次托树森同志买的"一品香"，竟全是骗人的东西，半点用处却没有。又热，实在难过！但搬家又不知什么时候，心绪实在恶劣！

匆匆。祝好！

萧殷　八月三十日

××年11月26日

易准同志：

我今日上午已出院。

现将姚军的一篇小说由小陈带给你，请找个信封，按稿子封面的地址寄回给作者。

匆匆。祝好！

萧殷　十一月廿六日③

---

① 张幼峰，时任中山大学校长。

② 冯乃超（1901—1983），广东南海人。创造社后期主要成员。1950年任中山大学副校长，后兼任党委书记。1975年任北京图书馆顾问。

③ 易准于此函注："地址：本市省体委宿舍二栋楼下二号。已把稿子退回去了，易。"

××年7月5日

易准同志：
  请代我复封信给这个作者，我因身体不好，无法回答源源不断的来信。而这来信提的问题太抽象，即使回答了对作者未必有什么用处。

萧殷 七月五日

××年7月22日

易准同志：
  这位曹同志的信，已收到一些时候，搁到一边，几乎忘记了。今找出，请代处理一下：
  （一）我身体不好，请勿将长篇寄来。
  （二）寄出版社事，由他自己考虑决定。我无能为力。
  星期六下午开会后几天来一直胸部闷塞，很难受。
  匆匆祝好！

萧殷 七月廿二日

致勇刚1通

勇刚，业余作者，详情待考。

××年×月×日①

勇刚同志：

你的信已收到，因为我常患病，而且现在正住在医院里，从精力上或时间上都无法回答你的问题。其实像你这样求知欲很强的青年，我遇到过不少，他们也跟你一样，在信中向我提出一大堆问题，希望得到详尽的具体的回答。

你这种要求，正像一个患病的人向远方的医生求医一样，病人在信中只说"我有病，请你开个药方来"！请你设想一下，这个医生面对着这样无法捉摸的"病"况，怎能开药方呢？所谓"对症下药"只有把病情摸清了，把病的发生、发展的情况都闹清楚了，才能根据具体病情开出具体的药方来。

你的情况怎样呢？我一点也摸不到，虽然你提出不少问题，但都是抽象的难以捉摸的，正如你自己所说的，"我认真学习了别人的东西，但由于没人指点，唯一的收获就是摘录一点美丽的词汇，这怎么办呢？如何看别人的文章？我曾努力从文章的语言和结构等方面向别人学习，但总是心有余而力不足，一无所获，怎么办呢？我不得不把问题向你上交"。于是你向我"上交"了一连串的"问题"。

---

① 此函缺页，无落款，或为底稿。

致游焜炳3通（附来函1通）

游焜炳（1947— ），祖籍广东潮州，出生于福建厦门。曾就读福建三明师专，暨南大学中文系文艺学硕士，师从萧殷。广东省作协副秘书长，《新世纪文坛报》主编。

1981年×月×日[①]

焜炳同志：

你的《谈"问题小说"》[②]已读过，从基本论点上，我很赞同你的看法。多少年来，创作上存在着概念化的倾向，不但没有受到有效的制止，相反，却受到某些领导人与某些评论人士的鼓励，因而这种不良倾向愈来愈明显，愈公开合法，几乎有以概念代替形象的声势，其中尤以"问题小说"最值得注意。有一段时间，为了强调作品中"提出社会问题"，甚至把作家的思考强调到不适当的地步，仿佛它能在文学作品中独立存在，比形象创造更加重要似的。当然，强调在创作中通过艺术形象体现出深刻的生活意义，是应该的，必要的，也合乎艺术创造的规律，否则，为形象而形象，为性格而性格，即使写得很真实，很生动，也不会对人，特别在"完善人类灵魂"方面起任何积极作用。其实关键还在于：从本质到本质，还是从形象去体现本质？从具体的个别入手，还是从抽象的"结论"入手？按照创作法则，掌握并描绘独特的个别形态的人和事，才可能获得艺术的生命，才是艺术创造的正途。基于此，所以我同意你的论点。

---

① 此函似为底稿，无落款。
② 游焜炳论文《谈谈"问题小说"》，收录于《文学思考录》，花城出版社1992年版。参见下函。

1981年5月4日[①]

焜炳同学：

你的论文《论"问题小说"》我已仔细读过。你在论文中着重分析了近年来出现的所谓"问题小说"。指出了它们偏于理性思考，忽视了文学形象的刻意创造，削弱了文学的审美功能，背离了文学创作的规律，导致了概念化、公式化的创作倾向。我认为，这确是抓住了当前某些创作中存在的一个值得注意的问题。在基本论点上，我很赞同你的看法。但同时，我又发现你论文中存在着不少论点模糊、提法不准确，以至于错误的地方。下面，我说说我一些粗浅的意见。

说起来，从很久以前就已存在着庸俗社会学和概念化、公式化的倾向，此后一直没有得到根治，而且有时甚至盛行起来。建国以来，在"本质论"和其他错误理论影响下，概念化、公式化的创作倾向存在过。我们在五十年代就曾批评过"从概念出发"，"从本质规律出发"，"以一般反映一般"，"把规律当作作品的主要内容来表现"，"用简单事件去图解规律"，"把原来丰富多彩、变化万端的生活现象，简单地纳入几个经过抽象的、高度概括的规律或公式之中"，"把个性化的形象只看作是作家表达概念、规律或范畴的一种手段或一种方式"，等等，便是针对这种倾向而发的。由于种种原因，这种倾向并未受到有效的制止。十年浩劫中，"四人帮"搞的那一套"主题先行""从路线出发""三突出"等模式，更使概念化、公式化泛滥成灾，几乎葬送了我们整个文艺。粉碎"四人帮"几年来，在文艺空前繁荣的同时，出现了新的概念化、公式化倾向。这其中，尤以"问题小说"（以及类似的电影、戏剧）最值得注意。因为比起那些离奇古怪、实则空洞无物，因而令人难以理解的形式主义作品来，它毕竟在作品中提出了广大人民群众所关心的一些问题，因而得以传诵一时，甚至获得迅速而又强烈的社会反响。这很容易被误解为艺术上的成功，而把它实际上艺术质量不高、背离艺术规律、艺术生命短暂等弊病掩盖起来，而这又势必妨碍我们的文学创作在艺术正路上进一步繁荣发展。事实上，读者对"问题小说"的兴趣已大大低落了，而一向对写"社会问题"感兴趣的中青年作家，也开始感到"愈写愈吃力"，路子"愈走愈窄"，被"下

---

① 此信曾发表于《北疆》杂志1982年第1期，题为《关于"问题小说"》。

一步踏向何处?"的问题所困扰(见冯骥才①:《下一步踏向何处?》,《人民文学》1981年第3期)。作为文艺评论工作者,有责任与作家一起讨论、探讨"问题小说"症结所在,找出继续前进的正确道路。

我们可以看到,这些小说的作者多是青年人,生活底子还不能说十分丰厚,特别是对人物的熟悉程度还较差;对创作规律的掌握和运用还有一个不断实践的过程。他们只是对某些社会问题有了发现或经过深入的思考,出于代人民发言的责任感,顾不得没有或只有模糊的人物印象,便急忙地要在作品中将这些紧迫的社会问题提出来,以期引起疗救的注意,为思想解放鸣锣开道,为社会改革摇旗呐喊。正因为如此,他们写作时便从这些问题出发,并自始至终着眼于这些问题,以问题为中心、为重点,然后设计人物,编造情节来演绎这些问题。表面看来,小说也写人物和情节,可是这都被摆在次要的从属地位,用一向流行的说法,是"为了说明某个问题""为集中鲜明地表现主题思想服务"。这一来,只能歪曲或割裂现实,损害和牺牲现实生活和人物性格的本来面貌,使之削足适履地以适应图解问题的需要。结果,所谓形象只是概念或原则的图解,人物只是说明问题的工具,情节只是证明主题的例证。在不少的"问题小说"中,我们可以看到,主人公往往一方是官僚主义者,一方是官僚主义的受害者或反对者;一方是特殊化作风,一方是反特殊化作风;一方思想解放,一方思想僵化;……诸如此类。通过双方的矛盾冲突,表现了社会问题。人物性格只有表现问题的一面,只是作为一定社会力量的代表或某种社会类型(如阶级的、阶层的、职业的、职位的甚至只是持某种政治观点的)标本的平面化、脸谱化、抽象化的模式人物,既没有自己的个性、脾气,也没有自己的独立思想和生命,只说些作者要他说的话,做些作者要他做的事,简言之,他只是作者的提线木偶。他的一言一行,一切思想活动,都是围绕着某一社会问题兜圈子,不说一句"题外"的话,也不干一件"多余"的事。这样固然很能"说明问题",中心思想也十分集中,可就是缺少了生活气息,缺少了人情味。至于丰富多彩、千姿百态的社会生活却不见了,个性鲜明、血肉丰满、栩栩如生、多种多样的人物性格,以及矛盾曲折、千变万化的事件也看不到了。随处可见的倒是作者的斧凿之痕,于是艺术真实被破坏了,真切感人的艺术魅力也随之丧失了。在作品中,抽象思想比形象突出,抽象的"问题"比人物突出,作为"人学"的多姿多彩的文学沦为抽象的"问题学",混

---

① 冯骥才(1942—),天津人。作家、画家、社会活动家,天津市文联主席。1980年凭《雕花烟斗》获全国优秀短篇小说奖。

淆了文学与社会科学的界限，使文学成了概念化、公式化的变种。至于作品中所表达的问题和观念，由于过于集中、单一和过于浮浅露骨，使人看起来感到非常贫乏，一眼见底，一览无余；既不耐多读，也无从品味，作品也就注定只能昙花一现了。当然，上面所谈的只是一些典型的情况，它在不同作品中所表现的程度自然不可能是一个样子。但问题的性质却是一样的。冯骥才同志在我上面提到的那篇文章中颇有体会地说："关键是创作路子存在一些问题——主要是前一段我们比较偏重于写'社会问题'。尤其是在短篇小说里，常常把'社会问题'作为中心，难免就把人物作为分解和设置这些问题中各种抽象的互相矛盾因素的化身。作者的着眼点，经常是在各种矛盾冲突之后（即在小说的结尾部分），发表总结式或答案式的议论。即使这些议论颇有见地，但小说缺乏形象性，构思容易出现模式化和雷同化，并潜藏一种新的概念化倾向。"这意见由一向对写"社会问题"感兴趣的作家自己总结出来，显得特别中肯。

由于"问题小说"缺乏形象性，其中的爱憎感情也就显得单薄了。因为情感是具体的，不似观念那样抽象。它往往是由于具体的生活现象，具体的人物和事件所激发，并寄托在具体的生活现象、具体的人物和事件上面的。作品中的人物，一方面固然来源于生活，但同时同样必须又经过作家灌注自己爱憎的感情。只有经过作家的血泪的孕育，形象才能活起来，才可能感染和打动读者。"问题小说"往往偏重对社会问题的理性思考，把人物和事件只充当传达问题的工具。这样，从作者方面来说，便无从寄托和抒发自己的情感；从读者方面来看，也无法体验到作者的感受，既然无法受到情感上的感染，小说的艺术魅力更无从谈起了。

真正以形象反映社会生活的文学作品，真正称为"人学"的文学作品，是以人为描写对象，以表现人为中心的。谁都知道，人是社会的主体，所谓社会关系，就是人与人间的关系。所谓形象，在叙事文学里，就是人物形象。"性格就是理想艺术表现的真正中心"（黑格尔）。作为"人学"的文学创作，要求作家深入生活，熟悉生活，尤其是把"了解人熟悉人的工作"放在"第一位的工作"（毛泽东），从而备有丰富深厚的生活库存，特别是人物的积累。创作时要运用形象思维，从具体个别的现实的人出发，并将作家的全部激情灌注在人物心灵上。要牢记，自始至终着眼于写人，写人的各种社会生活，各种社会关系，矛盾冲突，写人的遭遇和命运，写"人的全部复杂的真实"（高尔基），特别应着力探索人物的内心世界，刻意塑造人物的性格和灵魂，表现和讴歌人格美、人情美，努力创造典型性格。作品中的人物虽经过作家的想象、虚构和概括，但这个创造，必须来自生活，来自作家的心灵，来自两者的融合；绝不是作家用来图解概念或串演问题的提线木偶。相反，他们都应该有独立的生命，应该按生活逻辑与性格逻辑去爱憎和行动。他们的行动和结局，往往出乎作家本人的意料，违背作家预想的创作意图。普希金没想到塔吉亚娜①会嫁人；鲁迅没料到阿Q②"大团圆"的结局；托尔斯泰原以为聂赫留朵夫会与玛斯洛娃③结婚；美谛克④终于不敢按法捷耶夫的安排去自杀……他们应该有自己独特的鲜明个性，矛盾复杂的心灵，丰满多面的性格。如黑格尔所说的，"每一个人都是一个整体，本身就是一个世界，每个人都是完满的有生气的人"。这样的人物，能立于纸上，呼之欲出，富于立体感，几乎可以触摸。你在论文中主张，如果作者头脑里还没有某些从外表到内心，从性格的各个侧面各个层次都看得清清楚楚、还没有用自己的满腔心血将他们孕育成熟，他们还没有躁动着，还没有非要从作者的脑中走向笔端，逼得作者无法抑制自己的创作冲动时，还不应急于下笔。如果写作时作者觉得这些人物非常老实听话，和卒子一样完全听凭作者的摆布和调遣；如果作者对他的人物没有多少感情，只是理智地冷静地考虑表现什么和说明什么；在这种情况下，最好不忙动笔写小说。如果作者这时对社会问题确有新的见解，则不妨将此写写文艺性政论。譬如鲁迅，"阿Q的影像，在我的心目中似乎确有了好几年"，于是才将阿Q写成小说。此外他更写了大量"论时事""砭锢弊"的杂文。依我看，你的这些观点是正确的。

不过，要注意，不要使人把写人与从中揭示社会问题对立起来，割裂开来；相反，二者是有机的统一体。人是社会的人，社会是人的社会。即是说，人物性格是由社会环境影响、支配下形成的，而社会环境又是由人群的关系、矛盾和冲突所构成的。社会生活的画面出现在作品里，既是人物行动的依据，又是人物行动的结果。如果有不反映社会面貌的人物活动，那么人物性格便成了天外来客，或者没有现实内容的幽灵。而高瞻远瞩地观察和反映社会的作品，势必要反映社会错综复杂的矛盾和斗争；这就自自然然地把社会问题从形象中带出来，这是符合艺术创作规律，也是人民群众所需要的。但是如果不写人，不写人的关系，也就无法反映社会生活，体现社会问题。恰恰只有着力写

---

① 塔吉亚娜，普希金长篇诗体小说《叶甫盖尼·奥涅金》中女主人公，叛逆女性的典型形象。
② 阿Q，鲁迅小说《阿Q正传》主人公。
③ 聂赫留朵夫、玛斯洛娃，托尔斯泰长篇小说《复活》中的男女主人公。
④ 美谛克，苏联作家法捷耶夫长篇小说《毁灭》塑造的叛徒形象。

出典型环境中的典型人物,才能真实而又自然地反映出时代特征、社会特征,并揭示某些社会问题。这比起上面所谈到的那种"问题小说"来,所反映的社会生活,要真实、要深刻得多,所揭示的社会问题及其所内涵的意义也更广泛、丰富和深刻,以至可以使人一再咀嚼,反复回味,这一切都不是理性语言抽象概念所能表达的。总之,不是政治学概念或社会学概念所能代替,更不是某些"文学图解"所能胜任的。作品的内涵,有时甚至连作家本人也还没有完全意识到,这便是人们常说的"形象大于思想","言有尽而意无穷","只可意会、不可言传"了。古今中外的优秀作品,这种情况不少。曾经有人问托尔斯泰,《安娜·卡列尼娜》①的基本思想是什么,托尔斯泰回答说:那我只好从头到尾将小说重读一遍。歌德也曾经说过:"倘若我在《浮士德》②里所描绘的那丰富多彩、变化多端的生活能够用贯穿始终的观念这样一条细绳串在一起,那倒是一件绝妙的玩意儿呢!""说不尽的《哈姆雷特》③""说不尽的《红楼梦》"这些文坛佳话不正好说明艺术的这些特点吗?

通过以上的对比分析,"问题小说"的症结所在,就很清楚了。显然,问题的关键不在于该不该在作品中表现社会问题,揭示生活本质和体现生活意义。(在创作中通过艺术形象体现生活意义,是理所当然的,必要的,也合乎艺术创作的规律。否则,为形象而形象、为性格而性格,不会对人、特别在"完善人类灵魂"方面起任何积极作用。)关键在于,是从人物出发,以人物塑造为中心;还是从社会问题出发,以表现问题为中心?推而广之,是本质隐藏在形象之中,还是从本质自身去说明本质?是从具体、个别入手,还是从抽象的概念或论断入手?这也就是当年歌德在谈到他与席勒④的分歧时说的:"在特殊中显出一般"和"为一般而找特殊"的区别。(后者是席勒的方法,被马克思批评为"把个人变成时代精神的单纯的传声筒"。)歌德认为:"艺术的真正生命正在于个别特殊事物的掌握和描述。"歌德的方法,我看是更符合艺术创造的正途。

"问题小说"与"文学是人学"是处处对立的。可是,你在论文中,却一方面正确地指出了"问题小说"从问题出发、以问题为中心的错误,另一方面又在几个地方分

---

① 《安娜·卡列尼娜》,俄国著名作家列夫·托尔斯泰长篇代表作之一。
② 《浮士德》,德国著名诗人、作家歌德的代表作,为长篇诗体悲剧。
③ 《哈姆雷特》,英国著名作家威廉·莎士比亚的戏剧作品。
④ 弗里德里希·席勒(1759—1805),德国著名诗人、哲学家、历史学家和剧作家,启蒙文学代表人物。

别谈到"它们固然也从现实出发,但不是从现实的人出发,而是从现实的社会问题出发""它们所提出的社会问题是客观存在的,所反映的本质是真实的",并以此将它们与"四人帮"的"从路线出发""主题先行"等截然分开,肯定作者的"政治动机",肯定作品的"思想性""战斗性",等等。这样一来,便模糊了问题的实质。你到底主张什么,反对什么,也使人感到含混。我看,这一方面说明了你在概念上还很朦胧,站的角度也不稳定,因而所持的立论不明确,原因是未对准目标。我们平时所说的文学要"从生活出发""从现实出发",是指文学应从具体形式、特殊形态的现实生活出发。而"从问题出发"实际上是作者拿简单的概念去硬套丰富多彩的生活,这与"从现实出发"的原则是背道而驰的。我们所说的"真实",是指"艺术的真实"——生活的真实状态及其质的必然性。而"问题小说"所反映的社会问题或生活本质,因其离开形象的特殊性、个别性,离开了它特定环境的特定条件,因而很难说它是"客观存在"的,"真实"的。"问题小说"的作者,论其主观动机应该说是好的,但不能据此把他们的这种方法与"从路线出发""主题先行"截然分开。创作的人固然各有各的目的,但两者之间在从概念出发这种做法上,却有共同之处。我们应该反对这种倾向,因为这种倾向只会导致艺术创作走入歧路。

另外,你是不是还欣赏"问题小说"作者的勇气,这心理是出于爱护之情,首先是怕伤了作者的心?其实,实事求是,一分为二,好处说好,坏处说坏,不护短,不溢美,严格要求,才是真正的爱护。几年来,不少人对"问题小说"给予过高的评价,近乎一味吹捧。为了强调作品中"提出社会问题",把作者的抽象思考抬高到不适当的地步,仿佛它能在文学作品中独立存在,比形象的创造更加重要。而对作品忽视人物塑造,缺乏形象性等弊病却很少人进行严肃认真的批评,最多也就是在评论文章的末尾轻描淡写地带上一笔。因此,"问题小说"所代表的不良倾向一直未能引起应有的注意并加以克服,反而愈来愈流行,愈普遍;作家也未能及时认识自己创作路子上所面对的障碍,以致感到创作的路子"愈走愈窄"。这不能不说是评论工作者的失职。

这里我想特别推荐一下高晓声[①]的短篇小说。当高晓声的《陈奂生上城》发表后,许多读者感到迷惑不解,纷纷写信问道:小说的主题思想是什么?高晓声发表文章作答,说他听到的关于这篇小说的主题思想已有多种互不相同的说法了,如果要他自己再

---

① 高晓声(1928—1999),江苏武进人。曾任作协江苏分会副主席。著有《李顺大造屋》《陈奂生上城》等。

说，无非是多一种说法而已，还是各取所需吧。确实，高晓声的小说，不像那些"问题小说"那样直截了当地提出某个重大问题，有的只消读一遍便能明显看出主题思想，并能用政治学或社会学的概念简单明了、三言两语地述说出来。可是，读高晓声的小说，却真真切切使我们不但看到目前农村的面貌，也看到时代、社会的面貌；切切实实使我们觉察到作品中蕴藏着某些问题并引起深思，还一再诱惑你去咀嚼和品味，从而有所感触、有所领悟，甚至在心灵深处还受到震撼。不同的读者，从不同的角度看作品，都能够各有所得。特别是，小说在我们面前展现了一个个活灵活现的"熟悉的陌生人"，他们很像我们接触过、相处过的某个人（似乎是农民，但又未必是农民，不限于农民，某些方面甚至像我们自己），但又不是小说中的这一个。我们在小说主人公（往往有我们自己）的心灵深处，欣喜地发现一些真的、善的、美的、向上的、前进的、既属于过去、现在又属于未来的优秀品质和精神力量，于是更坚定地要发扬光大；又吃惊地发现一些不真、不善、不美、落后的、因袭的、属于过去而至今犹存的精神重负，于是急切地要尽快解脱。读罢，我们似乎可以感到灵魂得到一次升华。不少读者对高晓声的小说迷惑不解，大概与他们已经习惯于"问题小说"一类的作品有关。其实，高晓声的小说创作才是艺术正路。他的小说，从原先并不引人注意到近来获得越来越高的评价，绝非偶然；这同那些"问题小说"轰动一时而又很快被淡忘绝非偶然一样，是同一道理的两个相反的方面。高晓声认为那种"用理性的、抽象的语言简单地加以概括"的"所谓作品的主题思想，对于作家的创作工作来说是没有多大意义的。创作实践证明作家只能忠实于生活而不能忠实于概念"。重要的是，要创造"各式各样栩栩如生的人物形象"，"揭示人物的灵魂"，一个"总的主题，就是促使人们的灵魂完美起来"。这才是作家作为"人类灵魂工程师"的特殊任务。

　　文学不是摆事实、讲道理，不靠以理服人，更不追求立竿见影的社会效果。它力图通过作家的形象思维，通过作家的血泪和强烈爱憎感情的融合，把现实生活中个别的、分散的、零碎的现象创造成具体可感的生活画面，创造成有气血，有呼吸，有思想感情，有生命的人物形象，使读者如临其境，如见其人，进入作家所创造的艺术境界，受到情感上的感染，思想上的启迪，引起共鸣共感，甚至与作品中的人物同笑同哭，爱作家之所爱，恨作家之所恨，思作家之所思，向往作家讴歌之理想；在审美享受中，在不知不觉的潜移默化中，陶冶性情，洗涤灵魂，滋养心灵，提高情操，从而使读者自己的灵魂更加完善更加高尚。这才是文学的特殊功能和特殊任务。托尔斯泰曾经说："如果有人对我说，因我对社会问题持有无可置辩的正确观点而能写小说，那为它即使只要花上两个小时我也是不干的；如果对我说，现在的孩子们在二十年之后，会因我写的小说而哭，而笑和热爱生活，那我愿以毕生的精力来写它。"这话值得我们深思。虽然托翁自己在他的伟大作品中"提出这么多重大的问题""反映出革命的某些本质的方面"，并因此被列宁誉为"俄国革命的镜子"，但他清楚地知道，仅靠"写问题"，不能打动人心，绝不能获得如此经久不衰的艺术魅力。

不过请你注意，完善人的心灵不能把文学与社会教育（伦理教育、道德教育和治安教育等）对立起来。虽然文学与社会教育都作用于人的心灵，但谁也不能代替谁。文学偏重于形象感染，善于在潜移默化中去影响人和教育人；而社会教育虽然用的是直接的说理的方式或以规范作楷模去影响他人，目的都是为了完善人的心灵。在这些影响人们多方面的精神活动的种种功能之间，既不相互排斥，也不相互代替，而是在社会上有机结合，多样统一——统一于完善人的心灵。我们反对的只是片面强调理性思考，图解式、说教式的"问题小说"，并不忽视文学具有认识生活、理解生活的作用。……

五月四日于东病区

（作者附志：游焜炳同志是暨南大学的研究生，在我直接辅导下专门研究"创作论"。这是读了他的论文后写给他的一封回信。因所谈的不是个别现象，它带有一定的普遍性。故发表出来，以引起注意。）

1982年×月×日

游：①

多样性的统一，多样性强调的够，但主导性不够强调，结果，如何统一问题有些说不清。

主导性不强调，个性如何突出？

生活复杂与人物的复杂性并不一致，也不一定照生活那样，作者要选择，创造，使之统一。否则，实战就发生困难，作者是针对着图解概念化，性格简单化而提出这复杂性，是对的，但绝对化了。

---

① 此函为底稿，应是评改游焜炳论文的提纲。

附来函

1980年2月4日

萧主任：

　　您好！

　　星期六我回校便想对文章进行删节，可是看来看去，总不好下手，总有点舍不得，结果才删去近1000字，很失望。今天想遵嘱送牧惠①处，没找到他，便邮寄去，同时附了我的家庭住址（福建厦门集美八音楼8号），以便必要时联系。此后曾想来看您，将这情况告诉您，并向您告辞（我过两天就回家了）。但考虑到您身体不好，老是打搅，影响您休息，很不好意思，不应该。结果没来，就回校了。故现写信向您说一声。

　　此次您抱病为我看稿，提了那么好那么详细的意见，我深受感动。除了对文章的提高和在学习上的收益而外，您作为文艺老前辈，那种一心一意、踏踏实实为党的文艺事业工作的无私精神，首先，就够我们学一辈子的了。我们是多么希望您能早日恢复健康呵，因为这也意味着我们将能得到更大更多的教益。祝

早日健康！

学生：游焜炳　二月四日

---

① 牧惠（1928—2004），原名林文山，祖籍广东新会。杂文家。曾任《红旗》杂志文教室主任。

致曾炜7通（附来函2通）

曾炜（1919—2007），广东顺德人。早年毕业于广东省立艺术专科学校。曾任省游击区华南文工团创作员、土改队队长。中国作家协会广东分会秘书长，专业作家。著有《早醒的黎明》《顺德风情》等。

1979年5月6日

曾炜①同志：

　　严庆澍（阮朗、唐人②）于五月二日已由香港回到从化温泉疗养院，现住该院"一疗区，一〇七室"。来信表示满意："天时、地利、人和，深信对贱躯有太大帮助……为进行超声波治疗，弟今天剃了个光头，颇为有趣。"③——看来信，心情很好。他去年冬突患脑溢血，能抢救过来，没有丧命，确不简单。回从化治疗一段时间，希望脑力能恢复正常。

　　他来信云："作协登记表已由罗孚兄给我，是在四月卅日于火车上给我的，不慎当场弄湿，交不了卷，请转告曾炜兄补寄一份，自当照填奉上。"又云："《作品》请自三月份起寄来从化。"信最后千嘱万嘱，要"问候于逢、韦丘诸老友"。

　　（一）请你将登记表寄给他！（二）请将《作品》寄给他！

　　希望在适当的时候，组织几个熟朋友去探望他一次。

---

① 曾炜（1919—2007），时任作协广东分会秘书长。
② 唐人（1919—1981），原名严庆澍，江苏苏州人。著有章回小说《金陵春梦》等。香港《新晚报》编辑主任、代总编辑，作协广东分会理事。
③ 参见严庆澍来函。

匆匆，祝好！

萧殷　五月六日

信转于逢、韦丘一阅。

1979年8月12日

曾炜同志：

清晖园叙会①，我和陶萍都决定参加。

十四日的编前会，我不参加了。

《文艺报》约我十五日交一篇文章，提纲虽拟好了，但至今一个字还未写。只剩下三天了，心里很急，越心急越难下笔，怎么办？临时想改变计划，先写篇短的（三千字左右）应付，可是如何截取？截哪一段？却费踌躇，至今未定，实在狼狈！刘锡诚同志的信已阅，奉还。

匆匆，祝好！

萧殷　八月十二日

1979年×月17日

曾炜同志：

《提纲》已阅。我也不清楚上面有什么要求，看了你起草的这个，我看也差不多了。

另外作家、代表团到北京参加文代会时，据说还要有个讲话，现请你也考虑一下。匆匆。

萧殷　十七晨床上

---

① 清晖园位于顺德大良，明代建筑，岭南四大园林之一。1979年8月，广东省文学创作座谈会在此举行。

1980年1月29日

曾炜同志：

　　严庆澍（唐人）兄，送来两本《开卷》①，要我特交作协广东分会。其中一本，请你们负责转寄北京中国作家协会（均附有他本人的短简）。

　　我仍在东病区，进院时三十八公斤，现在还是三十八公斤，连一两都未增加。胃口依然如旧，每餐至多只能吃一两东西而已。奈何！

匆匆祝好！

　　严庆澍兄住东病区一楼一一二号。

萧殷　一月廿九夜

1980年6月13日

曾炜同志：

　　来新会已十一天，但天天都在病痛中过去。这两三天似乎更疲软了，医生也说不出什么道理来。这里每日服一剂中药，却需药费三四元，最贵的只是几钱党参了，其余都是一般的清痰药，好像比广州的药还贵。我打算住到月底回去，住得太久似乎也不必要了。

　　莳风的《哨子》，昨夜已读过。好像酝酿得还不成熟，只从情节上去着想，人物的性格却似乎考虑得太少。有些地方因脱离了性格，致使情节不合情理。

　　其次，环境描写的疏忽，也是一大缺点。上面提到脱离性格的不良后果，同样，因脱离了特定的环境，不仅影响了生活真实，也影响了作品的社会意义。这是粗读后的感想，仅供参考。

　　趁范怀烈②同志回穗之便，匆匆写上几个字。

握手。

萧殷　六月十三日
于圭峰招待所一号楼

---

　　①　《开卷》月刊，香港出版，创刊于1978年，杜渐主编。其"作家访问"专栏，介绍了巴金、艾青、卞之琳、丁玲、王蒙、姚雪垠等内地作家。

　　②　范怀烈，《作品》编辑部散文组长、副主编。

××年4月19日

曾炜同志：

我专门安排今天上午等待你和林涵表①同志！如不能来，以后可能抽不出时间了。下午韦丘、容希英来谈工作，明日上午开党组会，明日下午上海一位同志来……时间很紧，再很难抽出时间了。请原谅！

萧殷　十九日

××年×月26日

曾炜同志：

已阅。只改了几个字。

注意，发表时与清样不一样，有些话于公开发表时改得婉转些了，如把"不是正路"改成"不是好办法"之类。

萧　廿六日晚

附来函

1978年10月12日

萧殷同志：

这几天忙不过来，今天才动笔，现送上，请提意见。刘锡诚同志十四日下午走②，最好请早些看，如有大问题，我到您处听意见，不然最好明早交萌萌带回。致敬礼！

曾炜　五时卅分③

---

①　林涵表（1929—1997），广州人。毕业于岭南大学。中国戏曲研究院《戏剧研究》编辑组长，文艺研究院话剧研究组研究员，文化部政策研究室动态组长。

②　刘锡诚在《采访本上的广东故事》一文中说，他于1978年10月晚登门拜访萧殷："萧殷也住在梅花村。与萧殷谈话，如叙家常，自由自在，无拘无束。"

③　萧殷于此函批注："已看过。写的都是事实，可给锡诚同志带去作参考。萧7.12。"根据刘锡诚回忆文章，当为10月12日。

××年4月19日

萧殷同志：

  省文化局昨安排省市粤剧界和林涵表座谈，罗品超①、文觉非②等十几人参加，不好改期，只得下午到您处了，他再三表示抱歉！下午三时我和他一起去。

匆匆。祝健康！

曾炜　四月十九日

---

① 罗品超（1911—2010），原名罗肇鉴，广东南海人。著名粤剧文武生。
② 文觉非（1913—1997），广东番禺人。粤剧演员，工文武生、丑生。曾与罗品超组织珠江粤剧团。

致章明1通（另函1通）

章明（1925—2016），原名章益民。江西南昌人。1949年毕业于武汉大学法律系，同年参军。广州军区政治部创作组创作员，广东省作协理事、杂文创作委员会主任。

1982年11月2日

章明同志：

我在暨大闷闷过了三个月，于十月十二日回到梅花村四号二楼，住在这里，外表上看起来宽敞些，也通风些，但心里总觉得别扭：前门不能走，后门又走得很困难。到现在，连挂信箱和搁单车的地方都无着落，且不谈后小院的所有权的问题了。有些事情竟会出现在社会主义社会，令人瞠目结舌！

你的杂文集①早收到了，但由于心情恶劣，始终没有细读，故还谈不上评论。

有空望来坐！来时，千万请走后门！后门被工棚掩盖着。必须先经过一个土墙的小洞，然后才能瞧见上楼的小门。

匆匆祝好！

萧殷　十一月二日　四号二楼

---

① 指章明《剑花小集》，湖南人民出版社1982年出版。

附章明致陶萍（××年1月12日）

陶萍同志：

您好！

今谨寄上萧老生前给我写的一封信，请查收！这封信因收到的当时与普通件分开另放一处，而恰巧就因为这找了许久才找到，请予鉴谅！此信我已抄存，请不必再将抄件寄回给我。

萧老逝世后，我屡次想写一篇悼念和回忆我所见到的萧老为社会主义文坛辛勤耕耘的文章，终因身体多病及杂务太多而未果，深感歉仄！近来弘征同志寄来他新出版的诗集要求我写一篇评介文字，我想当时萧老为他的诗集手定篇目及写序（都在人民医院东楼）的情景，我都曾亲眼看见，似可结合缅怀萧老写这篇文章，并且可以顺便把萧老当时和我随便谈到关于新诗的看法作一回忆。但此文的写作恐仍需至下月才能着手，因我们机关是第一批整党的单位，创作组全体党员目前集中学习文件廿天，几乎弄得什么也不能写。匆匆并祝

新年好！合家安好！

章明　元月十二日

这封信是属一般通信，但可以看到萧老当时的处境和心情，亦觉得弥足珍贵！

致章新建1通（附来函1通）

章新建（1931— ），安徽宁国人。曾任安徽省教育厅督导、研究员，安徽省美育研究会会长兼秘书长。

1980年6月14日

新建同志：

来信收到。你期待辅导的热烈心情，我是能理解的；按照我的心愿也愿意尽一臂之力。无奈，我身体坏，严重的肺气肿把我折磨得有气无力；比起文革以前来判若两人：过去一两晚上的工作，现在竟连五天也干不完。无论判断力或记忆力都远不如以前。虽然只有这点力量，也给全国各地源源而来的信稿，弄得我疲于奔命。即使身体尚平稳时，只应付这些工作（处理来信和来稿）已将我搞得精疲力乏，更何况我还有本职工作和兼职工作哩。遇到患病要进医院治疗时，连"应付"这种工作的精力与时间也没有了。何况每次住院都需要三个月以上。自去年文代会以来，我病痛不断，在北京住医院，在广州也住院，三月份以后，还到一个县的中医院去住了个把月，除了这些乱糟糟的情况之外，我每日还不能不应酬许多客人，有的是交谈问题的论客，有的是专来拉稿的编辑。现在亟待我去赶写的文章至少七八篇之多，可是每天留下给我的时间，却很少很少了。你看，在这样忙乱的情况下，我哪里能有时间给你看《文艺理论讲话》？

匆复，敬祝

暑安！

萧殷　六月十四日

附来函

1980年6月7日

萧殷同志：

　　几次提笔想给您写信，怕您忙，又怕您不肯给我回信而停笔了。但心却停不下来，还是鼓起勇气给您写了这封信。

　　解放初期就读到您的书，使我热爱了文艺理论。后来进了大学，毕业后又留大学教了十多年文艺理论。现在因工作需要在安徽省教育厅工作。

　　最近我利用业余时间，参考了您的书，在原讲义的基础上，写了一部《文艺理论讲话》。我学习不够，很想得到老前辈的指点，我想请您帮我看看稿子。不知有空否？如可，请复一信，即将稿子寄来。想起鲁迅对青年的辅导，又看到冯雪峰[①]同志逝世前对读者朱正[②]等的关注，我鼓起勇气给您写信了。我想您一定会答应的。我等着。致以敬礼！

安徽省教育厅章新建　八〇年六月七号

[①] 冯雪峰（1903—1976），原名福春，浙江义乌人。左联领导人，中共与鲁迅的联络人。人民文学出版社社长兼总编、《文艺报》主编、中国作协党组书记。

[②] 朱正（1931—　），湖南长沙人。《新湖南报》编辑，湖南人民出版社编审。鲁迅研究专家，著有《鲁迅传略》《鲁迅回忆录正误》《1957年的夏季》等。

致张波良1通(附来函1通)

张波良,笔名波思,广东大埔人。业余作者,基层文化工作者。先后任职广东省宝安县、大埔县文化馆。合著粤剧小戏曲《换种》等。

1977年6月5日①

《换种》的中心事件,是小江想赶快回家过春节,心不在焉,结果当凉桥生产队种子员小何来换良种"江龙",竟错换了晚稻"塘龙"。作者想通过这个"差错",来说明"我"不安心工作的害处,想通过这差错来教育小江,所以中心人物是小江。

为什么不安心工作,作者在开头就通过小江自唱:"十日两墟出力气,悔恨读书九年长。做条扁担我嫌短,却又不能顶栋梁。"自以为大材小用,是你剧中唯一的介绍,在小江的性格上却一点看不出这个因素。为了表现他急于回家,对小何的态度异常恶劣。

小何一上门叫老梁(当时老梁因事外出),小江听得不耐烦,从仓内出来,"别吵吵吵吵吵!"小何问"老梁在家吗?"小江说他不在(就进仓)。"你别走哇!",小江:"你不是找老梁吗?""老梁不在,我……我就找你嘛!"小江:"找我?""反正都一样,你是新来的吧?""有话就讲,别东拉西扯的,不看看现在是什么时候,离春节只有两天啦!""对对,你是明白人,我就是赶在春节前没种才来换种的。"小江:"换种?"小何(边传边递证明):"是呀,要换两百斤。"小江:"为什么没盖

---

① 根据底稿整理。无抬头及落款。萧殷于草稿上方题:"小戏曲《换种》,大埔县文化馆张波良(波思)。"

大队的印呢？"小何："是老梁关心我们的生产，打电话到水利工地通知我来换的，他说我们时间紧，离大队又远，可以先换种，后补手续，我一切和他谈妥了，你可以拿分配表查一下嘛。"小江："有啥好查的（把证明递回），明天再来吧。"又说了一会，小江说："你少说两句，嘴巴也不会生锈。"小何："你到底换不换？"小江："不换。"小何："你你，你这种态度也算是支援农业学大寨？"小江："笑话！"即从办公台拿出一块"闲人免进"木牌，放在台上走进去。

这种态度，跟下面说她是"前进中的青年"，不太合适，这一来，至少把坏的方面写过分。因而，她后面的思想变化就有点突然，不自然，无说服力。

应当把小江写成一个前进中的青年，应把体现她前进方面的言行也应在她的活动有所表现，但中间（20页）老梁：她半年来，做了不少工作，有一定的进步。这太抽象了。

可是现在这个人物太抽象了，在性格上只表现了她消极的方面，在积极方面是完全抽象的。

积极性格既然没有表现出来，就没有给她改变造成内在思想基础，因而这种转变就使人觉得不自然，无逻辑发展的必然性和令人信服的力量。

当老梁发现小江把新良种换错了，小江还认为问题不大，"最多也是两百斤"。老梁给她算一笔账："二十斤种子管一亩，两百斤管十亩，一亩产谷一千斤，十亩就整整可收一万斤。"小江："那怎么办呢？""换回来，要不，人家学大寨的计划就要打折扣了。"小江（看台上行李）："那……"老梁说："你还是安心回家吧，我会想办法。"小江（受感动地）："不，我们去换！"老梁："现在几点了？"小江："四点十五分，老梁，我……"（说五点半供销社有车搭）老梁说："那好吧，走！"

老梁对小江错误只是耐心，不直接指出，只说自己工作还不细心，怕触及小江思想实质，他与小何都避免对错误开火，只用行动（体贴、照顾来感动小江）。因此，到最后，她上车回家之前，只能认识到："因小失大迷方向，因私误工不应当"，因此，在思想上没有什么深度，说来说去，就是错换种子的错误，没触及性格的问题，主题与人物都肤浅，人物性格模糊，情节一般化，生活气氛很淡，原因是不是从生活来的，即在生活中，也是浅浅接触了一下就满足了。

在老梁感动下，小江很快就回心转意了。她唱："心想回家赶时间，换错谷种被拖延；怪我小江心意乱，没板没眼乱扯弦。老梁他模范言行教我省，就像那一股氧气助我燃；对职业哪容自己任意选，待群众岂能好似一块冰；好高骛远多幻想，口含蜜糖不知甜；一路思来一路想，思前想后心翻腾。"

小江挑江龙种子到凉桥村前，小何假装在浸种，想启发小江觉悟，写得不仅无力，也无内容，最后只逗出她说出："播错二百斤种，少收一万斤。"这是什么觉悟呢？只重复老梁的一句话而已，在思想上显不出什么提高。

前进中的青年（124页），应当这样写，但无具体思想、性格，只抽象介绍（19页××）。相反，落后面却很明显，表现落后性格的事，从开始到中间，却很突出（态度坏）。

只把事件（换错种）写成由于偶然原因（急于回家过春节，心不在焉）（20页），却无一点性格（思想）原因。只说"好高骛远"。（21页）

转变也未接触思想（性格），说不上有什么思想觉悟（提高），只重复了老梁一句话"错播二百斤，少收一万斤"，"因小失大迷方向，因私误工不应当"，"对不起贫下中农"（32页），"是路线问题"（32页）。这算什么提高思想？没有思想深度。有些山歌写得不错。

老梁对小江的错误，只是耐心，只说自己工作不细心（31、32页），只用行动来感动小江（19页）。却怕触及小江思想实质，老梁与小何都怕对错误思想开火（26页）。因此转变是无基础的，不自然（21页、19页）。

你虽反对"三突出"，但"四人帮"脱离生活，"主题先行"等等恶劣的创作风气，你却受到重大影响。但你似乎没有发现，不仅没发现，而且信心还很足，据来信说"贫下中农反映较好，剧场效果也很好"。对自己小戏《换种》的一点缺点也没感觉到，可见你对自己的创作成果还缺乏一种客观的态度和符合客观实际的认识。

来信说"这小戏虽不成熟，也算是我们下乡生活，学习工农兵的一点收获吧，当然也是调查记录的综合"。作为一个文艺写作者，调查记录的，应当是些什么？"综合"的，又是什么？艺术形象靠什么塑造？

七四年四月后，对来稿没很好处理，是不对的，现在编辑部同志也觉得心疚，来信说"为什么省文艺创作室对我们县的作者这样没感情，还是我得罪了个别人？还是我不认识人？还是没有随稿付上应该付上的东西……"

附来函

1977年6月5日 [①]

萧殷同志:

您好。最近在广东文艺看到了您的《创作论》片段[②],心里很高兴。如果不是英明领袖华主席为首的党中央一举粉碎"四人帮",我想是难于看到这《创作论》的。我也是学习搞文艺创作的,我知道那万恶的"三突出"把多少好同志、好文章、好作品给"突"走了。

写信给您也许麻烦您了,不过,我想解决的问题正需要论一论。

一九七二年,我是在深圳工作的第十个年头。我们宝安县文化馆创作组接受了创作汇演节目的任务。那时,我与邓为同志合写了小粤剧《换种》。这小戏虽不成熟,也算是我们下乡生活、学习工农兵的一点收获吧,当然也是调查记录的综合。七三年春,这个小粤剧到惠阳地区参加专业文艺汇演,后被选为八个待修改小戏之一。当时惠阳报文艺编辑杨伟群同志曾把它发表在文艺副刊。七三年四月,王寿一同志(当时在惠阳地区任文化局副局长)主持修改八个小戏,结果,宝安另一个小戏《送马草》上了,《换种》是没有"三突出"等等(也可能因为没有阶级敌人)而放弃了。当时的确不知怎么改,王寿一同志谈心时说现在是"夹缝里写戏",我对这话记得十分清楚。我知道,《换种》在当时是再不能改了,我为杨伟群这么大胆把它发表而担心。顺便说一下,惠州汇演时,省创作室有同志找过我(名字忘了),嘱我再改。但以后改了便没人管了。只得在宝安文艺队再排演。这个戏在演出近一年的时间,贫下中农反映较好,剧场效果也很好。七三年秋,宝安文艺队在博罗县演了这个戏,当时任博罗县革委会副主任的秦牧同志看了,据说给予较好的评价,那时我不在场,因为是演出队去,我们是文化馆。七三年梅县片三个地区专业文艺汇演后,我便把《换种》搁在一边了。七三年十二月一日,组织上照顾我,批准我调回家乡大埔县文化馆工作,回大埔县后于七四年四月又将"换种"戏改了一次,寄省文艺创作室,结果石沉大海,连一个字也没有回复。当时我

---

① 此函寄广州市文德北路六十九号省文艺创作室萧殷收,大埔县文化馆张寄。萧殷注:6月8日收。

② 《人物和故事——〈创作论〉片断》刊载于《广东文艺》1977年第5期。

心里想，我县多少业余工作者来稿，我们都一一回复，或给提意见，为什么省文艺创作室对我们县的作者这样没感情，还是我得罪了个别人？还是我不认识人？还是没有随稿付上应该付的东西？……这些话本该不说，可写起来又说了，因为"四人帮"把人与人之间的关系搞糊涂了，"四人帮"是"害人帮"一点不错。

这次我把七四年修改稿上送给你，请你给论一论，就是想请老一辈给提个意见，帮助我们后一辈上进。你这么一伸手，我们就努力上。不过我不是想向上爬，沿着电筒光向上爬要摔死的，我愿意写些东西为社会主义为工农兵，为无产阶级政治服务。

萧殷同志，我知道你很忙，我也知道老作家是愿意看到后一辈子成长。而我们是中年人了，但还想学些东西，想看些东西，如我们大埔人还想再看看杜埃副部长的文章，可是还没看到。如果你能对我们的小戏提一点意见，那我也是高兴的。

致
革命敬礼！

大埔县文化馆　张波良
一九七七年六月五日

致张长兴1通（附来函1通）

张长兴（1943— ），广东兴宁人。业余作者。毕业于华南师范学院中文系。先后在河源及兴宁任中学教师。

1977年6月21日

长兴同志：

来信及《"四人帮"不可低估》《夜读》和《大娘扭起秧歌舞》等已收读，因为疾病缠身，加以杂务繁忙，时间实在太少，而且近来广州的会议很多，空暇就更少了，因此未能更早地写复信，请原谅！

《"四人帮"不可低估》一文，我不知你寄来的用意何在，是向《广东文艺》投稿？还是叫我提意见？我粗粗读了一遍，你对一些作品谈了一些感想，可是分析不够，观点不很明确，说服力也较弱。由于别的同志管《广东文艺》，我不知发表那些作品时的具体情况，准备将该文转给编辑部。发表，肯定是不会的，提供他们参考，大概是有益的。

你的两首所谓诗，其实一点诗味也没有，不但没有诗的意境，连中心也没有，你拿起笔来，心中并无激情，也无意境，只注意押韵，这怎么能创造出诗来呢？你在信中一再提到你"有一定的基础"，但从你所寄来的三篇作品看来，我觉得你在文学写作上的基础还很差。过去，我相信你读过不少好作品，好评论，但读了并不等于自己的写作能力就提高了。重要的是实践，是创作实践，不经过长期的艰苦的创作实践，不经过反复的摸索和总结，创作的规律是得不到的，既然不清楚创作劳动的规律，就很难说自己在这方面"有了基础"。

这些话说得很坦率,听起来可能有点刺耳,但希望你冷静地多想一想,到将来可能会对你有点启发作用。匆匆。祝努力!并颂

健康!

萧殷　六月廿一日

附来函

1977年6月2日

敬爱的萧殷同志:

您好!请接受我这个您不相识的文学青年对您的深切问候!

在文化大革命前,我在华师①中文系读书时,不时地能在报刊上读到您的文章,从您许多精辟的论述中得到许多教育和启示。在研究文学史时,也得知您是经历过战争年代,早在解放前就作出贡献的老同志。因此,我对您早就神往。文化大革命开始之后,由于林彪和"四害"横行,加上我在乡村就很少读过您的文章了。事实上,在那些日子里,文艺界许多受人尊重的老作家和文艺问题上的评论家被那重重的黑幕把他们与社会上的读者分开了,大家有笔不能写文章,有话不能说,革命精神被扼杀了。老实说,我这个人还算谦虚,虽说"文革"初期是红卫兵出身,但我一直对老的都比较崇拜。我总是认为,老的一辈虽有泥沙和蛀虫,但绝大多数在长期的斗争中为党和人民作出了贡献,既有丰富的经验,也有宝贵的教训,这些,都是我们这些青年和半青年所缺乏的。因此,在十几年来,不管是和老同志面谈,还是在刊物中读到你们的作品和文章,我都是诚而敬之,从而获得无穷的教益。您最近在《人民文学》发表了文章(可惜我手头无此刊物),但您在近期《广东文艺》上发表的通信体文章,我倒是一再拜读了,从文章中,我体会到您对毛主席文艺路线理解的正确和对青年的关心,苦口婆心的教诲,我读了深受教育,也促使我提起笔来写信向您问候和请教。

早在中学时代,我就是文艺爱好者;六三年上大学之后,由于老师的教育和社会的影响,我在文艺评论和散文方面均有一定的基础。一九六八年,我到部队农场,随后

---

① 华南师范学院,后改名华南师范大学。

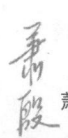

又进入教育界，先后在高要和和平任教。一来是"四害"横行，不敢写点有分量东西，生怕"扣帽子""打棍子"；二来是工作忙，在紧张的战斗中也很难挤出时间去写一两千字，三两千字的评论和散文（抄也够呛）。但文艺的爱好还是有的，青年人的热血并未完全冷却。因此，在运动到来，热血沸腾之际，在假日的短暂休息时间里，写几首短词和一星半点的随笔。但由于工作紧，主要缺乏韧劲，缺乏名师指点（有时向报刊寄点稿，也石沉大海），因而长进不大。在粉碎"四人帮"之后，社会主义文艺百花园又一派万紫千红的动人局面。我想，趁现在还比较年轻，加上有一定基础，为什么不抓紧学习和实践，为无产阶级文学艺术的繁荣作点贡献呢？我也常这样想，被常规和懒性束缚，不力求自强，犹如登山队员，在离登峰才几十米、几米的情况下就败退下来，不是太可惜？不论对革命还是对自己，都甚不利。正因为这样，我又鼓起了继续攀登的勇气，准备在干好工作之余写点东西。在这样情况下，很需要名师指导，本来，我这个无闻的"小人物"不好意思去麻烦和打扰百忙之中的您，但我想起鲁迅对文学青年的热忱态度。读到您在《广东文艺》上的通信，我想您这个受人敬重的专家和老同志，大概不会使我这个"热诚的赤子"失望吧！

敬爱的萧殷同志，您不认识我，但我在广州见过您几次，至今缅怀，仍历历在目。其中在华南师院的一次我印象更深。时林彪、江青一伙早已把文艺界广大文艺工作者打得一塌糊涂，他们还唯恐天下不乱，也为在文艺界"打倒一切"更好安排他们的亲信和死党。因此，在一九六七、六八年，早已被七斗八批的你们，还要被江青一伙导演下的"狂飙"批斗，我记得您曾不服地说："我也算牛鬼蛇神？"我们当时虽无限同情，但江青一伙却说要"砸烂""批斗""不准翻案"，在这样情况下，也"无可奈何天"——有什么办法？据说何家槐[①]已去世了（大约在六九年吧），因他受过鲁迅的批评，现在不知对他如何评价？我记得在"文革"中批斗的他，仍不同意何其芳[②]是否定人物的说法（何其芳还在文学研究所吧），我手头有一份他写的自传（手稿），不知您们有无用处？

秦牧同志学习《论十大关系》的文章我也细看了。我觉得他提的问题很有道理，的

---

① 何家槐（1911—1969），浙江义乌人。暨南大学中文系主任、党委委员。"文革"中遭受迫害致死。

② 何其芳（1912—1977），四川万县人。曾任中国作协书记处书记、中国科学院文学研究所所长。

确值得讨论和深思。但该文的前半部分写得太长了，后面的要害部分反不突出，我有点疑心，他是否怕"打棍子""扣帽子"，否则，为什么前面要讲那么多，那么充分，那么全面？怕人家"误解"吧！

我寄来一些近作，水平低，体会不深，如有空，请赐教吧！

据说您老家在龙川，哪个公社？我老家在兴宁，出身贫农。

余待后叙。祝

安好！

张长兴上　七七年六月二日夜

通信处：和平县东水中学张长兴

致张海标3通

张海标（1916—2006），又作张海飘。广东龙川人，曾任佗城小学教导主任，1957年被划为右派分子，1978年平反。

1978年11月7日

海标同志：

收到你五日来信，很高兴！多年不见，不免有时怀念，五八年初，有个佗小负责人来谈问题，后来刊在龙川报上的话，与我谈的是不相符的。现在事情已经过去，那就算了。幸好你现在身体尚好，就是万幸。

我的身体远不如一九六五年以前，原来我没有肺气肿和血压高的，现在竟是威胁我的主要疾病。体质衰弱多了，行走多了就气喘不已，故平日极少外出，凡上班或外出开会，都需小车来接送，否则，我任何地方也去不得。可是工作极忙，今天省文化局与省文联合开全省文艺创作汇报会，我本来要参加的，因连日不断开会，今天的会议只好缺席。每日要审阅无数来稿，忙乱不堪！许许多多读者每日都寄来不少的信，要求辅导、帮助，但我只有一个人，而且又有病，哪里能应付这许多来信？只好堆在一边。寄来的稿件，□□□□□□□□编辑部，由他们去处理。即使这样，我还是忙得没有空暇，我主编《作品》月刊，审稿时间就占去一半；加上来人不断和不得不写的稿子，你看，哪里还有空暇？今年来，已两次住医院，冬天尤易患病，所以现在不能不特别留意。

你来信把地址写错了，幸好邮局知道我。我的通信住处是："广州、文德北路、作家协会广东分会"或寄"广州、文德北路、《作品》编辑部"交我。匆匆祝好！并颂秋祺！

萧殷　十一月七日

1979年4月21日

海标同志：

　　收到你的信，欣悉你的问题已经解决，并且已分至胜利小学任教，甚慰！特向你祝贺！今后，望更好地为社会主义，为国家贡献力量！

　　我近来工作更忙碌了，白天整日来人不断，除本市本省外，外省来客也不少。来要稿子的人更多了。但数十个刊物都来要文章，谁能写得出那样多来呢？现在由于我负责省作家协会全面工作，杂事繁杂，会议又多，故写稿的时间更少了。最近曾给两封信由《南方日报》发表（十五日已发表了一篇），因其他文章根本无时间执笔。

　　怕你惦念，趁空先给你回一封信。五月以后我可能更忙，也许要出差，六月还可能回北京去开会。

　　匆匆祝你顺利！

萧殷　四月廿一日

1980年4月19日

海标同志：

　　十二日来信收到。我最近从新会中医院医病回来，由于在省人民医院住院三个月，痰喘与胃口均不见起色，一餐饭连一两米也咽不下，体质太弱，不得已遂转到新会中医院去治疗，近来胃口稍有好转，四月初回到广州。

　　这次病，还是由于去年在北京开会时开始的，由于气候不习惯，才到北京第五天就病倒了，并进了医院，因为他们怕转成"肺炎"，注射了大量的"红霉素"，因而胃口给弄坏了。不仅在北京不思饮食，即使回到广州也不能吃什么。至十二月初，忽然又发高烧，遂被送进省人民医院。所以这半年来，我一直在医院里住着，不是这个医院，就是那个医院。

　　你在家乡教书，能安心地工作，一定能在教育儿童方面作出贡献。我们在外面的

人，任务很多，虽然身体欠佳，但还是忙碌得很。除作家协会工作之外，还兼着暨南大学和中山大学等工作，不是一般的行政工作，而是切切实实的指导研究生的研究工作。此外，常常还要应约给刊物、报纸写短稿，比起你们来，我们就忙乱得多了。在广州，除住医院之外，总是忙忙碌碌，即使星期日，也没有休息的机会，每回想那种安静的乡村生活，令人无限神往。

匆匆，仅此奉复，顺颂

近安！

萧殷　四月十九日，广州

致张继元12通

张继元，广东龙川人，萧殷中学同学。先后任教于龙川县佗城中学、赤光中学，后调任广东省老隆师范学校（河源职业技术学院前身）校长。

1971年11月23日

继元同志：

你十八日来信，我前日回广州才看到，知你已到赤岗中学①工作，甚为欣慰。望在实践中，认真探索理论与实际结合的问题，在教改中取得更大的成绩。

我的身体没有多大的进步，于十月上旬离开连山上草干校②；在广州参加一期学习班，听了中央几个文件，讨论了五六天；之后来从化温泉干部疗养院休养，除原有的肺气肿及神经官能症外，又查出血压高和动脉硬化症，真是五花八门，样样俱全了。这里环境宁静，风景幽美，一人一间房子，医疗设备也齐全，是个相当好的疗养场所，估计至少要住到春节前后。来信寄："从化、温泉干部疗养院、第三疗养区"我收。

将来，如健康能恢复，可能继续搞文艺工作，领导上曾一再希望我重回文艺岗位，但都担心我的健康。现在我排除所有杂念，一心疗养。组织上已说过：努力恢复健康，是我今天的主要任务。因此，目前我不考虑其他，把全部努力放到恢复健康上，希望能争取早日回到工作岗位上去，为党的文艺事业做出微薄的贡献。

---

① 龙川县赤光中学始建于1944年秋，当时名为私立赤岗初级中学。1956年更为现名。
② 中共中南局"五七"干校，设于广东省连山县上草镇。

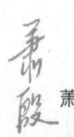

陶萍，于七月间调到省革委文艺办公室工作，她的具体任务是准备编辑文艺刊物，上月曾为选稿出差到梅县专区及汕头专区，前星期才回到广州。仍住在"农林四横路一号"。萌萌仍在建设兵团七师教书，担任初中二年级的数学、五年级的语文，还兼作班主任工作，她似乎一切都好。荃荃仍在海军航空兵部队服役，也有很大进步。葵葵于五月患肝炎，从海南回来，五月底与我回干校住了一段时间，七月底去北京看望姥姥，九月底已抵广州。他想参军，但因我无机会为他找门路，黄烈①同志建议他回龙川参军，但不知龙川武装部的负责人是谁？你能否在这方面助我一臂之力？

　　还有一件事：在广州，我有位熟朋友陈杏芝，她的爱人黄汉邦现在龙川丰稔中学教书，陈曾多次请求组织，希望把黄汉邦调回广州（他们已结婚八年，据说一直过着牛郎织女式的生活），市教育局已同意调回，且已发出调令，但龙川方面不同意。此事可否打听一下？并望把龙川负责教育工作的同志告诉我。匆匆。祝好！

萧殷　十一月廿三日于从化

　　见周初同志时，望致候。

1972年11月16日

继元同志：

　　十一月七日信，收到了。因为忙于搬家，没有马上复信，刚搬了家，家具还来不及摆开，我又动身来海南了。趁今下午闲暇，赶快给你写信。

　　九月初到十月底，我到清远去主持一个全省的文学创作学习班，各地区共来青年作者八十余人（唯独没有龙川的），主要任务是通过修改作品来提高创作思想及创作技巧，这期间，我们多次进行辅导报告。结果，抓到了五十多篇小说和散文，明年一月创刊的《广东文艺》就不愁没有稿件了。

　　回到广州只半月，海南戏剧会演②需要有人来参加，于是文艺办派我和另外两同志来。十三日刚搬家，十四日一早就坐飞机来海口。每晚看戏，白天就各组讨论，到最后大概难免要谈点创作的感想。估计廿四或廿五日回广州，接着很可能到惠州去参加地区

---

① 黄烈（1915—1987），广东龙川人。曾任八路军120师体训队队长、解放军八一体工大队长。

② 指海南地区戏剧会演。

创作会议。

家已搬至梅花村三十一号二楼，比以前宽敞多了：一个大厅，五间住房，还有卫生间及厨房，另外，天台是个自由活动的场所。

你介绍的"鸡眼"药方，我已抄下来，但"白花贯菜里"是什么样的？草药书上叫什么名目？望请内行人查一查，然后告诉我，以便采用。

陶萍身体正常，她与我一同到清远，但这次来海南她没有同行。

有空望来信！祝你一切均好！

萧殷　十一月十六日于海口

我去清远期间，据说何平同志曾来我家找我，非常感谢，看见时，请代致候，并望将我的新住址告诉他。

1972年12月12日

继元同志：

鸡眼药及信早收到，因近来较忙，复信拖迟了，请原谅！

原来听说惠阳地区于十二月召开创作会议，但现在据说明年才开，因而我今年也不会去惠阳了。你的工作问题，我只要碰到机会，一定帮你说几句的。能否达到目的，却很难说。教育办黄梅同志有无权力调动你的工作？最近他来了一封信，以暨大学生名义给我来信的，今天才复了他的信。他如有权调动，你也不妨向他提一提。

你想要一套马列原著辅导材料，我可去问问旁人，我自己的早给人拿走了。对于这套书，我从来没有发生过兴趣，因此别人一开口，就让人拿走了。两三本是容易搞到的，要全套大概有困难，特别是《反杜林论》的辅导材料，更加不易搞到。

我从海南回来后，只去过创作室一次，我平日不上班，有事就拿回家来做。现审阅稿件更多了，第一期《广东文艺》①已签发，现又忙于审阅第二期的。好在现在住的条件较好，可以坐下来，而且看倦了可以到阳台上去休息——晒太阳或浇花。

鸡眼药还未试用，打算待稍闲时。有空望把故乡消息见告，匆匆。

握手！

萧殷　十二月十二日

---

① 指《广东文艺》1973年第1期。

来信寄"广州市梅花村35号（原31号）二楼"。

1973年6月29日

继元同志：

　　来信早收到，迟至今日才拿起笔来写信，并非由于懒，而是因为近两月来身体都有病。自四月下旬始，我的血压常常出现异常现象，低压常在一三〇度上下。据医生说，这样高的低压，随时都可能发生脑溢血的危险。而高压却只一六〇度，两压太接近，又是一种危险征兆。医生吩咐我好好休息，不要作紧张的脑力劳动。本来有两个学习班（一是文艺理论学习班、一是文学创作学习班）需要去作辅导报告，因为医生一再提出警告，领导上也不敢坚持我去做了。近两个月，我都在家中休息，大概由于不间断地服用降压的药物，发散得太厉害，身体比前更加虚弱了。准备改服中药，疗效如何？尚难预测。总之，年老病多，体质一年不如一年了。但我还没有绝望，辅导青年的活动没有完全停止，虽不参加会议上的辅导工作，在家中却每日都读些来稿，并写些简短的回信。一些热情的青年作者的来访，也是不间断地，只要不赶时间，每日做点这类活动，还是可能的，也不影响养病。

　　读来信，我完全理解你的情绪。这种情况在现在确不是个别的，但是我们一定要以唯物辩证主义观点去对待，去处理它们，千万不要为这些事模糊了政治大方向。毛主席是无比英明的，他的革命路线一定会战胜一切！

　　我没有机会碰到县里的领导同志，因此关于你的工作调动问题，至今还没有提出。只要有机会，我一定尽力帮忙的。本来我曾打算今年到各地区去走走，后来因病情不允许，只好暂时把计划取消。有空望来信，匆匆。祝你

健康，并诸事顺遂！

萧殷　六月廿九日

1973年8月3日

继元同志：

　　来信早收到，因为常闹病，加上客人不断，未能更早给你写信，请原谅！现在是放

暑假时候，你大概已回到家里？暑假如何过法？过得怎样？大约很有趣吧？我这两个月，几乎没有到办公室去过，原因是血压很高，医生要我在家认真休息。但天气热得很，又不能看书，实在闷得难受。

关于你的工作调动问题，昨日我给黄梅同志复信时，曾顺便提到这件事。我说佗中是有悠久历史的学校，像这样的中学，全省只有五六间，应该办好。我在谈论了这些之后，很自然地提到前些年你在佗中的工作，并希望你回到佗中去主持学校。这封信，我同时希望运舜①同志看看。不知会有什么反应？望你留意探听一下。

你今年大概不能来广州度暑假了？我这里，比去年住的地方宽敞多了，五房一厅，阳光空气都充足，按照目前广州的人口密度，的确有点奢侈了。

据说罗海清的问题已搞清，成分问题已解决，但复职的问题听说还未解决，按政策应该回到佗中，不知现在是否已落实？

萌萌今年未考大学，她的连队已推荐她投考，但团部却不批准。葵葵在轻工业设计院工作，他很安心，但他的机关却推荐他去考大学，他只好去投考了，录取与否他不在乎。事情就是这样怪！想投考的无机会，不想投考的却硬叫去考。

匆匆。祝你及家人均好！陶萍附笔问候。

萧殷　八月三日

1973年9月15日

继元同志：

来信早已收到，估计你正在县里集中学习，所以没有即刻写信。现在开学的工作大约已上轨道，你可能已恢复了常态的生活与工作。

我这半年来，健康情况一直不好，比起去年来差得多了。血压高，虽存在着危险（因低压常保持130度上下，医生一看这情况就吃惊，总是向我提出严重警告，要我认真休息。后来我才知道，医生之所以如此紧张，据说低压上升到120度以上，便随时可能发生脑溢血的致命现象），但我并不感到特别痛苦。别人的低压到达100度，就头晕得难受，可是我却似乎没有什么感觉，不头晕，也不恶心，其实这更危险。既然目前不感难受，所以我还是尽可能抓点工作，譬如理论工作之类，最难受的是四肢无力，走一

---

① 徐运舜，曾任佗城中学教导主任。

点路就像过去战争年代行军八十里以上那样膝盖软、脚板灼痛。因而很少走动，连东山那么近，也不轻易去逛一趟，这大概就是年老体衰的反映吧？

你说的"脉通"（非麦通），我服用过本国出产的，效果不理想，据说还有副作用。至于日本的，不容易买到。若通过香港的同志去买，是无问题的，但我不愿拿这类事去麻烦人家。

工作调动问题，目前既有困难，那就要安下心来，把目前的工作做好，做出成绩来。"十大"后，准备重新评价秦始皇，进一步批判孔夫子①（为批孔，郭沫若同志的《十批判书》也可能牵连到），对《红楼梦》也需要用马克思主义观点加以分析研究，给以正确的评价。现在我们和几间大学都正在为这几项任务而忙碌。我不一定每天去，但担负着一定的责任。

《广东文艺》十月号，要我写篇讽刺林贼的杂文，勉强写了一千多字，算是我文化大革命后的第一篇短文。极粗糙，是一篇表态的文字。有空望来信，谈谈家乡的情况。

祝一切都好！陶萍问候你！

萧殷　九月十五日

1974年1月13日

继元同志：

十一月中旬来信，早已收到！迟迟未复的原因，倒不是因为疾病，而是几部长篇把我弄得精疲力尽，除阅读外，还要反复谈意见。而作协又不善于考虑原则，却希望□□每节都替他出主意，要别人代替他动脑筋，而且硬缠着不放，实在叫人气恼。此外，我们机关要年终总结，几乎每日下午都开会，晚上回到家里都疲惫不堪。这一来，处理来信来稿的时间就大大减少了。现在不知你是否已到石镇中学②就职？

我从十一月到省人民医院注射"细胞色素C"以后，冠心病有些好转，但肺气肿却依然如旧，特别是近一月来，气候转寒，早上喘得十分难受。药物服了不少，但不见疗

---

① 林彪事件之后，毛泽东在会见外宾时说："秦始皇是中国封建社会的第一个有名的皇帝，我也是秦始皇，林彪骂我是秦始皇……我是赞成秦始皇，不赞成孔夫子。"重新评价秦始皇、进一步批判孔夫子由此而起。

② 即龙川黄石镇中学。

效。现在，□□尽自己力气参加工作。像我们的年纪，想完全恢复健康，是不可能的。不如趁现在还有点绵力的时候，尽可能做点力所能及的工作。有个朋友最近在来信中感慨说："纵爱国之心长，惜报国之日短！"颇有同感。

你的体重有所增加，应适当注意饮食，肥肉、猪油之类少吃为佳，否则胆固醇会增高，逐步形成血管硬化症，血压自然也会随之增高。如出现了这类病，就十分麻烦。我与我周围不少老同志，患此种疾病的日渐增多。注意饮食是一个方面，精神不要过分紧张，也是一个方面。

陶萍也患心绞痛，是一种心脏病，有时剧痛起来，轻则全身冒冷汗，重则可能死亡。现正医疗中，比前月稍有好转，勿念。

祝你健康，及全家大小安好！

萧殷　一月十三日

1974年4月22日

继元同志：

上月廿七来信收到。我因近来血压较高，只好又来温泉疗养院疗养。这里只听得鸟叫和溪流水响，确很安静。但如果不是病痛，我倒愿意过一种热闹些的生活。春节前后，为赶着时间完成任务，一连阅读了五六部长篇小说原稿和一部长诗原稿（共约二百多万字）。读这类作品与欣赏其他作品不同，从头到尾都必须聚精会神；每读完一部，又必须提出书面意见：主题是否正确？题材是否现实？方法是否对头？甚至对于某些章节，也需要提出意见；特别是对那些有修改基础的作品，更需要提出修改建议。就这样，当我完成这任务时，精神刚松弛下来，病就跟着来纠缠了——血压高起来了，心律忽快忽慢，最糟的食欲大减，而且很快就消瘦了。在这种情况下，不来疗养院又有什么办法呢？来院后，由于医生与护士的高度负责精神，打针、服药、理疗同时配合进行，加上安静休息，病况已有好转。但大约还要在这里住到七月中旬以后，才可能离开温泉。

广州现在正展开揭露黄永胜①及其同伙的斗争，北京路曾出现过大字报，后因商品交易会开幕，才把那些大字报揭去。五月中旬之后，大约还有这类现象出现。现在，据

---

① 黄永胜（1910—1983），原名黄叙全，湖北咸宁人。曾任广州军区司令员，解放军总参谋长。

说几个单位（如省委、电台、报社、铁路局……）内部贴出不少大字报，有些揭发是触目惊心的，说明这伙反革命分子在"九一三"（即林贼外逃那天）之前，已有组织、有步骤地部署反革命暴乱。现在中央十分重视，省委也抓得很紧，我们深信，这些家伙的真面目定必会大白于天下。这是一场反复辟的严重斗争，革命群众已开始动起来了。待这场斗争胜利之后，我们的社会主义建设，定将出现崭新的、朝气蓬勃的局面。

今年初，曾接到黄贻嘉[①]同志来信，他说曾去过老隆，未知你们晤面否？从他来信看，他对龙川尚有不少眷恋之情。他的地址是：惠州市、上西湖十五号之一。

你近来忙些什么？有暇时，希望来信！十多年未回过故乡，乡讯越来越渺茫了，望来信时顺便给我带些故乡的消息。

由于身体不好，很少提笔写东西，去年底曾计划写些短文，但后因任务紧，加上体力衰弱，便把这事抛到一边去了。按道理，这是整理过去经验的最好时机。四十多年来，积累了不少经验，有正面的，也有反面的，经过文化大革命的初步总结，如果能写出来，该是多好啊！可惜年老体衰，现在变成有心无力了。

护士催我去理疗，这封信就暂时写到这里吧。

遇见黄儒林和李运燊同志时，请代向问好！

祝你工作顺利！祝你爱人及孩子们都健康！

握手。

萧殷　四月廿二日

陶萍因患心脏病，仍在家中休息，顺告。

1974年9月10日

继元同志：

好久没有给你写信了，倒不是懒，而是大部分时间被一些实非小事的琐事所占据，此外就是为病痛所纠缠，有时虽然也与一些病友到山坡或溪边采摘些草药，但内心总为子女一些尚待解决、又无法解决的问题所折磨。我不说内容，你也可猜到几分，因为这些问题是带着一定的普遍性。

[①] 黄贻嘉（1904—1986），广东揭阳人。曾任潮汕专署文教科长，惠州学院院长，惠州市政协副主席。

在温泉住了四个多月,却不见一点疗效。于八月廿六日便出院回广州,现在家中继续休息和治疗。上星期,黄烈同志带黄福佑医生(龙川鹤市人,一向在外地)来给我治肺气肿。据黄烈说,此人曾医好过不少哮喘患者。四天前,已在我胸部埋了线,现在他每日下午来给我注射穴位,据说两个疗程(约一月时间)就可把肺气肿治愈。究竟如何,只有等待事实来分晓。这种病把我折磨得好苦,但愿与他说的那样灵验。

我没有回机关去,广州市的"批林批孔"运动只知道一些零碎的消息,更详细的情况却不知道。这几年来,林贼死党黄永胜一伙操纵广东文艺界,干了不少坏事,据说中央已有指示:以两广文艺界为重点,进一步揭露黄永胜一伙的罪行,整顿文艺界的歪风邪气,以取得经验推向全国。如何展开?不久以后才知道,这是一次波澜汹涌的斗、批、改运动,是"批林批孔"深入发展。在广西有几个小丑公开攻击革命样板戏,其实质是仇视党中央,仇视无产阶级革命路线……这些小丑与广东的黄永胜爪牙是串通一气的,是可忍孰不可忍!

陶萍因心脏病未愈仍在家休息,她问你好!

萌萌仍在兵团教书,葵葵在广东轻工业设计院当描图员,荃荃依然在海军服役①。他们身体还可以,只是有时出现些小毛病。

龙川情况如何?望在信中谈点概况。

你六月中旬寄温泉的信收到,因当时身体不好,没有即时复信,后因琐事缠身,一拖再拖,以至拖到现在才写信,殊感歉疚,幸乞原谅。匆匆,祝你和你全家都健康!

萧殷　九月十日于广州

1976年2月20日

继元同志:

年初三来信,早已转来医院,知道你健康地战斗在农村第一线上,甚为欣慰!

你说:"握别一年又一个月了。"你大概没有料到,在这相别的一年中,我竟两次入医院,更没有料到这两个元旦(一九七五年和一九七六年元旦)都在医院中度过的,而且两次都是因为肺气肿感染,突然被送进省人民医院的,经多方医治之后,现在病况已经减轻,但还有反复,还需要继续治疗。本来打算下月转至从化温泉疗养院,但听医

---

① 前信已经说到荃荃已复员。

生的口气，恐怕还得在医院再住一段时间。

读来信，知道龙川县的干部调动不少，但我对这方面的情况一向知道很少，因为乡音愈来愈稀，乡情也愈来愈淡泊了。

陶萍的心脏病依旧，继续在家中休息。葵葵去年暑假上广东化工学院，学制糖专业，去年十月只在学校住了一个星期，就搬到广州糖厂开门办学，常常一个月只能回家一次。荃荃于去年三月由海军复员，分配到广州汽车制造厂当钳工，也是常常加班加点，半月只能回家一次。萌萌仍在徐闻农场，何时能调回，还无一点头绪。

我在省人民医院就医近两月，星期天可以回家去看看。如果不是病痛，谁也不习惯这种单调的医院生活。

祝你工作顺利！并祝你们全家安好！

萧殷　二月二十日
于省人民医院东病区

1977年1月25日

继元同志：

信悉。我时常想到你，但却疏于写信。人老了，什么都异样，譬如写信吧，在青年或中年时期，一提起笔就如长江大河，下笔千言也毫不费力。可是现在却不同了，身边有一点事就仿佛要费移山之力才能动它。事实上也确是这样，比如要搬动一只皮箱，手软气短，感到无能为力，只好等孩子回来帮忙，才能搬动它。这仅是一个例子，如碰到几件事，就痛感无从入手，茫无头绪了。你大概还无法理解这种"衰老"心情，而我却切切实实地经历着这种烦恼。你想想，我长期住医院，处理杂物既感困难，何况杂事又多，整日惶惶然，好像忙得不得了，实际上，只一两件事竟把我弄得昏头转向，这样，当然就顾不上执笔写信了。

去年元旦前，忽然被送进医院，三月底出院；四月初又转至温泉疗养院，到八月底才离开从化。入冬以来，阴冷天气对我威胁极大，特别是腊月下旬，肺气肿差点又感染，每天都有被抬进医院的可能，后来想尽一切办法，采取了各种措施，才安然度过了元旦，算是万幸。最近气候放晴，情况有些好转，但来逼稿的编辑同志越来越多，除本省外，北京的刊物编辑也上门了。笔锋不似当年，但老牛破车还不敢停步不前，准备有一分热发一分光，昨日为《广东文艺》赶了一篇短文，明日也准备为《广州文艺》写点什么。前月与友人开玩笑，彼此对答戏吟成四句："老牛破车步艰辛，骨肩瘦腿振精神，岂甘僵卧墙边月，昂首扬蹄再十春。"今后如体力能支持，准备继续写下去，领导及文艺青年都表示支持。十多年未发表什么意见了，"四人帮"把文艺领域践踏得不像样子，该起来斗争了，誓为无产阶级文学事业贡献一分力量。

教育革命同样困难，估计中央正忙于抓农业、工业，今年下半年才能分出力量来抓教育和文化。总之，困难还不少，但事情一天天好转是肯定的。趁现在还有时间，多读点马克思、恩格斯、列宁的原著清清头脑，是十分必要，也是很有好处的。两年来，我因无可读之书，天天只读马、恩、列著作，没有好的文艺作品可读，我便细读《法兰西内战》《雾月十八日……》①，虽非文艺，但比文艺还够劲。回想起来，这一段我受益匪浅，回顾两年来自己所发的一些感想，大致还是符合马列主义精神的，是正确的。

你何时有机会来广州？长谈的机会似乎越来越可贵，越来越少了！

葵葵在广东化工学院学制糖专业，奎奎也准备上广东工学院汽车专业学习，唯萌萌仍在徐闻未归。她去年写了三篇作品都已发表，读者评价不低，两篇已收入集子里，另一篇，出版社也决定编入另一本《散文集》中。

陶萍一切如旧，但为萌萌操心得额上的皱纹越来越深了。

匆匆。祝你一家人都安好，祝你

工作顺利！

萧殷　一月廿五日

1980年1月17日

继元同志：

今日才读到你十二月八日的来信，恐怕是在家里耽搁了。我到北京开文代会时，就病倒了，住过医院；十一月中虽回到广州，但病未好转，一直卧病在床。到十二月二日忽然又发高烧，遂被送入省人民医院东病区，一直到现在仍住在医院里。医院的医生说我体质太坏，要我这次下决心治疗一段时间，现正积极检查医治。虽住院已一月余，除高烧已退外，其他方面似无什么起色。痰还像来前一样多，食量还很小，每餐只能勉

---

①　《法兰西内战》《路易·波拿巴的雾月十八日》，马克思著作，首次出版于1871年、1852年。

强吃一个小馒头,连一两米饭也吃不下。体重只有三十八公斤,是东病区体重最轻的病人。你便可想见我是多么瘦弱了。

知你已调隆师①工作,特向你祝贺!前年、去年高考中,龙川的成绩使人吃惊!这是"左"倾路线长期干扰的结果。希望今后大力扭转,至少保持过去龙川的教育水平。

由于要的人太多,我的小书《习艺录》已没有了。我曾向出版社要了二百五十本,但是到现在连一本也不剩。今年上半年我的《论生活、艺术和真实》及《谈写作》两书,将在北京、湖南出版。本来这些旧书,我不想再在读者面前显丑,可是读者不断来信,要求读到我五十年代的著作。不得已,只好考虑出版社的建议。待那两本书出版后,一定送隆师图书馆,勿念!

由于身体不好,我一再要求卸去《作品》主编的职务,一直到最近,才批准下来。今后我不负这个担子,写东西的机会可能多一些。但摆在桌子上的约稿信已成堆,要是都答应,写一年也完成不了。

陶萍也写了一些东西,谅你已看到?匆匆。祝好!握手。

萧殷　一月十七日
于省人民医院东病区201房

---

① 龙川县立乡村师范创办于1930年,校址原设佗城龙王庙。1935年易名广东省立老隆师范学校。"文革"中停办,1976年恢复广东老隆师范学校校名。2001年,升格为河源职业技术学院。

致张幼峰1通

张幼峰，1984年12月至1991年4月任中山大学党委书记。

1982年8月×日①

幼峰同志：

很久不见，你近来好吧？我去年在东病区住了八个月，病情不仅不见好转，反而愈来愈严重，肺气肿已发展为肺心病，常气闷，且心力衰竭。表现为呼吸困难，四肢无力。今年一月我发现医生当作灵丹妙药的抗菌素，不仅不能起治疗作用，而副作用却十分显著——我的食欲萎缩了，饭量锐减，体质一天不如一天，其实病情不仅没有减轻，而是在恶性循环中发展，于是我要求出院。

由于最近奇热，我的住宅又成危楼，省委于去年已批准我搬回梅花村二十号（现改为四号），由于各方面扯皮，至今仍未能搬成，不得已，于七月底来暨大避暑。但住招待所到底不是长久之计，待天气稍凉后，拟回梅花村去。

最近广东人民出版社要我编集一本《自选集》约五十万字左右。我打算把早期所发表的作品编入集内，但苦于无法找到。三十年代，我的小说，大部分发表于《广州民国日报》的副刊《东西南北》上（当时楼栖、杜埃也在这副刊发表小说），曾到广州中山图书馆，上海徐家汇藏书楼和一些县城图书馆寻找，均未如愿。最近，听一位行家透露：中山大学的内部资料室，藏有一些珍贵报刊，内有《广州民国日报》及《广州市民日报》，麻烦你切实查问一下，如有，希望告诉我，我打算再托人去找，再复印。我的

---

① 此函为底稿，无落款。

作品主要刊于一九三五年春到一九三六年秋，一年半多的《广州民国日报》副刊上。此外还有些作品发表于一九三六年下半年《广州市民日报》副刊上。当时我发表这些作品所用的笔名是"郑文生"，也用过"鲁德"笔名。在《市民日报》发表文章时可能用"萧英"这个笔名。这一次请你无论如何要鼎力帮帮忙，这是我唯一的希望了。如果这一次在中大也找不到，我那批小说（至少三十多篇）便埋没了。

致张振金1通(附来函1通)

张振金(1941—),广东郁南人,1964年毕业于暨南大学中文系。历任海南文化局创作室副主任、海南文联秘书长,暨南大学中文系创作教研室副主任、讲师,广东省社会科学院文学研究所副所长、所长。

1965年5月1日

振金同志:

来信早收到,因为忙,一直拖到今天才有时间写信,觉得很过意不去。

读来信,知道你努力工作,认真锻炼,并且还学会了海南话,可喜可贺。不过,这仅仅是开始,世界观的改造是长期的,千万不要满足于某一方面的一点成就。毛主席教导我们:虚心使人进步。应当时刻牢记主席的教诲。

一九五八年冬,当不少教师吹捧你的诗的时候,我就表示过异议,我以为那种思想感情、情调以至于文字都与工农兵的方向不相适应的。这种现象也反映了那些教师的文艺倾向。《岭南春色》①结束,大家在讨论时,你所流露的思想是有代表性的。今后,希望你在前进道路上,不要忘记那段教训,应当好好总结,思想认识才会不断地提高。

半年来,我大部分时间不在广州,一次到上海,两次到北京。在广州时间也因杂务繁忙,很少做出什么成绩。五月中,我可能到欧洲去兜一圈②,本来身体情况不好,但工作需要,我也只有欣然应诺。近来需要做点准备工作,所以显得更加忙乱。不知你是

---

① 《岭南春色》,疑为张振金诗歌作品。
② 1965年5—6月,萧殷与李英儒代表中国作家经莫斯科访问罗马尼亚。

否已离开"四清"地点,所以决定把信寄到文联。

祝好。

萧殷　一九六五年五月一日

附来函

1978年1月7日

萧主任:

你好!

从广州开文联会回来之后,用了一段时间,组织批判"黑线专政"论①,接着,我便下去修改那本反映抗日游击战争的长篇小说了。出版社的编辑同志最近要来看稿,要求在春节前改完,因此时间是比较紧的。现在住在琼海县的东红农场,专门加班修改。

来海南十四年了。来时二十出头,现在三十多了。这一段时间,是人生中精力最旺盛的时期。由于"四人帮"的干扰破坏,中间又有好多年无法动笔,所以我在创作上收效不大。近几年来,发了十来篇散文、短篇小说,但都没有写好。我所庆幸的是,这十多年来,我在农村工作较多,对海南岛的生活有一定的积累,这是我今后写作的基础。从去年开始,我学习写中长篇小说,就因为觉得有许多人物、故事,一个短篇容纳不下。目前这个长篇搞完之后,还有一个反映海边生活的中篇,已经写了几万字,上海说一定给他们,我争取在今年上半年写完。

总之,过去工作没有做好,今后一定要多作点贡献。我是解放后上小学,直到念完大学的,完全是党一手培养起来的。其中,你曾给我许多教育、指导。你给我的许多信,我一直保留着,你给我讲的话,我一直牢记着。在海南岛,每当别人说我"是萧殷的学生"的时候,我心里就感到不安,因为我没有做出显著的成绩。有时到广州见到你的时候,常常有一种"无面见江东父老"的感觉。

但是,我是决不甘落后的。党培养了我,我一定要加紧工作,为党的事业献出自己的一切。

---

① 1977年底,《人民文学》编辑部召开座谈会,邀请文艺界人士批判"文艺黑线专政论"。

春节快来了，记得你喜欢喝咖啡，前天，我爱人所在的热带作物局，每人分了一包海南岛最好的福山咖啡，现送上给你。有咖啡还得有白糖，所以又顺带去白糖一包。

　　你的身体不太好，工作又这么多，望你多多保重，为党多工作一二十年。祝好！

你的学生：张振金　一月七日海南岛

致赵启强14通（另函1通，附来函14通）

赵启强，四川成都人。毕业于西北大学中文系。原为兰州白银公司子弟学校教师，1981年调甘肃电视台任编导。著有长篇小说《扎西梅朵》，长篇报告文学《历史·人·梦幻》，中、短篇小说集《梦归》等。

1979年9月24日

启强同志：

　　好像四月底给你写过一封信，以后一直忙乱，不是工作忙得不可开交，就是出差到外地。关于你的小说《在百分之九十里》，八月间我曾交给一个朋友看，他认为你写得还不差，并转介绍给《广州文艺》，说十二月号《广州文艺》准备发表①。

　　对这篇作品，我还有如下的意见，从表面来看，仿佛这个老工人是死于他的女儿"过左"的情绪。故我当时说，你这篇作品写得还不坏，但不能发表，原因就在这里。从更深的意义来说，这个题材还不能表现这个主题——在百分之九十中间，在没有立案、没有被揪斗的人们的悲剧里，在那个特定的时代、特定的环境下，这"百分之九十"的人们的确常常受到意想不到的祸害与打击，以至于发生了悲剧，这确不是稀罕的事。但是你现在的题材，却不足以表现这复杂的环境；在百分之十之外的具体威胁，显然还表现得不够，尤其在人物的性格上，这一层就表现得太一般了。如果"妹妹"的性格更复杂些，她的脾气不那么一贯地"太左"——她时而表现对父亲同情多于痛恨，时而表现她对父亲又是过激情绪多于同情；如果"妹妹"在回家路上感到对父亲的

---

① 赵启强《在百分之九十里》，载《广州文艺》1979年第12期。

内疚，想在见面时对父亲有些抚慰，但一见父亲那副样子（或一见父亲送女务农的决心……）马上就爆发起刚才不准备发作的脾气时，从性格上更能够反映环境的复杂性。这样，不仅不会给读者一种印象，以为悲剧是"妹妹"的"过激"情绪所造成，也不会把环境看得太简单了。当然，父亲最后死于那张被玷污的画像上，都是很有典型意义的，但只有这还不够……

这只是我读过《在百分之九十里》的一点感想，供你参考，希望你考虑！如能引起你的注意，当然更好！如果你以为不然，那只算没听见我的意见罢！

十二月《广州文艺》准备发表你的小说，你如有什么意见，可直接与该刊编辑部联系。该刊物编辑部在："广州市，解放北路，清泉街二号《广州文艺》编辑部"。

过几天，再答复你那封信所提出来的问题。匆匆祝好！

握手。

萧殷　九月二十四日

1979年10月19日

启强同志：

今天收到你的来信，我同意你对《在百分之九十里》的意见，那四条要你改的意见，是脱离了时代，脱离了特定环境的。你既然把这意见转告《广州文艺》，那就由他们决定吧！据说，他们很欣赏那篇作品，还准备写文章推荐呢，他们（《广州文艺》编辑部）没有人来联系，那就由他们决定吧。我想他们大概不会同意那四条意见的。

我读了你的《扎西梅朵》[①]的提纲，的确很庞大，但你既计划这样写，就写下去吧！拉萨的贵族小姐的经历的确坎坷不平的。只有这样，人生的曲折道路，才能展示出来。出版社既然将上部安排在明年出版计划里，估计对下部不会有什么意见？就按规定的计划写下去吧！我太忙，身体又不好，成堆成堆的来信来稿，几乎占去了我的全部时间，加上会议和编务，我几乎没有一点空余的时间，所以我不能替你写序，而不是不愿意，而是没有时间。去年王蒙同志出版《青春万岁》[②]时，曾要求我写序，这书在

---

① 《扎西梅朵》，赵启强著，甘肃人民出版社1981年1月出版。

② 《青春万岁》，王蒙著，人民文学出版社1979年5月版。参见人民文学出版社现代文学编辑室来函。

一九五五—五六年时，在我提了意见之后改出来的。照理我没有理由不替他写序，可是由于没有时间，结果只好付诸阙如。

看提纲，第三、四部也是合乎发展逻辑的，就是说，这样写也是符合真实的。你的设想可能比你的提纲更详细，因此我完全相信你的计划，也信任你的创作意图。

前信中答应不久后将回答你提出的问题，可是由于忙，我到今天仍不能提起笔来。请原谅！

再过七八天，我大概要和广东代表团一起，到北京去参加全国文代会。估计到北京后要忙乱半个月，也可能还有一场相当激烈的斗争等待着我们。

《广州文艺》如何回答你？望来信告！我们虽然在一个城市里，但平时很少联系。你的小说《在百分之九十里》，是由《广州日报》一个同志拿到该编辑部的，顺告。

有空来信吧，我倒喜欢你这个有见地的年轻人。匆匆，祝好！
握手。

萧殷　十月十九日于广州

1979年12月7日

启强同志：

我现在坐在病院枕边给你写信，在文代会初期，我即病入医院，十七日回到广州，仍卧病在床，近日又发烧，被送进医院。肺气肿急性发作，估计要住院几个月。

闻名全国的《羊城晚报》将复刊，该副刊负责人杨家文同志给你发出一封约稿信，希望我签上几个字寄给你。希望对该报加以支持，经常写点短文，可直寄该报副刊部杨家文同志收。

枕边写字困难，不能多写，请原谅！

萧殷　十二月七日

附《羊城晚报》约稿信

赵启强同志：

你好！

向你报告一个消息：《羊城晚报》决定一九八〇年春节复刊。

这个发行全国，曾获得文艺界、学术界广泛支持、关怀和众多读者喜爱的报纸，文化大革命初期，就被林彪、"四人帮"诬蔑为"大毒草"，强行封闭，判了死刑。十三年时间在斗争的风雨中过去了。历史不为谣言制造者留情。中共广东省委决定复刊《羊城晚报》，林彪、"四人帮"一手炮制的新闻界和文艺界的这个大冤案，终于在事实上得到昭雪。

复刊后的《羊城晚报》，将一如既往，力求加强和人民群众的联系，加强和文艺界、学术界的联系；立足广东，面向全国，并遵照周总理生前在广东的提议，向海外发行。我们决心，依靠大家的支持，遵循党的三中全会的路线，在反映人民群众的呼声和愿望，坚持"百花齐放，百家争鸣"方针，移风易俗、指导生活、干预生活方面，办出自己的特色。原有的几个基本栏目，包括你所熟悉的文艺副刊《花地》和"寓共产主义教育于谈天说地之中"的知识性、趣味性、综合性副刊《晚会》，均仍保持每天出版。

过去，你对《花地》《晚会》这两个副刊曾经给予大力支持和帮助，为繁荣社会主义文艺，丰富人民群众的精神生活，作出了积极的贡献，广大读者是记得的，是感谢的；许多作者，为此在文化大革命中受到了牵连，甚至吃尽了苦头，大家更是异常愤慨的。现在，《羊城晚报》重见天日，这两个副刊也喜获新生，回顾往事，展望前途，我们的心情十分激动。过去的，让它永远过去吧，更重要的是现在，是将来。值此《羊城晚报》劫后复苏之际，我们谨向所有过去支持过我们的同志致以由衷的感谢和深切的敬意。我们恳切地盼望你能秉着过去一贯关怀《花地》和《晚会》的精神，继续提起笔来，为它写稿、体裁、形式，悉听尊便，举凡小说（主要是短篇，但中、长篇也可以连载或选载）、散文、诗歌、剧本、议论、札记、随笔、杂感、美术（包括漫画）、摄影、作品评论、作家研究，以及知识小品、掌故轶闻、治学方法、智力锻炼、生活常识，等等，均所欢迎。百花园中，原本不拘一格，文坛战士，尽可纵笔驰骋。总之，把《羊城晚报》和它的两个副刊，作为新闻界、文艺界的一个共同事业，给以支持，帮助它站稳脚跟，茁壮成长。区区之意，想能鉴察。

来稿请寄广州市东风五路《羊城晚报》副刊部。

敬礼！

《羊城晚报》副刊部　一九七九年十二月①

---

① 此函除抬头署名外，为铅印件，落款加盖"羊城晚报"公章。

1980年1月9日

启强同志：

今天读了你十二月卅一日来信，并收到药方、西洋参等。十分感谢！我现在仍在医院，自十二月二日入院至今已一个多月，除高烧退了，其他似无多大起色。由于在北京医院注射了太多的"红霉素"，把胃口搞坏了，至今快两个多月，我一直不思饮食，每餐至多吃一个小馒头，连一两米饭都吃不下去。现在体重只有三十八公斤，护士说，连打针也感到困难。而且痰多，这是月前病痛的症结。我的肺气肿主要的主要症候，不是哮喘，主要是气促（即气短）。由于肺功能极端衰弱，肺叶的伸缩能力已减到最低限度，因此"呼"与"吸"极困难，常储存的氧气经常不足，稍需要多供氧的时候（比如上楼梯、爬坡或需快步走以及搬动东西需要用点力时），氧气就痛感不足，气短现象就严重出现，有时甚至有断氧的感觉。无论春、夏、秋、冬都如此，只要需要上述行动，气促现象就会出现。虽紧急用"舒喘灵"气雾剂喷射，也不顶事。遇到天气冷或气候潮湿，这种现象出现更加频繁。特别怕感冒，一感冒就容易引起肺气肿感染。我去年两次进医院，都是由于感冒所引起的疾病所致。

现在就是体质太坏，平常工作又多，常常感到力不从心。"文革"前，我也虚弱，但还不致如此。肺气肿、血压高、心律不整等病，都是"文革"中才得的，据这次在北京检查，医生断定我有"肺心病"，但广州只是怀疑，还不敢判断。总之，我仍住在医院里，还在进行治疗，估计这一两个月大概不能离开医院了。

我七八年出版的《习艺录》，你有无这本书？仅印五万多本，只在广东就卖完了。七九年秋末，由于读者一再要求读到我五十年代的著作，不仅来信，而且常常把书款也汇来，弄得我无法应付。只好接受出版社及读者的建议，把过去出版的《论生活、艺术和真实》《鳞爪集》和第一、第二集的《与作者谈写作》等书，重编成两本书，一本叫《论生活、艺术和真实》（将在人民文学出版社出版）；一本叫《谈写作》（将在湖南人民出版社出版）。要不是现在病魔纠缠着我，我一定把我的短篇小说散文编起来。等把这些都重编完了之后，便打算写一些，现在不论短篇小说、散文或评论……都有不少题目在脑际盘旋，只是时间太少而已，奈何！

十一月底写来的信，我已收到，当时我正躺在床上，连起床也困难，故未及时写回信，请原谅！

你的《在百分之九十里》，已在十二月号《广州文艺》首篇刊出，而且还有一篇评论文章，谅你已收到该刊物？评论文章说你没有把其余几个人物都加以刻画，我不同意这个意见。如果把那些人物都深入描写性格，这篇小说的主题是什么呢？不是更凌乱吗？我四月间就有这样的意见，认为你这篇小说写得不错，只是不能发表，原因是你把那个《百分之九十里》的典型环境写得不够充分，不够典型，那种人受到的压力还没有很好表现出来，倒有一点像他的女儿逼死了他。后来杨家文同志想在《广州文艺》发表，我也表示同意，因为你那篇小说还没有"坏"到不能发表的程度，我想发表了可给你一个鼓励，同时发表后再给你提这个意见，你也许更能够考虑和接受。

那位搞生物学的同志给我开的两个方子，准备试试看！你是否可以把我病的特点再告诉他，让他再研究研究？

你第一次给我的信，我还留着，而且准备回答其中的七个问题。总之，打算通过这封信，比较全面地讨论社会主义社会中的悲剧问题。但是，我一直忙着，不仅忙着编刊物，还忙于各种会议以及忙着阅读各地读者的来稿来信，而且还要写复信。就这样，耽搁半年多，真抱歉！何时能回复，现在更无把握了。

祝你的《扎西梅朵》成功！祝你继续努力！

握手。

萧殷一九八〇年一月九日
于广东省人民医院东病区二〇一房

1980年1月31日

启强同志：

广州这两天开始冷起来，昨天气象台预报：今天早晨的温度可能下降到五度。这种温度在广州是少有的。果然今天不仅有北风，而气温也显著下降。满街都是穿大衣的人，连来医院探病的人，一个个都缩头缩脑。这情况，在广州也是不平常的，就在病房内也感到冷气逼人。

收到你十七日来信后，曾将你有关《百分之九十里》的意见，转抄给家文同志，现收到杨家文同志来信[①]，兹转上，供参考。被删去的部分，我现在也不很清楚，无法表

---

① 见附函。

示我的看法。但那篇评论，我是不同意的。

我住医院已快两月，医院也很负责任，进行了各种医疗，但痰喘仍如旧，胃口还是照样不思饮食。进院时是三十八公斤，现在仍然是三十八公斤。这次到北京参加文代会，付的代价太高了。到京的第五天就病倒，因注射了大量的"红霉素"，结果把胃口搞坏了。平时，我的胃口就不好，只能吃一两饭。这一来，肠胃功能更坏，何时能好转？谁也不知道。我要求春节前能出院，春节后打算到新会县中医院去，那里的医生可能还有些办法。这里能否允许出院？还不得而知。

来信太多，虽住医院，也不能不复。但有些稿子却不能看了，医生也不允许，只好转到编辑部去。

顺便告诉你一件事，这半年来我为卸去《作品》主编的职务，曾花费了不少心思。其实，从八月份我已不看《作品》的稿件了。直到最近，组织才正式批准我不当《作品》主编的要求。匆匆，祝

健康！

萧殷

一九八〇年一月卅一日于医院

你寄来的三个方子，我都给中医看过，说是可用，但不拿药来，我只好抄在本子上。待到出院后，再买来试试。烦劳杨老师，特此致谢！又及

1980年2月29日

启强同志：

二月十三日，我已离开省人民医院，不是病愈出院，而是毫无起色，要求转到新会县中医院去继续治疗。在家里过了春节，三月二日就决定到新会去。在动身之前，读到你二月廿一日来信，颇为欣慰。

在新会县中医院有一些好医生，准备在那里住一阵子，希望体质有所改善。我的体质太差了，体重只有三十八公斤，进医院时是这样，离开医院还是这样。每餐连一两饭也咽不下去，奈何！

全国各地来稿来信还是源源不断，虽住在医院里，每天还不得不抽时间来处理信稿。医生笑我："你不是专心来医病，而是把办公的地方由办公室移到医院来。"有什

么办法呢？不处理，越积越多。每月数百件来稿来信，虽不能每信必复，每稿必提意见，但对那些从创作实践出发提出切实具体问题的来信，却不能不予以认真的回答。当然，其中有不少提出无边无际，摸不着头绪的抽象疑问的，对这些我的确无法回答，一因时间不够，二因即使勉强回答了，对那些读者也未必有什么帮助：凡事不通过大脑提出的问题，又如何能使它回到大脑去起作用呢？凡事不从实际中提出的问题，又怎么能指导他去实践呢？所以对这类读者只好表示抱歉，不一一作复了。虽然如此，我此次到新会，在提包里还是装了数十件稿件和百把封来信。在病情允许时，在医生许可时，还得继续处理。

自然，除理论工作之外，我也有些创作的打算，自全国解放以来，在工作之余也曾写过一些短篇小说和散文。一九五八年曾在北京出版社出版过一本《月夜》，已二十多年了。最近应出版社之约，我又重编一遍，约十二三万字，四五月可能出书。到时准寄你一册，请提意见！

《论生活、艺术和真实》（人民文学出版社）、《谈写作》（湖南人民出版社）和《月夜》（广东人民出版社）于今年上半年可能都与读者见面。前年出版的《习艺录》你看过没有？现在已没法找到，能找到时，一定赠你一本。

趁下午无人来，写了这么些事，这机会真难得！匆匆。

祝好！

萧殷　二月廿九日

1980年8月13日

启强同志：

收到你的信已经两个多月，由于杂事忙乱，而且常闹病，虽然曾几次拿起笔来写信，结果，几次都被临时的琐事打断了。到现在，仍然有许多事催着我去赶，只是你的信拖的时间太久，实在再也不好意思不复信了。请原谅！

来信所谈的情况，不是出于个别地区，也非出于偶然。你说："这次调资，按说国家拿出钱，应该是生产得到促进，人们得以受益。可我发现，适得其反。许多地方因为调资而使工作热情涣散，尤其对人的精神、人之间的关系，更是一次灾难性的刺激，使之更加趋于畸形……最近听到调资中的种种'趣闻'，我没有感到可笑，相反，感到可怜，可悲……我这样说，或许过于片面或悲观？但愿如此……"

据我所知，原来的出发点是很好的，但由于各地区对这次调资的目的性各有不同的理解：有的认为是减轻一些低工资者的负担，有的认为是鼓励那些在事业中有显著贡献的人。按中央的精神，凡有显著贡献的都应升级，以示鼓励；但有些地区却不是这样……正因为在思想上对这次调资的目标与标准不太一致，因而，便给了某些单位的某些作风不正的人以可乘之机。在这些人的心目中，除了帮派和亲属的利益之外，根本没有国家的政策和党的原则。他们"派的私利萦萦于心，个人恩怨耿耿于怀"，在"调资、评奖、分房等关系到切身利益的问题上，对亲者百般关照、优待，为之力争；对疏者则制造种种借口，万般刁难"。在这种人把持下的某些单位，怎能不挥舞家长作风、封建特权和肆无忌惮地进行帮派活动呢？在这些单位，怎能不使工作热情涣散？又怎能不使人与人的关系以及人的精神面貌趋于畸形呢？

这是歪风邪气又一次兴风作浪，是他们唯利是图、损人利己的资产阶级极端个人主义和封建意识在调资中的大暴露。毫无疑问，这是强大的革命巨流中的一股逆流，但任它猖獗下去，显然只会给革命事业、给人民带来麻烦，甚至会遭到它严重的破坏。从唯物主义反映论的要求出发，我们必须严肃地揭露它们！剥开他们丑恶的灵魂，并深掘这些腐朽思想之所以存在和发展的社会根源，使他们暴露于光天化日之下，这样，才能阻止它们，并战胜它们！

要揭露它们，是因为它们与社会主义制度是不能相容的，是彻底对立的。只有狠狠地批判并暴露它们，才能顺当地建立我们的革命事业。暴露是为了革命，清除障碍是为了前进，为了完善社会主义制度，才迫切地需要清除它的对立物——资产阶级损人利己的思想和封建意识。

来信说："最近看了一个'荒诞派'的剧本《犀牛》①，其以人变为犀牛这样离奇、怪诞的情节，表现了西方人格异化的过程，不知怎的，我竟从这次调资中，看到了那股促使人格异化的力量——一些原来勤奋、憨厚的人，居然抛弃了自己的美德，而企图用奉承、手腕……一句话，用人格去换取那区区的几元钱。当然，这类人学得不像，更谈不到高明，所以他们常常以失败告终（我们这里有因此而神经失常的，也有因此而上吊或互相殴伤的人）。正因为如此，才让人心里发颤，发痛，不忍耳闻目睹……"作为题材，你的编辑朋友虽然很称赞，可是他却认为"这类作品很难发表得出

---

① 《犀牛》，法国荒诞派作家尤奈斯库的代表作。

去",理由是"太现实了"——"除非给作品多涂抹些明朗的色调,否则,很可能被扣上'阴暗'或'暴露'的罪名,被打入冷宫或置于审判台上"。你自己呢?对于这类涉及人格毁灭的题材,似乎既很欣赏,也有顾虑,吞吞吐吐赞同"涂抹些明朗的色调",但是又担心这一来,可能给作品加上了一条"光明的尾巴",平平白白地多添了个累赘。

我认为你应该从生活出发,严格地按照生活的本来面貌去描写生活,并按照你所认识的样子去表现它们。只要你写出它存在或产生的必然性及其发展的趋势,作品不仅令人感到真实,而且会使人信服。那种对近似阴暗的题材,随便添加光明尾巴的做法,除了使作品导向"虚假"之外,大概什么也不会获得。有些该有个美好结局的题材,当然不在这个范围之内。不久前,康濯同志送来他的小说集《春种秋收》,其中有一篇《我的两家房东》就有个明朗的、令人欣慰的结局。但这不是画蛇添足,不是离开人物之间的逻辑关系、平白增添的多余的情节;因为这个光明的结局,正是该小说中特定环境与人物相互关系的必然结果。类似的情况,赵树理同志的《小二黑结婚》也有过。相反,鲁迅先生的《祝福》《孔乙己》和《故乡》能添一条光明的尾巴吗?契诃夫的《万卡》和《小公务员之死》能添一条光明的尾巴吗?什么题材决定什么形式,既然要暴露这些腐朽的意识和作风,不仅要撕开它丑恶的灵魂,而且连促使它发展的典型环境也暴露出来,只有这样,才能清除它们,才能为完善社会主义制度清除障碍……

刊在《羊城晚报》的《几元钱=?》已读过,相当沉闷。第二封来信昨日也接到,勿念!

广州仍很热,我似乎还不如去年,除肺气肿外,心脏好像也有问题了,所以每星期二都得到医院去诊病。顺告,祝你平安!

萧殷 八月十三日

另寄一本《谈写作》。

1980年8月30日

启强同志:

昨夜《羊城晚报》邀集广州的积极支持者(文艺界占多数)作"珠江夜游",共四五十人，坐上一只风凉雅致的船，在珠江游了两个钟头。在这炎热的夜晚，大家三五成群，分别聊天，既风凉，又闲畅，是一乐事也。作协会员都外出游览，一批到庐山去，一批到桂林去，都还未归来。而广州市文联理论委员会于前周在郊区一个风景区召开了座谈会。廿七日，我还应邀去漫谈了一个下午。上海唐克新①同志来广州为《萌芽》复刊组稿，见到这种情况，表示羡慕，说："广州真活跃，充满了生气。"其实，不过如此而已，其他地区可能也一样。

读你二十三日挂号信，知道我的信已到达你眼前，对你还有些启发，是我未料到的，因为我写信时写得太匆忙，好像有些话还未说完，还未说清楚似的。但信还未发出，《羊城晚报》已抄了一份去，现在他们准备发表。开始时，他们打算按原信发，我在信末还加了一段话："你发表于《羊城晚报》上的《七元=？》已读过，这里反映强烈，说明广大读者对这类题材很关心。但按照我对你的理解，你似乎应该写得比这深刻得多的作品，如对'人格'的毁灭之类……"后来，经过考虑我把你的名字以及我在信末所写的那段话都删去了。因这里发表"调资题材"的作品只有你一篇，如果我的信又与你谈到"调资题材"，可能太集中，如集中到你一个人身上，怕会引起意想不到的反应。现在只把这观点披露，没发表你的名字。据说九月初见报，你那里能见到《羊城晚报》么？

在八月廿一日《晚报》上，我发表了在新会时与一个朋友的谈话，题为《悲剧、题材及其它》，你有什么意见，望告！

我给你的信已在《晚报》发表，你们那里大概不需重复吧！如报刊愿发，就发吧！我个人没有什么意见。

《广州文艺》第九期还未出版，待送来后，一定奉读《逝去了的春天》②。勿念！

广州仍很热，今年热得异乎寻常，电风扇还嫌不凉爽，是几十年少有的炎夏。好在这里地濒南海，热到难以忍受时，忽然来一阵台风。正因为台风将到，所以风前闷热异常。等台风来了，天气顿时凉爽起来，"一雨便成秋"。因有这调节，所以这岭南大城比中南其他省会还好过些。最近陶萍（我的妻子）到庐山，来信说："南昌热得无法睡眠，比广州热得多了。"

现在我正在写一篇文章，趁午饭休息空隙，匆匆给你写复信。祝你一切顺利，并

---

① 唐克新（1928— ），江苏无锡人。《萌芽》杂志编辑，中国作协上海分会专业作家。

② 《逝去了的春天》，赵启强以"布拉格之春"为题材的小说。参见赵启强来函。

努力!

萧殷

八月卅日梅花村三十五号二楼

1981年3月5日[①]

启强同志:

因我到东江上游一个矿泉治疗所去医治肠胃病,致使我有两个月没有给你写信,回到广州后,刚给你发了一封信,真未想到,你也许还未接到我的信,你十二月一日的来信,却先来到我的面前。今天已经是八十年代的最后一天[②],但我还是照样忙乱不已:上门来的客人还是那样多;约稿信依旧还是一封接一封;待处理的来信来稿,还是那么一大堆……面对着这一大堆杂务,而我的身体又老弱多病;处理事情的能力远不如从前那样利索,老牛破车,对什么都慢吞吞的,那有什么办法呢?尽管自己还有一股倔强的意志,但能拗得过年暮衰老的规律么?就这样,拖延了写回信的时间,请原谅!

当我仔细地读了你的来信,接触到你那矛盾的心情时,很为你不安。你仿佛跌入一个很深的坑穴,在前进道路上遇到了障壁,于是你彷徨,你苦闷,你甚至喊出了"有时我真想放弃干预生活的短篇创作,而仅从文学出发搞搞长篇"……(以上是十二月三十一日写的,因临时有事,中断了很长时间。)

最近寄来的《飞天》已收到,你发表在里面的小说《无形的主宰》也已细读。前面写得很好,很自然,生活气息也较浓;但后面(即写到"四人帮"被推倒之后)却似乎不怎么带劲,虽然不能说是概念化,但艺术感染力明显地减弱了。我想来想去,是什么原因呢?可能是后半篇的内容并不是来自生活,至少那些细节和场景不似前面那样富于人情和动人,可能由于作者头脑中被那个抽象的"档案"纠缠着,于是为了主题的需要才编造了后面的情节?虽然这样的悲剧在现实生活中存在着,但在这篇小说中却似乎不自然,与前面的悲剧似乎不相衔接。从"反革命"的问题忽然变成报考"研究生""留学生"的问题,虽然也可以说是由条件变化,而"档案"的祸害发生了另一种形式的主

---

① 此函为底稿,曾以《作品的"深度"是什么?——给赵启强同志的信》为题发表《飞天》杂志1981年第8期,发表时与原文有出入。

② 指1980年12月31日。见下文。

宰，但首先使人感到，这种"档案"和这个操纵"档案"的人（有意诬陷好人的张旺）还没有在陈星（受害者）身上施展它可能祸害的恶毒诡计，即还没有把那份档案所能制造的冤案、惨案上达到典型的程度，你便急急忙忙地将情节转到"档案"阻碍陈星投考"研究生"和"留学生"上去；虽然这样也可以表现出"档案"主宰着人们的命运和前途，扼杀人才的现象，但它的牵动人心的力量减少了，艺术感染力也降低了。作为一个艺术整体来看，显然，张旺借"档案"陷害陈星的惨剧还待深化的时候，你却轻轻放过，转到一个普通人或所谓"政治上不清白的人"连想望也不敢想望的目标上："研究生"或"留学生"，这不仅不够典型，也不很自然。

你在前信中提到："我有些作品有深度却无趣味，往往读者面很窄，也想努力改正，却总不奏效。像《逝去的春天》，自以为是自己作品中最好的一篇，无论思想、文字、情调、深度均无可挑剔，结果却毫无反响。"于是你想不通；"有时真想放弃干预生活的短篇创作，而仅从文学出发搞搞长篇。可生活在这社会现实中，却又无法对许多事不闻、不问、不想，而无动于衷。"因而你产生一个疑问："应该如何正确对待普及与提高的关系呢？"

老实说，当我接触到你"真想放弃干预生活的短篇创作，而仅从文学出发搞搞长篇"这几句话时，还摸不清你提出这问题的实质；当家文同志把你的小说《心，永远憧憬未来》转来，当我读了这篇作品之后，才开始明白，你对作品"深度"的理解，是有问题的。这篇小说几乎完全脱离了生活、纯粹从某种观念出发去编造情节。其中的人物（尤其是女主角杨丽）无固定性格，喜怒无常，飘忽不定，变化莫测；虽然他们的对话和心理活动近似哲理，但使人难以理解。因此所谓情节就使人更摸不着头脑。你把这类从观念出发编造出来的东西，当作有"深度"的作品来理解，显然是不正确的，它至少会引导作者脱离生活，脱离现实斗争。

而《逝去的春天》，也并不像你自己所估计的那样好，它显然不是来自你的感受，而是根据某些新闻报道或传说为依据去编造情节和虚构人物的。因为人物的独白、内心活动或彼此对话，其内容全是议论，全是逻辑思维；不仅生活气息很稀薄，而且对话都像是出自哲学家或思想家之口，与人间烟火相距几千里。既然这样，怎么能使读者感到亲切呢？至于引人入胜，如入其境，如闻其声，如嗅其味，就更加谈不到了。总之，除了说理还是说理，既然如此，哪里还有什么艺术感染力，特别应该警惕的，你还把这种做法称为"深度"，其结果，只会把你引入歧途，把大发议论去代替形象创造，把杂感去代替形象中体现的思想。

很对不起,我以为你对作品的"深度"的看法,是不正确的。其实,深刻地反映生活与艺术感染力并无矛盾;生动活泼地反映生活与从生活反映中体现严肃的问题,也并不矛盾一样。而《无形的主宰》的后面却不是这样,以某些观念来支配情节和支配人物,与生活却有点脱节,甚或不是从生活的具体描写来深刻地体现生活的内部运动,这恐怕不能说是"深度"反映。有一种所谓"问题小说",本来,小说从生活描写中体现出社会问题或其他问题,是正常的事情,不能有任何异议;但是所谓"问题小说",其特征是从抽象概念出发,以达到提出"问题"为目的,虽然其间也有情节,但其生活气息却很单薄,其艺术感染力更微弱得可怜。这与从生活出发所反映的人们之间的关系、矛盾和冲突是不能同日而语的。一是从一般的抽象的概念出发去编造情节;一是从具体的、个别的、特殊形态去反映生活,从所反映的生活中去体现某种生活真理。

要真正通过艺术形象来反映生活,就必须抓住个别的、特殊的甚至是偶然的形态来表现典型环境中的典型人物。千万要防止从一般去反映一般,从本质去反映本质;作品的深度,绝不是赤裸裸的特征、本质和规律的陈述;必须从个别去反映典型,所谓深度,绝不是离开个别形态、偶然方式来表现,只有通过个别、感性、表象去反映本质,去反映生活的内部运动,才可能有深度。这种深度饱和着艺术感染力,饱和着浓郁的生活气息以及鲜明的人物性格。实际上,艺术魅力存在于个别之中,存在于特殊和偶然之中;存在于有个性的、有生命的形象之中。离开了个性,就谈不到性格,也谈不到生活,当然也就谈不到艺术形象。离开了环境的特殊或偶然情况,也就不会出现有吸引力的情节。没有这些,所谓深刻地反映生活,顶多只是一句空话。总之,这种"深度"与你所说的"有趣味"的生活描写,是统一的,艺术形象与反映现实生活的实质也是统一的,浑然一体的东西。

读了你的来信以及你的小说,我确实感到你在这方面存在着一点界限含混的观点,虽然才刚刚冒芽,但你必须提高警惕。否则,如果让它自由地发展下去,它会把你引到一条奇怪的创作道路上:为追求作品的"深度",而醉心把从报刊、文件上看到的(或是听人说的)概念,作为创作的灵魂或动力;从这动力出发,去编造一些你认为能串演这概念的"情节";并塑造(或捏造)一些能表演这情节的"人物"。这是一个斜面,而且坡度很陡,稍不注意,就很容易滑下去。老实说,这不是一条正常的文学创作道路。因为这样写出来的东西,虽然在思想上有被吹捧为"有深度""善于思考""有深刻的现实意义"的可能；但在艺术上却被格杀了。道理上面已经说过，这里就不必重复了。

这问题，在你主观意识里，也许你从来还没有感觉到，可是在你的来信中以及在你的创作实践上，却已有所流露（虽然还不十分严重），现在诚恳地、直率地向你提出，当然用不着大惊小怪，但盼望你切实加以警惕！……

我现在住在流花宾馆参加省政协第三次会议，已开了十二天，今天下午就结束。这封信就是在会议之间的空隙中陆续写出来的。会议很紧张，对信中所谈的自然不可能考虑很周到，请原谅！

一九八一年三月五日，流花 1512房

1981年9月8日

启强同志：

在医院里收到你八月廿五日来信，知道你调电视台工作，但《飞天》到今天仍未收到？

你也许会奇怪我怎么又住医院。这三个月来，我几乎是在病痛中度过的。为出国我五月廿日到了北京，当一切都准备妥当，正打算于五月廿八日动身时，于廿六日胸部忽然肿胀起来，经医院检查，确诊为肋膜炎，可是他们惊异它发作得这样突然，又怀疑内部有恶性炎症。他们怕我在途中出意外，劝我不要冒险。与领导商量后，也认为身体要紧，同意不到朝鲜去，于是于六月初回抵广州，在医院对胸部进行了照片检查，并未发现什么恶性炎症。到六月底，湖南出版局及《芙蓉》编辑部正办一个创作学习班，邀我去讲创作问题，实在不便谢绝，只好应命赴长沙。在那里住了快一个月，但创作问题还未讲完，却又病倒了。由于那里太热，医疗条件也差些，只在医院住了十日，于七月十九日便抱病飞回广州。回来仍发烧，便被送入医院。自入院至今已一月余，但无起色。由于注射抗菌素太多，胃口被弄坏了。有一段时间（在湖南也如此）完全不能进食，不能不每日输送三大瓶葡萄糖和氨基酸，因血管刺得太多，不仅变硬，而且变得坚脆，结果每刺必破，每注射必肿胀，到最后只得停止输液。而身体却更衰弱，不仅不能坐起来写什么，连报刊也不能看了。近十天，进行了腹部按摩，才能勉强每餐吃半两面食，并且开始在楼上散散步。这是我近三个月的情况。这些情况将帮我回答许多问题。

《扎西梅朵》在我赴湖南之前已收到，但一直无机会拜读。但我听家文说，他认为写得不错，全部的设想也很好。待我的病稍好后，一定争取时间阅读，勿念！

　　我自己也喜欢拍照，曾为人摄过一些不坏的照片，也有一些风景照片在《旅行家》发表过，可我自己却无一张像样的照片。去年为了重新领取作协会员证，曾临时请《作品》美术组一位同志摄了一张，现在寄你以留纪念。这张照片今年《萌芽》上似乎已发表，我也闹不清楚了。满身病态，一头白发，十年内乱期间的伤痕正在我脸上保留着，这也算是一种纪念吧。

　　八期的《飞天》为什么没有收到？是否能补寄一本来？

　　祝你工作顺利！握手。

萧殷　一九八一年九月八日
于省人民医院东病区二〇二房

1981年10月12日

启强同志：

　　前去一函（附有小照一张），谅已收到。听我爱人陶萍说，已收到四本《飞天》，是否就是补寄的四本？但稿费一直未见寄来，请你代问一声！

　　我现在还住在医院里，炎症虽已消失，但胃口被弄得很坏。……所以体质很虚弱，即使有时起来走动走动，但也不能持久。我虽然一再要求出院，但医生不答应；最近医院需要扩建，但由于资金有限，只能在天台上增筑一层楼房，工程已经开始，几乎每一桩、每一锤都像砸在心坎上，难以忍受。医生遇到这样情况也觉得对病人不利，于是开始同意我暂时回家静养。但梅花村的住宅也被左邻右舍的大厦堵塞着，连南风和阳光都被堵塞住。如果梅花村实在住不下去，我打算到暨南大学住一段时间，但这终究不是长远之计，可是又有什么办法？

　　你数月前给我的长信，到现在我还无力量来回答你，实在对不起！这问题的确很重要，如果你能突破，无疑你在创作上将大大提高一步。望我的病能尽快痊愈。同样的理由，你的《扎西梅朵》我还没有拜读，但我总是要读的，请原谅！

　　第二期《芙蓉》、第五期《十月》都发表了我的《文学随谈录》，《芙蓉》上关于散文的见解希望你看看，并希听到你的意见！医生不许我多写，就此搁笔吧！

匆匆祝顺利！

萧殷　一九八一年十月十二日于医院

1981年12月8日

启强同志：

我自七月廿二日进入医院以来，不觉已四个多月，但由于肺气肿反复无常，且我长期食欲很差，体质极度衰弱，所以医生始终不同意我离开医院。

特别入冬以来，容易感冒，为了避免肺气肿感染，处处得特别谨慎，不仅不能劳累，连在本楼散步也有困难。因此，你上半年的一封来信，至今仍无力回复。上海《小说界》①的编辑同志于五月间就读过你那封信，认为回答一些问题有普遍意义，要我回复时一定把复信给他们发表，但是有心无力，奈何？

《扎西梅朵》也无力拜读。听家文同志向我介绍过，我倒很想读读，但疾病反复无常，有时头晕脑涨，连报纸的大标题也怕看。关心我的同志很多，医生关照也很严格。都怕我劳累，引起老病发作，所以一再听到警告。

你近来如何？工作顺利吗？

上月底，《人民文学》有人特来医院找我，要求我给他们一封"作家书简"，我幸好不久前给一位中年作家写了一封信，为了应付他们，将这封信冠上《要善于从阴暗处看见光明》题目，给他们拿走了。此外，我没有写什么。

长篇的续篇，还没有开始吧？千万不要到陌生的地方去开始，创作不像其他活动，还是老地方比较合适。许多工作等着我去做，但都必须等到出院以后。真使人焦急，可是又有什么办法呢？

祝你一切顺利！

萧殷　十二月八日
于广东省人民医院东病区二〇二房

---

① 《小说界》杂志，上海文艺出版社出版，创刊于1981年。

1983年4月24日 ①

赵启强同志：您好！

您的来信收到许久了。我的身体你是知道的，已经几年出不了家门了。去年底搬回新住处后，又接连感冒了两三次，身体就更糟了。今年初不得不住进医院抢救，有两次很危险。直到前不久才算脱离了危险，但病情仍很严重，身体十分虚弱。虽然出了院，但总是吃不下、睡不好，行动困难，生活也不能自理。更别说看一点东西、写一点东西了，因此，一直无法给你复信。这次，也只好让秘书代笔。

你很忙，但忙在了事业上，忙得有意义。看你不停地工作，不断地出成果，我十分高兴、欣慰。你们年富力强，确实应该抓紧干。等到像我这样，力不从心，那才难受呢。我也很赞同你将精力主要放在小说上。电影、电视剧受制的环节确实太多，层层审批，真不得了。上面管得太多、太细，是极不利于电影、电视剧的发展的。几年来一直有不少人对此提出意见，但情况始终无大改善，可叹。

就写到这里吧。我的新址：广州梅花村4号二楼。祝

工作顺利！

萧殷　四月二十四日于广州

1983年5月30日

赵启强同志：您好！

收到来信，很高兴。可惜我的身体更糟了，不能好好给你写信，只能由秘书代笔写几句。我4月6日勉强出院，4月28日又急性发作，神志不清，又被送往医院抢救，吊瓶了整整一个月，前两天才停止。现身体更虚弱了，浑身没一点力气，仍住在医院里。我看你工作那么繁忙，四处奔波，那是非常劳累的。希望你从我身上吸取教训，中年时便得注意休息、注意营养，照顾好身体。否则，患下慢性病，像我这样，老来真是悔之莫及。想多做点工作，也是力不从心，十分痛苦。望你切切不可大意。

我很赞同你的看法和打算。电视剧的情况总的确实令人失望。考其原因，我看主要是，有些权力往往掌握在那些要么只知宣传政策，要么只知投合市民趣味，而偏偏不

---

① 此函由秘书代笔，萧殷亲笔落款。

懂艺术的人手里。搞文学，比起来，自由多了。将主要精力放在文学上，是对的。而要搞文学，要真实而深刻地反映社会人生，多读点书，提高自己的理论修养，也是很必要的。祝愿你在正确的道路上不断前进。

我现在专心地积极地治病，谢谢你的关心。祝
健康！

萧殷　五月三十日（秘书代笔）

附来函

1979年4月18日

萧殷同志：

这篇小说①写出后，还没有投递出去就引起了争论；而且两种意见从您发表在《人民文学》的那篇"关于典型环境中的典型人物"的文章中找到论证。因此我将作品寄给您，盼望您能从百忙中抽点时间，给予指教。

我非常赞同您在该文中谈到的观点，说是探索"四人帮"的罪恶根源，如果仅仅归之于某些无法无天的恶棍，就会模糊悲剧的社会根源。因此，我在构思这个短篇时，始终避免运用那种简单的否定色彩，我希望这样能摒除悲剧的偶然性，而使读者认识到这类悲剧是时代的必然产物。但是，这就出现了这样的问题：会不会有人因此说我把悲剧归之于社会主义制度呢？虽然我不否认生活中的典型事件总是与社会制度相联系的，但在我的作品中所涉及的制度只是一个马克思主义被践踏了的假社会主义；然而我的这种说明能被人接受吗？作品的实际效果会不会与愿相违呢？朋友们善意的质问也加深了我的怀疑。因此，我求教于您，请帮助我解答这第一个问题。

有的朋友援引了您的观点，说这篇小说属于"眼泪文学"。他们引用您的许多话，说小说的整个调子是由"一种悲伤、低沉、无可奈何的心情"所定下的，说我把主人翁"写得像懦夫，像绵羊那样处于十分软弱无力的境地"。

这些批评非常准确；但我却不能接受他们因此而下的否定结论。我没有任何论证；我只能说，生活就是这样。我认为在那个时代，如果是卑鄙的就会出卖灵魂；如果是软

---

① 指赵启强短篇小说《在百分之九十里》。

弱的就会麻木变态；而如果是坚强正直的便只有吴含①同志那样的悲惨结局。那时，没有英雄的豪言壮语，没有英勇搏斗后的胜利凯旋。尽管近两年的文坛和银幕上已经充满了这种虚构的英勇搏斗和英雄人物，我还是坚持自己的看法：那不是一个英雄的时代，而是一个充满痛苦流血、屈辱眼泪的时代。我认为"四人帮"的罪恶就正是在他们用政治恐怖所织成的那团黑暗、无形的力量的摧残下，人的尊严趋于消灭，民族的精神趋于崩溃。而正因为如此，我们在探索这场悲剧时，就不应忘记这个摧残的过程、崩溃的过程；正因为如此，我才不同意这样的论调：仿佛"四人帮"的罪恶只是给老干部造成了灾难；最后也正因为如此，我才写了这个无名、无权的小人物的毁灭过程。写到这里，我想顺便与您谈谈我对近来文坛的看法，请指教。

在刚刚看到某些揭露"四人帮"罪行的作品时，我感到过振奋，但随之就不满了，总觉得这类作品比生活贫乏。我想过，如果"四人帮"的罪恶隐藏极深，那么即使有这么星星点点、躲躲闪闪的揭露，也总能帮助人民认识那个血腥的岁月。可是"四人帮"的罪恶是赤裸裸的，他们对社会犯下的罪行，无论广度还是深度都是我国历史上绝无仅有的。既然生活如此，我国现代文学家就必然面临一个艰难而伟大的任务：那就是面对这个血腥的岁月，作家必须不以任何理由压制自己良心的冲动，而敢于正视和暴露酿成那个时代悲剧的暴行和恶果。我想，这个任务之所以艰难，是因为即使用整整一代的力量去完成也未必胜任；之所以伟大，是因这个惨烈的时代给艺术提供的范本，足够来一次文艺复兴，足够给我国产生一个文学上的黄金时代。可是，这个事业刚刚开始便有人满足了，有人惊惶了；甚至还有人在报上替某个粉饰生活的作品说话，借以压制这个新的开端。

当然，我同意您的观点，这种暴露不应满足于一般的控诉，而应当以新现实主义为武器对那个时代的罪恶加以探索。是的，控诉和探索、回顾和展望都必须同时在我们的作品里得到体现，但是我又认为，我们今天的问题不光是探索不够；您看，几乎所有的作品都对其悲剧作了回答：罪恶在"四人帮"的某个党羽，或是在造反派的某个头头；甚至连为什么会出现这种情况的答案也十分明了：因为这些人坏就是了。

我认为这类作品与其说是在探索，还不如说是在掩盖。我不愿意对生活作这种虚假的解释，而宁愿简单地再现它的本来面貌——但是萧殷同志，这样的作品会不会被划到

---

① 吴含，或指吴晗（1909—1969），曾任北京市副市长，因《海瑞罢官》而遭到残酷批斗，含冤去世。

"批判现实主义"的范围去呢？可以说，这也是我的最终问题。

好了，越扯越远了。我原来只希望您看看作品，能给予教诲的，可提起笔来却想把满腹的疑虑、感慨统统倾诉于您。不过想到会耽误您许多时间，真使我惶恐不安。不过我仍然把这些寄给您，仍然怀着激动的心情盼望着您的回信。

这是我的第一个短篇；但我不算一个初学者，因为在十年前，我就从您《给初学者谈写作》①的作品中受到过教益。这期间，我在作长篇的尝试，第一次选的是"布拉格之春"②的题材；现在正在写艺术界的"陈景润"③，我称其为无产阶级的"约翰·克利斯朵夫"④。然而，我又只是一个受过中等教育的小学教师，我的年龄也不足以使我得到丰富的生活阅历；所以我这样说或许太狂妄了。不过为了能从您这儿得到教诲，我还是将自己的思想、见解整个儿披露给您。请别见怪。

盼着您的回信！致
崇高敬礼！

兰州：白银公司，子弟四校
赵启强　七九年四月十八日

因不知道您的确切地址，此信发至省文联转交。而短篇稿《在百分之九十里》却寄《作品》杂志社，您亲收，请查收。

1979年10月13日

萧殷同志：

这几个月我被抽到兰州"省出版局"修改一部长篇（我单位距市区有90公里），于前几天回来才见到您的来信。对您的关切、支持，我深为感激。但在六月份，《在百分之九十里》被省出版社文艺室主编看过后，给转到了《甘肃文艺》。《甘肃文艺》也颇重视，要我去编辑部修改，就在修改中，出了许多不愉快的事，搞得大家不欢而散。

---

① 指萧殷《与习作者谈写作》，中国青年出版社1953年第一版，此后多次再版。
② 布拉格之春，1968年捷克斯洛伐克的改革运动，以苏共出动军队镇压而告终。
③ 陈景润（1933—1996），福建福州人，数学家。因徐迟报告文学《哥德巴赫猜想》而闻名全国。
④ 约翰·克利斯朵夫，法国作家罗曼·罗兰同名长篇小说中的主人公。小说描写主人公奋斗的一生。1915年，作者凭此书获诺贝尔文学奖。

他们的修改意见大致可以归纳成如下四点：1. 污染主席像的场面一定要改，因为是给主席抹黑。2. 在形式上，议论太多，要大删。3. 妹妹下乡之事与知青政策有抵触，要纠正。4. 主人公的投案、自杀没有根据，不可信，要加上怀疑他、整他的细节。

他们的道理很难说服我，在一番很不愉快的争吵之后，总算把后两条给否定了。（尤其后一条，如给主人公加上被怀疑、被整的细节，岂不是得把小说的题目换成"在百分之五里"了？而那样一来，那场悲剧的深度和广度就都被冲淡了。）然而对前两条修改意见，他们绝不让步（因为是主编的意见）。结果，毛主席像被改成了林彪；小说被删去了三千字，开头部分对运动办的议论、感想，被批上废话，全给删掉了。我非常不满，因为这种删改刚好把触及到那场浩劫的两个主要原因——从运动办制造出来的政治恐怖和从迷信中产生的个人崇拜的锋芒给磨掉了。为此，我在兰州的三个月的时间里，始终再未去过《甘肃文艺》编辑部，而他们，既没有退稿，也没给我发采用通知。直到前几天收到您的信，我才给我爱人去信（她在兰州上大学），要她立即到编辑部查询，如未刊用立即抽回。然而晚了，他们已经排上十月号。当即，我爱人提出要求将主席像的细节恢复过来，但仍被拒绝了。我只好将此稿的投递和修改过程如实告诉了《广州文艺》，请他们酌情处理，以免造成一稿两投的误会。当然，我个人的愿望是希望在《广州文艺》上恢复小说的本来面目。总之这件事给您和《广州文艺》都增添了麻烦，我深感不安，在这里向你们表示感谢和歉意。

然而我又有事麻烦您。我也知道您很忙，不敢轻易占用您的宝贵时间。（在收到您第一封信后，就没敢再去信打搅您；尽管我非常盼望能从您那里得到指导、教益。）所以，这件事也是我再三考虑和犹豫后，才下决心告诉您的。

我的长篇小说《扎西梅朵》上册（30万字）已被省出版社排入明年的出版计划。我想请您过过目，给它写一篇序；并给予指教，以使我下册的创作中，能少走一些弯路，少有一些不足。

这是一部以一个音乐家（拉萨的贵族小姐）在人生和艺术道路上，所经历的坎坷、曲折为题材的长篇。我的愿望是要写出一个中国的《约翰·克利斯朵夫》——如果有人认为这有宣扬资产阶级个人奋斗的嫌疑，我就说我要把她写成无产阶级的约翰·克利斯朵夫。当然无论怎么说，这都会显得太狂妄了。但当我看到由文化大革命所造就的"新一代"，当我看到许多没有理想、没有抱负，甚至连生存的目的也没有的人时，我便觉得必须有这点"狂劲"，再加上中国人的良心和全部的心血，而去开垦那片荒废了的心地。或许,这样的作品会使有的人感到不习惯、不顺眼(因为"运动文学""宣传文学"不仅毒害了许多作者的创作生机,也败坏了许多读者的趣味),但当我在前几个月读到了罗大冈①同志论罗曼·罗兰和《约翰·克利斯朵夫》的新作时,我更坚信,我的努力和理想是非常必要的——即使我可能做得很笨拙,我也将尽力去做。

小说分上、下两册,共四卷(下册的构思和提纲已完成,尚未动笔)。

第一卷:贵族家庭。主人公是一个为艺术而艺术,认为艺术高于一切的初学者。在她身上,即使资产阶级个人奋斗已经有所萌芽,但生活还没有明确的目标;人生的前程,取得艺术家桂冠的道路还是朦朦胧胧的,还涂有一层虚幻和诗意的色彩。

第二卷:由于家庭原因(继母虐待)十六岁的她被迫出走,当了西藏的流浪艺人——"热芭"(五六—五九年),这使她从狭窄的生活牢笼和自我牢笼中冲了出来,投入到人民和大自然的怀抱,完成了第一次脱胎换骨。以后,她又从广阔、自由、新奇的生活中认识了农奴制度最黑暗的一面,并为之痛苦、绝望(因为她试图用个人的力量去解救人生)。不过,她的理想有了发展:即从为艺术而艺术到艺术与生活的联系;从个人成名成家到把个人奋斗与解救人民的苦难相联系。当然,这仍然是幼稚的,她迟早会被这种理想与现实的冲突毁掉。不过幸好,五九年的平叛、改革,使她获得了新生,她被送到内地民族学院深造。不管怎么说,这段生活使她日后的思想改造有了内在的动力。

第三卷:在内地,旧思想与新生活有了冲突,但并不激烈。而思想改造也不是强迫的;相反,她每向新生越靠近一步,就越是感到轻松愉快。这是一个自觉的、欢欣的改造过程,我们可以断定,她一定能再次脱胎换骨,成为人民的艺术家——当然,如果有时间的话。

第四卷:非常遗憾的是时间不够,这种改造尚未完成,文化大革命开始了。

她不问政治,可政治找上门来了。"四人帮"用那套强制的、更加反动的思想来"改造"她、压制她。如果她是软弱的,她可能在打击面前颓废、变态,失去理想、事业心。但她是强者,她反抗了:在探索前途的反抗中,她寻得了马克思主义,认识了真正的社会主义。所以说,这种压力反而促使了她成长的速度和质量。在这里,文化大革命使弱者毁灭,使强者更强的主题便显露出来了。

---

① 罗大冈(1909—1998),法国文学专家,翻译家。中国社科院外文所研究员,《约翰·克利斯朵夫》译者。

现在,排上明年计划的上册就是前两卷。在其中,我没能写上一个成熟的"正面人物"(坦白说,我反感那些不食人间烟火的"正面人物":从幼年便笔直地走向英雄道路,而在整个生命过程中,却只是在崇高的英雄业绩中生活)。在前两卷,我只写了一个资产阶级个人奋斗思想的形成及碰壁;只写了主人公吃了许多苦,也犯了许多错误;然而她生活了,而且在苦难和错误中不断地跨越了自己……

现在,萧殷同志,您已经看到了这个计划,它的确太庞大,即使我已经完成了一半,也还是深感自己力量微薄,不能很好胜任;所以,才向您——我国文学界的老前辈,伸出求援的手。我想,如果有了您的重视和帮助,我将得到了最大的支持和鼓励。

当然,我深知这将占用您的许多时间,而您又有许多比这更重要的工作,所以我绝不敢妄自强求,也请您不必过于把此事放在心上。请根据您的时间和身体情况随意处理吧!我在接到您的承诺后,再把稿子寄来。

这封信写得这么长,真使我不安;但我仍然还有许多话想与您说,为此,我真想到广州来一趟。〔我小时候在拉萨住过(57—59年),也接触过一些贵族家庭生活。〕祝身体健康!

赵启强　十月十三日

1979年11月19日

萧殷同志:

上月十九日的来信收到了,因考虑到您要去参加文代会,故没有及时加回信。

在您的来信同时,收到《广州文艺》的回信。他们得知《甘肃文艺》已经刊用《在百分之九十里》后,仍决定发表该作,并要我立即回信将此稿投递,修改的经过以及我对修改的意见,写一简短说明,他们准备和小说一同发表。我已给《广州文艺》回了信,但考虑到关系和影响,我在"一点说明"中,不得不作了一些必要的回避,而只写了"由于种种原因,小说在发表前作了一些违心的修改",同时也谈了谈我对修改之不当的看法。信已发出二十天了,没有见回信,尚不知结果。

我感谢该刊的支持,使这篇作品能以恢复本来面目;更感谢您的重视、推荐。对此事,我感慨很深:一个年轻人要在文学创作的道路上走下去、走到底,确实太艰难了,因为处处都有由人为设置的障碍。在前十几年,那个读书有罪的时代,拿起笔来更是战战兢兢的，每在一度艰苦劳动而获得一点进步时，不但得不到欢欣，反而倒产生一种深深的犯罪感。现在"四人帮"打倒已三年了，可是那种僵化了的官僚主义却还在各个领域毒害我们的事业，它不仅存在于官场"衙门"，而且渗透到社会生活的各方面。

去年三月，我给"人民文学出版社"寄去一部以"布拉格之春"为题材的长篇《早春》，整整一年的光阴，我的另一部长篇《扎西梅朵》已经完成了几十万字，却未能得到该社只言片语的回答。今年三月份，我给严文井①同志去了一信，查询此事。因有情绪，说了几句出格的实话："寄稿前，曾有人劝我最好给广东、上海寄，但因为我在'四人帮'时代吃够了长官意志的苦头，见到'人民'两字，就感到特别亲切。可是没想到，就像恩格斯当年形容英国社会是'资产阶级化的贵族、资产阶级化的工人'那样，贵社也成了官僚化的知识界、官僚化的'人民'……"写这些——尤其是因为涉及个人的事而写这些，或许太没有修养了。但我没有责备自己：我觉得这样的问题太庞大、太深沉，它远远超出了个人的范围。我们应该正视这种可悲的状况，并为之呼喊。严文井同志没有回信，但总算由该社"现代文学编辑室"回了一封很客气的信：解释他们的困难；表示一定立即处理；并要我把"另一部"长篇也寄去。幸而，我没有把《扎西梅朵》寄去；因为在那封回信之后又石沉大海，到今天又过去了半年……

正因为有了这件事和上次《甘肃文艺》修改的经历，我才对您和《广州文艺》的重视、支持振奋、感动！我想，前进中的阻碍尽管很多，但也总有另一些有力的鼓励和支持。但在看到16日的《人报》②对您的报道后，我又深深忧虑起来——您那样的年龄和身体，那样沉重的担子，难道我们还要给您肩上增添负荷吗？我为请您为《扎西梅朵》写序的要求羞愧了，而且给您写信时的矛盾心理也更加重了：既想把心里话都诉之于您，又担心因此影响您的时间、身体……然而我仍然又写了：因为许多话非说不可；又只能向您说，但我要在矛盾和不安中，向您祝愿：希望您健康、健康……

这次文代会开得好吗？尽管同志们都相信文艺界的前进不可能逆转，但还是非常关切这次大会的进行。遗憾的是关于大会的报道太少了。不过，在看到白桦③同志的发言后，同志们都振奋起来；还有，《人民日报》那篇关于艾青、王蒙和您的报道也使许多

---

① 严文井（1915—2005），湖北武昌人。曾任《人民文学》主编，人民文学出版社社长、总编辑。

② 《人报》，指《人民日报》。参见下文。

③ 白桦（1930—2019），原名陈佑华，河南信阳人。作家、编剧。1958年被划为右派，1979年平反后在武汉军区文化部工作。电影《今夜星光灿烂》《苦恋》等编剧。

人感到高兴而安慰——总算有人为在光荣的荆棘路上的开拓者说公道话了。这对近二十年来说，毕竟是一个进步！祝您

健康、愉快！

赵启强　十一月十九日

因工作调动回信请寄：兰州市，白银公司，二中（仍是东公司子北中学）。

1980年1月17日

萧殷同志：

信收到了，没想到您的病情那么严重，心里十分难过。

杨老师认真地研究了您的病情，认为原来那两个方子暂可不用，待身体好一些时再服。他根据您的病情又开了一个处方，主要是针对痰多、气短和"胃纳极差"三种症状下的药。他对此方颇自信，肯定会有效果的，请您试一试。他还说药量并不大，因为慢性病不在量而在对症。但愿如他所预料，服药后您能早日恢复健康。

您把一生的心血大部分倾注到文学青年的培养上，在如此重病体弱之际，还念念不忘此事，真令人感动，又让人心酸。我想：如果有更多的人做这种工作，如果这种工作能引起更多的重视，那您也不会承受如此重负。现在，我只希望您能保重身体，只盼望您能早日恢复健康，我相信许多文学青年都会有这样的愿望。我真遗憾没有在广州，没能在您身边。否则我一定像爱克曼①那样，尽我的微薄力量，哪怕做点儿抄写、整理、纪录之类的工作哩。

尽管我不在您身边，但只要是能够胜任的工作，您尽管交给我吧，我会尽力而为的。

本来寒假想来看看您，但我们不放假，要给高二的学生补课，以迎接今年的高考，只好暑假再说了。

昨日才看到《广州文艺》，我为黄伟宗②同志（我猜想他是个老同志）的评论感到脸红，感到当之有愧。而我对小说的删改感到惊讶：他们竟删去了五千多字，而且——不知我的看法正确否——我以为他们在删改时仅注意了情节的完整，而不顾主题、艺术

---

① 爱克曼，德国人，青年时期任歌德助手，曾整理《歌德谈话录》出版。
② 黄伟宗（1935— ），广西贺县人。时任《作品》编辑。

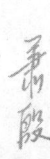

和我的文字风格。许多看过原稿或《甘肃文艺》第十期的同志都一致认为《广州文艺》的删改对作品的损害太大了。我自己也很难过，我粗略查对了一下，发现删去部分正是我所珍贵的。

上月，北京的《群众出版社》给《甘肃文艺》来函，说已将《九十》[①]收入短篇集，征求我的意见，我去信要求将林彪像改过来。但未能如愿，该社说稿已发出。这样，这篇小说虽有三处发表，却无一处是完全满意的。

近两月构思了一个青年人的爱情和理想被毁灭的悲剧的短篇，已接近收尾，总的还满意，觉得比《九十》略有进步。然而不满意的是篇幅太大（二万字），因为我是特意为《羊城晚报》写的，脱稿后再压一压看，准备还是寄给杨家文同志。不知这样的篇幅适合否。

我们这儿没有见到您的书，我自己也只有您的《与习作者谈创作》（二本）。希望您的作品能早点再版，那会使我们青年一代受益的。祝
健康，健康！

药方寄上。如广州缺什么药，请来信告诉，我们这儿的药材还是较多的。

赵启强　元月十七日

1980年6月7日

萧殷同志：

来信及您的著作均收到了，非常感谢。尽管书中收集的大多是二十年前的作品，但读起来仍感亲切，有强烈的现实感。真的，那十年不仅将我们的文艺思想搞得混乱不堪，而且把现实主义的创作方法也糟蹋得不成样子，现在能以您的旧作给我们青年一代补补课，真是太必要了。

最近一段时间，因忙于评工资和毕业班的升学预考，几乎没有动笔，但看了些书，想了些问题，还是有收获的。当然，也有没想通的疑难，故向您汇报汇报，请求指教。

这次"调资"，按说国家拿出了钱，应该是生产得到促进，人们能以受益。可我发现适得其反，许多地方因为评工资而使工作热情涣散，尤其对人的精神、人之间的关系，更是一次灾难性的刺激，使之更加趋于畸形。我这样说，或许过于片面和悲观。但

---

① 指赵启强短篇小说《在百分之九十里》。

最近，每听到评资中的种种"趣闻"，我没有感到可笑，相反，我感到可怜、可悲。我想，人性中的美、丑总是并存的，但我以为，社会主义制度应该造就这样一个环境，使人们在生活中，能健全和发展人性中美的东西；如果相反，如果一个环境居然迫使人们以人性中的丑、恶作为生存竞争的手段，那这是一个该诅咒的环境。

最近看了一个"荒诞派"的剧本《犀牛》，其以人变为犀牛，这样离奇、怪诞的情节，表现了西方世界人格异化的过程。不知怎的，我竟从这次评资中，看到了那股促使人格异化的力量——一些勤奋、憨厚的人，居然抛弃自己的美德，而企图用奉承、手腕，一句话，用人格去换取那区区的几元钱。当然，这类人学得不像，更说不到高明，所以他们常常是失败的（我们这儿有因此而神经失常的）。可不因为如此，才使人心里发颤、发痛，不忍睹闻。前些时，我与一位编辑同志谈到准备写写这样的事，这样的人物（即人格的毁灭）。那位同志很欣赏，却认为这类作品发表不了，因为太"现实"了。除非给作品多涂抹些明朗的色彩，否则会有"阴暗""暴露"的罪名的。可是这样做应该吗？这算不算加了一条"光明的尾巴"呢？非常希望您能回信说说如何认识这类社会问题？如何把握这类题材？我原来的想法是照生活写，照自己的认识写，而不管能不能发表。当然，重要的是别仅仅停留在现象上，要探究其本质和根源，只是不知我是否在小题大做。

您在《作品》四、五期上的文章及《羊城晚报》关于您说"双百方针"的报道都读过了。我对目前扑向文艺界的某些无声的浪潮感到压抑，觉得似乎比去年春夏那股大喊大叫的反扑更顽固、更深沉。我真担心刚刚兴起的文学复兴又会一蹶不振，但愿这样悲观的见解是错误的。来信也说说这个问题吧（这里甚至有人把"双百"与被取消的"四大"①里的"大鸣""大放"等同起来）。

写了这么多，提了这么多问题，又会影响您的精力了，但仍然盼着您的回信。最近想得太多，又全是些阴郁的结论，真像临到了一个小小的精神危机。盼望从您那里得到解脱的力量。

祝健康！

赵启强　六月七日

----

① 大鸣、大放、大辩论、大字报，简称"四大"，始于1957年整风运动。"文化大革命"结束后被废止。

1980年8月7日

萧殷同志：

好久没有收到来信，甚为挂念。前二月从报上看到您出席了"现代文学争鸣会"，估计您的健康状况很好。不知近来身体可好？

假期前忙了整整两个月，给学生复习，参加预考监考、批卷和高考工作。假期才轻松了一点。原想利用今年暑假到广州看看您的，但因《兰州日报》复刊[①]，要我，得跑跑调动的事。在我们这儿办这类事，通过的关卡太多了，估计得拖上好几个月。到报社并不理想，只是比起教学，对创作稍为有利一点。

除了办调动之事，还计划在假期写出两个短篇。第一个已脱稿，写的是我上封向您说到过的工资晋级的事。只是因为特意为《兰州报》写的，篇幅有限，未能将"人格异化"这一主题写深。前日接到家文同志来信，说已发排。第二篇是关于民主选举的题材，已写了一万多字，争取在开学前拿出初稿。

前次给您写信时，情绪很不好，总以为那种压抑来自制度本身，所以对文艺界的前景颇为悲观，后来好一些了。近来，文艺界、思想界的形势，似乎又有所好转。如果这是由国内政治形势的好转所致，那还会有一个较长的稳定时期。否则，文艺界那些吹冷风、打棒子的人，迟早还会兴风作浪。有人对八月份的"人大"和年底的"十二大"抱很大希望，不知有没道理？

非常希望您能说说文艺界的目前形势和前景，以指明前途。

前些时写了以捷克"布拉格之春"为题材的短篇，已由《广州文艺》排入九月号。这是我在创作形式及主题方面的一次大胆尝试，自己很看重，但又把握不准。发表后，请您过过目，并给予批评、指教（标题是《逝去了的春天》）。祝

健康！

启强　八月七日

[①] 《兰州日报》创刊于1957年，后停刊。1980年7月1日复刊，名为《兰州报》。1985年1月改名《兰州晚报》。1993年，由《兰州晚报》旗下再办《兰州日报》。

1980年8月23日

萧殷同志：

您的信至少读了四遍，对我启发很大。很遗憾，那篇《七元=？》没有在收到这封信之后动笔。否则，是能写得好一点的。

"沉闷"大约是我的短篇的通病。过去总以为是缺少趣味，现从您信中得到启发，这是因为对典型环境描写不够的缘故。总的说，我对这篇东西不满意，没有达到我对这类问题的认识水准。

在信中，您对调资工作的看法，及文学应该如何干预生活，如何暴露生活中的"腐朽意识和作风"的指教，既深刻又有普遍意义。联想到当今文坛关于如何对待暴露的争论，我以为完全有必要把您信中的观点公开出去，以使更多的人受益。但不知您是否同意公开发表，没敢贸然行事，才来信请示，请指示。

我调报社的事学校已经批准，但还有公司和冶金局两道关卡，恐怕至少还得二三个月的公文旅行吧。

近来波兰的事态①十分令人关注。我认为，假如苏联不干涉（尽管不排除苏联会给波兰造成"第二个捷克"的悲剧的可能，但可以肯定，干涉会使它付出高昂的代价），这次运动很可能在东欧打开一个缺口。这结果，不仅会动摇苏联在东欧的霸权，还能给现代社会主义的改革，寻辟一条新的道路。东欧这种以十二年为周期的动乱和改革，大约还会继续下去，不会立即达到终极目的。但我以为这是历史的必然，它毕竟会一次比一次更壮大、更成熟的。

这几天，我仔细地了解这场事态的发展与工人们的口号与要求后，我对这类问题的兴趣又被刺激起来了。我越发感到我对"布拉格之春"题材的重视和探索是非常现实、完全必要的。想到这儿，我再一次恳求您能从百忙中挤点时间，看看我在《广州文艺》第九期上的《逝去了的春天》。我非常想知道您对我把这类题材、形式和主题带到文学创作中来的看法，并请您对这篇作品给予批评和指教。

寄来的书收到了，非常感谢。

还是为您的健康担忧，请多多保重。祝

健康！

启强　八〇年八月二十三日

---

① 指1980年波兰团结工会事件。

1980年9月17日

萧殷同志：

每次收到您的信，都感到振奋。这次我更高兴，因为您已经能出去作报告、旅游。可见您的健康有所好转，但愿这种状态能持续下去。

我们这儿的作协（我是最近才发展的）成立至今，没开展过任何活动，而且没权、没经费。去年搞的全省文艺作品评奖（我的《在百分之九十里》评上了）至今还未公布。一等奖的奖金降至仅一百元，还是筹不出这笔开支。当然，这是些小事，我们需要的只是时间，可我们这儿的业余作者很少有创作假，即使偶尔办个学习班之类的，也常常抽不出人来。前几天出版社订明年计划，让我把《扎西梅朵》下册订上，我犹豫再三，虽然同意了，但若得不到创作假，明年很难交差。唉，要让那些官人认识到创作的艰苦和作家也是社会财富的创造者，恐怕还得一二十年。所以真羡慕广东，我与朋友们开玩笑，说是哪怕调到广东当工人也是幸运。对我发的这些牢骚，您别见笑。无论环境多么差，总比那个读书有罪的"四人帮"时代好多了，我当然会克服一切障碍，发奋用功的。

在未取得您的同意前，我未将您的信交到编辑部。既然《羊报》发了，我想就无需在省一级刊物上用了，反正我们这儿都能看到《羊报》。

《悲剧、题材及其它》[①]已经拜读，我认为绝大多数的文学爱好者会对其中的观点表示赞同的。我见这篇文章是三月份所写的，若是它能早几个月问世，那会给更多的人带来鼓舞。您形容得非常对，那些人就是对人民的灾难"闭起眼睛"看不见，对人民的解放和前进也"闭起眼睛"不愿看。但我敢判定，若有风吹草动——尤其是当风从左边来时，这些人准会睁大眼睛，露出狰狞面目，带着猎犬般的警觉，打手式的残忍，窥探着下手的目标。"四人帮"粉碎后，他们已经睁大眼睛，伺机扑获过好几次了。您对那些追求"离奇情节"，以趣味取宠读者，迎合小市民心理的人的斥责也太好了、太必要了。前些时，我认为我们的文学"命"太苦，以前是受政治的绞杀，现在又受商业的冲击。这些年，人们的审美趣味已被败坏了，而我们的许多编辑却要去迎合这种被败坏了

[①] 萧殷《悲剧、题材及其它》，载1980年8月21日《羊城晚报》。参见萧殷往函。

的趣味。像《巴黎圣母院》《简·爱》之类的电影，居然竞争不过《三笑》①之流的东西，中华民族的文化水准，降到如此程度，真令人痛心。

我们的一些有前途的作者，曾经从"四人帮"的政治毒害下挺过来了，却未经住这股潮流的冲击。陈国凯同志的《代价》，尽管蜚声文坛，尽管其通过对"四人帮"的揭露，也具有一定的社会意义，但因追求离奇、巧合和廉价眼泪，而大大地削弱了作品的深度。当然也有的是为了逃避现实，逃避"暴露文学"的罪名。像刘心武那样一位对社会问题极为敏感、极有见地的作者，现在也居然要割断文学与社会生活的联系，而鼓吹起文学向道德和伦理深入。我担心他走的是末路，因为我不相信有超出一定特定社会环境而孤立存在的人性。假如他不敢正视今天的现实，又不愿回顾那个血腥的年代（无非是"暴露文学"危险，"伤痕文学"吃不开了），那他便糟蹋了自己对生活感受敏捷、认识锐利的天赋。

您也谈到了形式问题，对此，我关心不多。我自己是在现实主义作品的熏陶下成长起来的，但对当今各国的许多流派也是关注的。我觉得，在倡导题材多样化的同时，也能实现形式多样化，倒是值得高兴的事。然而，我自己不想标新立异（就形式论），作其他形式的探索，并且，我更看重内容，我认为作品的生命力主要在于深刻而典型的内容。我也发现，近来有人片面地追求"新"形式，而且故弄玄虚，似乎越是叫人看不懂，才越能说明形式新颖、学问深奥。而近来的一些评论家谈及这个问题时，恰恰把内容给忽视了。

您那封信刊出后，我们这儿的许多读者都认为太痛快了，而且还说，老作家写出这种东西真难得！祝
健康！

赵启强　九月十七日

《逝去了的春天》见到了吧？我是昨日收到的。这次他们未作任何删改，这还得感谢您上次的关照。请批评指正。

---

① 电影《三笑》，李萍倩执导，香港长城电影制片有限公司1964年出品；岳枫执导，香港邵氏兄弟有限公司1969年出品。

1980年12月1日

萧殷同志：

　　好久没有通信了，不知入冬以来您的身体可好？甚为挂念。

　　我仍在原单位，调工作的事卡在省上冶金局一关，恐怕得拖下去了。不过我也不太在乎，我想如果到报社，工作忙乱，于创作、学习不会有帮助的。至于眼前，无论什么环境，关键是自己努力、发奋。

　　前些时写了一个以档案扼杀人才为题材的短篇，我认为在人才制度上如果不打倒这个无形的主宰，那人才的解放、人的解放均无从谈起。这一篇已被《甘肃文艺》采用（明年改刊为《飞天》）。

　　我仍在写短篇，因为现实生活中有许多问题需要思考、探索，但我的东西有深度却无趣味，往往读者面太窄，我也力争改正，却总不奏效，使我深感矛盾，不知应该如何正确对待普及和提高的矛盾。像《逝去了的春天》，我自以为是我的作品中最好的一篇，无论思想、文学、情调、深度均无可挑剔，（但不知您是否同意这种评价？）结果却毫无反响（在广州发表的另几篇却有不同程度的反响）。想到这些，我有时真想放弃干预生活的短篇创作，而仅从文学出发，搞搞长篇（顺便说一句，《七元＝？》发表后把我单位的好几个头头都给得罪了）。可生活在这现实中，却又无法对许多事，不闻、不问、不想，而无动于衷。

　　现在商业上的利润法则，也从另一个角度来扼杀艺术，许多书还未出世便被书店系统的人以"抓不抓特务""反不反间谍"为标准给判了死刑。这次我的《扎西梅朵》在全国征订，仅二万册，出版社得赔钱了，这总会伤害作者与出版者双方的积极性的。

　　近来广东可冷？天冷了，请保重身体，别犯病。不知近来可有作品问世？祝
健康！

启强　12.1

1981年1月25日

萧殷老师：

　　近来身体可好？这几天我们这儿的气候下降到入冬以来的最低点，超过了零下

16℃。广州当然不会到零度,但三九天总要冷一些,请多多保重身体。

从上封信中知道您疗养之后身体好转,食量增加,非常高兴。但愿近来更有起色,就像我新年寄给您的贺年片上的老寿星——健康、长寿。

我调动工作的事,近来又有了希望。我们冶金局终于批下来了,同意放出。在此之前省文联向省电视台推荐了我,上周电视台已正式向我单位发函要我,所以我决定不去《兰报》了。新闻系统,工作既生疏,又忙,而电视台已初步安排了我的工作,是电视剧部编剧。如果不发生意外情况,估计三月份便能调成。

《扎西梅朵》的封面已印出来了,还不错。样书到二月份便能装订出来,最后的征订数是三万七千册,据说这还算不错的。

《甘肃文艺》改刊《飞天》,扩大为国外发刊,在创作号上有我的一篇对档案制度控诉为题的小说《无形的主宰》。该编辑部对这篇东西评价还高,说是有新意、有深度。前几天,该刊主编杨文林[①]同志告诉我,结合当前一些报纸展开的对人才制度的讨论,对档案制度的批判,他们想给这篇作品造造影响,并决定向《小说月报》推荐。现给您寄上一本,请您挤点时间看一看,给予指教。如果您认为要有价值的话,是否也能向《小说月报》推荐推荐。您的影响要大得多,一定会引起重视的。我个人认为,档案对人的统治和糟蹋,确实是一个深刻的社会悲剧,而且这个悲剧至今还在某种程度上继续着。所以,我希望这篇东西能引起社会的重视,至少能将档案当成人才制度改革的重要问题提出来,使那类司空见惯的、毫无价值、毫无道理的牺牲不再发生。祝
健康!

启强　元月二十五日

1981年4月×日[②]

萧殷同志:

听家文同志讲,您又住院了。还是老毛病吗?按说春天应该好一些的。如仍是老病,还是试一下我们杨老师的那个方子,他的医道确实是很高的。

---

① 杨文林(1931—2015),甘肃临洮人。曾任《甘肃文艺》《飞天》主编,中国作家协会兰州分会副主席,甘肃省文联副主席。

② 此函落款未署时间。

您的信，三月底就由家文同志转来了，按说早该回信的，只因为这封信猛烈地冲击了我的艺术观，动摇了近年来一直指导着我短篇创作的文艺思想，使我短短的创作生涯面临着一次重大转折。但我也坦白讲，我对面临着的转折和将要作出的选择是矛盾的。我时而觉得您切中了我的主要弊病，我必须与现有的创作方法决裂，时而又担心新的选择会使我失去原有的特点：对生活敏感，善于思索。这种矛盾冲突很激烈，并且至今没有平息。这就是我迟迟没有回信的原因。为了得到您进一步的批评指教，使我有力量结束目前的徘徊，我在这封信中仅谈这个矛盾的消极方面——那些尚未想通而使我犹豫苦恼的问题。请原谅。

我承认文学必须以情动人。我们所说的人物形象指的是感情形象，是由人物的喜怒哀乐、音容笑貌塑成的血肉之躯。作者必须使读者能看到人物的外貌、个性及其中丰富的感情世界。但人物的思想在构成人物形象的成分中，可以占多大比例？一篇侧重于人物思想成长和发展的短篇，有没有生存的权力？①是的，张飞的个性是鲜明的，他的行动，他的遭遇大多受他那强烈的个性所支配；而林黛玉的感情是细腻、敏感和深沉的，她的行为和命运大多受这种感情的支配。但假如我们把张飞放到造神运动的年代中，他的鲁莽恐怕也得向政治让步，而照样作"早请示、晚汇报"；再假如让林黛玉，生活在"政治是灵魂"的时代，她那抑郁质的多愁善感，她那整个儿沉浸在爱情生活中的心灵，恐怕也会被涂上一层浓厚的政治色彩，而去思考和谈论一些阶级斗争、阶级专政之类的观点。

当然，这种假设是荒唐的。我只是想说明，在政治已经渗透到生活各个领域的今天，人们身上的政治色彩越来越浓了——就是在粉碎"四人帮"后的今天，人们不是还在关注着路线斗争、政治改革，不是还在谈论政党、主义、制度等政治问题吗？总之，政治已经成了现代人最根本的属性之一，它支配着人们的学习、工作乃至青年们的婚姻爱情、作家们的创作和命运。

既然生活有这么浓厚的政治气息，我们在表现当代人的时候，能只去表现那种原始的、朴质的人类情感，只仅仅作人性、道德和伦理的探求吗？既然我们生活中有这么多政治、这么多社会问题，为什么我们的作品不能像以往揭示人物性格逻辑那样，去揭示人的思想境界及其成长发展的内在规律呢？性格和思想，自然人和社会人，能不能同时都作为文学创作的范本呢？我想，我现在苦苦思索，而又不得其解的问题就在于此。

---

① 萧殷于此段批注：思想为主的人物存在不存在？

半个多世纪以来，中外文学上的成就，是给我们留下了许多色彩鲜明的肖像画、风俗画（在中国的诗歌散文里还有许多风景画）。人们赞叹这些画面，并把成就归之于创作者对人类内心世界的深刻探索和辛勤开拓；同时也把表现人物性格感情作为塑造人物的主要手段，把饥饿、爱情和死亡作为人的根本属性而当作创作的永恒题材。当然，我不否认这种认识以及在这种认识基础上所发展起来的文艺思想是正确的，但我在这里要又一次重复我的问题：随着现代生活的政治化，我们的文艺思想要不要随之变化？我们的作品可不可以更多地去探求那主宰着我们个人生活和社会生活的政治思想？也就是说，我们在创作性格剧、风俗剧的同时，能不能创作一些社会剧？或是像有人说的问题剧？不知道我的理解对不对，我认为尼克索[①]的《征服者贝莱》《红莫尔顿》就属于这类以揭示人物思想成长为目的的，政论性极强的社会剧。而且易卜生[②]某些被人们称为问题剧的作品——像《社会支柱》《人民公敌》——也是侧重对社会问题的探索。高尔基说过"饥饿和爱情统治世界"，但我认为这至少不是我们今天的世界；我以为统治着当今中国人的是政治。如果这个论断可以成立，那么我们在认识和表现现代人的时候，可不可以把更多的笔墨花费在人物的政治生命上？

近来，有一种直接影响到作者创作实践的倾向：把政治色彩冲得淡淡的，把人性和人情味的搞得沉沉的——为了这个目的，甚至不惜回避生活，写一些故人、故事；或者把人物放到某个与世隔绝的角落里——仿佛勾画一个人物只能靠感情色彩，仿佛一个作品的成败仅仅在于它是否动人，仿佛政治思想与人物形象、生活气息毫无相干，甚至是相冲突的。我这样说，并不是要反对作品要从感情激动人，但我也觉得不应该忽视或排斥作品从思想上启发人、激励人，因为当今的中国，真正的问题并不在于感情上的空虚、麻木、惆怅，而在于思想上的混乱、迷惑。当然，也可以这样反驳我：关于人们思想和政治上的问题，应该由思想家和政治家去解决；这不是文学家的任务。那我要这样辩护：文学家应该关心人和人的命运；而今天，与这种命运联系得更紧密的是思想、政治。

我谈得太多，刚刚又看了一遍，也觉得过于偏激，过于夸大了我头脑里那个矛

[①] 马丁·尼克索（1869—1954），丹麦作家。著有三部曲《征服者贝莱》《蒂特——人的女儿》和《红莫尔顿》，描写工人运动，在苏联大量印刷，被称为"北欧的高尔基"。

[②] 亨利克·易卜生（1828—1906），挪威戏剧家，欧洲近代戏剧创始人，以揭露社会问题著称。

盾——思想和性格，政治和艺术——中的某一方面。或许，我这是下意识夸大自己那一部分已感到怀疑，又不舍得丢弃的、妨碍着我创作的观念，以引起您严厉而有力的批评。如果真是这样，说不定我反而能拿出决心，做出冲击，以把自己从目前的矛盾中解脱出来。只是这样一来又要耽误您的时间，影响您的身体了，为此我非常不安；不过要是想到您在年老多病的情况下，还如此关切我们这一代的成长，我心中更多的是深深的感激。

另外，我正在参加省作协主办的"作品讨论会"。前几天，我将您的信给我省的老作家、作协的主要负责人赵燕翼①同志看了，他认为这封信写得非常好，要在会上读给大家学习、讨论，并给《飞天》的理论编辑批了几句话："……老作家萧殷同志给我省青年作者赵启强同志的这封信我看过了。我认为在这封信中饱含了老一辈文艺战士对青年一代的热情关怀，态度是非常中肯坦率的，而且我认为萧殷同志准确地指出了赵启强同志创作中的主要缺陷——这种从概念出发的'问题小说'的创作倾向还是相当普遍的。从这个意义上讲，这封信对青年作者是有帮助的。且此信条理清晰，文字流畅，毋需加工即可作为一篇文艺随笔发表……"同时，他让我来信，征得您的同意。

祝健康！

赵启强

上个月寄上的《扎西梅朵》收到了吧？那可以说是一部与我的短篇创作完全不一样的作品——很少政治色彩，而时代背景也几乎简单到最低限度，主要笔墨都用在个人及家庭的遭遇上。我想这篇东西或许能得到您的好评吧。如果真这样，我会高兴得跳起来的。当然，即使您对它进行批评，我也会十分高兴和感激的。但目前我不敢作这样的企求——请您看几十万字的东西——等您的身体好了，出院了再说吧。

另外，有近来的照片吗？能不能惠赠一张，非常挂念您。

因我们的"作品讨论会"（主要是写东西）要一个多月时间，回信请写：兰州，柏树巷249号（我家中）。

---

① 赵燕翼（1927—2011），甘肃古浪人。先后任甘肃省文联、省文化局专业创作员及文艺编辑，作协甘肃分会副主席，省文联副主席。

1981年8月25日

萧殷老师：

想您已回国了吧？近来身体可好？

我省的歌舞团最近也刚从朝鲜演出归来，都说朝鲜好，可以想到您这次出国，一定是很愉快的。不过，我更希望这次出国对您的健康有所恢复，在医院住久了，精神上总会感到压抑的。

我已于前两月调到甘肃电视台，任电视剧编剧，同时也负责处理一些电视剧来稿的编辑工作。工作还可以，只是许多事都感到生疏，不过我不怕，我有信心从头学起。我和一位朋友已经完成了由《扎西梅朵》改编的电影剧本的第三稿，台里比较感兴趣，如果经费及技术力量无问题，明年是有希望搬上屏幕的。

不知您有没有抽出时间看《扎西梅朵》？我多么迫切地盼望您的意见啊！前不久，上海文艺出版社的施浩祥、魏心宏来兰约稿，见到《扎》后，再三表示《扎》的下册由他们出，并提出可以发函抽我到上海去写。但我刚调新单位，许多事还得熟悉一下，所以决定明年动笔。在此之前，如能得到您对《扎》书的指教，则是我的幸运，您的帮助一定会使我的下一步创作得以提高的。

前些时，冯牧、公刘①、宗璞、谌容、刘心武、叶楠②都分别来兰，正好我们台长与他们大多在云南同过事，所以与他们有了一些接触。除刘心武外，我对其他同志的印象都不错。刘给这里文艺界、新闻界留下的印象坏极了：虚伪、吹嘘、装腔作势。相形之下，我们都想到您，说到您，叹息您这样的老一辈文学家在当今是太难得了。

您给我的信已在《飞天》第八期发表了。您的信，尤其是您对我们这一代文学青年的关怀，在我们文艺界引起了很大震动。现寄上一本（刚才到《飞天》编辑部，说是第八期已给您寄了，我就不再寄了）。祝
健康！

有最近的照片吗？能不能惠赠一张。非常想念您！来信写：兰州，甘肃电视台即可。

赵启强　八月二十五日

---

① 公刘（1927—2003），原名刘耿直。江西南昌人。诗人，安徽省作协专业作家，安徽文学院院长。

② 叶楠（1930—2003），原名陈佐华，河南信阳人。作家，电影《巴山夜雨》《甲午风云》编剧。

1981年10月11日

萧殷老师：

照片及信收到了，谢谢。

前些时，我参加我台电视剧《甜甜的泉水》剧组的工作，担任制片，比较忙（我是刚从外地采外景回来），所以没有及时回信，请原谅。

接到您的信，我即给《飞天》打了电话，并告诉了您的家庭地址。他们又给您寄了，想已收到了吧？

《扎西梅朵》发行后，在省内外也得到一些好评，前些时，叶楠和冯牧同志到兰读到后，都给了极高的评价；另外，上海文艺出版社、中国青年出版社近来都有人来兰，他们读到《扎》书后，都向我提出要将我抽到他们那里去完成《扎》书的下册创作。但因我刚到新单位，得先熟悉一下情况，所以答应到明年再说。

八月底收到《文艺报》孙武臣[①]同志来信，说是一口气读完了《扎》书，并说搞了一篇八一年上半年全国长篇的综述，把《扎》引为成功之数，还说因篇幅只说了这么几句，待以后再进行推荐。

这篇综述在十七期《文艺报》上登出了，在我省文学界影响挺大。但我看后，觉得太简单，所以向老师请教，能不能从百忙中抽点时间，为《扎》书写篇评论？如果能在《文艺报》上读到您为《扎》撰写的文章，则太荣幸了。当然这也包括对《扎》的批评，我想以您的名望，以您卓越的见识，对《扎》书的流传，对《扎》书续篇的创作，将会有无可估量的影响——不过，我的请求必须有这样的前提：您的健康允许您读那么几十万字的作品。

出院了吗？冬天又来了，请保重。希望您健康，是我更大的愿望。

寄上《文艺报》第十七期及《飞天》九期，那上面有我的《匍匐前进》。

寄上的照片是81年8月份与吴贻弓[②]（《巴山夜雨》的导演）及何岳[③]（我省作家，作品有长篇《三军过后》）在兰州留的影。（戴眼镜的是吴贻弓；花白头发的是叶楠；

---

① 孙武臣（1938—　），河北景县人。毕业于北京师范学院中文系。1980年调入《文艺报》，历任文学评论部副主任、主任。1995年调鲁迅文学院任副院长。

② 应指吴贻弓（1938—2019），毕业于北京电影学院导演系。导演作品有《巴山夜雨》《城南旧事》等。

③ 何岳（1926—　），土家族，湖南武陵源人。1979年调甘肃电视台任电视剧编剧。

穿短袖的是我；边上那位是何岳。）祝健康！

赵启强　十月十一日

1982年4月14日

萧殷同志：

　　惠寄的大作收到了。

　　《扎西梅朵》的电视剧已决定开拍，分为上、下两集，是我台与西藏台联合制作的。合作的细节已经敲定，目前我方的剧组工作人员已抵达西安，准备从这里乘机飞往拉萨。如果这里机票难以买到，则即日赶到成都，从那儿直接走（到拉萨只有这两条航线）。

　　前半月，我与导演曾到北京听取中央台对剧本的意见，同时物色演员。我这次到拉萨则主要就民族政策听取西藏方面的意见，并就地修改，估计得一个半月的时间。剧组我不打算跟了，全部摄制过程大约要到十月份完成。

　　近半年忙于电视剧方面的事，创作很少，前两月咬了咬，为《小说界》写了一个七万字的中篇。这次进藏，也计划收集些素材，下半年刻苦写点东西。

　　上月在北京，见到在京开会的黄伟宗同志，这是我第一次见到广州方面的老师。我们自然谈到了您对我们这一代人的关怀，我还请他代我向您问好、致敬。

　　您近来的身体可好？望多多保重！祝
健康！

赵启强于西安途中　四月十四日

　　如有事，请来信：西藏电视台转我收。

致郑集思2通

郑集思（1955— ），广东中山人。中山濠头机械厂学徒、副厂长，中山文艺创作室创作员，中山市文化广电新闻出版局局长兼文联主席。

1982年2月6日

集思同志：

你近来好吧？

我于节前（一月十六日）已离开医院，因为这样住下去，连起码的病痛（多痰、气促、常缺氧）不仅不见好转；而且加上不断服用（和注射）抗菌素，把胃口弄得很坏！至今仍旧每餐不超过半两食物，体质愈来愈虚弱；不得已，我只能再三要求出院。医院方面虽然很勉强，但终于在一月初答应了。现在，摆在我目前的问题，是恢复体质，只有这一步做到了，才可能逐步减轻多痰和气促的病象。回到家里虽然还是胃口不好，但尽可能做些合口味的菜饭，使能合口味多吃些。就这一点在医院里永远也不能做到。回来已二十天，进展虽然不大，但还比较平稳，殊堪告慰。

一月号《人民文学》、二月份《萌芽》已发表了我的"书简"和"复信"，哈尔滨的《北疆》第二期发表了我给研究生的复信：《论问题小说》①，但该刊拖延了出版时间，至今还未见到。在住院期间，虽然医生与护士护理甚严，但耐不住刊物编辑的殷勤催促，因此前后写了四万多字的短文，今年将陆续发表。

你的近况如何？甚念！希望你在不妨害工作的业余时间，努力多写作，一方面多写

---

① 研究生指游焜炳。参见致游焜炳函。

些可供进一步加工的初稿；一方面也希望写一两篇较有水平的作品，更重要的，是多记录素材，记录构思、记录富有特征的场景和生活细节。这其中最宜注意的，是人物。要记住，人物如果活不起来，再曲折的情节也不能说服读者。

春节刚过去，客人这两天才减少。因此今天才有可能给你写信，望努力！

萧殷

二月六日于广州梅花村

1982年8月2日

集思同志：

七月廿九日来信收到，谢谢！你大概没有料到，我现在住在暨南大学，从一月出院之后，三月到四月又病倒了，整日头晕低烧，多痰气促，但这一次我无论如何不愿再住医院。这次发病的起因，是太紧张，弦拉得紧。当时人民文学出版社和花城出版社都通知我，需重版《论生活、艺术和真实》，及《习艺录》两书，需要赶着修订，同时答应给《吕雷小说集》《程贤章小说集》写的序言，也要交卷。两件事需在五月完成，怎能不累？以致累垮呢？五月间才稍好些，但天气炎热异常，尤其是梅花村我的住宅，简直像一个烤箱；去年以来，在我住宅正南筑起一座长三百多米、八层楼高的大厦，从此不仅南风被挡住，还受高墙烈日的反照，闷得难以忍受，不得已，于七月中搬来暨大休息。这里虽然稍为顺风，但暑气仍然逼人。我从北京回到广州已二十年，但从来未遇到这么炎热的夏天！

三月间，曾托余松岩①同志给你捎去一本《给文学青年》，大概收到了吧？

你现在精读一些名著，是需要的，也是适当的；不多读，就无从比较，也就不能辨别优劣。读时不要着眼"模仿"，而应全力去摸索规律，比如情节如何发生、发展，它与人物性格有什么关系？它与人物所赖以活动的具体环境有什么关系？作品巨大的思想力量从何而来？等等。此外，你努力写些手记，为创作积累素材，也是很好的，……不仅写外貌、表情、动作，也写精神状态，□□□□……但切忌烦琐和表面，要抓住精神特征，即使写人的对话，也能透露他们的内心或精神，这样的手记，无疑对将来的创作

---

① 余松岩（1933—2003），江西南昌人。中山县文化干部，著有长篇小说集《地火侠魂》《虹霓》等。

是一个坚强的基础。话一下说不完,就此搁笔。匆匆

祝努力!

萧殷　八月二日于暨大

我大概再过二十天回梅花村,如现在来信,可寄"暨南大学专家招待所"我收,又及。

致郑秀婵1通（附来函1通，另函1通）

郑秀婵，广东龙川人，萧殷侄女。1951年进入西安空军干校学习，后在安徽马鞍山市工作。

1981年6月18日

秀婵侄：

五月二十日，我与陶萍曾飞往北京。原准备五月廿八日去朝鲜访问，不料五月廿六日我胸部疼痛，经检查，诊断为肋膜炎，但不排除内部还有其他杂症，为此，医生劝我不要出国，以免途中发生意外。于是于六月一日回到广州，第二天，即到医院去照了胸部照片。结果，证明除肋膜炎外，无其他杂症，大家才放心。

孩子的藏书章，按他的年龄来说，还刻得不错，但到底这种东西毕竟是艺术，功底不够，就会显出稚气来，正是这样，所以才真正说明它是一件孩子的作品。从这里可以看出：只要多琢磨，多学习，多总结，是很有前途的。

回来住了半个月，陶萍在北京时去看了十一姨，我哪里也未去，因走路不便，行走就气紧。两年去过两次北京，北京的街容完全变了，尘土飞扬，乱糟糟的，还不如五十年代那样宁静而舒适。吃也不习惯，而且贵得要命。

到本月廿一日，我和陶萍将飞长沙，因湖南的《芙蓉》文学丛刊办了一个写作学习班，要我去讲学。无法推脱，只好去走走。此去也是一边讲学，一边休养，因体力不佳，太奔波是不行的。

陶萍祝你一家平安！匆匆，王杰①同志不另函。

祝好！

叔叔　六月十八日

寄来的三包茶叶收到了，味道很好。

附来函

1978年1月20日

叔叔、婶婶并萌萌：

你们好！

寄来的糖果和信均已收妥，勿念！你们年老多病，我们未能很好地照顾你们，婶婶身体不好，还亲自上街选购糖果，给孩子们寄来，我们全家向你们表示谢意。

记得去年，我收到萌萌8月13日的来信后，就立即给萌萌写了回信，并随信寄去一包茶叶。以后一直未收到回信，估计你们工作忙碌的缘故。我当时由于刚调到市委清查办公室，工作刚刚开展，为了尽快查清问题，那时确实比较忙。粉碎"四人帮"以后，宋佩璋②竭力捂盖子，到处散布安徽特殊论，安徽是与"四人帮"对着干的……压制广大干群起来揭批，清查与"四人帮"有牵连的人和事，宋佩璋胆大包天，竟在粉碎"四人帮"后的76年11月份，把马鞍山市的领导干部送进视察室等，把一些头上长角、身上长刺的人安排在组织部等要害部门。经过5个多月的清查，目前全市主要问题已基本查清，阵线已分明，现在的任务，是具体的核实和定案，估计三月底，整个清查工作可基本结束。

安徽省受"四人帮"的干扰破坏是很严重的，几年来，一些主要领导同志，给他们搞得七零八落；他们安插钉子，所谓的新生力量，为非作歹，严重地挫伤了干部群众的积极性，生产任务完不成，大小事故不断发生。最近《人民日报》登了安徽和马鞍山的消息，各方面的情况都很好，马钢的钢产量保持日产20吨。照这样下去，三个月就可以完成年计划。

---

① 王杰，郑秀婵丈夫。

② 宋佩璋（1919—1989），曾任安徽省委第一书记。

至于"四人帮"安插在安徽各部门的钉子,都已清除出领导班子,如"九大""十大"的中央委员宋佩璋、郭洪杰、吴从树、李宝山等均已采取组织措施,等待处理。

从报纸上看到叔叔已是广东省文联副主席,我们为你有这样的身体条件和精力,继续为党工作而高兴,更为华主席、党中央及时落实贯彻执行毛主席的革命路线,使许多老干部都出来工作,而受到鼓舞。

我们家是一切都好,身体都不错。去年夏天,我一直感冒不好,经检查是由于药物过敏引起的,后来停止此种药物的使用,感冒也就好了。目前由于孩子学习负担重,我们的家务事比以前多,小蕾准备参加今年6月的高考,家里的事基本不管,他们的志愿是电子专业,我们认为这是热门,难以考取,叫他改考师范或医学院,看来他不太同意,说考不取就到农村。小蕾和老三(王洵)学习比较好,这次分班都分在快班(即学习好的集中在一二个班,上课进度快,内容多),王涛由于受"四人帮"影响深,数理成绩一直不好,粉碎"四人帮"后决心跟上来,经一年努力,成绩还可以。但他喜爱文学和美术,现在还不知道他对将来有什么打算,已经十七岁了,满身还是个孩子气呢?

好吧!不多写,前几天寄去的黄花菜不知收到没有?希望你们多保重,问葵葵、权权好,王杰不另写,代为问候。祝
身体健康!

秀蝉　元月二十日

附郑秀婵唁电(1983年9月5日)

姊姊并弟弟妹妹们:

近几日,我因患病在家服中药,休息。今天中午办公室的同志,给我送来了叔叔去世的讣告,我当时感到十分突然。姊姊七月来信说叔叔身体很衰弱,能否过今年冬天,还是问题呢?我总主观地想不会这样快就离开的,我还几次给家里人说:明年我要请探亲假回广东,看望叔叔姊姊,然后再去龙川住几天。哪里知道事情会发生得这样快呢?想到这里我心里一阵难过,眼泪止不住往下流。

叔叔一生,忠于党的文艺事业,为培养年轻一代作者,呕心沥血。叔叔为人耿直,以诚相待,对待后辈严厉而十分关怀。他对我多次的教诲,在政治上、思想上,无疑都给我以极大的影响。我从内心里,十分崇敬他。叔叔一生艰苦朴素,从不乱花一文钱,

但几十年来，对我父亲一家给以经济上的大力支援和帮助，这更是使我一生不可忘怀。

近几年叔叔健康状况愈下，68岁就离开我们，相比之下，过早了。但几年来，婶婶在自己身体不佳的情况下，牺牲写作的机会和休息时间，多方照顾叔叔。领导和医疗部门也同样采取措施，尽力医治和抢救。我想你们都尽了责，作了最大的努力，这几年，婶婶也吃辛苦了，希望婶婶能从这些方面想想，宽慰自己，千万不要过于悲伤，多保重身体。

我本应十日前赶往广州参加叔叔追悼会，以表我的怀念之情。无奈我近日在病中，且8日要出发到北京妇干校学习，时间也来不及，我们全家商议，由王杰前往广州，代表我及全家，向尊敬的叔父，表示哀悼。

婶婶及弟妹们节哀，保重身体为盼！

侄女：秀婵　九月五日

致钟永华17通（附来函9通）

钟永华（1940—　），广东龙川人。1964年毕业于暨南大学中文系，后入伍，曾任武汉军区政治部文工团创作员、专业作家。广东省作家协会诗歌创作委员会副主任，《特区文学》总编辑。

1965年8月20日

永华同志：

　　来信及诗稿均收到，因忙于中南戏剧会演①工作，抽不出时间给你写信。现会演刚刚结束，但我们的工作则未能结束。

　　五月间，我去访问罗马尼亚②，六月底一回到广州，第二天就参加会演筹备工作，一直忙了近两月，不仅没有写信，连我坚持多年的日记也中断了。

　　这次戏剧会演很成功，不但好戏多，而且也解决了不少戏剧创作上的问题。

　　你的诗稿，我已交给《羊城晚报》江林③同志，好像曾发表一首，其余的不知他们将如何处理。

　　我出国期间，身体还可以，但这两个月的忙碌，健康情况却又下降了。为了锻炼思

---

①　中南区戏剧观摩会演，1965年7月1日至8月15日在广州举行。

②　1965年5月25日至6月17日，萧殷与李英儒经莫斯科访问罗马尼亚。

③　江林（1921—1970），又名林遐，河北辛集人。南开大学英文系肄业，曾任中共中南局干事，东莞县委宣传部长，《南方日报》副刊主任，《羊城晚报》社秘书长。

想和身体，我决定九月中到花县去参加"四清"①。

访问罗马尼亚，本该写几篇散文，但由于挤不出时间，现在仍未能动笔。

……

事情繁忙，恕我写到这里就搁笔。

祝努力！

萧殷　八月廿日夜

1966年3月8日

永华同志：

来信早收到，因为忙，而且又因事到从化温泉去住了几日，所以到现在才有时间给你写信。

你回到部队附近搞"四清"，而且抓学毛著的样板，是将有更大的收获。

康禾茶②尚未收到，估计不会像你所预想的那样容易买到；康禾茶，据说在乡间也不容易买到。不必忙，能买就买，买不到就算，千万不要拿这些小事去麻烦你的父亲。

我的健康情况仍不好，胃口与睡眠情况都很坏，因而神经官能症就更显得严重。记忆力极差，思索问题十分吃力。虽请医生诊医，但不见任何疗效。我的工作主要靠用脑，现脑力如此衰弱，不能不令人焦急。

尚有两篇评论待动笔，因体力关系，现在尚未动手。

从来不似现在那样感到有心无力的苦痛，许多事等待去做，也很想去做，但体力与精力都不支，感到比什么都难过。

真羡慕你们年轻人！你们应当趁年轻力壮的时候认真锻炼自己，并为革命事业贡献出更多的力量。现在不努力工作，到年纪老了，就会后悔的。我知道你懂得这番道理，希望更加努力。我对自己的身体也不怀绝望态度，希望自己能为党做更多工作！匆匆。

萧殷　三月八日

---

① "四清"，1963年至1966年上半年开展的社会主义教育运动。在农村前期指"清工分、清账目、清仓库和清财物"，后期则指"清思想、清政治、清组织和清经济"。

② 康禾茶，因产于广东河源县康禾镇而得名，相传南宋时为贡品。

1966年5月12日

永华同志:

五月十日来信及诗稿均收读。

谢谢你如此关怀我的健康！我的病是老病，除非病得不能起床，我总是喜欢找些工作来做的。越怕它，它就越来欺负你；我根本不把它放在心上，把所有精力都投进工作中去，倒要舒服得多。文化领域的大革命，是关系我们社会主义事业的前途，也关系到我们自己革命还是不革命的大问题。在这样的时候，我自然不能袖手旁观。虽然现在写文章有困难，但组织青年人写文章，组织青年参加战斗，还是可以的。

蜜糖，在广州很多，而且质量也很好。前次我到从化温泉时，曾买来一些，到现在还未吃完，不必再买了。

茶叶，今晚尚未收到，……东江一带出产的山茶，虽在城市中无人欣赏，其实这类茶叶是独具色香。尤其是我这个惯于饮山茶的人，反而不喜欢广州流行的所谓"名茶"。

你此次在农村工作，进一步懂得了一些阶级斗争的知识，我是完全相信的。贫下中农所以比知识分子强，首先就因为他们对革命有迫切的需要，只要需要他们掌握了毛主席的思想，他们就会成为社会主义事业的支柱。

……

你的诗，我在办公室的工作空隙时间草草读过一遍，一时还很难提出什么意见。你有志于学习民歌和兵歌，并想用通俗、易懂、简练、铿锵的语言来表现革命的思想感情，是完全正确的。但是，要在创作实践中完全实现这一理想，恐怕还需要一个摸索的过程。譬如，怎样才能使口语入诗，既要一听就懂，又要形象精练和铿锵，即一方面要使人听起来不是文绉绉的学生腔或古人腔，一方面又是诗的语言，却是需要认真探索的。你最好把写好的诗，唱给你的战友听，唱给老乡听，比如像《银涛》《激流》之类，他们准会不满意的。写得像说话那样，明白是明白了，但缺少诗的凝练；运用一些古诗的语言，固然很凝练，可是群众听不懂。如何把两者统一起来，是你探索时应该时刻谨记的一句话。如果在这方面能有所创造，那么诗的形式问题，可以说已决定了一大半了。

夜已很深，明日早上还有会议，恕我不多写了。

祝你更加努力工作，胸怀有更多革命的豪情壮志，之后，自然便可产生更多充满革命激情的诗篇。

敬礼！

萧殷　五月十二夜

1966年6月20日

永华同志：

　　来信收到。

　　你谈到学习古典诗词与民歌问题，我觉得你不要总在形式上下功夫，更重要的是革命内容，是社会主义革命的气魄和感情。否则，你把过多的精力花在形式上，慢慢地不知不觉地就可能醉心于美的形式，而放弃了革命的思想内容，这是很危险的。就是形式，也不要总在古典诗词上找出路。要知道，古典诗的思想情绪是不健康的，读得多了，在思想上就可能被融化、被腐蚀。对于这一点必须提高警惕。

　　现在首要的是解决自己的思想革命化问题，建立共产主义世界观的问题。革命化是无止境的，稍一放松，就会跟不上革命形势。你在革命部队中，对于锻炼自己，改造自己确有比其他部门好得多的环境，但也不要稍稍放松自己的努力，放松了，就容易落后。这一点，希望引起你的注意。

　　"康禾茶"已收到，本来早想给你写信的，因为忙，所以没有写。我们现在也为文化大革命[①]忙碌得很，常常开会。这次大革命是要彻底铲除修正主义的根子，铲除资产阶级复辟的根子。把这场大革命进行得越彻底，我们无产阶级的专政就越巩固，革命事业就能进行到底，党和国家就永不会变质，世界的革命胜利就有保证。因而，这是一场十分重要的革命，我们自己也要在这一场革命中提高觉悟，更好地改造自己。过去读的书，大部分是中国封建时代的东西和外国十九世纪的东西，这些东西都含有封建主义和资产阶级的毒素。我们能不受它的影响么？一直受了不少影响的。趁这次大革命的良好时机，认真地清理一次，是大有好处的。除此之外，就是苏联文学的影响，即在斯大林时期的苏联作品也含有不少毒素，什么人道主义、人民性，等等，都是于社会主义革命

---

① 1966年5月16日，中共中央通过关于开展"文化大革命"的通知（"五一六通知"），全国范围的"文化大革命"拉开序幕。

不利的，必须把它们从我们意识里清除出去，并以毛泽东思想取而代之。

……

我近来还是腰痛和头晕，但每日照常上班，照常坚持工作，勿念。

匆匆。祝你工作顺利！

萧殷　六月廿日

1967年2月25日

永华同志：

今天读到你二十二日来信，知你回家探亲一月，并知道你今后从事创作，十分高兴。文学创作是意识形态的工作，最最重要的是无产阶级世界观。这种工作不能掺一点杂质，如果世界观中还有一点"私"字，文学创作就一定搞不好。按照这个标准，像我们这些深受资产阶级文化影响的人，都是很难胜任的。当然我并不馁志，只要努力赶上去，使自己的思想更加革命化，将来还是可以创作出有益于社会主义事业的作品的。你在人民解放军中，对这方面的道理比我更明白。问题是如何活学活用毛主席的著作。我最近又把主席四卷著作①重读了两遍，除了得到许多新的领会之外，发现自己过去对主席著作中许多重要的论点都理解得片面，有的论点甚至在这次重读时才开始理解。主席的著作是革命经验的宝库，只有你在革命实践中，才能不断地、一步一步深刻地领会主席的伟大思想。这里有更重要的一点，就是无产阶级的感情和社会主义革命的热情，如缺少了这，便不能真正理解毛泽东思想。

搞文学，很容易钻到技巧的牛角尖里去，这一点，你必须提高警惕。我不是反对技巧，而是提防只钻技巧，而稍稍放松了无产阶级革命大方向。任何时候，写任何一篇短文章，都必须首先考虑无产阶级的革命利益，不能有一丝一毫的放松。只要稍为一放松，就容易落入资产阶级的圈套。这是我自己的教训，也是与你同勉的话。

对于古代诗词，千万不能迷信，对于这类东西，你读得多了，就会在思想感情上被俘虏。虽说你可能只学它的技巧，但是请你一定要十分警惕：从吸收它的技巧中，你慢慢地不知不觉中就吸收了它的思想。今后你应当更多地从战士群众中去吸取诗的语言。

一提起笔来，就写了这么一大堆，在你看来，也许都是废话，但既然写了就寄信给

---

① 指《毛泽东选集》第一至第四卷，从1951年10月至1960年9月陆续出版。

你吧。

我每日照常上班，新年以来还兼作接待站的一些工作。昨晚上夜班，今晨八点半才回来。但白天不能入睡，所以趁空给你写信。身体虽衰弱，但精神极好。

前天各报发表了《红旗》第四期的社论《必须正确地对待干部》①，这是一篇体现毛主席干部政策的伟大著作，十分重要，希望你认真读几遍。

……

来广州时，欢迎你来闲谈。

祝你今年在思想革命化方面获得更大的成绩。

握手。

萧殷　二月廿五日

1971年9月24日

……身，假期大约是半月到二十天。你十月底才回广东，那时我可能已假满返校②。但也很难说，现在的事情很难说死，反正希望你到达广州时，到我们住的地方来找我们，至少你可以找到陶萍和葵葵。我们住的地方是：东山区农林下路农林四横路一号，即在铁路医院斜对过。一进四横路第一个大门就是一号，进了大门，左边那幢两层楼房就是一号。我们住在楼下门边一间小房子（附图）。

现在我们这里运动很紧，在文化大革命中那些趾高气扬的反军急先锋，一个个受到审查或批斗。我是运动中的骨干，同时兼着专案工作，所以很忙，每日三班，空闲时间极少。这封信，从前天写起，直到今夜才写完。

关于我的工作问题，广州不断有消息传来，说文艺战线希望我继续搞文艺工作，有说抓理论，有说抓创作。据说待运动告一段落，就会调去。广东省革委文艺办公室的正、副主任于波及张东同志，你认得吧？我不认识他们，据说张东同志常打听我的健康情况。

快十二点，很疲了，要休息了。匆匆，祝好！

萧殷　九月廿四日夜于连山

---

① 《必须正确地对待干部》为《红旗》杂志（半月刊）1967年第4期社论。
② 返校，指返回"五七"干校。

1971年10月21日

永华同志：

今天收到你给陶萍的信，大家都十分高兴。

我于十月初没有回广州，原因是组织上已批准我到从化疗养院休养（全校共八人，全是三八年的党员干部）。原打算在连山检查身体后就到疗养所，但于十月十一日早忽接通知，要于十二日赶回广州，参加一个学习班的学习。十二日晚回抵广州，第二天就到学习班，一连学习了六日，学习了中央几个文件，于十九日结束。现在已决定不回干校去，组织上指定到中山医学院检查身体。我准备去从化之前再回连山一趟，把全部行李取回来。

关于葵葵参军问题，我们正很着急，读你来信，大家都很高兴。到洛阳去也不成问题，只是现在葵葵的户口还没有转回来，不知在洛阳参军是否一定要带户口？（去年许多干部子女去参军是不要带户口的，接收单位也不问这事）。

葵葵原在海南建设兵团六师二团，他的团长在口头上答应葵葵参军，说只要能参军，就可将户口转回广州，但在参军之前，团长不便把他的户口转回来，怕影响其他兵团战士。葵葵于五月间回广州来养病时，就是在团长同意他回来参军的情况下，批准葵葵的假期的，请你先把这种情况与有关同志说一说，如可以暂时不带户口，葵葵到洛阳是十分愿意的。

去年经广州军区首长批准参军的干部子女，都不问户口，连我的孩子荃荃参军时也没有转户口（虽然他在广州有正式户口），不知今年情况如何？

葵葵是很希望在部队中锻炼的，身体也很好，希望能设法实现他的愿望。

陶萍在文艺战线工作，可能要她参加文艺刊物编辑工作，最近天天阅稿，到廿五、六可能到潮汕、梅县、惠阳三个专区去，大约十一月份才能回来。我大概月底或下旬初就到从化去，你到广州时，如我已去从化，希望你到从化来找我。

来信仍可寄"广州市、东山区、农林下路、农林口横路一号"。

休养三个月后，如身体有好转，很可能参加工作，如不行，就继续休养下去。

匆匆。祝好！

萧殷　十月二十一日

1972年1月8日

永华同志：

我七日回疗养院①，今日收到你五日来信，知你为葵葵的事继续进行活动，但总觉得未完全落实，未免心里放不下。

前几天，陶萍收到黄计钧②一封信，是从沙河寄的，据信中说，他与一批同志来广州演出，因忙，离不开，所以没有到市内来。他问葵葵有什么专长，说六八六四部队要招些文化兵，他想的和你想的一样：收进去再说，以后如不行，转到其他部队也没有问题。陶萍已复了他一封信，希望他尽可能来谈谈。

关于葵葵的情况，再告诉你一遍。他今年十九岁，最近已检查过体格，各方都符合标准。他一九六九年十一月去海南生产建设兵团，至今已劳动锻炼三年多，表现还不错，干的全是重劳动。他回来治病时，曾明确告诉他的团长姜春亭同志。姜团长一贯很喜欢葵葵，听葵葵说想参军，他当即表示同意，并说：你参军了，我就把户口转去，现在不便去要户口，只要参军了，户口才会转来。至于家庭，你是知道的，我和陶萍都是共产党员，我们都是从老根据地出来的，现在我们都过着组织生活，陶萍在省革委会文艺办公室工作；我待休养一时期后，也会出来工作的。这些情况，都应向有关方面讲清楚，免得到时候又产生枝节。

葵葵从小爱看自然科学，如物理、天文之类，由于无人引导，后来淡泊了。现在除喜欢打球外（主要是篮球、羽毛球和乒乓球），其他没有什么专长。如警备司令部不行，最好在韩的儿子那里多做点工作。结果如何，希望随时来信告诉我。我现在很焦急，如今年葵葵不能参军，以后恐怕更厌烦了。

你从龙川带的茶叶，我现在正喝它，味很纯，很不错。你在湖北，以后如有可能，最好能帮我买点信阳毛尖，这是河南有名的绿茶。

陶萍很忙，现正忙于进行《广东文艺》的定稿工作，她说等出版时，她将寄你一份。

---

① 当时萧殷正在从化温泉干部疗养院疗养，其间短暂回广州。

② 黄计钧（1943— ），广州人。广州空军文工团创作组组员，广州军区政治部编研室研究员，上校军衔。

我在广州，遇到中山医学院一个熟悉的医生①，他送来一些治老年哮喘的新药。我服了以后，觉得疗效极高，哮喘减轻了，准备继续服用。这药是一种草药，周总理曾三次表扬这位处方者，可惜现在保密，还不知道药的具体内容。但这药给了我很大的希望！只要哮喘症能减轻，我很快就可以出来工作。

一连写了几封信，不觉已深夜十一点半了。明日星期日，好在没有什么理疗。

匆匆。祝好！

萧殷　一月八日于从化

顺便告诉你一件事，我下干校后，房子由梅花村迁至农林四横路一号。因房子小，书籍和钢琴都无处放，只好寄存到一个小学教师家里。三年无人管，最近发现，寄存的东西全给白蚁蛀坏了，书籍都成了碎纸，有的竟成了一堆泥，而钢琴给蛀空了，只剩下一堆烂钢板。真可惜。又及。

1972年3月7日

永华同志：

回广州过春节时，曾收到你寄来的信，我们一家人都读了，大家对你的热情相助都很感激。陶萍曾将第一期的《广东文艺》②寄给你，谅已收到了吧？她很忙，原来只是上午、下午上班，后来改为早、午、夜三班。早出晚归，几乎很少时间留在家里。只有到星期天，才可能在家处理家务或给友人写写回信。她所在的单位，只有三五人，人手太少，事情又多，机构和编制似还未确定，工作却已开展了。

我仍在疗养院，听医生口气，我大概还得住两个月以上。体质比前稍好些，但哮喘症却不见好转。至于工作问题，传闻很多，但都不是正式通知。据说领导上希望我身体稍好后出去抓理论研究工作。我自己想，身体虽比前数年差，但带几个青年人搞搞研究工作还是胜任有余的。因为这一行的经验，已积累多年，多少总还有自己的见解和基础。现在，我准备再等待一阵，最后如何安排，还很难说。据说毛主席又有关于落实干部政策的指示，但在下面真正的组织落实，却似乎还不那么简单。

葵葵的参军问题，看来在广东是没有什么希望了。黄计钧在春节前曾来过一封信，

---

① 似指张海浪，龙川人，1956年毕业于湖南湘雅医学院，广州中山医学院著名脑外科专家。

② 指《广东文艺》试刊第1期。

似乎还无什么头绪，他虽然答应继续努力，可是因葵葵没有写作的知识和经验，在这方面显然不符合他们要求的条件。现在的情况瞬息万变，你那里的情况不知现在怎样？在龙川方面，我也曾给那里的一位县革委会副主任写过一封信，请他帮忙，但竟连信也不回。这种情况说明，再写信也无用处了。

葵葵还是住在广州，我和陶萍都很为他的前途担忧。虽然他的团长在口头上同意他参军，但要他写个书面的证明来，却有困难。没有书面证明，在广东就不容易报名应征。因为到海南岛各兵团去的知识青年，前两年回来参军的不少，所以现在兵团就不太愿意放人了。而广东各招兵单位也不太敢吸收兵团的知识青年。但在外省，这样的问题可能不存在，招收的机关也可能不存在类似的顾虑。我把这种种情况都告诉你，望你多想想办法。

葵葵已回来快一年，如不能参军，回兵团去也有困难。所以这一次，无论如何要想办法解决。我写这封信时的心境谅你能理解的，单看我所写的事实，你就能了解我的焦虑的心情了。

有空望来信。祝你一切都好！

萧殷　三月七日晚

来信寄：广东从化温泉干部疗养院三疗区。

1975年1月25日

永华同志：

来信早收到，因为病痛缠身，一直未能给你写信。年底因肺气肿感染，还被送进医院住了二十多天，如果不是因为同房病人鼾声如雷，闹得我四夜不能入寐，我大约现在还不能离开医院。因院方不调整房间，我便要求出院。回来后，体质仍极差。

自八月底离开从化之后，一直在家休息，体质一年不如一年，现在活动更成困难了。胃口很坏，吸收力更差，但查不出原因。在这种情况下，许多想法都似乎将成"水中之月"，哪里还有精力写什么文章。

据说江演政同志来过，那时正值我住医院。至于调他爱人来郊区教书的事，待有机会时向教育局同志提一提。结果如何，很难猜测，因类似事很多。其次，由各县迁至郊区的户口，都需经市劳动局批准，这是最困难的一关，这一关如突不破，即使省教育局同志也办不成。

我一月余未写过信了,这是第一封。因气促哮喘,不能久伏书案,因怕你惦记,草草写几个字。春节快到,估计你不久将回粤探家,届时望来闲谈。

祝工作顺利!

萧殷　一月廿五晚

1979年1月17日

永华同志:

我近来躲在二沙头体委招待所里改编《谈写作》一书,由于上海文艺出版社一再催促,而梅花村又来人不绝,不仅不能写什么文章,连写信都困难。近一年来来信来稿大大增加,来访的人也络绎不绝,毫无办法,只好有时找个清静的地方躲一阵。在这里住了半个月,《谈写作》(二十多万字,是几本旧书改编的)已编完寄出。昨日将《习艺录》重校阅一遍,广东人民出版社决定安排①。决定过几日就回梅花村,因为这里临江,风大,加上冷空气侵入广东,真有点受不了!连写字手都抖索,室内同样冷得难受。

去年七月我在省人民医院时,曾寄你一本《习艺录》,以后一直未收到你的来信,不知什么原因?我八月离开医院之后,一直忙碌不堪。人民文学出版社本来与我约定去年六月交稿,年底出书,因六月初病倒入院,编《论生活、艺术和真实》一书未能及时完成任务。到九月,我集中了一星期赶紧改编,九月底才寄出,年底不能出版,可能到今年五月才可以出版。

十二月又开省文学创作座谈会,周扬、夏衍、林默涵、张光年、李季、韦君宜等都来参加,开得十分成功,内容也很充实,解决不少问题。发言准备刊《作品》二月号。

《作品》邮局订户由十三万忽然增至二十八万份,这是十二月中旬邮局报来的数字。但纸张困难,出版社哇哇叫,仿佛是一大负担。零售仍无法解决,据说每期给香港一千本,当天就卖光。

有空望来信!匆匆。

握手。

萧殷　一月十七日　二沙头

---

① 萧殷《习艺录》,广东人民出版社1978年3月出版,此处当指再版。

1979年9月17日

永华同志：

　　最近来信收到。近数月来不是忙就是病，你来粤时间，我恰好在新会①。我是六月初到新会的，谁知一到那里，当天就病倒了。幸好那里有个中医院，经黄副院长精心治疗，病体有所好转。七月二日才回到广州。八月中又到顺德去开一个文艺座谈会，谈了些文艺形势问题。中国北有《歌德与缺德》，南有《向前看吗，文艺》，梅县还有《梅江文艺》两篇奇文。全国各省都有表现，只是方式不同罢了。听说湖北的《研究研究》②至今未出版？

　　《文艺报》的文章是去顺德之前赶写出来的；《光明日报》九月十二日的短文，是给陈国凯小说集的序言，是五月写的；六月曾在新会应香港《文汇报》写了篇《应纳入批判现实主义吗？》，后来，八月十七日《广州日报》转载过，近来就写了这几篇，没有写别的。

　　十月初，大概要到北京参加全国文代会，可能要开十多天罢，届时可能要翻出这些问题，免不了一番热闹。

　　近来《作品》我不太管了，准备叫中年人接上班来。老由我们顶着，不是一个办法，将来中青年总要代替老年人的。

　　……陶萍问你好！匆匆。

握手。

萧殷　九月十七日

1979年10月30日

永华同志：

　　十月十七日收到你十三日从北京发来的信，从你所谈的情况，使我明了了不少事情，尤其是关于主席那段话的流传和辟谣，看出今天事情的曲折。这益发令我坚信，只有认真学习主席的著作与报上公开的指示，才是最牢靠的。其他的街传巷议都不足为

---

①　1979年5月，广东省作协在新会圭峰山举行创作会议。

②　原文如此，疑有笔误。

信。但这类传闻，确曾使不少人信以为真，且付诸实践。虽然在实践过程中也感到一些问题，但只能哑然于心。现在的辟谣，确是非常必要。类似的情况，今年已听到三四桩，而且都是前后不一，互相矛盾，弄得下面无所适从，不知如何是好。

我最近的病况（主要是冠状动脉硬化心脏病），经几个医院检查，又有点恶化。前一阵以为血小板下降是主要威胁，现证明冠心病才是主要病症。西医院只换汤不换药，总是那一套，一般药物不济事，管用的药物又不易得到。今后打算以中医治疗为主，到三元里中医学院问诊更麻烦，但也只能如此。在这样的情况下，我自然不可能离开广州到北京去，也不可能去。

希望把这次创作会议的其他情况，尽可能多地再告诉我一些，身在创作岗位，但对这方面的情况却异常闭塞，中央的意图听不到，很容易迷失方向。对一些传闻不澄清，也同样容易犯错误。

计钧也从桂林参加业余创作会议回来，拟在穗休假十天，然后回部队。

我们一切如旧，无新事可告者。匆匆。

祝好！陶萍附笔问候。

萧殷　十月卅日

1980年2月20日

永华同志：

给陶萍的信已看到，她本来要马上回信给你，又被其他事务缠绕着，耽误了时间。我刚从医院出来，还不如我空暇，我写比她还方便些。于北京文代会初期，我就患病了，在医院因注射了大量红霉素，烧虽然压下去了，但胃口却给弄坏了。不仅在北京不思饮食，回到广州之后，仍不能吃什么。由于体质太弱，一直卧病在床，到十二月二日忽然又发高烧，不得已又被送入省人民医院，一直住了七十多天。除高烧退了之外，痰喘与胃口依然如故，每餐连一两饭也咽不下，瘦极了，只剩下三十八公斤。我打算到新会县中医院去继续治疗，希望尽量改善食欲，否则，不能吃饭本身就是一种威胁。二月十三日已出院，打算三月一、二日就到新会去。

值得告慰的是在医院期间党组同意我的要求，卸去《作品》主编的职务。其实自去年八月起，我已不审阅《作品》稿件，因观点不同，我的许多主张无法贯彻。他们常常把"好"的视为"坏"的，反而把"坏"的视为"好"的，把"思想解放"与"资产阶级自由化"①等同起来……因此，我一再要求卸去主编职务，可是拖拖拉拉，一直不能实现。文代会后我身体更坏，在医院期间我仍不放松努力，最后他们同意了，由秦牧同志接任主编职务。

七九年一月份，《作品》在邮局的订户已达到三十万份。可是一份不许多印，到七九年底仍只印三十万份，使广东邮电局经常与广东城乡读者处于紧张状态，与外省广大订户处于紧张状态。最近省委宣传部批准增加至四十六万份，订户是否能增加？还不得而知。

所说的部队创作会议，已听到了些情况，这恐怕与创作规律和生活情况都违背的②。有人硬要与客观规律"对着干"，硬要向走不通的道路走下去，有什么办法呢？我们地方文艺工作者尚无机会读到这样的"三个为主"的报告，以后可能也不可能读到。因为我们已接到中央要切实贯彻第四次文代会精神的文件，这文件与"三个为主"多少是有点不一致的。

转来的小米已收到，谢谢！

最好除诗之外，也写些其他体裁的作品。一个作家自始至终，用一种体裁写东西的情况，大概是不多的。遇到诗不能表现的时候，用别的形式加以表现是适宜的。匆匆。祝

春节快乐！

萧殷　二月二十日

1980年12月5日

永华同志：

收到你十二月一日来信，惊悉你所"听到"的一切全属"子虚"。我七八月间，不仅没有到龙川去过，九月间还领一些评论工作者到过一次深圳、珠海。在佗城翻修旧房，完全出自想象，毫无事实根据；至于"和县委机关干部以及全县的中学教师见面，

---

① 1979年3月，邓小平在中共理论工作务虚会上作题为《坚持四项基本原则》的讲话，指出资产阶级自由化思潮与四项基本原则是对立的。

② 指武汉军区创作会议，强调部队文艺工作的"特殊性"，刘白羽规定创作要突出三个为主：军事为主，歌颂为主，歌颂英雄人物为主。参见钟永华来函。

并作了三小时的报告",更是想象加编造①。当你读了李钟声同志的信时,已怀疑这些是否可能?近年来,我常常听到这类"流传",常常编得有鼻有眼,还说亲自听我讲了什么话。好在这些都不是出自恶意,否则就纠缠不清了。从珠海回抵广州后,因胃病太严重,一餐饭连一两食物也吃不下,遂下决心到龙川矿泉治疗所去治一治。九月廿一日与陶萍一同回佗城去,住在佗城中学,因十七年未回过家乡,因而许多亲友都来探望。我因肺气肿,连小小斜坡也不能上去,只请陶萍代表我去探亲戚。在佗城住了十天,到十月四日才住入黎咀矿泉治疗所。每日饮服三四磅矿泉水,这水与法国维希的矿泉差不多,有很高的医疗价值,对胃病的疗效更显著。

始初我还半信半疑,但饮上数星期,胃口真的一天天开了。每餐已能吃一两半了,加上那里空气新鲜,环境安静,而且食物(菜类、肉类……之类)都极新鲜,精神也日益好起来。但是山区的初冬似乎来得特别早,由于我没有带寒衣,医生怕我发生其他病(若发生别的病,这里是毫无办法可想),催促我赶快离开黎咀。在霜降的第二天,就回到佗城(在老隆县委机关吃了晚饭)。总共只在矿泉治疗所住了二十天,后来在佗城中学又住了十天,到十一月四日便回到广州了。

读了你这次来信,我才知道寄给你的《论生活、艺术和真实》一书并没有收到,你到桐柏参加创作会议时才在书店发现我那本书②。其实那本书于出版后,我寄了一本《习艺录》《论生活、艺术和真实》都不见有回响,我已有点怀疑能否收到,什么原因?所以八月间我那本《谈写作》出版时(湖南人民出版社出版),我便不敢寄了,但现在这里已卖完了。最近在广州出版的《月夜》已挂号寄上一本,请查收!

诗的形式问题,似乎越来越复杂了,有人仿佛越不好懂越高明,北京甚至有人主张写诗要濛泷③才好!为追求离奇,不讲效果,是值得注意的问题。你在《长江文艺》发表的诗并没有什么"邪"气。努力提高诗的质量,在表达形式上,力求民族化,则是应该始终努力的。

陶萍问你好!祝健康!

萧殷　十二月五日

---

① 以上内容,参见钟永华来函。
② 钟永华12月1日来函详述在桐柏驻军参加创作座谈会时,发现萧殷此书细节。
③ 又称朦胧诗。

1981年5月20日

永华同志：

你首先也许会感到奇怪，我怎么会从北京写信给你呢？当你看见周钢鸣同志去世①的消息时，我正因肺气肿感染而住在人民医院。当时温度很高，呼吸困难，经过两日输氧和十日吊针（注射青霉素和葡萄糖），高温才下降，但炎症未消除。一直住了四十天，到五月十一日才离开医院，健康并未恢复，医生也是勉强同意离院的。为什么呢？因全国文联要我参加文联代表团到朝鲜访问。只在家休息了一星期，于今天上午八点半同陶萍一起飞离广州，十点五十分准时到达北京，廿八日决定出国，大约六月中旬可以回来。

……你介绍的红茶菌②，我们在广州也流行开了，许多人都自做自饮，彼此都很相信，但还未看见实效。我这次离开家，红茶菌又中断了，待回广州再设法寻找菌种，这并不困难，勿念。

你的工作调动的事，恐怕不是那么容易，首先广州要有接收单位，可能到部队的可能性大。地方都因人员编制扣得太死，尽管工作十分需要干部，但上面却不考虑，更不肯给编制。

身体很弱，连上街逛都无气力，如果没有陶萍这次陪我来，恐怕会遇到更多的困难。现住翠明庄三楼，连爬两层楼梯感到十分吃力，吃饭得下楼去，假如我一个人来，真不堪设想，因为我没有料到在旅馆连起码的服务人员都不来理会。完成此次任务，希望尽快回广州去，对北京，已经没有十余年前那种亲切的感情了。匆匆。祝好！陶萍问你好！

握手！

萧殷　五月廿日下午

---

① 周钢鸣，广西罗城人。早年参加左联。中国作协理事，广东省文联副主席，作协广东分会副主席。

② 红茶菌又名"海宝""胃宝"，用糖、茶、水加菌种经发酵生成，据称对萎缩性胃炎、胃溃疡有疗效。

1982年1月1日

永华同志:

十二月廿五日来信,昨日才收到。我虽住医院五个多月,但还不能出院。此次患病不是特别沉重,而是久病而又体弱的结果。我一直住在东病区二○二房,此房有两位床位,另一个床位共进住六个病人,都一一出院了,只有我一直住了五个多月。原因是肺气肿常感染,反复无常,气促痰多,对付它的办法是注射抗菌素。此种药物打多了,就直接影响胃口,现在每顿只能勉强咽下半两食物,于是体重愈来愈下降,目前只有三十七公斤,真瘦得可怕!

医院的伙食,我根本不能吃,而家中的一个农村小姑娘又不会做菜,连极普通的菜也做不出来,食而无味,是很大的痛苦。但医生怕长期营养不足,只会使宿疾恶化,因此陶萍每周都送两日鸡汤来,以作营养的补充。由于抗菌素输液注射得太多,血管都已硬化而且容易脆裂。因此葡萄糖或其他补液就很难补充,正因如此,所以病情经常反复。

你一月上旬回广州,可能我还住在医院里;今日是元旦,我也无力回家,仍住在医院。

你想转到深圳工作,韦丘同志刚到那里主编《特区文学》①,市委已给他批了七个编制,但一个人还未找到。你跟他认识么?可直接写信给他,他的地址就是"深圳文联转《深圳文学》编辑部"。如果春节时你想到深圳去,则需要有"边防证"②,这证必须有单位所在地的证明,否则在广州办不了。

丁玲同志这两天将从香港回广州,陶萍准备去接她③。她可能在广东住两三个月。另,龙川一中、隆师打算八三年庆祝七十年、五十年校庆,今日正在广州讨论庆祝事宜,由龙川来了八九个同志,集合者共约六十多人。匆匆。

新年好!陶萍问候你们!

萧殷 一九八二年元旦
于东病区二○二房

---

① 《特区文学》创刊于1982年1月,由当时挂职深圳市委宣传部副部长的韦丘负责筹备。
② 深圳属边防特区,须向所在地市、县公安机关提出申请,办理特区边防通行证后方可进入。
③ 丁玲此行并未经广州。参见陶萍、萧殷致丁玲函。

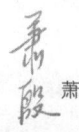

附来函

1977年7月19日

主任：

您好！请向陶萍同志问好。近况如何？身体都好吧？

我们于月初来到了北京参加全军第四届文艺会演①，为隆重庆祝我军建军五十周年。会演已于十五日正式开幕，每天两场，现正在紧张地进行。

告诉你一个好消息（也许你们已知道了）。刚才我们接到了大会办公室的通知，邓小平同志已恢复了党的副主席、国务院副总理、军委副主席和总参谋长的职务。据说，十届三中全会是在今天下午四点钟结束的，下午五点消息就传遍了全城。从国务院、北京广播大楼到许多大街，已张贴了许多"最衷心拥护""最热烈欢迎""华主席，党中央无比英明正确"的大标语。据说邓小平同志于今年一月份就出来工作了。五月份华主席视察东北三省和参加全国工业学大庆会议期间，就是由叶副主席和他在京坐镇主持中央和国务院工作的。据说华主席回京时亲切地对他们说：叶帅、邓老辛苦了。邓说：主席千里跋涉，风尘仆仆，还是您辛苦。叶说：小平说得对，主席辛苦了。听到这些老一辈革命家们尊重华主席……我们都非常激动。据说邓小平出来工作后，斗志特别旺盛，精力非常充沛，态度非常谦虚……对国务院的副总理们以及各大部的负责同志也非常尊重。现在从政治局、国务院到军委这些领导同志都空前地团结，我们确实由内心里感到我们的党有希望了，我们的国家有希望了，毛主席开创的无产阶级革命事业有希望了。北京现在多条战线形势一片大好，街道上秩序井然。尽管河北夏季大旱，但首都市场的供应非常好。

全军文艺会演现在已进入第五天了。多年来，我们革命文艺事业由于遭到林彪和"四人帮"肆意的践踏和摧残，损失是相当大的。从粉碎"四人帮"到今才十个月，由于时间比较短，所以我估计这次会演不太可能有很多像三届会演中出现，如《南海长城》《霓虹灯下的哨兵》《江姐》《雷锋》等那样轰动全国的剧目。从当前看来，歌舞比戏剧好一些。不过我们深信，通过这次全军文艺会演，必将会更高地举起毛主席文艺思想红旗，恢复和发扬我军光荣传统，把部队文艺工作推向一个新的阶段。

---

① 为庆祝解放军建军50周年，全军第四届文艺会演于1977年7月15日在北京开幕。

三月中旬，我曾给主任去过一信和一稿，《广东文艺》早已给我来了信，说你转给他的那篇稿子计划在六月号发。当时我以为你要把稿子转到《诗刊》去的，一时又没接到你的来信，《湖北文艺》当时又急需这类稿子，所以我给了于五月份发了。所以接到《广东文艺》西彤同志的信后，我当即写了信告诉了他，并寄了另一篇稿子给他，他说打算在八月份发稿。

主任，今年几个月以来，你在《人民文学》和《广东文艺》发了数篇文章后，在我们湖北反映是比较强烈的。记得湖北省办的创作学习班时都印发给大家学习，还有秦牧同志那篇稿子也同时印发。现在许多老作家们都拿起笔来了，很可喜。希望主任一定要保重身体。

我们打算八月十号左右返汉，八月底回广东搬家。你如有事，请来信。匆匆。祝好！

钟永华　七月十九日

地址：北京军区后勤部招待所武汉军区文艺代表队。

1977年8月30日

主任：

您好！向陶萍同志问好！

寄去北京的信早已收到了。给您买了两支笔，因为我平常用毛笔不多，所以不太懂得此品质量的优劣，只能以价钱作为好坏的标准。跑了不少地方都没有，通过内行从王府井工艺馆才买到了。当时，我们问到此笔能不能用时，服务员极为生气地说：郭老、沈雁冰都能用，谁晓得你们能不能用。当时我们几位同志尽管挨了一瓢"凉水"，心里还是很高兴的，若此话属实，恐怕质量不会差的。牌子叫"玉液""建民"，各一支。你要的纸跑了许多地方都没有，据说早已脱销，工厂才刚刚恢复，但还没生产。

我们于本月十日回到了武汉。这次全军会演，华主席、叶副主席异常重视，接见了全体代表，亲自观看了各文艺代表队组成的歌舞联合晚会。七月三十号下午，我们部分同志还参加了华主席亲自主持的庆祝建军五十周年的大会，听了华主席、叶副主席的讲话，在人民大会堂待了两个小时。我们军区歌舞团因为原来底子薄，一切都从头开始，所以没抱多大希望去争取榜上有名。演出结束后，完全出乎我们预料，反映比较强烈。

所以在挑选向华主席汇报演出的节目时，起初我们最多，后来大会考虑到太突出了，才与广州拉平。我和另外一个同志搞的一个戏曲《骄杨挺拔识字岭》，在歌舞晚会的节目中，引起了较大的反响。这个节目写的是杨开慧同志奔赴刑场，英勇就义前的一段内心活动。节目的创作，我们采取从现实生活的基础上，大胆地运用了夸张的、革命浪漫主义的方法进行了结构。开始时，我们还拿不稳，只是想作一点尝试，结果达到了我们比意想高得多的效果，以至四次谢幕而不休。这种空前热烈的情景，真的让我们感动了。这个节目之所以受到一些好评，主要恐怕有两点：一是主题好；二是在创作上有点突破。从这里我们体会到，一个作品的好坏，当然首先取决于主题的正确与否，另一方面（也是相当重要的一方面）还取决于表现这一主题的形式是否有所创新，是否能和主题得到较好的统一。两者缺一不可，忽视了哪一方面都不能达到艺术感染的效果。

现在，因为领导分配我今后主要是搞歌舞节目的创作了，所以就有较多的机会写点诗歌或类似散文、诗歌创作断想这些东西了。这一二年来，由于自己在湖北报刊发的稿子比较多，报刊编辑和有些读者也希望……我写一点诗歌创作感想、诗歌分析之类的文章。记得主任以前也很支持我写些散文和诗评。今后我也打算写一点心得体会，总结一下经验教训，以使今后的创作能有较大的提高。同时通过写散文，能使自己的创作稿子更宽一些。像魏巍[①]、刘白羽[②]同志，他们都是走的这条路，我决心今后也试图探索一下。

……

我打算于九月十日左右到粤，现在手续已办好。工作完了后立即回去，到国庆就要返回，着手搞庆祝建国三十周年的创作。据说庆祝三十周年，要搞全国文艺大会演，估计参加的晚会有一百台，从七九年八月中下旬就开始，到国庆时达到会演的高潮，其中一百台中，会有我们部队二十台左右，所以我们得力争。

主任如有事，可立即来信。

……。此致

军礼！

钟永华　八月三十日

---

①　魏巍（1920—2008），本名魏鸿杰，河南郑州人。著有通讯《谁是最可爱的人》，长篇小说《东方》等。

②　刘白羽（1916—2005），山东青州人。散文作家、小说家。著有《长江三日》等。解放军总政治部文化部部长。即下文所称刘部长。

1977年12月20日

主任:

您好!向陶萍同志问好!

自广州别后不觉两个多月了。最近身体如何?《创作论》今年能否部分出版?如出版了,盼陶萍同志给我寄一二本来,届时我们武汉不知能买到呵。

陶萍同志托做的腊肉已大抵弄好,还未全干,打算元旦再腊一点,如春节前有人去穗,争取年前带到。元旦前夕,我还要到山西交城县华主席的家乡去采访学习,返回时要经过河南,如您有什么事,可即速来信!!我们原来打算先到大庆的,据说今年北方奇寒,现在哈尔滨已是零下廿五度了,大庆估计是零下三十,所以领导让我先去山西,明年春去大庆。

去年年底到湖南跑了一趟,先后写了十几首……诗,边整理边发出,大半都在《湖北文艺》《湖北日报》以及《南方日报》发表了。《温暖的春夜》是最近整理的,现寄给您,如可以的话能否转给《广东文艺》或其他。

最近湖北出版社正式向我提起编集子的事。现在我略翻了一下发表过的百把首诗,才发现内容太庞杂了,几乎什么都有,真编起来似相当困难,现在有束手无策之感。因此近日我有这个打算:再用一段时间,到华主席工作过的地方跑一跑,再写十几首诗和现在的十几首合在一起,组成三十首,编一本《献给华主席的歌》给出版社考虑。诗的长短每首都在六十到一百行左右,质量都与《温暖的春夜》差不多,不知您的意见如何?编这本小诗的另一个想法是,当前全国似还没有出过歌颂华主席的专集,如作为向国庆卅周年献礼的话,似也可以。

最后,希望主任和陶萍同志在百忙中注意休息,以便能有更长的时间为党的文艺事业贡献出更大的力量。此致
军礼!

钟永华　十二月二十日

如见到饶芃子老师,请问候,已有十几年未见到她了。

1979年1月22日

主任：

您好！

太久没有给你写信了，想来真是甚为不安。为何许久未能去信？主要的原因是要说的话太多，每当提笔都不知从何说起。去年初春，读到《湘江文艺》一篇记录你政治遭遇和当前创作活动的文章，曾想动笔写一点感想。去年九月间读到《南方日报》上《寒凝大地发春华》一文，更是潸然泪下，激动得数日不能平静，也曾动笔给你写信，结果越写越长，写成了一篇五千多字的回忆录。我的一些好友读了都感叹不已。事后，自己重读了一遍，冷静地想了一想，觉得作为一个文学青年，如此对着前辈表达自己的崇敬心情，似乎有些不甚合适，所以这封书信便当作自己学艺道路上的历史资料把它保存起来了。还有后来曾读到《广州文艺》上报道你和菡子[①]、曾敏之同志不辞劳苦，奔赴外地为创作座谈会讲演的消息，也想动笔写信期望你保重身体，注意休息。总之一年来，每当读到你发自肺腑的文章，甚至读到陶萍同志《陵园春秋》的散文，都想给你写信，还是开头说的，要说的话太多，不知从何说起，所以就这样一次又一次搁下了，真是内疚至极！

今天，读了你抱病中的来信，又是一番难以言表的心情。我觉得，许多在文学道路上艰苦探索的青年，都会和我一样，多么期望过去饱尝了数十年寒霜风雨的为青年倾注了满腔心血的为数不多的老作家，能健康地活着，使人们能经常听到亲切的教诲，以便少走弯路，更快地成熟起来。这也是我此刻的心情呵！

自从粉碎"四人帮"的两年多来，我有较多的机会出去生活，跑了不少地方，也曾发表了似有五六十首诗。在创作的过程中，也在不断地探索，不断地写些学习感受，也经常关心诗歌创作的一些问题。这两年来，除读到划时代的《天安门诗抄》[②]外，还读到了为数不多的一些好诗，尽管不多，还是有了一个较好的开端，这也算有点可喜吧。遗憾的是关于谈诗评诗的文章，我自觉得好的几乎一篇也没有。……有些是历来搞诗评的专家的文章，我都曾留心地读了，有时觉得越读越糊涂，干脆不读了事。

---

① 菡子（1921—2003），原名罗涵之，《收获》《上海文艺》编委，上海市作家协会副主席。

② 北京第二外国语学院16位老师以"童怀周"为笔名，将有关抄本编辑整理成《天安门诗抄》，1978年12月由人民文学出版社出版。

这一年来，讨论得较多的是新诗的形式问题，讨论是从主席给陈毅同志的信①开始的。主席说，新诗应从民歌和古典诗词中吸取养分，将来很可能在民歌基础上发展成为一种新的诗体，这个预见恐怕是正确的。主席的信发表以后，不少知名诗人和许多诗歌爱好者都写了文章，看法似乎基本一致，但是从当前的创作实践以发展的趋势看来，走的似乎另一条路：自由诗的路。尽管各报刊也登一些类似民歌的诗，但都是象征性的、点缀性的，不产生多大的影响。而更多的是类似郭小川、李瑛②同志他们的诗。从我所了解的一些诗作者中，大都倾向于写这种诗。前不久，我参加了一次湖北省诗歌创作座谈会，更深刻地体会到这一点。会后，我曾与白桦同志进行过交谈，倾听了他的意见（他说他的第一篇小说是你发的）。他不但认为新诗会向自由诗发展，而且还认为可能将来会向散文诗发展。理由是随着时代向着现代化发展，随着一代人文化水平的大大提高，那种民歌体式的诗难以表现现代化所赋予极其丰富的生活，或者说至少带有一定的局限性，而自由诗所表达的容量可能就大得多。这些看法我确实一时分辨不清，有时觉得有些道理，有时又觉得带有一些片面性。对新诗应从民歌的基础上发展的问题，有时也觉得似是似非，不能弄清。记得在1959年你曾发表过两篇在民歌基础上发展新诗的文章。关于这个问题，不知主任能否更具体、更系统、更深入地谈一谈。还记得1960年下半年你在暨大讲演时，也曾讲过如何学习古诗词一课。比如说，新诗应如何吸取古典诗词和民歌的养分问题，怎样才能在民歌的基础上发展新诗的问题，举一些比较好的例子，能较有说服力地谈一谈。这里既是形式问题，恐怕也不能不涉及内容问题。这一问题，作为我自己来说，似乎从初学写诗时就开始接触了，可是一直没有解决，恐怕今后也难以解决。现在我把近年来几篇较有代表性的诗寄你看看，不知我走的是一条什么样的路，如你有时间的话，盼能具体地指点。这几首都是自由诗，其中我确实也在努力学习古典诗词和民歌的某些特点进行创作的，但到底学习到了多少？这样写下去到底行不行？都是值得研究的。现在我对这些问题是把握不住的，我既不赞成把新诗误解为民歌，也不同意何其芳同志把新诗写成新格律诗的观点。我只觉得新诗只要写成具有中国民族气派和风格的，能为多数人所能接受的就可以了，所以最近我写东西内容想得多了，而形式就不怎么考虑了。尽管两者是相辅相成的，但毕竟内容决定形式，形式为内

---

① 《毛主席给陈毅同志谈诗的一封信》，载1978年1月《诗刊》。此信写于1965年7月21日。

② 李瑛（1926—2019），河北丰润人。诗人。曾任解放军总政文化部部长、中国文联副主席等职。

容服务，所以形式与内容比较，似乎不是主要的问题。

当前诗方面的主要问题在内容缺乏独创性，即缺乏独特的思想、独特的感情、独特的风格。……"四人帮"是破坏诗歌运动的罪魁祸首。他们把诗歌庸俗化，要诗按照他们当时规定的行动步骤填词，仿佛只要按照他们的旨意行事，人人都可以作词写诗，而且一天可以百行千行，似乎不用生活、不用酝酿、不用构思，而可以信手拈来、脱口而出，把普通的文字排成行，押上韵，甚至连顺口溜都不如的东西，都成为"愤怒的子弹""犀利的刺刀"，因此可以登《人民日报》《诗刊》等，诸如像《小靳庄诗抄》①之类的令人啼笑皆非的东西是数不胜数的，这些说大话、说空话、说谎话，人云亦云的东西，严重地践踏了一代诗风，这些恶劣的影响至今尚待肃清。人说：诗言志，顾名思义就是应该抒发自己的东西，抒发自己对社会对事物的独特感情和看法，就要通过诗行让别人看到作者的喜怒哀乐、看到作者心的跳动。现在仍然有许多诗作，没有自己的独特构思、没有自己的语言特点、没有自己的真实感情，好像只要掌握了"常用诗歌二百句"，就人人可以作诗，人人可以成为诗人似的。当然，最近随着人们的思想有所解放，也出现了一些在主题思想和艺术特色方面都有独创的诗，如艾青的《在浪尖上》、白桦的《阳光，谁也不能垄断》（均发表在78年的诗刊12月号上），这些诗不管其思想倾向如何，还是作了有益的尝试。不知主任看了没有？我觉得诗人这种勇于探索的精神，还是值得提倡的。最近，我在探索中也尝试写了一些触及社会阴暗面的诗，准备改完后再寄给主任请批评指导。

读了主任一月十七日的信后，很为广东文艺的大好形势所鼓舞。广东的《作品》影响很大，武汉的新华书店门市部只要此刊一到立即抢购一空。去年七月间，我到洪湖生活时看见两个作者在通篇抄录《广东文艺》上的《土地》《桃子又熟了》以及《沙田水秀》，感到令人感动。可见当前各出版社都在重版一些老作家的著作是多么必要啊！你寄的《习艺录》我根本未能见到，大概给人弄丢了。去年十一月间，我听说武汉警司有个同志从广东弄到一本，当我赶去借阅时却被别的同志借去了，最近打听又说借丢了。还有秦牧的《艺海拾贝》②以及杨朔的新版的散文集③也难以弄到。去年有几个读者曾

---

① 《小靳庄诗歌选》，天津人民出版社1974—1976年出版。天津市宝坻县小靳庄大队，是"文革"期间农业学大寨、"批林批孔"典型单位，写"革命"诗歌是政治任务，以一年创作两千多首诗歌而闻名。

② 《艺海拾贝》，秦牧著，上海文艺出版社1979年出版。

③ 《杨朔散文选》，人民文学出版社1979年出版。

给广东出版社写信要求重版《习艺录》和《三家巷》①,并要求拨给湖北一些,不知广东能否大力支援一下。如主住手头还有《习艺录》的话,盼能告葵葵给我用挂号寄一本来。

湖北文艺界比以前也稍活跃了一些。前不久,陈荒煤②同志回湖北时作了一个解放思想、繁荣创作的报告,很受欢迎。

啰啰嗦嗦写了不少,耽误了主任不少时间,请主任原谅。此致

新年身体好!工作顺利!

钟永华　一月二十二日

1980年2月12日(致陶萍)

陶萍同志:

您好!请向萧主任问好!祝你们春节愉快。

前些天,读了您的散文《葵颂》,颇为真切、动人,是一篇很有特色的作品,想您最近又有不少新作了吧?

主任的情况不知如何?这几个月很少见到他的作品了,是否身体欠安,或正在进行"创作论"的工作?前几个月,在《光明日报》上读到他给陈国凯同志的短篇小说集写的序言,感慨是很多的。一方面受到极大的教育和鼓舞,另方面又因自己的长进甚微而感到内疚。七八年,我曾编了一本歌颂华主席的诗集交给长江出版社,后因不歌颂个人而告吹。去年下半年,出版社又叫我把文化大革命以前的作品以及近几年的作品汇集起来交给他们,这一工作于年底完成了。我从中选了八十首左右,现已送审。关卡可多了,一级一级的,大概最低一级也得经过出版局局长吧。如上半年能定稿,能打出清样,我想寄一份给主任。如他身体情况良好的话,我多么希望他也能给我写个短序。因为我是他的学生,多年来一直得到他的关心和培养。他对我的思想、生活和创作情况都比较了解。记得前三年,他在谈话中也曾提过能否编一本诗集。当时,由于自己忙于其他工作,同时又觉得内容繁杂,质量不高,没有什么特色,所以没有搞起来。后来,看

---

① 《三家巷》,欧阳山长篇小说,广东人民出版社1978年出版。

② 陈荒煤,湖北襄阳人。文化部电影局局长、文化部副部长,中国社会科学院文学研究所副所长、《文艺报》副主编。

见和自己同时代的同龄人都出了集子，许多同志也鼓励我作这一工作，再加上长江出版社的关心，才坚定了自己的信心。我这本集子名字，暂定为《征途的足印》。在编选的过程中，纵观二十年来诗坛不正常的情况，联系自己的创作实践，回顾走过的一段创作路子，断想是很多的，待我把集子寄给主任时，准备把一些要点提出来，能得到他更多的指导。现在主任在家吗？希你能把这些情况向他转告，并祝你身体健康，新春愉快。

去年十一月初，我曾重返海南，到西沙深入生活。原计划回汉是要路过广州的，后因急事，从老路湛江—武昌回来。到海南时，我曾给主任带了一些小米。回汉时，我托给了海口一个弟弟，让他转给你们，不知是否捎到了？

最近，我们军区开了一个创作会议，会议主要是贯彻全军文艺创作精神。主要精神是强调部队文艺工作的"特殊性"。刘白羽规定我们的创作要突出三个为主：军事为主，歌颂为主，歌颂英雄人物为主。同时要反对给老干部脸上抹灰，反对丑化我军英雄人物，等等。他这篇精彩的报告，想你们都读了吧？不知怎么搞的，大概是我落后形势了，还是对部队有看法了，我总觉得里面的提法，许多和《纪要》相似。那一套理论，看起来冠冕堂皇，可做起来似是行不通的。所以大家都觉得莫名其妙，不可思议。所以大家在讨论中，不是像哑巴那样沉默，就是像醉翁那样激奋。领导再三强调，刘部长的报告和邓副主席的祝辞精神是一致的。同志们说，"刘的报告比邓的祝辞高多了"，是创造性地，天才地捍卫和发展了邓副主席的祝辞精神……笑话可多了，拉杂到此吧。

你们情况如何？如有空盼来个短信。此致

军礼！

钟永华　二月十二日

1980年6月14日

主任：

您好！请向陶萍同志问好！

5月15日的信收到了。很为你的健康担心，衷心地希望你适当地把创作、休息以及日常的工作好好安排一下，能预期地完成宏伟的《创作论》的任务。

你的"《习艺录》后记"发表后，据我了解在湖北地区的反映是比较强烈的，不少同志（特别是青年同志）都希望这本书能早日问世。还有的同志说，这篇后记是一篇很富于激情的散文,字里行间闪烁着前辈的不老青春,从中受到很大的教育和鞭策。他们也和全国各地的读者一样,希望得到这本书。有的并准备写信给广东出版社要求多出一些,以便满足广大读者的要求。不知此书出了没有?如出了盼能告诉一声。

最近文化部召开的全国文联大会,没有听到你的音信,是否因健康不佳未能赴会啊!常常想起你瘦弱的身体,很为不安,盼望你确实要安排好休息呵。这些天来,常常在报刊上读到一些老作家的散文和随笔,又高兴,又忧虑。他们大部分都是年过花甲或是七十多岁的人了,都工作不了多长的时间了。尤其是现在文艺上正处于青黄不接的状况,就更显得这些老同志地位的重要。比我们更年轻的就不用说了,就是我们这些文化大革命前多少还搞过一点创作的人,现在仍很需要老一辈继续进行传帮带,所以我们都衷心地希望老作家们,既要奋力疾书,又要保重身体,多活一年甚至一天都是对革命的贡献。

我的小诗集已经脱稿送去了出版社。原来准备先寄给你看看,考虑到你创作任务繁重,工作又多,身体又差,所以先把集子送去听听意见。不知结果如何,届时再写信告知。

打从粉碎"四人帮"后,我用了不少时间进行诗歌创作,在实践中有许多断想,特别是联系到当前全国报刊所发表的大量诗歌,我觉得(包括我自己)的诗歌创作都存在不少问题,尤其是"四人帮"的流毒还大大没有肃清。当然形势是好的,创作也逐渐繁荣,但这仅是个开始,一条极其艰苦道路还待我们攀登。不知你有无经常读诗了,等你身体稍有好转后,我打算把一些问题提出来,你能写一些文章回答当前存在的带普遍性的问题。

最近我们在家搞整风学习,一切尚好。

现在托广州部队王振声同志带去一点茶叶,是河南的毛尖,记得以前你喜欢此茶。遗憾的河南此茶今年不景气,出口任务又重,市面上完全绝迹,内销都相当难买,是我一个战友送的一点,实在太少了,真是象征性的。

听说《萌芽》复刊,甚为高兴。以前他们曾发过我几首诗,打算以后能和他们联系。……这封信写得很草,耽误了主任不少时间,请谅。此致
敬礼!

钟永华　六月十四日

1980年12月1日

主任：

您好！请问候陶萍同志。

听说今年七八月间，你曾回了一趟龙川，并把佗城的旧房翻修了一下，准备常居家乡边治疗，边工作。还听说，在治疗期间，你曾和县委机关干部以及全县的中学教师见了面，并作了一次三个多小时的报告。这是我中学时期的一个同学回家探亲时，返汉后给我讲的[①]。当时我非常兴奋，但又似信非信，他说这报告他也听了，主要讲的是"肃清极左思潮"的问题，当即我去了一信，让文化局的同志转给你，不知是否收到？可是，最近从《南方日报》的李钟声同志来信中提到你时，并未谈及回家治疗此事，可见情况并不一定属实，所以我还是把信寄到梅花村。

九月下旬，我到河南桐柏驻军参加一次创作座谈会时，发现了主任的《论生活、艺术和真实》一书，说是从北京寄来的，同时还有胡采同志的《从生活到艺术》[②]。从书画的杠杠中，我发现他们比较喜欢《典型形象——熟悉的陌生人》《事件的个别性与艺术的典型性》《论小说中的故事和人物》《为什么把动人的故事写得无血无肉》《个别观察和艺术概括》《关于找题材》，《谈写诗》的第六节、第八节，以及《文艺批评的歧路》等。另外，胡采同志一书，他们也非常喜欢。他们有的反映说，现在文艺界讨论的许多"新问题"，实际上都是一些老问题，只要我们比较认真和冷静地读一读诸如此类的文章，许多所谓纠缠不清的问题，都能得到一些澄清。他们的这些看法并不非常全面，但细想一下并不是没有道理。当然，时代在变化，新问题也会不断地产生，要解决这些问题，必须通过不断的探讨和创作实践去解决。但万变不离其宗，如《论艺术的真实》和《生活应当和思想感情相融合》这些带规律性的问题，是不会变的。粉碎"四人帮"几年来，我觉得整个文艺形势是不错的，而且呈现出一派百花齐放的局面。但我对一些作者在暴露阴暗面时，像倒垃圾似的把一些污垢摆在大路边，让人看了发闷、恶心，这总不能算起一个好作品吧。特别是有些青年作者，他本身并没有受过那么多的苦，遭过那么多的罪，而硬要离开自己的生活实践，去搜集那些受了"尖端摧残"的遭遇，把自己打扮成一个受了"百般折磨"的人，去伪造作品，这一看就是假的。特别是

---

① 传言与事实不相符，参见萧殷12月5日复函。
② 《从生活到艺术》，胡采著，陕西人民出版社1979年3月出版。

有些青年人把好的当作坏的，把坏的当作好的。好似不那样，就不是"解放思想"，而是走老路。我在座谈会上，结合自己的一些粗浅的实践和体会，重点地谈了这一问题，有的赞成，有的提出异议。最后，我说，我该说的都说了，对不对让我们一起在实践中探讨和摸索吧。

在河南我又把主任一书读了一遍，我觉得这是我所读过主任的几本书中编得最好的一本。武汉最大的三家书店大约分了三百本，都售光了，但《习艺录》还可买到，其他的连茅盾、冯牧、君健①等一些同志的著作都摆得不少。人们比较喜欢主任一书的原因，大概是因为谈得比较深入浅出，比较结合实践吧，我的猜测不知当否，反正我认为是如此。

谈到创作中的思想解放时，我又觉得我们部队确实太保守了。我们的《解放军文艺》②从八十万降到了最低的限度四十万，而且大多数是发给连队的。有的报刊门市部每期只能销几本，这在历史上是没有的。每次开会都去找原因，找来找去都不知所以然。我觉得我们部队强调"特殊"是否太绝对了。从历史看，任何东西，只要"绝对"过分，就会变成谬误。前不久，我们创作组的白桦同志接了一个《今夜星光灿烂》③的电影，本来是很不错的东西，拍好后剪来剪去，搞得支离破碎，叫人非常反感。我觉得这样领导文艺，好似也是一种形而上学的表现。……这一年多来，在创作上我还碰到不少问题，希望在见到主任时能得到帮助和指导。

不知主任近来身体如何？近一年来，仍能从《人民日报》《光明日报》《作品》《广州文艺》《红旗杂志》等报刊读到主任的文章和谈话录，也是一种莫大的安慰。

近两个月来，我忙于为歌舞团进行歌词创作，这是一种力不从心的工作。最近湖北一家报纸为我写了一篇通讯，原稿三千多字，我看了怕名不符实，所以劝他们压缩到最小的程度，现寄给主任一阅。稿中提到主任名字，想不会见怪吧。

元旦或春节期间，我打算回广州一趟，如主任还有什么事，可来信。祝主任身体健康，工作久远！

（我的地址请写：武汉军区政治部歌舞团创作组。）

钟永华　十二月一日

---

① 叶君健（1914—1999），湖北黄安人。毕业于武汉大学外文系，曾任剑桥大学欧洲文学研究员。归国后历任辅仁大学教授，文化部外联局编译处处长，《中国文学》副主编等。

② 《解放军文艺》月刊，创刊于1951年6月，解放军出版社主办。

③ 《今夜星光灿烂》，八一电影制片厂拍摄，白桦编剧，谢铁骊执导，李秀明、唐国强等主演，1980年6月上映。

1981年1月5日

主任：

您好！向陶萍同志问好！

12月5日的信，随后让我转给骆文①同志的信、报告文学，以及12月31日的信（今天收到的），均已收到了。另，用挂号邮来的《月夜》一书这次也总算顺利地收到了。关于《论生活、艺术和真实》一书，见信才知你曾寄我一本，天晓得飞到何处去了。我手头仍有此书，那是从河南桐柏借回来的。……我发现不少青年对主任的此书及胡采同志的《从生活到艺术》一书颇感兴趣。桐柏地区的数位青年曾一起写信给出版社……要求购买。可见，一本书的价值如何，最好的见证人应是历史和群众。

你给骆文同志的信及转给他的报告文学，我也早已送去给他。他非常高兴，并谈起许多你们的往事，并要了你的住址，说要给你写信。昨日我去看他时，他病卧在床，说报告文学已给了《长江》丛刊，让他们尽快安排，并要我先给你写信，代他向你问候新年好。大约上月十五号左右，我已把一些情况，以及把我读了《月夜》《……真实》二书的一些感受，写信告诉了钟声同志，并要他转告主任。钟声也来信告诉我，想他最近转告你了吧。

这个月来，我比较仔细地重读了主任的这两本书（书中的大多数作品及论文以前读过），边读、边想，使我对近几年来对文艺界一些糊涂的思想，有了基本的认识。打倒"四人帮"以后，文艺创作和文艺评论都得到了解放。文艺逐步地活跃起来了，近年来出现了不少好作品，这是可喜的现象。但我党问题似还不少，特别是文艺上的两个"极端"对立极为严重。比如说文艺要不要党的领导问题（有的人口头尽管不敢说不要党的领导，但骨子里是"取消"）；歌颂和暴露的问题，光明与黑暗的问题，生活真实和艺术真实问题，文艺要不要为"四化"服务的问题，等等。有的不是用"四人帮"那套极左文艺思想去否定一切，就是用欧洲资产阶级文艺复兴时期的文艺思想去肯定一切。教条主义的评论家们，往往不是看见描写某个党员干部有些缺点时，就吼叫"难道我们党的干部就这样糟糕吗"？要回答这类似的问题，我觉得《文艺批评的歧路》一文就讲得非常透彻了。另外，关于如何认识资产阶级与社会主义文艺思想问题，在《马克思主义

---

① 骆文（1915—2003），江苏句容人。延安鲁艺戏剧系助教，冀察热辽文工团团长。湖北省文联主席、党组书记，作协武汉分会主席，《长江文艺》主编，《长江》文学丛刊主编。

会妨碍创作吗》等文也说得非常明白。所以，难怪有些青年作者很喜欢这些文章，有些幼稚的初学者甚至怀疑这些文章是否是十几廿几年以前写出的。

……

这些青年，真是既幼稚又可爱。由此看来，我觉得这几年开展一次马列主义文艺思想的重新普及教育实在是需要的呵！要是这样，甚少在许多青年中，也不会把好的当坏的，把坏的当好的，弄得是非不分，甚至为了显示思想解放、干预生活，而没有切实生活的实际感受，而专门搜集一些离奇古怪的"流氓""暗娼"（武汉话为妓女）之类的垃圾为题材，去编造故事、伪造作品，这真是一条邪路。

关于诗歌创作的问题，近二年来出现了"朦胧"诗，"朦朦胧胧"还好，还可以"雾"中看花，似隐似现。但这些诗根本不是"朦胧"，而是令人难堪的"晦涩"，叫你怎么读，怎么想都读不懂，一点都不懂。有的说，你不懂别人懂，我问了许多写诗的老、新同志，都不懂。还有的说这代读不懂，下一代子孙们会懂，这实实在在叫诡辩。我真怀疑这些诗的作者本身是否都懂，不是故弄玄虚是什么？奇怪的是全国唯独一家的最大诗刊，竟大量地刊登此类诗，有的诗歌评论家并认为这是新诗的"崛起"，是新诗的"潮流"。如果一首诗，有百分之九十的人都读不懂，我认为至少是迟早会销声匿迹的。主任将来如身体较好的情况下，能否写一点这类的文章？

《月夜》一书，除了《高经理》《姚玉贵》二篇以前未读过外，其他都读过。这次把全书又重新读了一遍，同时结合读了《论生活、艺术和真实》一书，感受是不少的。考虑到主任身体不好，工作又忙，就不必细讲而影响主任读信的精力了。

今天读了主任的信，心情非常沉重和不安。现在的住处不佳，能否搬个较安静些的地方去？房里不通风，阳台没有阳光，且又分外嘈杂，怎么住？宁愿住原来梅花村20号类似地下也比现在好一些。不知领导能否想些办法？主任只要到乡下去疗养，我觉得至少不应在病中去，因为乡下医疗设备可想是很差的，万一有意外，就非常难办了。要去，也要到了天晴日丽的春天为佳。

春节期间，主任在家吗？久已不见，时常念念！陶萍同志身体安好吗？我准备春节前夕（大约二月三四号）抵穗去看望主任和一个军区的老战友（他与我同龄，患了食道癌，已是晚期）。不知主任需不需要什么？武汉的副食相当丰富，价格大至比广州低一半。如需什么，请在信中告知。这次回广州，不打算回龙川了，只在广州待到十号左右就回汉。

我的近况都好！谢谢主任的经常关心和指导。

字迹十分潦草，请谅。如见到钟声同志和饶芃子老师，请问好！祝身体健康！工作顺利！

钟永华　一月五日晚上

1981年12月25日（致陶萍）

陶萍同志：

您好！请向主任问好！

一年又去，听说你们仍未能搬家。前些天从《人民日报》副刊关山月《感怀》四则的题记中，得知他和主任、秦牧一起住院。最近钟声同志来信说，主任从朝鲜回来后，病了一场，至今未愈，真是令人不安。上月初，从《十月》上读到主任的论文时，我还以为他病已好转，能够工作呢。殊不知至今尚未康复，仍在住院。这几个月来，因为我们创作组接受了徐向前①同志交给的反映红四方面军历史题材的创作任务，曾跑遍了四川、河南、安徽等数省，见到许多文艺界和青年文学爱好者的同志。因为我是广东人，他们大都爱问起欧阳山、主任及秦牧等人的情况。十月间，在湖北麻城正好碰到河北的老作家李满天②，他谈那年去广州时，萧殷因他没有去看广州郊区而感遗憾。他说，他和欧阳山、萧殷都是老延安。……在文学爱好者中，不少都谈到了主任的一些指导文艺创作的文章，对他们的教育和启示，由此，我才更深切地感受到主任的理论著作影响之深之广泛，从而也使我体会到主任为什么基本上放弃了创作，而数十年如一日地致力于培育青年的文学事业。这一二年来，我比较注意地读了一些经典论文及苏联五十年代的文艺理论，才觉得中国的文艺理论队伍存在着严重的问题，"左""右"的流毒至今远远没有肃清。因为这样，中国的文学事业总得不到健康的发展（当然这又为政治上的"左""右"分不开的）。人们在闲聊中，对中宣部的某个"大人物"颇为反感，认为

---

① 徐向前（1901—1990），山西五台人。曾任解放军总参谋长、中央军委副主席，1955年被授予元帅军衔。时任国务院副总理兼国防部部长。

② 李满天（1914—1991），原名林漫。甘肃临洮人。曾任湖北省文化局副局长、河北省文联副主席、河北省作家协会主席。

此人在文艺理论上一窍不通，最会见机行事、见风就雨、说变就变。而觉得胡耀邦[①]同志是通情达理，能够领导文艺工作的。这几个月来，接触的人很多，谈的问题也广。在文学青年中有糊涂思想的人也很多，但有真知灼见的似也不少，有的二十多岁就写有相当精彩的未发表的中、短篇小说。这些小说，我觉得从思想和艺术上甚至不亚于一些大刊物发的作品。从这次外访中，我隐隐约约地感到，如果说这一代人难以出伟大的科学家的话，那么能否出优秀的文学家呢？似不见得。议论中，许多人还说到，一些老的有远见的文艺理论家已屈指可数了。……

今年春节，我打算回老家过年，主要是回家看看父亲的坟……我打算元月上旬即赴广州，去探望主任。

这二三年来，我的工作还算可以，现已编好两本短诗集放在长江出版社。因这几年来诗不景气……考虑到我是湖北作者，这几年又发了百余首诗，有些影响，所以留着，有机会时再出。

考虑到全家很不适应武汉的冬、夏气候，加上我的姑娘年满廿三（是我姐姐给我的），要回穗成婚，我早已向领导打了准备转业的招呼，看来似不太易走。不管如何，坚持到明后年再不走怕不行了。最近我们组的白桦同志也打了报告要走，更不会放他。我们军区文化部对我们是可以的，我们创作组的领导也不错，本来在此干下去也可，但考虑到家人情况还是走为上策。最近钟声说，深圳需干部很多，如可能我到那儿也好。深圳，我当兵时待过一年多（六七年六八年）。到底如何为好，届时再请你们出主意吧。

陶萍同志，你的身体似也不大好，也要多加保重。此信写长了，笔迹又草，主任身体、眼力都差，他可不必过目了，你就给他讲个意思吧。即颂
全家新年愉快！

学生：钟永华　十二月二十五日匆匆

---

① 胡耀邦（1915—1989），湖南浏阳人。1981年6月至1987年1月任中共中央主席、中国共产党中央委员会总书记。

致朱文森1通

朱文森，业余作者，生平不详。

1978年12月23日

朱文森同志：

由于忙，外面会议又多，只能将读后的一点感想，简略地写在这里，供你参考。

写小说应从生活出发，从生活中吸取素材，否则就不可能写出有血肉内容的作品，人物也不可能写得活。不幸你的《江河风云》恰恰就是这样。你在船上工作，照理应当有丰富的生活感受——生动的细节，动人的对话，如临其境的生活场景……理应积累得很丰富，可是你写出来的作品，反而没有一点生活气息，也没有一个生动的细节，这是值得探讨的问题。

这篇习作只给读者留下一个故事的轮廓，人物，除了姓名之外，只有对话，而对话又像是报纸上的语言（有些人讲话，你仿佛在写杂文，完全不考虑这人物能不能说出这样的话，如"目下光景，舍我其谁？"出自一个船员之口），因此人物全都模模糊糊，性格既然不清楚，那么情节的发生、发展又怎么能有说服力呢？

余斤山为什么要破坏水泥运输？黄烘为什么受骗上当？都未在性格上或身份上交代明白，这一来，不但没有可信的细节和人物，当然也就没有可信的情节。……

萧殷　一九七八年十二月二十三日

致朱逸辉6通（另函2通）

朱逸辉（1925—2016），海南万宁人。作家。早年参加琼崖纵队，获三级解放勋章。历任《建军报》《海南前线报》及《五指山报》记者、编辑，海南人民出版社副社长兼总编辑，海南文化局副局长，海南文联副主席、海南作协副主席等。

1963年7月23日[①]

……由于忙，连杜精英医师的处方也还抽不出时间来服用。

关于年底在通什召开少数民族青年文艺作者座谈会的事，我在会议空隙曾顺便与李嘉人[②]副省长、杜埃同志及周钢鸣同志谈及，大家都很同意。希望海南文联通过自治州有关机构，先做一些调查工作，即先发现人才，然后集中训练，才能达到培养的目的。

五指山兰已开花，色甚美，唯香味差。

孩子们对海南菠萝都称赞，但嫌菠萝蜜有一股怪味[③]。

匆匆祝你健康。

握手。

萧殷　七月廿三日

[①]　此函缺首页。

[②]　李嘉人（1914—1979），广东台山人。曾任中共华南分局秘书长、中山大学校长，时任广东省副省长。

[③]　据陶萌萌回忆，她于1963年第一次品尝波罗蜜，非常害怕那种味道。

1963年9月30日 ①

逸辉同志：

　　来信早收悉，因为忙，一直无时间给你写信。我从海南回来后，即到中南局上班②，订计划，安排下半年工作，八月中到潮汕去了一个多月，前两天才回来。明日国庆放假，所以今晚可以在家休息，趁此机会提起笔来给你写信。

　　我在海口向文艺界的报告记录，我看过了，记录不是根据录音抄下来，而是根据笔记整理的，许多重要章节没有了，有不少事例完全搞错了，还有些意思弄颠倒了。这一来，我根本整理不下去。要整理，就得重新凭记忆再写一篇，但时间又不允许。奈何！

　　计划中的通什文学学习班，是否可按期召开？如年底开，估计广州有些人可能去参加。

　　你近来身体如何？据说要到什么农场去休息，实现了没有？……

1972年12月12日

逸辉同志：

　　回穗快二旬，由于忙和病，拖至今日才给你写信，实在感到过意不去。这次去海南，蒙你多方面关怀和帮助，十分感激。明年二三月，海南文学创作会议（或办学习班）时，我可能再访海南。

　　我在海口谈话录音不知整理得怎样？如果不用，那就不用整理了，免得浪费人们的精力。这些话，偶然听听可以，以文学留下来，我看没有必要，也不值得，你看呢？

　　你为我们拍的照片冲出来了吧？希望能寄来看看。如果我的单人相照得好的，希望把底片也寄来。我在海口拍的照片，最近才冲洗放大出来，其中有一部分给弄坏了。我们与魏南金③同志合照的都不错，现只放大（各）一张，准备多放大几张，然后寄去。现夹寄几张去，请分别送给魏南金、叶琼珠（第一招待所）、范运才（小车班）同志。我和你谈笑的那一张，你留下作纪念吧！

---

① 此函缺尾页，本无落款，从信中内容可判断写于1963年9月30日。
② 萧殷1963年8月调任中共中南局宣传部文艺处处长。
③ 魏南金（1914—2001），广东龙川人。龙川第一任县委书记。时任海南行政公署主任。

蔡自强①同志在公园里为我拍的那张单相,希望能把底片寄来。以椰树为背景,颇有海南特色,值得留作纪念。

你要的资料,另卷寄去,请查收。其实,只有《彩霞》一篇,可以一阅。

这次到海南没有看见振金②,是一憾事。十月间他曾给我来过信,还没有复他,本打算找他谈谈,无奈他一直不在海口,你如看见他,望代我问好。

文学创作,希望抓起来!这事关系到如何反映生活的问题。如果文学创作搞得好,戏剧也就能顺利地赶上来。我最近接到一些省外来信,他们对广东抓文学创作怀着羡慕的心情,说他们自己只抓点唱歌、舞蹈,感到艺术如何反映生活,还不敢去试。你们一定抓创作,创作抓不好,舞台就无戏可演,刊物也无作品可发。

最后,关于权权的工作问题,请你在适当的时候,与飞机场的熟人(参谋长)谈一谈。权权想学点技术,这是完全可以理解的。如果在机场做点工作,估计比在炮队能学到更多的东西。

我最近很忙,《广东文艺》一期二期,都待审查签发。第一期已发稿。现在审阅第二期稿件。

需要我帮什么忙?望来信!

陶萍向你问好!匆匆祝你健康!

萧殷　十二月十二日于梅花村

来信寄:"广州、东山区、梅花村35号二楼"我收(35号即原31号)。

1973年6月7日

逸辉同志:

你五月五日由人(可能是杨鹏南同志)带来的信,我五月底才收阅,原因是因我患病,没有到增城去;原准备在创作学习班作一次辅导报告,也因此未能兑现。文艺理论学习班,原来也决定去参加的,但四月廿三日我到医院看病时,医生发现我冠状动脉硬化很严重,血压也很高,当时要我住医院,我没有同意,最后医生一定要我在家休息。这一

---

① 蔡自强(1931—),海南人,著名摄影家,有作品集《海南往事》。

② 张振金(1941—),广东郁南人。毕业于暨南大学。广东省社科院文学研究所所长,海南文联秘书长。

来,两个学习班我都没有去参加。最近仍在休息,看样子,医生还不同意我参加工作。

但来稿愈积愈多,虽曰休息,而每天阅稿活动,还是不能不继续。医生虽然一再嘱咐要暂停脑力劳动,但热情的作者却使我不能无动于衷,所以每日还是照样阅读各种来稿,而且照样写复信。

多谢你给我弄来花生衣,近来每日都煎水服用,血小板减少的情况,稍有好转,为此,陶萍表示十分感谢。

驻在海口的建设兵团总部的领导同志,你有无熟人?我的女儿陶萌萌(在徐闻,建设兵团七师九团六连)想报考大学,你如有熟人,能否从中帮帮忙?萌萌是共青团员,高中毕业,六八年冬下放,至今已四年多,她文学基础不错,很希望到中大或广东师院[①]中文系继续学习,望你能活动一下。由广州派去招生的人,本月中旬就出发,下旬也许就要考试,时间很紧。她自己准备报名(去年连队曾推荐她考大学,后因名额少,未能投考),希望兵团领导同志给予照顾,使萌萌有深造机会。

有空望来信,祝你一家安好!

萧殷 六月七日

请你把家的地址告诉我,以便以后将信直接寄到你家里。

1974年6月8日

逸辉同志:

还有一件事,想请你帮帮忙:最近有个名叫"杨永"[②]的同志,写了封信来,他计划写几部作品(有写解放战争的;有写部队机关革命化的;有写琼崖游击队活动的,还有写赤脚医生攀登世界医学高峰……),但他说:"在农村要写这些作品很不容易,没有参考资料,没有这方面的素材,没有空闲的时间,没有专人指导和讨论,加上经济生活困难忙于应付三餐,很难静坐构思。"于是他提议:"通过组织把我(他)安排到适当工作单位,省里单位多,如能安排,最为理想。"同时,他还提出希望:"作协方面,能不能给我一些帮助?"(大概是指经济方面的帮助。)

---

① 广东师范,应指华南师范学院,1982年10月易名华南师范大学。

② 杨永(1928—2006),笔名曲夫,广东海丰人。海南军区文工团创作组长,海丰县文化局局长,县政协副主席、党组书记。

但我不认识这个同志,他自己也没有谈到他的过去和现在,不但业务情况我毫无所知,他的历史我也完全茫然。在信中他只写了这么一句:"听朱逸辉同志说,他曾将我的情况向你谈过,我就不必自我介绍了。"

你是否向我谈过,我已忘记得干干净净。像我这样的年纪,记忆力已衰退到可怕的程度,而且每天的听闻大量灌入耳际,即使你曾详细介绍过,我也不可能记得住。

他提的问题,在目前情况下是很难解决的:(一)由于"三突破",现在正计划将广州市的职工裁减十余万;(二)由集体所有制生活方式转为全民所有制供给,在目前是绝对办不到;(三)创作室经费困难,据文化局说,今年共二十万文艺经费,现已用去十一万(主要用于各剧团),因而我们的《创作参考》(内部刊物)也决定下半年停刊。从这种情况看,经济补助也无可能,请你把这些情况转告他,恕我不另写信。我患着病,琐事又多,只好请他原谅了。

匆匆祝好!

萧殷　六月八日

杨的通信处:海丰县梅陇公社仓刀村。

1977年10月10日

逸辉同志:

谅你已回到海口,我从东方宾馆回到梅花村的第二日收到黄准的来信,现转给你,请收!你带来的雨伞及录音带,还留在我家里,等有人去上海时,再托人捎去,勿念!

我现在正在编一本文艺论文集,初拟名为《习艺录》(一集),把今年写的以及六二、六三年写的有关创作问题的文章编在一起。这个月就要交稿,争取年底与读者见面,不知出版社能否赶得出来?

会议后,我们与省委宣传部及省文化局一起开了一个小会,具体讨论如何恢复省文联问题,各协会以后逐步恢复。

匆匆祝好!

握手!

萧殷　十月十日

附朱逸辉致刘屏[①]

刘屏同志：

您好！我和萧殷同志是六十年代认识的。他为人忠诚老实、平易近人、学问渊博。当时我是业余作者，他很热情和我通信。有时用毛笔，有时用钢笔。我把他的信和其他作家的信，都复印起来，送一份给中国作协广东分会。

现先寄这两封给你，你们复印出来后，给我寄回来。我今后出书的时候，要选些作家书信作附录。另外的信，找到后再寄。其他作家的信，需不需要？

此致

敬礼！

朱逸辉　九〇年五月七日

附朱逸辉致陶萍（1984年9月7日）

陶萍同志：

您好！萧殷同志逝世一周年了。我们时刻想到他。他的为人，他的品德，都是值得我们学习的。他生前对海南文艺工作关怀备至，多次来海南讲学，指导工作。对我非常关心。您失去亲人，我失去导师。每当我看他给我的信时，都非常激动。他"文革"前给我两封用毛笔写的信，由于动乱搬迁，一封失头，一封失尾，但主要内容还在；三封是用钢笔写的。这些信件，不管遇到什么情况，我都妥为保存，不怕抄家，不怕批斗，我还存他一些照片。

听贺朗同志说，您在写《萧殷传略》，希望您把他生前对海南工作、海南文艺工作、海南作者的关怀，多次来琼讲学的情节和细节写上。这里，我提供一些情况，大概是一九七二年，我们海南召开文艺工作会议，请他来讲学，他在海口戏院作报告。其中讲到"三突出"[②]的创作原则时，提出这样的观点："我看'三突出'不能说为创作的

[①] 刘屏（1953—　），笔名石泉，北京人。部队转业后参与筹备中国现代文学馆，历任档案组组员、组长、馆员、征集室主任，副研究馆员。

[②] "三突出"是"文革"期间文艺创作模式，即"在所有人物中要突出正面人物，在正面人物中要突出英雄人物，在英雄人物中要突出主要英雄人物"。

唯一原则。"（大意）指出有些单人舞、双人舞、山水画，等等，怎么"三突出"呢？（大意）博得雷鸣般的掌声。在那种政治气候下，讲这种话是很危险的，但他为了坚持真理，不怕风险讲了。我们海南文艺界对他非常尊敬，各组都专门讨论了这个问题，认为萧殷同志的理论观点正确。

不久，我到广州开会，到家里去看望他。他生气地对我说："逸辉，我在海南的报告中，关于'三突出'不是创作的唯一原则的观点，你看有什么问题没有？"我说："我们大家经过讨论，认为你的观点对，很有辩证法。""那海南有个小子告我反对'三突出'……""是什么人告？""匿名信。"我说："别理它。"他说："军代表找我谈话了。""你怎么回答？"他说："我说我说法没问题，我的观点是正确的，不然公开讨论。"我作为海南一个业余作者，是支持他的，他敢于坚持真理的精神感动了我。

又过了一段时间，我到广州，他又气愤地对我说："逸辉，我在清远创作学习班，进一步阐述我在海南讲过的观点……"我说："我看放在四海皆准。"他说："但有个姓陈的小子，把我告到北京了。有人还贴我的大字报。"我说："'文革'中的'特字报'都经过了，怕什么。"他说："我才不怕，还想他们公开论战呢！"这一段经历给我的印象非常深刻，更使我看到一位老作家的灵魂非常纯洁，心灵美啊！现在，我把信件复制寄给您。

您和孩子们的身体好吗？顺致候！

朱逸辉　一九八四年九月七日

致卓可珰15通

卓可珰（1940—2021），广东龙川人。早年入读暨南大学，并从学校入伍。龙川县文艺创作组创作员、《龙川文艺》编辑。后定居香港，曾任香港龙川同乡会高级顾问，景旺电子集团创始人之一。撰写过《维持香港繁荣安定的意见书》，著有自传《半辈糊涂一生奋斗》。

1973年1月12日

可珰同志：

来信收到，最近因血小板减少，全身常疲乏，只在家中审阅些稿件，很少到办公室去。目前，省正在召开剧本创作座谈会，本月九日原定由我去谈剧本创作的两结合问题，就因为血小板减少，未能如愿。

来信讲了那么多的客套和自责的空话，是不必要的。你大概不了解我的为人，钟永华就不会在信中说什么空话，更不敢说一句"奉承"的话。青年人应敢想敢干，只要大方向对头，就应该勇敢地去做。做错了就改，千万不要坚持错误；并不断总结经验，人就会逐渐长进。

振亚①同志来穗已谈到做木器家具的事由你代办。除"五样六件"之外，好像还有一副床板及两张长板凳（铺床用凳）。如忘了，请补做。这些家具最好都不要上油漆，我们准备运到广州后，再请人油漆：一来，免得漆好后在运送途中又碰坏了；二来，广州的油漆技术大概会比龙川高明些。

---

① 蔡振亚，龙川县商业局工作人员。

你来信说，王日青[①]同志可能已把家具设计草图寄来，但我们至今没有收到。能先将设计草图寄来是很有用的，望催一下王日青同志。

匆此布复，即颂

健好！

萧殷　一月十二日

1973年3月4日

可珰同志：

来信及相片，已收到很久，因为忙乱（主要是来人太多）未能更早给你写信，甚感歉意。

来信所谈，我已了然。唯物主义者是无所畏惧的，即有误会或一时误解，最终还是会清楚的。

钟永华已回武汉。他在二期《广东文艺》发的诗，还不错，可看看。

关于木器家具，照你所画的图式来看是不坏的，但做出来是否能保持这种式样？我有点担心。去年底，曾托人在老隆做了一批竹椅子，其样子既不像家乡原有的那样朴素大方，又不像外地那种新式的样式，尤其是竹书架，既重又难看，很不适用，使人啼笑皆非。

前不久，王日青同志来信，问到垫床板的条凳的事，估计他已到惠阳去参加调演活动，故不直接写信给他，他回来时，请你转告他一声：我们要的垫床条凳，是家乡普通条凳，不要做靠背的条凳了。

你忙些什么？有闲来信！

匆匆。祝好！

萧殷　三月四日

---

① 王日青，龙川县文化干部，从事客家山歌创作。

1973年3月18日

可珰同志：

　　来信收到，知你也曾到惠阳参加文艺汇演，我因当时被刊物的编务拖住，抽不出时间去参加，非常抱歉。日青同志寄来的《节目集》，我已看过，我觉得《情满青山》的语言比较干净，在歌词上，还有点山歌的风味；在内容上，以寻找迷路的卫生员为中心，企图通过这件事来展示雷锋精神，其用意是好的，但构思太简单，生活气息太稀薄，因而感染力不大。原因是没有从生活出发，只围绕一个抽象的原则去编选情节和派遣人物，其结果，当然只能写出一般化（缺乏个性化）的人物与情节。其次，你们写的是岭南地区，但歌词上出现"风雪""冰雪"一类的词，是不恰当的。在岭南是没有风雪，也没有冰雪的。大风雪只在西北、东北地区才会出现，连长江流域也不常见。至于《高歌并进》，毛病就更多些，你们并没有正面去写两队并进，所以题目是不切实际的；其次，你们把这题材与《国际歌》硬扯拉在一起，是牵强的，作用不大，对主题思想起不到"提高"的作用。戏刚一开场，社员们正在学唱《国际歌》时，老崔匆匆上来就喊："别唱了，别唱了！"从客观效果来看，确实是不好的。如果改成其他歌曲，这种副作用，大概可以避免。这个剧本在艺术上的最主要的缺点，是人物（正面和反面）写得干巴巴的，所谓情节，只是为一个原则问题所展开的争论而已，根本谈不上有什么"性格冲突"。倘离开性格来构思矛盾或斗争，当然只会把戏剧冲突（矛盾或斗争）变成"观点的争论"。你们写的其他短剧，也存在着这个毛病，包括去年你们寄来的学大寨组剧，都是"观点的争论"。这类戏，如果你们也是观众的话，大概也不想看吧？对于这个问题，希望你们认真讨论一下，否则是无法提高的，当然，首要的问题是深入生活，了解各种人、各阶级的人，抓住他们的性格特征，注意观察各种人之间的关系、矛盾和冲突，从中搜集他们具有典型特征的细节和言行，搜集一切能体现人物内心世界（精神面貌）的细节或言行。只有这类素材积累得丰富了，你们才有可能进行概括，才有进行典型化创造的可能，只有这样创造出来的人物，才可能是栩栩如生的，有个性、有血肉的。只有从性格出发去安排情节，情节才可能是合乎实际的，有说服力的。

　　关于你们的诗，我粗粗看了一遍，这封信我不详谈了。准备把其中三首，转给刊物编辑部[①]去。日青同志的《汗雨落地化奶汁》较好，我把"哺育科六跨双千"改为"哺

---

① 指《广东文艺》编辑部。

育金谷跨双千",因"科六"在潮汕地区扩种,结果减产,现不宜推广,故改动一下。你的《公社山水多么美》及《大坝抒情》较好,《大坝》稍有气魄和意境,但形式略嫌旧,而《公社山水……》则较平淡。这三首打算让编辑部同志看看。你和日青同志写的学雷锋两首,都平淡无味,境界也不高,《大庆红旗长空飘》太一般、无新意。《老人长出孩子脸》的形象,很难看。老年人长出孩子的脸孔!不是很难看吗?这个设想应打消,另设想一种形象,本诗中五、六句(栽下……眼睛闪)的形象也不好,应改一改。《春不催人人催春》中的"转眼又铺几段青"一句较好,但"胜过风吹铃""把出油"都不好,《山区铁脚送信人》的第三节(即"红后代新一辈……"一节),意境不清,全节构思要改。第五节似乎稍嫌空乏无力。

《龙川文艺》我不想题字了,请一些毛笔字写得像样的同志去题吧。

我很忙,陶萍已出差到湛江、海口,所以连家务事还得分心。现青年诗作者在开座谈会,讨论创作中存在的问题,我要准备去讲一次。匆匆。祝好!

萧殷　三月十八日

1973年4月10日

可珰同志:

托人捎来的哮喘丸已收到,谢谢。我准备试试看,如有疗效,以后再烦劳你们去定制一些。疾病太多,顾此失彼。只要它不直接威胁我的工作,就由它去。已医治多年,奈何不见效果!

上星期五,陶萍曾见王日青同志,本打算约他星期天来我家,但据说他已决定星期天搭车回老隆。他刚到广州时,曾与惠阳、河源的同志一起来过一次,谈得不多,只泛泛谈了些事情。我因发高烧,没有去参加文化工作会议,因此,其他地区许多同志,都未看见。

你们的三首诗,诗歌组[①]的同志已看过,而且已提出一点意见,现将他们的意见及日青同志的《汗雨……》附上,请考虑!

你的诗《山区邮递员》的第三节后两句仍嫌抽象,意思也勉强。

家具估计快做好了?希望争取早一点托人带下来。工业局叶亚火同志或商业局蔡振亚同志如来广州,最好托他们带来,因为他们会把家具直接送到梅花村来。你恐怕抽不

---

① 指《广东文艺》编辑部诗歌组。

出时间，千万不要因私事而耽误工作。

匆此布复，祝好！

萧殷　四月十日

1973年5月25日

可珰同志：

你于四月八日托工业局司机同志带来的茶叶及信一封，今天才由魏继文同志送到我家中。据说已转了好几手，才转到他手里，时间超过一个半月。幸好茶味仍保存。茶虽粗，茶味尚不错，即刻冲了一壶招待几位北方来客，他们虽不太欣赏那清香的山茶味，但对于经得起四次冲水、尚存浓郁茶味这一点却很赞赏。

哮喘丸早已收到，且早已服完，但对我的病不起一点疗效。哮喘病极其复杂，常常对此人有效，对另一人却不起一丝作用。我服过各种别人有效的药物，结果都不见疗效。现在威胁性最大的是血压太高，低压常在一三〇度以上，是个很麻烦的情况，弄得不好，随时都可能发生脑溢血。上月底，我本来已决定主持文艺理论学习班的辅导工作，同时也准备给创作学习班做创作辅导报告，但医生一看，立刻禁止我活动，强令安静在家中休息。至今已休息一个月，医生还无解除警报的表示。除有时到省委听重要传达之外，我什么活动都没有参加。来稿来信越堆积越多，但毫无办法，心里虽焦急，也只好忍心让它堆积着。

见你们的诗都在《龙川文艺》发表，就不宜给《广东文艺》了。诗的问题很多，《广东文艺》上的诗，都存在着不少问题，虽经我一再淘汰，但发表出来的诗，仍很不理想。第五期在工业建设方面的诗，有几首较好，不久可与读者见面，其中有几首的意境较高，有点新鲜气息。

麻烦你们去定做的桌柜等物，不知是否已经做好？做好后，请交叶亚火或蔡振亚同志带来，因他们可直接将家私送到我家中。

见到自立，请代致意。祝你工作顺利！

萧殷　五月廿五日

1973年6月9日

可珰同志：

　　来信早收到，因为身体不很好，四肢无力，所以迟至今天才给你写信。主席说过："牢骚太盛防肠断，风物长宜放眼量。"①处处用辩证唯物论的眼光去看待，就能泰然置之。

　　振亚同志来看我时，还未读到你的信。关于自行车的事，他说下次可以带来，但愿如此。因葵葵上班下班都需花费很长时间候车，遇到下雨天就更麻烦。

　　家具的事的确给你们增添了不少麻烦，早知如此，真不该拿这些琐事来加重你们的负担。现在如果能按计划做自然很好；如果有困难，茶具桌和碗柜就不要做了。我现在最需要的是办公桌、书架及衣橱。因书籍无处置放，都搁在地板上。全家只有一张书桌，陶萍只能在床边写字和看书。衣橱在前四年弄掉了，现在只好将衣服搁置在床上和椅上。床板，如能弄到，也代我买一副。

　　你所听说的维他命H-3，据中山医学院的医生说，这是西方资产阶级弄出来骗人的玩意儿。经分析，只有一些临时起作用的东西，并不是像他们所吹嘘的那样神奇。五十年代末，保加利亚把普罗卡因也吹嘘为"长生不老"的仙丹，其实只有一点麻醉作用，据说所谓"H-3"与普罗卡因相类似，不要相信它！

　　我没有全家合照相片。这五六年来，我们一家五口，没有机会团聚过。有个时期，五人住五个地方：一个在英德、一个在连山、一个在海南岛、一个在雷州、一个在广州。现在也只有三人在广州，另二人分住在海南和雷州。而且我们素来不愿到照相馆照相。现把我去年在海南的一张照片寄给你，以作留念。

　　匆祝工作顺利！

　　　　　　　　　　　　　　　　　　　　　　　　　萧殷　六月九日

1973年7月9日

可珰同志：

　　六月下旬来信早收到，听说你为创作剧本到贝岭，所以没有即刻给你回信。现在题

---

① 语出毛泽东《七律·和柳亚子先生》。此诗写于1949年4月。

材的线索有了头绪没有？在深入生活期间，最好多多与先进人物接触，不但了解他的工作，也了解他与周围人的关系，不但要注意他做了什么，更重要的要了解他为什么这样做，因而他的思想感情、个性特点等都要了解，了解得愈深刻、愈具体愈好。这思想、感情、作风、爱好、兴趣之类（一句话：性格），不但在他工作时表现出来，在平日生活时，在他与周围人们相处时（甚至在家庭中）也同样表现出来的。只要你通过接触多方面地了解这个先进人物的性格（他的共性和个性），你的创作构思就有"底"了。当然，不局限真人、真事，还必须把类似的人物表现概括进去，典型性的人物才可能塑造出来。祝你努力，等着读你的剧本！

  由振亚带来的圆桌，还不错，很实用，也不难看，陶萍很欣赏。只是油漆差些，有些地方在车上碰裂了，打算以后有机会再油一次。由阿火带来的床板一副，也已收到。多少钱一副？望顺便告知。但你来信说"由工业车队带点稍好的家乡茶"，却未见送来，不知你托谁带来，现在连查问也无从问起。

  你介绍治高血压的"玉米油炒米"，在广州是不实际的，玉米油根本无法买到。最近我改服中药，是中医学院一位教授开的方，似有些疗效，准备继续服用。

  关于家具的事，望尽力而为，去年十一月陶萍给王日青同志带去九十元，可能还差得很远，还需多少钱，望送家具时告诉我，以便及时寄去。匆匆。

  祝你及家人都安好！

萧殷　七月九日

1973年7月21日

可珰同志：

  十七日收到你十五日来信，知你已从贝岭回来。我曾于月初复你一函，是寄到"隆北村一〇三号"你的住所的，谅已收到了吧？许多事已在那封信中谈过，现在不拟重复了。

  买"的确凉"上衣的事，曾问过陶萍，她说粘棉证无问题，但现在市上很少现成的"的确凉"衣服出售。偶尔出现，即见"排长龙"现象，购买者甚众，货源却短缺。我多年来对这类东西早已不感兴趣，现在我身上穿的衬衣，还是一九六五年出国访问时购买的。陶萍答应以后继续留意，只要遇到机会，即替你买来。据说在上海，"的确凉"

比较多，但我所知道的，是布料，却不是做好的衬衣。如遇熟人赴上海，也可托付试试看。

我最近服了中医学院一位教授的中药后，面色与体量都有好转，但四肢无力的现象还没有解除，脑力还是容易疲乏，看一小时书就觉得晕晕然。准备再找那个医生看看，也许可以医好。人老了，体质已衰弱，任何一点毛病都会突出来，而且很难受，这是自然法则。不服老，是不行了。要在十年前，我还能强制自己去干，可是现在连强制也无力了。只能做多少算多少，不能坚持时，就停歇下来，这叫实事求是。

关于单车及家具，太麻烦你们了。据罗自盛①来信说，单车已定下，但是否落实了，大概还难肯定。这类事，我知道不简单，只好耐心等待了。关于梳化竹椅，自盛来信说，已开始做。现在大概已做出来，望有熟人来时托带下来。

匆匆。祝好！

萧殷　七月廿一日

1973年8月3日

可珰同志：

寄去两信，谅已收到。

前几天，陶萍托人从上海买来几公尺"的确凉"（布样随函夹去一角），除给我的女儿萌萌做了两件恤衫外，还剩下两公尺。叶亚火同志看了，他要给他爱人做一件（小号）恤衫。如一起裁剪，两公尺可做两件小号短袖恤衫。你如果也喜欢这种花色的，我们就准备托裁缝去做，如果把布剪成两份，布可能不够，倘一起去裁则恰够做两件。每件大约七元多，不算贵。

家具做得怎么样了？如果实在有困难，就不要再去麻烦别人了，原来以为在龙川做几样家具很方便，万没料到会这样麻烦！

在我住所的楼梯上，打算做一个门，当时振亚同志也在，便托他请人做门板和门框，但至今没有什么消息，不知做了没有？请顺便问一下。

你的恤衫，恐一时不易买到。广州一些百货商店，每天一早只出售五六件，可是门还未开，买的确凉恤衫的人已排成长龙了。我们无时间、也无耐心去站队。再等一段

---

① 罗自盛，萧殷三姐的儿子。

时间,看情况有无好转。现在广州正兴建混纺大厂,七六年竣工投产,成套设备是日本的。将来的确凉之类的布料,估计不但花色众多,且质量也极高。顺告,匆匆。祝好!

萧殷　八月三日

1973年9月15日

可珰同志:

前三天,老蔡来,带来了茶叶和单车,因太匆促,他走后,我才想起没有给他粘棉证。我近两年来常常如此!人来了,待办的事忘记了;等人走后才想起来,可是已经迟了。

带来的茶叶,很香,比以前带来的好多了,饮起来味极纯正,没有那种草腥味。据老蔡说,你在为几件家具而操心,如实在有困难,我看算了。这件事是王日青同志与陶萍商谈的,我当时去了海南。陶萍以为很简单,王日青同志说似乎有现成的,所以当时陶萍付了钱。现在完全落到你肩上,陶萍觉得很过意不去,她说:"早知这样,我就不买这些家具了。"时间已过十个月,情况发生了许多变化。这中间,怀集的同志曾打算为我们做家具,因在龙川定做了,所以没有烦他去做。当时刚搬家不久,很想尽快弄几样家具来应付一下,谁知道如今房子还空空的,书籍仍堆在楼板上,衣服还乱放在椅子上。我现在用的椅子全是竹制的(包括最近送来的竹沙发椅),有人嫌我的摆设太"土"气,但也有人称赞"保持干校的朴素作风",其实都不是。我一向不习惯豪华的摆设,城市那套装扮,我向来不太欣赏。大概是由于来自农村,我对农村的简朴家具倒怀着感情。我之所以从农村买来竹椅,定做家具,就是从这种感情出发的。前若干时间,我在信中嫌竹书架做得不像样子,主要是从实用角度说的,因不能放书,尺寸做得不合适,而且太重,根本失去了农村家具的特点。最近送来的两张竹沙发椅,我们都很满意,既实用,又朴素。希望你这次叫人做家具时,千万不要过分要求洋气,以致花工太多,成本太高。如果"茶具桌"与"碗橱"还没有做,就不要做了。我所迫切需要的是办公桌、书架和衣柜。

你前信说你准备写个创作提纲,不知写好了没有?在农村参加劳动时间,如无写作时间,多注意观察人物,记录些能反映本质特征的细节、言谈,是创造形象的最基本的素材。这类东西不需费多时间,每晚都可以记录一些。记多了,积累丰富了,人物慢慢就会在头脑中形成。有了人物，就不愁没有东西可写。这一点许多青年作者远远不及老作家。老一辈的作家是经常注意观察生活，随时捕捉典型细节的。他们不仅记录，而且经常进行概括、集中、典型化。

我的健康情况时好时坏，很不稳定。前几天应《广东文艺》编辑部之约，勉强写了篇杂文，是讽刺林贼的，无新鲜的材料，也无新颖的构思，是一篇极其一般的表态的文字，可能在第十期刊出。

近来，大家都很忙，"十大"以后，我们准备重新评价《红楼梦》。对于这部反映阶级斗争的长篇巨著，历来存在着各种不中肯的评论，现在，要求以马克思主义的观点加以分析研究，以期给予一个恰当的评价。其次，对于秦始皇，也要以历史唯物主义观点重新加以评价。对于孔夫子也准备进一步加以批判，以肃清其流毒。现在我们和几个大学都忙着这几方面的工作。我因身体不好，不一定每天都去上班，但要参加这方面的工作。

有空就来信吧，谈谈家乡的情况。匆匆。祝好！

萧殷　九月十五日

1973年10月11日

可珰同志：

今日早上陶萍去汇了款（70元），下午又收到你的电报。近来，我因血小板降低，身体很不好，稍稍外出活动一下，回来后便像大病一场。最近因上级要我抓批评《红楼梦》工作，有时不得不外出走走。身体却越来越糟，有时倒在床上不能起来。医生来看了，也说不出所以然，现在还不见有什么转机。虽然如此，有时对于一些青年来访者，还得打起精神起来接待，详细讨论问题是不可能了，但也很耗费精神。

重读了你前次来信，知道还有桌子钱（八元）没有寄去，你看，即刻汇去呢？还是等老蔡来带回去？如马上要，汇去更好。好吧！我决定明日汇十元去，免得你因手头无钱而无法应付。这种滋味，我是尝过的，你可能以为我们这类人尝不到这种滋味，其实不然，收入稍多的开销也多，况且我们的支出不仅在生活方面，而文化方面的支出常常要超过生活需要的好几倍。此外，还有一些意想不到的开支，这是你现在所无法理解的。

关于家具，就按我上信中所确定的，只做公事桌、书架、衣柜（共三样四件）。碗橱和茶柜就不做了。现在，你手边还差三十元，暂时请工场通融一下。待王日青同志来广州时，我们准备问问他。如实在工场不肯通融，就即刻来封信（不要发电报），我再设法汇去，无论如何，不能让你为我的事而增加精神负担。

　　看电报，家具已做成。经过你不断的活动，花费不少你的心血，我得向你表示谢意！但这种麻烦事，算是告一段落了。这事是陶萍听了王日青的建议而搞起来的，如果我当时在广州，可能不会这样轻易地提出这类问题。

　　永华同志回来谈了些龙川的创作情况，他也有不少感想。你在创作中感到的问题，如果将来有会见的机会，倒可以谈谈。你们不容易请假吧？

　　今日汇款时，因太匆促，我记不清"汇单"是否写上你的名字。据陶萍记忆，她说写了，但我却无印象，可能因填写时心不在焉的缘故，望你查询一下。

　　匆匆。祝好！

萧殷　十月十一日

1974年1月12日

可珰同志：

　　来信收到快一个月了，没有更早地给你写信，主要是忙于年终总结。这期间几乎每日下午都参加会议，而上午又不得不到医院理疗和注射，因此，我把所有来信来稿都搁到一边，不仅你的信没有复，别的人同样没有复。最近，文化机关又开始展开批修整风[①]，虽不是每天开会，但是也够忙的。因为是领导班子的成员，不但群众会议需要参加，领导班子要研究整风过程中各种问题，也不能不参加。估计要继续一段时间，何时结束，现在还很难说。趁今晚是周末，匆匆给你写信，免得你悬念。

　　工业组最近大概没有车来穗，家具至今尚未收到。估计春节前无论如何也能收到了。

　　去年冬，本拟到潮梅地区去看看，后因治病，无法离开广州，计划未能实现。元旦后，曾打算到肇庆、佛山去走走，现因批修整风，也不便离开。将来如身体条件允许，大概最早也得在立夏之后，才可能出游。如途经龙川，当然将逗留一两日，不

---

① 1970年底，中共中央发出《关于传达陈伯达反党问题的指示》，"批陈整风"（对外称"批修整风"）运动由上而下展开。

说工作，顺便看看熟人也有必要住几天。很久未看谢杞生①同志，你见到他时，请代问候！

三首歌已读过，我觉得《耕山队之歌》较自然，有点诗味。刊物诗歌组的同志最近忙于改编歌词，不可能抽出时间来处理来稿，待他们任务完成后，拟请他们看看。你写诗，不要总是停留在民歌体上，在形式上应多方探索和尝试。但现在刊在报刊上的诗作，大家都不满意。诗到底如何发展？如何才能使人喜闻乐见？的确还需要付出巨大的努力。匆匆。祝好！

萧殷　一月十二日

1974年7月19日

可珰同志：

今天我才读到你六月廿八日写的信，实在感到心疚。信为什么今天才看到，是有一段曲折的过程的：本月初，陶萍就知道我中旬要回广州看病的，所以她在收到你给我的信后，没有把信转至从化，而是将信保藏在书柜里，准备我回去后让我看。十一日我回到广州，陶萍去找信时，却怎么也找不着，以为是孩子们翻书时不小心把书带信一起挟走了。一直到我离开广州回从化之前，都没有找到你的信，陶萍只把你信上写的内容向我叙述了多次，但因未看见你的原信，总有点黯然……想不到陶萍今天忽然把你的信寄来了，原来于我走后，她又反复去找，却在书柜脚下发现了它。

读了你的信，我也感到莫名其妙。所谓"借某人的招牌去做东西……反而转手高价出售"云云，我从来就未听说过这类情况，不仅未听别人说过，我连想也未这样想过。至于陶萍，她更不可能知道这类事，她对我故乡的人不熟悉，其次，她对这类事也无兴趣去过问。这次我回广州时，郑真曾来我处，他说：当罗怀金来我家时，他正在我家里，他说，他发现罗怀金听不懂陶萍的北方话，而陶萍也听不懂罗怀金说的龙川话。郑真曾为他们当了一阵翻译，但从未谈及过这类毫无根据的话题。因而，所谓"陶萍对他说的"云云，是很难成立的。既然彼此连话都不相通，哪里能涉及那样深奥的内容？

不要把传到我们耳边的每句话都信以为真，我们一定要冷静分析，不要随便落入别

---

① 谢杞生（1931— ），惠州市委党史办主任，广东省党史学会理事。

人的圈套。传话的人（不，有时这些人不是传话，而是捏造或编造谎言）是有各种用心的。有时为了显示这类人与某些人亲近，便不惜编造谎言，譬如说，某人对我说过什么话，陪我到过什么地方之类，妄图以此来显示其与某人的亲近，这本身就近乎无聊，近乎庸俗。但在现实中，这类庸人蠢事却没有敛迹。你在来信中，"听说您责怪我到处介绍别人送作品给您看，这事却也冤枉了我！"你显然把这谎言当作真话，可见你不理解我到了什么程度！这是谁向你反映的？你怎么会相信这类胡言乱语呢？明明是一点影子也没有的，可是经过某些人的嘴巴，却变成有声有色的流言，而且还有人信以为真，不是太天真？太轻信了吗？值得注意的，是捏造流言者的动机是什么。

衣柜做得不错，我们都很满意。你为这批家具付出了许许多多的精力与心血，我是知道的，我诚恳地向你表示谢意和歉意！

我在温泉疗养院已住了三个月，照一般规定，应该出院了，但医生认为我的病应继续治疗，不同意七月出院，估计至少也得延长到八月底才可能离开从化。现血压比较正常，但肺气肿还不见什么疗效。怕你惦着，先匆促的复你一信，以后有精神时再细谈。祝

工作顺利，精神愉快！

萧殷　七月十九日夜于温泉

1974年9月26日

可珰同志：

来信收到，谢谢你的关怀和祝愿！我已于八月底离开温泉疗养院回到广州，现仍在家中休息。血压高等症虽有好转，但体质却仍虚弱，现除静心修养外，别无他途。有时也想到外地走走，这对增强体质也许会有些好处，可是医生却不很赞成，只好作罢。

寄来的发票已收到，勿念。活动床做好后，烦托便人带下，不足之数，以后寄去。

来信太客气了，为什么说了那么多道歉的话？你如果对我有个基本的认识，大概就不会这样吧？近来忙些什么？有空时来信谈谈！

匆匆。即祝

节日愉快！

萧殷　九月廿六日

1974年11月22日

可珰同志：

前后两信及诗一首，均收悉。

诗已读过，但很一般。比喻与意境都缺乏新鲜气息，这大概与生活深入不够有直接关系。在五十年代末，新民歌刚刚出现时，这类意境与比喻，是有创造性的、能反映当时大跃进的宏伟气魄与英雄气概的。但时间已过去了十余年，社会又前进了一大段，时代的特点与那时不同了，因而表现当前特点的意境与比喻也应该有所不同。尤其是最后两句既模糊又抽象，使诗的收尾毫无力量。

前一年当陶萍拜托日青同志顺便做几件家具时，万料不到会给你们增添这么多的麻烦，为这事，我应再一次表示歉意。现已做好的家具，如果还没有转让给他人，我看还是托人带来吧！为了几件家具，改变了几个地方，麻烦几个木器厂，实在过意不去，万一传出去，影响也不好，以为是"挑肥拣瘦"。我十分感谢你们的好意，但还是不要去麻烦县木器社！如果做好的家具已让给他人，那就什么也不要做了。将钱退给我，准备在广州买几件应付应付算了。这一次，希望你从实际出发，不要有什么犹豫了。你的困难我是理解的，几件家具没有做成，绝不会影响我对你的看法。这一点，你应当相信我。

老蔡他们想看戏，我曾经在内心转念过。但据我所知，广州近一年来没有演过什么新戏，只是偶尔有地区小剧团来试演两三场，而且绝大部分是请省里领导同志去审查的，很少公开演出。罗老师①在广州时，上级机关曾给我送来一张戏票，叫去审查剧目（梅县、海南、韶关三个短剧，而且是前年调演时演出过的）。我请罗老师去看，他不愿意去，因为去看戏的绝大部分是领导同志。出口商品展览期间，外省有些剧团来演出，但总共只演三五场，连外宾也没法都看到。现在要戏票不像过去，只有当工作上需要看时，才发一张票，否则是不能随便要票的。我完全知道大家想看戏，但现在，恐怕一时很难满足大家的需要。

关于交流创作经验的问题，如果你们有可能来，那就来吧！我欢迎你们。大家谈点创作劳动中的体会及创作中遇到的问题，大概是有好处的。首先可以总结一下，寻找出经验教训，对进一步提高政治质量与艺术质量，大概是有益的。

---

① 罗老师，指罗海清。

看见杞生同志、龙延同志请代问好,并祝他们健康!

到汕头、梅县的计划,确曾有过,但看目前情况,可能又要延期,到底什么时候能动身?很难确定。因为我现在每日上午都得到医院去注射一种新药,这种药既治肺气肿,又治血管硬化和高血压,对我很合适,但不能中断,必须连续注射,至少要注射四十针以上才能见效,因而外出的打算,暂时只好延缓。将来如能成行,在归途上,如果可能,在老隆住一天是必要的。但要到梅县后才能通知你们。

匆匆。祝好!

萧殷　十一月廿二晚

致邹育根2通（附来函1通）

邹育根（1953— ），毕业于华南师范学院中文系。曾任教于华南师范大学、广东行政学院。1992年调入深圳大学，曾任管理学院教授、行政管理系副主任、硕士生导师。

1982年10月21日

育根同志：

运桂①同志可能已去深圳？我结束了暨大研究生毕业论文答辩会的第二日（十月十二日），即离开暨大回到梅花村，且已搬家至梅花村四号二楼。

拜托你查看一九三四、一九三三年的《东西南北》②，不知有什么结果没有？《乌龟》《疯子》《借贷》（原题已忘），《牵牛花》《丽丽和娜娜》《哥哥的脸》……查到了没有？

前次查到的十九篇小说和报告文学，不知能复印否？手续如何？所需印费望告，我一定照付。

我近日身体很不好，常感到气闷，有时感到呼吸困难，说明心脏病日益沉重，自当调理服药，请释念！匆匆。

祝好！

萧殷　十月廿一日

来信寄"本市东山区、梅花村四号二楼"我收。

---

① 蔡运桂，广东陆丰人。早年毕业于华南师范学院中文系，留校任教。

② 《东西南北》为《广州民国日报》副刊。该报创刊于1923年8月，孙中山创办并题写报头。初为国民党广州市党部机关报，1924年10月改由中国国民党中央宣传部主办。

1982年10月26日

育根同志：

　　二十三日来信收读，对你那种负责的精神十分钦佩！这次能在华南师院发现《东西南北》，而且发现了我的大部分初期作品，异常感激！否则，这批作品便将埋没。而且以后即使发现，也不可能知道是我写的东西，除楼栖、杜埃、芦荻等少数人之外，很多人都不知道我的原名，更不知道初期发表作品时的署名。

　　很同意你将《东西南北》从头到尾细细重查一遍。据你说，报纸是齐全的，一天都没有缺，但为什么找不到《乌龟》《疯子》《牵牛花》《丽丽和娜娜》呢？我这些作品，肯定都在《东西南北》上发表的，而且都发表于前期。《乌龟》和《疯子》是一九三二年写的，印象很深刻，发表后，有人还改成话剧上演。我不会记错，请仔细查阅，同时希望注意缺期和缺页。

　　请把重查的工作做到底，并望做得细致！此事结束之后，再进行复印。这事承图书馆大力协助，请代我致以谢意！我将会永远铭记着你们的辛苦和功绩！

　　你如果要上我家里来，请从后门上楼，这里很不好找，况且后门又被建筑工地的工棚掩盖着，门既不易看见，路也坎坷难走，凡来过的人，无不唏嘘。为了方便，我还是给一张路线图，供你参考！请注意我的后门，正对着梅花村十四号。匆匆。

　　祝
近安！

　　　　　　　　　　　　　　　　　　　　　萧殷　一九八二年十月廿六日
　　　　　　　　　　　　　　　　　　　　　　　于梅花村四号二楼

附来函

1982年10月23日

萧老师：

　　您好！所交代二事，现告知老师于后：

　　一、查看一九三三年《东西南北》之事，上次在暨南大学告别老师后，第二天即十三日去查看的。结果没能查到，特别没有查到《乌龟》，更使人感到遗憾。《民国日报》一九三三年二月十六日以前，副刊的栏目名为《黄花》，从二月十九日始更名为《东西南北》，我是从《东西南北》第一期开始查起至该年十二月，一九三四年、一九三五年是上一次查过的，如果老师没有错记，那就是学生不注意没能查看到了。因此，我很想重查一遍，从一九三三年到一九三五年，三年的再查看一下，如果没有，也得查看一下为什么没有的原因。从上几次查的情况来看，报纸是齐全的，一天也没有缺。运桂老师出差之前，我将查看结果告知他并提出重查之事，他说好的，再查一次知道个究竟也好。他是上月十八日离开学院赴汕头的，估计月底才能返穗。他走之前，有很多事务要协助他做，他出差之后，这几天又忙着出版、校对运桂老师的《文学问题争鸣集》，昨日（星期五）最后一校已送印刷厂，可望在下月初出书。这几天，我曾考虑先将那十九篇复印，重查之事，放后一些。后我又考虑到请人复印不易，两次请不如一次请好了，不知老师的意见如何？

二、复印的事情，学院只有二架机，分别由科研处和图书馆管理，科研处的机没有油，好些时候没有用了，故图书馆的就显得忙，即使如此，馆领导还是十分支持的，本星期二已跟他们商定下星期一复印，昨日下午忙完运桂老师的那部书后，觉得有空复查了，但估计要三四天。这样就不能在星期一复印了，故通知图书馆下星期五复印。

此事是老师之托，运桂老师也有交代。我没有办好，深感内疚。请谅。另，老师寄来的信刚收到，知道您身体不好，在此再次问候老师并祝老师早日康复！

致安！

学生：育根上
一九八二年十月二十三日

又：如果复查工作进行得顺利，下星期四即二十八日上午或下午前往老师处，告知复查情况，等等。

致××同学1通

此函是萧殷从延安写给龙川同学的,以《西北鸿爪》为题载1939年8月13日出版的《新龙川》杂志,署名肖英。该刊为龙川旅外学生所编,老隆循州印书局印行。其《本刊启事二》称:"本刊同人同散居川、黔、湘和各地,未能时时相聚,嗣后,如有关本刊一切通讯及其他接洽事宜,请暂寄湖南耒阳省政府第三科骆钜源君收转。"

1939年5月3日①

××同学:

我于去年十一月毕业了,本在记者学会②学术组工作,后因李公朴③先生来延安,坚约我同赴山西,任其私人秘书,如是于去年十二月二十五日,遂离延赴晋,刚抵黄河,晋西情势,顿形恶劣。如是奔波万山丛中,约二十余天,一直等到吉县收复,我们继续渡河,这情形我发表于重庆各报的《劫后山西》已详述,兹不重复。吉县发生了一件徒手人民与敌寇苦战四天,最后皆壮烈牺牲的悲壮剧,我已写成报告,请翻阅《新华日报》三月二十三、二十四、二十五日三日连载的《井瘩塔的血》。

留在山西共四月余,当然我自己的作品也不少。

---

① 原刊编者按:"本文作者原名郑文生,为中国进步青年作家,武汉沦陷前与友人往陕北进鲁迅艺术学院,文中所谓毕业即毕业于该院。"

② 1938年11月6日,中国青年记者学会延安分会成立,萧殷是"青记"总会干事,被选为主席团成员。

③ 李公朴(1902—1946),字晋祥,江苏武进人。著名社会活动家。早年参与创办环球通讯社、《生活日报》《读书生活》半月刊。参与组织上海各界救国联合会、中国民主同盟。

前线是美丽的，使人兴奋的，感动的，使人进步的！最快活的地方，到处是英勇杀敌的故事；但到处也是悲惨流血的故事。越到前线，人民就越可爱，越能看出工农大众同仇敌忾的气象，越能说明人民基础的重要。

四月二十四日，回抵延安，我本拟即刻转赴江南新四军政治部工作，但因记者学会需要我主持，推动，所以决定留在延安。因为前时负责人不甚积极，致会务不能获得应有的开展。现在我要重新计划，重新开始，所以特别忙！

前天是五一节，延安非常热闹，我已给《新华日报》寄去一篇《五一节在延安》，以后谅可读到，不赘。同时，还有工业展览会，成绩惊人，高射机关枪，三八式步枪，都是非常精巧的货色。还有呢绒出品……这些都说明边区是蒸蒸日上，无论政治、经济、文化、军事、教育。

如你来延安，我很欢迎你！而且我热切地希望你来！到这里来，对你只有好处，绝没有坏处——如果你想做战地记者和政工人员，也需要到这里来一次。

《新龙川》和《龙川日报》，我都很愿意寄稿，可是，现在还抽不出空来动笔。

肖英

一九三九年五月三日

致××同志1通

××同志，待考。此函曾以《为什么不能本质地反映生活？》为题发表。

1950年1月5日

××同志：

……你来信问道："我在写作中，总是不会反映事物的本质，你说为什么？为什么有人发掘得深？有人又发掘得浅呢？"

根据你几次来信以及你所谈到的你的几篇作品的写作过程，我以为有两个基本问题值得谈一谈的：（一）如何把反映生活和作品的社会意义统一起来呢？（二）如果一个作者对他的描写对象缺乏真实的爱憎时，作品是否可以写得动人？这两个问题是从你的写作过程中发现的，只有把这两个问题弄清了，你才会理解你为什么不能本质地反映生活的原因。

一

我们认为作品中的社会意义（或教育意义），应该是从你的人物故事中体现出来，并不是把社会意义附加在人物故事的外面。这个道理你一定懂得的，但怎样体现社会意义呢？是不是像你那样，从主观愿望出发，硬把人物的命运拉向你的"理想国"里（如你的《女子商店》），就有积极的社会意义呢？是不是像你那样，以为一个可怜的父亲的可怜的愿望的实现，满足了个人的虚荣心（如你的《教育》），就算完成了作品的社会意义呢？是不是像你那样，抓住一些被敌人破坏了的残破景象的外貌加以描写（如你的《凭吊》），就可以完成作品的社会意义呢？显然是不可能的。

像《女子商店》这样的作品，是不现实的。因为你完全离开了社会条件的限制，完全忽视了当时社会制度对妇女的种种束缚，纯粹从主观愿望出发，把那个孀妇写得很"独立自主"，这是不现实的。即使有些妇女在旧社会中靠"个性强悍"奋斗出一点结果，即使有些走投无路的妇女能够单靠"个性强悍"，最终开设了一家远近驰名的"女子商店"的事实，但这只是偶然的个别的现象。你写这作品的主观动机，是想借此来指明一般妇女的社会出路，诱导妇女们往这条道路走，但你却忽略了一个简单的真理：如果不从社会制度改革着手，单强调个人的单独奋斗，妇女的解放事业是不可能完成的。因为你忽略这一点，所以作品的社会意义就受到损害。其次，她到底是怎样奋斗的？她怎样由走投无路走到独立自主呢？你都没有写出来，既然这样，读者能从作品中得到什么有益的启示呢？

恩格斯曾说过：要写出典型环境中的典型性格。一个人物的性格和命运不能不受他所处的社会环境的影响或支配，如果一个作者不顾社会条件，只从主观愿望出发来处理人物的命运，甚或离开社会环境的影响来描写人物性格，都不可能写得真实。

假如你根据你所听来的关于那孀妇的悲剧，再深入发掘，找出造成这悲剧的社会（或阶级）原因，给以艺术的表现，我想，作品一定会动人得多，社会意义也一定会积极得多。

其次，你的小说《教育》也是缺乏积极意义的。

《教育》的主题，只是为满足个人的虚荣心而已。据你来信说："以先，我在那个中学上学，父亲亲自给我送柴送面，父亲常常看到上房里的教员们满桌子酒菜吃着，他心里想：我的孩子多时能也熬到在这桌子上吃饭啊？结果，在我被聘任为该校教员后，我自然在那个桌上吃饭，我父亲去看我，更特别的被别人尊敬，我父亲感动了，他将这种感动向我叙述过。在当时，我觉得很有意义，便略加以安排，以一个旧社会的知识分子如何苦读苦念，父亲如何勉力支撑，最后终于达到了父亲教育的目的为主题，写了这篇小说。"实际上，这有什么积极的意义呢？这篇小说，除了能够鼓励一些青年知识分子去坐在"上房里"的"桌子上吃饭"之外，还能有什么意义呢？一个可怜的父亲辛辛苦苦勉力支持子弟上学，结果只是为了满足一点虚荣心，这不是太可怜吗？有什么积极意义可言呢？

如果你用一种批判的态度去暴露这种虚荣心，并揭露出造成这虚荣心的社会的历史的根源，倒是一篇很有教育意义的作品。

从这两个例子中，我们知道你对于所谓社会意义这一概念的认识是模糊的。鲁迅先生写《孔乙己》的悲剧，并不停止在悲剧现象的描写上，他积极地揭露了造成孔乙己悲剧性格的社会原因——科举制度。假如鲁迅先生不揭露出性格的社会原因，那么孔乙己的性格就不可能写得那样真实，也不可能引起读者去憎恨旧社会——科举制度，当然也就不会有什么社会意义了。

那么，现在你大概可以了解作品的社会意义的含义是什么了。作者不要满足于表面生活的描绘，而应该透过现象去理解问题的本质，只有正确地暴露现象的社会根源的作品，才可能有巨大的社会意义，才可能有较深厚的思想内容。

我们认为你那篇《妈妈你错了》是比较有些意义的，主要原因是由于你没有被表面现象所蒙蔽，你深一层地接近了问题的本质。你来信说："我前在二中队时，有很多学生叫苦，弟弟妹妹上不起学呀，家里没有吃呀，整天闹请假，叫上级想办法，以致给领导上找了许多麻烦。有一天，我跟一个学员谈话，忽然发现他爹爹当过电信局长，因手续不清，且有些嫌疑，现被人民政府扣押着，他弟弟妹妹的确失了学，借住在一个朋友家里，……就这样，他见了谁都诉苦，不但有些学员同情他，连区队长也觉得这个是问题……"你能够不为"叫苦"的现象所蒙蔽，深一步地接近了问题的本质，是可贵的。但很不够，如果你能够更深地去发掘一个旧官僚的思想与新社会的思想的矛盾，把这矛盾作为"弟弟妹妹"失学的社会原因，并艺术地表现出来，那你这篇作品一定会有较大的教育意义。可是你没有这样做，你只从"他做过大官，家里一定有积蓄"的"想当然"的观念出发去处理题材，你是以他的"积蓄"来解决问题，那意义就微不足道了。

因此，我们有这样的理解：当某种人物或事迹感动了我们，而我们又有表现它的欲望的时候，我们不能牵强附会地硬给人物事迹附加上什么意义，而应从人物事迹本身中去发掘意义，去发掘事件的社会根源。（注意：所谓人物事件本身，不能简单地、片面地理解为真人真事本身，只要你能够正确地把握住你作品中的事件和人物性格的内部发展规律，即使你完全凭你平日观察所得的印象——凭你平日曾经验过又感动过的零碎印象，也可能由某种现象的触发，很快构成具有巨大社会意义的题材。）总之，社会根源发掘得愈深的作品，就愈有社会意义，只有这样的作品，才能真实地反映现实本质，才可能有高度的思想内容，才可能把反映生活与社会意义统一起来。

说到这里，你大概可以理解你的《力之流域》为什么写得如此思想贫弱的原因了，这不仅是由于他只停止在灯光、火把、游行口号等表面现象的感觉上，而且停止在灯光、火把、游行口号等表面现象的描写上。你没有进一步地去理解这些现象，因而形成表面现象的堆积，既芜杂，又无思想内容。

为什么产生这样的结果呢？正如你自己所说："是由于政治思想水平低"，更具体点说：是由于你还不善于分析社会现象，还不善于从形象思维中，通过现象去理解问题的社会（或阶级）的本质。正因为这样，所以在你的作品中存在着两种现象：（一）你的作品中的所谓"意义"，常常是附加上去的，并不是从你的描写对象中体现出来的。（二）即使你偶尔接近了问题的本质，但因缺乏形象的理解，以致使好些作品都充满了说教，或者通篇作品充满了作者的解说。

二

现在来谈第二个问题：如果一个作者对于他的描写对象没有真实的爱憎时，作品是否可以写得动人？

根据你写来的关于《母亲的照片》的写作过程，我们认为你诗中的感情是不真实的。你说："不久以前，我接到母亲一张照片。我离开母亲还不到三年，然而看了母亲的照片后，简直使我吓了一跳，母亲老得竟是头发没有了，皮包着骨头，两眼昏暗无光，又露着牙齿，我简直不敢看，当时我痛苦极了。"这种感情的流露是真实的，但你（据来信，你的家庭是地主成分）为了要写一首"富有意义"的诗，竟把全部事实与感情完全都改变了。你写道：

　　七年了
　　为了工作
　　没有回过家
　　工作时间
　　我总要想起年老的妈妈
　　前天
　　妈妈给我寄来了一张照片
　　相片的背后写着：
　　小方

看了我的相片

就等于见了我一样

你在外好好的工作

不要想我

咱家自从分到了房和地

生活一天较一天好

我仔细的端相着母亲的面孔

直使我有点奇怪

妈妈比起七年前

还健康、还年轻

妈妈微笑的面容

更显出她心里的愉快

我对着母亲微笑的面容

我也笑了

这就是胜利啊

这就是母子之爱啊

我以前老是顾虑妈妈

妨害了工作

这不但有害革命

对妈妈又何尝有帮助

我今后一定要更忠诚地献身于革命

事实证明：

只要革命工作做得好

什么也用不着顾虑

什么都会有他幸福的安排

全"诗"除了干巴巴的说教，没有什么动人的地方，而且从头到尾都情绪干瘪。这是由于你压抑了真实的感情，硬用一种矫饰的感情来写作的结果。

从你来信中，知道你对每个题材都会考虑到它的社会意义与教育作用，这是很好的。但你常常把好些连你自己也未感动过或经验过的题材,硬要写成"富有意义"的作品,硬要把自己的不健康的然而却是真实的感情所感受到的题材,"改作"为"有意义"的作品,这样的作品,当然不会有什么实感,更谈不到感动读者了。你似乎常常这样做,但你却还不知道这是一条岔道。你写完《母亲的照片》之后,似乎还觉得很满意,于是你问道:"这个写作过程是不是符合现实主义的创作方法呢?"

对你这个问题,我们的回答也是否定的。现实主义的作家,首先必须以赤诚去对付生活,他们排斥一切虚伪与做作,他们以最真实的感情去爱或去憎,因为不如此,他们就无法真实地理解他的人物的内部的思想与感情,因为不如此,他就不可能很好地使用现实主义创作方法这一武器。

而你,用矫饰的做作的感情去代替你真实的感情来写作,你用抽象的政治概念去代替你的生活实感来写作,这是一条走不通的歪道。这样写下去,绝不能写出能感动读者的作品来。因为你自己首先对描写对象并没有感动过,你如何能用你的诗去感动读者呢?你首先对于你的描写对象没有真实的感受,你如何能够把生活实感传达给你的读者呢?正因为这样,所以你就很难在感情上(或心理面貌上)去理解你的描写对象。既然如此,更哪里谈得到理解人物或事迹的本质呢?

但话得说明白:真实的感情是否就一定能写出既动人又有意义的作品呢?不一定。因为真实的感情不一定都是健康的感情,也不一定都是与大众有关的感情。像你对于你母亲的感情,是母子间一定会有的感情,不容一概抹杀的,但这是属于个人的感情,没有什么社会意义的。倘若把这种感情加以艺术表现,也不会有什么积极意义与教育作用。

如果你在接到照片之后,一方面因母亲的衰老而难过,另一方面你又认识到:在地主阶级家庭中母亲这种悲哀和衰老是一定难免的。这两种感情交织着,搏斗着,而且最终后者战胜了前者。如果你能够将你这个搏斗过程深刻地生动地表现出来,倒要比《母亲的照片》一诗的意义积极得多,有力得多。

再不然,你如能用批判的眼光写你母亲的悲哀,写她的悲哀的历史根源,艺术地指出在对封建阶级家庭中产生这种悲哀的规律,如像艾青的《我的父亲》一诗那样;我想,如果你能这样,无论如何,比你用矫饰的感情来写诗,要真实得多,深刻得多。

但是,如果一个革命的诗人,没有一个伟大艺术作品中的伟大性格所具有的品质的母亲时,这个诗人是否就不能正面地创造出革命母亲的伟大形象呢?这个诗人是否就只

会批判地暴露母亲的悲哀呢?那也不一定。如果他是一个具有高度的革命气质的诗人,在平时,他又经常地接触、观察、理解了许多革命母亲的特性和品质,而这些人物又深刻地生动地反映在诗人的脑海里……那么,他同样可以创造出革命母亲的伟大形象来。

那么现在,你大概可以明白你为什么"不能反映事物本质"的原因了吧。那原因,就是你的思想感情还没有得到真正的改造。

时间短促,恕我们回答得既啰嗦又不完全。只供你参考,如有不妥当的地方,我们愿意继续和你讨论,互相学习。

最后,我们诚恳地希望(前几封信里曾反复地这样希望过)你更努力地改造自己的思想和感情。并祝

你好!

一九五〇年一月五日

致××同志1通

××同志，待考。此函刊载于《花地》杂志1983年第9期，题为《图解不是文学方法》。

1982年9月17日

××同志：

　　来信来稿收阅。你的习作，从头至尾，只堆砌了一些皮毛的现象。很显然，你试图以此证明农村责任制的正确和优越。前半篇，琐琐碎碎说了半天，不外是想说明：茂富老汉很穷；后半篇，表面地罗列了几个细节，也无非是要说明：茂富老汉富了。最后来个所谓篇末点题：实行责任制是茂富老汉由穷变富的原因。看来，你还不理解，文学是激发精神力量的催发剂，因而你根本没注意去刻画形象和表现人物的内心面貌。从表面看，你仿佛在写茂富老汉这个人物，但实际上，它不过是作为你解说政策的木偶：他自身既没有血肉，也没有灵魂。与此同时，你也没有对人物活动的环境作必要的描写，你只是孤立地写了茂富老汉忽然由穷变富了。作品的前半篇，似乎整个社会只有茂富老汉一个人贫穷，你作品说由于"他不会赚钱，不像别人那样有门路"。后来忽然变富了，又使周围的人们惊奇：似乎他发的是不可理解的横财。正因为缺少对人物与现实关系的真实描写，作品也就不能合情合理地揭示出茂富老汉由穷变富的社会原因。篇末借茂富老汉的口来点题，实际上是外加的说教，既没有形象的说服力，也不可能给人以任何启迪和教育。

　　事实上，不管从构思到描写，都感觉不到你半点的真切感受和诚挚感情，绝不像你来信中所说：有时抑制不住感情的热浪，不由得提笔画出生活的图样。倒使人觉得你在模仿别人的作品，袭用别人的题材和主题。这种缺少真情实感为基础的作品，无论在构思过程、写作过程或读者阅读过程，都不会有"动人的情绪"出现，自然也就不可能有什么艺术感染力了。

你在习作中的要害，是写什么的问题，是题材的来源问题。至于其他问题（如语言不生动、文字的解释多于表现，等等）还是其次的。首要的问题如果不解决，次要的问题就无从谈起。你和别的许多青年人一样，爱好写作，可是你把创造形象这门劳动——写作，看得过于简单。其实，这是一门复杂而艰苦的精神劳动。如果你决心练习写作，我劝你老老实实地从生活素描和人物素描开始。只有首先写得像，只有把基本功练好了，才能谈到其他。至于你在信中所提出来的困难和障碍，实在是太笼统了，都是些离开实践提出来的抽象问题，大概没有人能回答得了的。

我病痛缠身，身体衰弱。草草复信，请原谅。

萧殷　一九八二年九月十七日

致××同志1通

××同志，待考。此函刊载于《花地》杂志1983年第6期，题为《你写作是为了什么？》。

1982年9月22日

××同志：

来信收阅。你热爱文学，有志于业余创作，应该得到支持和鼓励。但是，你首先应该认真考虑的并不是什么语言问题，而是"为什么写作"的问题。从来信看，你显然是为"出名"而写作，如你自己所说，由于"好大喜功""求名心切"。结果自然就妨碍了你在写作上的正常态度和做法。

正是由于你"求名心切"，才促使你"胡编乱造"出二十余篇小说，几十首小诗和一个话剧，并由此动机出发、胡乱将"作品"寄给刊物。然后抱着侥幸的心理（"每寄一篇作品，我都要占卜一下作品的命运"），希望好运气从天而降，并梦想"收到了一张采用通知单"。而事实，却"犹如萍落水中，一点浪花也没有"。可惜，这种种遭遇未能使你从失败教训中醒悟过来。要是你的动机不是为自己出名，而是为人民群众而写作，你就自然会有高度的责任感，会严肃认真地进行习作和对待自己的作品，就必然要求自己深入生活、熟悉生活、从而能够比较真实而深刻地表现人民的生活和斗争，大胆而忠实地传达人民群众的感情和愿望；如一时达不到这水平就修改，改一遍不行再改第二遍。如此一遍又一遍、一篇又一篇地练习下去，直到写得较满意了，才向刊物投稿。只有这样，你的写作能力才可能逐渐地得到磨炼和提高。

一旦你的写作动机端正了，对文学的性质和作用有了正确的认识，那么你"时常为语言问题苦恼，可终找不着良方"的问题也好解决了。你自然会明白，不管学习什么语言，都是为了更好地反映现实生活和表达思想感情，你如果了解了这一点，就自然会自觉地选择人民群众喜闻乐见的语言风格。力求做到明白如话，人们也会感到亲切，并乐于接受。可是从你的来信看，有不少地方却生硬地堆砌着一些书本上的词汇，显然，这并不是出于表情达意的需要，因而在你笔下，形成一种文不文，白不白，拖泥带水，佶屈聱牙的奇怪语言。我以为你首先应该从生活中去学习语言。只有对生活有深入细致的观察、体验，才有可能寻找、捕捉到最准确最生动的语言来表现它们。反之，如果对生活的观察浮光掠影，模模糊糊，即使从书本上掌握了再多的词汇，也无法恰到好处地运用它们，而且可能弄巧成拙。老舍说得好："从生活中找语言，语言就有了根；从字面上找语言，语言便成了点缀，不能一针见血地说到根儿上。"所以他一向提倡写"大白话"，一再告诫人们不要离开了描写对象而"借用偷用滥用一个词汇"，这意见望你认真地想一想。

由于你的来信侧重提了语言问题，所以我在这方面就多说了几句。其实，妨害你的写作正常发展的，并不是语言问题，而是写作目的和生活积累问题，这才是你目前应该认真考虑的主要问题。

因为近来的健康情况不很好，所以这封信写得断断续续，不知把意思说明白了没有？请原谅！匆匆

祝努力！

萧殷　八二年九月廿二日

附录

汪崙来函1通（致英子①、萧英）

　　汪崙（1912—1991），又作汪伦，安徽人。曾参加左翼作家联盟，在中国青年记者协会时与萧殷、英子相识。后赴延安，曾负责陕甘宁边区通讯社筹建工作。安徽省工商联顾问。

1983年10月7日②

英子、萧殷二同志

　　因为：一、你们都是当年"青记"的战友；二、你们的地址都是白萍临终前几天告诉我；三、我要说的话差不多，就一式两份分寄上海、广州，也可见我懒到什么程度！知道你们的地址后竟事隔两年才写信。由于因循拖拉而铸成无可弥补的遗憾是常有的。周钢鸣三十年代在上海时，很长一段期间我们工作在一起（左联），吃住也在一起，战争把我们分隔开以后再也不通消息了，全国解放后虽多次在报刊上见到过名字，总觉得要谈的话太多，不知从何写起，写信还不如有机会见面再谈，就这样因循下来，他等不到面谈的机会，就去世了。

　　白萍去世快满两年了（1981年的十二月十二日），他病重时我和老伴董曼尼都在北

---

① 冯英子（1915—2009），原名冯轶，江苏昆山人。上海《大公报》记者，早年参加"青记"。1949年后历任《文汇报》总编辑，《新民晚报》编委、副总编辑，上海辞书出版社编审。

② 此函寄广东省文联转萧殷，函封并注："回信请寄合肥市舒城路11号安徽省工商联。"此时萧殷已经离世37天。

京，曾多次去看他，有次，离去世没有多少天了，讲了一下你们的情况，说"萧殷曾是《作品》主编，现是广东省文联副主席"云云，又出示英子的信和诗，不仅给病人有很大鼓舞和安慰："浪游湖山南北东，四十年来道未穷，匣中毛锥应尚在，漫写青史补余空。倾盖同唱大江东，宿露餐风不言穷，岐黄今有回天力，晚霞照彻碧晴空。"我们反复吟诵亦感动至深。

我和老萧是1939年在延安"青记"分手的，当时经中央统战部介绍我到重庆南方局，在北碚搞统战联络工作两年（我是非党干部），41年奉命撤退到安徽工作，差不多整个四十年代都在芜湖地区（敌占区国统区），主要是通过工商界上层为党工作，从此就一直纠缠在这个方面，再也没有脱出身来，迄今已四十年过了。现在是省工商联的顾问，老伴是省文史馆员。建国以来，由于过去长期（1932年"左联"起至1949年）都是以革命群众身份在党的领导下搞白区工作，解放后"左"老爷一般都不认账，或者不完全认账，胡说只有党员才能算是地下工作，群众只能算作我们的"关系"，"文革"中我挂过"叛徒""特务"的白袖章，虽然三中全会前没有给我们做结论，戴过什么帽子，也没受到下放劳动的惩罚，但总的情况政治上是"不得意"的；又由于家庭人口多，老董长期失业，靠我一个人的收入，经济上当然比较穷的。现在好了，孩子们都工作了（由于战乱而失散的孩子也联上了），今昔对比感到格外轻松。孩子们一部分在合肥，一部分分散各地，有的任教，有的做工，有的经商（日本—台湾），有的帮工（香港），我们的情况大致如此，奉告老朋友。

我们已领到赴日探亲的出国护照，估计日本驻华大使馆的入境签证最近可能批下来，按他们规定要三个月才能批下来，我们是七月八日送到大使馆，这月八日满三个月。如果批下来，我们将先到上海，而后经广州、香港去东京，将分别在上海、广州见到你们。我们当年分手时谁也不会料到，这一别要隔四十余年，才能重晤。到上海我们大约有地方可住，但听说广州物价很高，住处都很贵，我看不会像香港那样，也有较一般的，主要不了解情况。希望离火车站不太远的地方找到一个适当旅馆或招待所，我们共三人（小女儿送我们到广，乘上去深圳的火车），请萧殷同志帮忙具体了解一下，盼回信。祝

健康！

汪崙
一九八三年十月七日

我们说的去日探亲，是看二儿子和三儿子。老二就是战乱年间流散出去的那个经商

的孩子,他已在日成家立业十余年。三儿子在日大艺术部读研究生,6月30日《人民日报》第八版有位民文写了一篇《黄山风景障壁画》一文,内容介绍的就是这个孩子。二女婿在香港打工。又及。

王德伦来函1通

王德伦，文学爱好者。通讯地址：广西灌阳城关胜利路72号。

1977年10月1日①

萧殷同志：

你好！

我是一个桂北广阔天地里的知识青年，由于非常喜爱阅读《广东文艺》，所以经常阅读到你的关于创作的论文，并知道你不顾自己年迈与健康，正忘我地写作文学理论集《创作论》。读你的文章，感到既是刺向"四人帮"的投枪，又是灌溉萌芽的甘霖。——对"四人帮"的义愤，对祖国文学事业的热情，以及对初学写作者的爱护，洋溢在字里行间。尽管我毫无阅历知识浅薄，但还是入迷地读下去，我坚信能从中得到收获！现在，在学习你的文章的同时，想写信向你请教：怎样写好文艺作品的评论文。

萧殷同志，我为什么想写评论文呢？过去，"四人帮"在文艺界实行资产阶级法西斯专政，顺者昌，逆者亡。自诩为"无产阶级文艺旗手"的江青之流打着"为工农兵"的旗号，实际上却把文坛攫为私有，为他们一小撮篡党夺权服务。在评论方面，则肆意歪曲生活，歪曲历史，褒贬颠倒。我生活在都庞岭下的一个小山城里。一天夜晚，歌剧影片《洪湖赤卫队》在粉碎"四人帮"后，来本地首轮放映，连映三场，直至凌晨二点四十分。群众就着月色从四十华里外赶来，络绎不绝。几百人围着售票处挥着臂膀高喊："再加映一场！再加映一场！"那是怎样激动人心的场景！我站在呐喊的人流中，

---

① 此函寄《广东文艺》编辑部转交。萧殷批注：10月7日收，11月2日复。

忍不住洒下热泪——群众欢迎的《洪》剧竟给"四人帮"压制停映达九年之久！呼声，人民的呼声，该怎样去反映出人民的呼声啊！《创业》塑造了一个顶天立地的工人阶级的形象，都被钉上十条所谓"罪状"，诬蔑"为修正主义树碑立传"；《园丁之歌》仅仅宣传了"要为祖国学好文化"，就被斥骂为"复辟回潮"。这公平吗？为其歌功颂德者，至高无上，否则打入十八层地狱。真理又在哪里？"无产阶级艺术最杰出的代表人物"（列宁语）高尔基曾经把诗歌比作"旗帜和炸弹"，伟大诗人的诗篇也真的成为列宁时代的旗帜与炸弹。今天，党中央领导一举粉碎了"四人帮"，天地何等翻覆。对那十九世纪诗人的呐喊："乌云遮不住太阳，——是的，遮不住的！"感到多么亲切！——今天，竟然还不能运用文学艺术中最富于战斗性的形式——"评论"，去反映人民群众的呼声，实在自惭于努力不够。

有的人说："一个普通黄毛丫头，居然要写什么'评论文'，纯系异想天开！"也有好心的朋友劝道："写评论需得多担几分风险，还是不要到缤纷的艺术之海弄潮为好。"萧殷同志，我是自信而又不自信的，我回答说："出色的文艺者是优秀的政治家，他们是呼啸呐喊前进的勇士，而不是唯恐烧着自己手指的小心翼翼的庸人。"但是请告诉我：风光无限之峰真是那样高不可攀吗？一次，本地一位业余作者将他写的一篇反映文化大革命中工人夺权斗争的中篇小说拿给我读。读后感到稿中有几处值得斟酌，于是就这篇习作谈了几点看法，这个同志震动很大，决心好好修改再拿出手。去年八月，《北京文艺》发表了一篇反映六六年红卫兵斗争生活的短篇《菏泽惊涌》。作者陈建功①，原是六六年人民大学附中红卫兵。我试着为这篇短篇写了一篇分析文，并寄给作者本人。现将作者的回信附寄给你供参考，当时正是"四人帮"猖獗时期，到处是一片"写走资派"的叫嚣声。作者是一个青年矿工，他无法从生活中找到那种所谓"批整顿复辟"可以成立的依据，去塑造违心的人物形象，于是只好找一条缝儿，消极抵制"四人帮"——写红卫兵题材。所以，《菏泽惊涌》不像那些"三突出"的"产儿"那样曲歪了现实生活，它反映的是历史的真实。但是世间没有"世外桃源"，即使就是这样的"红卫兵题材"，却为"四人帮"妄图打倒一大批革命干部起到客观上的帮腔作用。粉碎"四人帮"后，陈建功同志深深地认识到这一点，改正为"批四人帮"在创作上迈开新的步伐。这件事给我们上了一课：要做一个不随波逐流，目光犀利的评论战

---

① 陈建功（1949—　），广西北海人。曾任煤矿工人。1977年考入北京大学中文系。北京作协专业作家，中国作协副主席兼中国现代文学馆馆长。

士,的确是不容易的。今天,"四人帮"被打倒,"春风又绿江南岸",祖国文坛的百花园不会因为"四人帮"的摧残而萧条下去,一定会有一个万紫千红的未来,而春天,真正无产阶级文艺的春天,是属于你们的,是属于一切永远进击的革命人民的!

萧殷同志,很仓促地写了这封信,谈几点感受,望复信指导为盼。致以革命的敬礼!

《广东文艺》读者王德伦
七七、十、一,国庆节

通讯地址:广西灌阳城关胜利路72号。

王阑西、陶一波（致陶萍1通）

王阑西（1912—1996），又作王兰西，原名王之坎，河南兰封人。左翼作家，少将军衔。历任广东省文教部长、广东省副省长，文化部副部长，对外文化交流委员会副主任。

陶一波，王阑西夫人。

1983年9月16日

陶萍同志：

  首先致以诚挚的慰问！

  我们于前日自东北外地返京，得悉萧殷同志病逝的噩耗，甚为惊讶！甚为悲痛！没想到今春在穗一别，竟成永诀！

  萧殷同志的一生，是革命的一生，他直到长息之前始放下他的武器——笔，他为革命贡献他的一生，堪作我们学习的楷模！他竭尽了他毕生精力为革命作出贡献，是我们永远要向他学习的！

  萧殷同志长眠了，我们要继承他的遗志，为革命的精神文明的建设继续奋斗！

  陶萍同志：你失去伴友，我们失去好的战友和同志！愿我们止哀，为党的事业继续奋斗！

  特致慰问！并向你的孩子们问好！

王阑西、陶一波　九月十六

王蒙来函5通（另函1通）

王蒙（1934— ），河北沧州人。著名作家，著有《青春万岁》《组织部来了个年轻人》等。1958年被划为右派，1963年下放新疆伊宁等地劳动。1978年调回作协北京分会，后曾任文化部部长，全国政协常委，中国作协副主席。

1978年4月22日[①]

萧殷同志：

日前秋耘同志来信时曾经提到您对我的关心，我立即回信向他打听您的通信地址，还没有等到他的回信，黄伊[②]同志又来信说到，他在广州和您会面的情况，并转达了您的关怀，令人肝肠顿热！阔别二十余年了，想来我第一次向您求教的时候，我自己才满二十岁。许多的日子过去了，许多的事情经历了，如今，我又在边城乌鲁木齐向身在南国的您投书问安，怎能不让人感慨、欣慰呢。

我的情况可能您已有所闻，不赘述了。我今年四十三岁，自觉年富力强，虽然外貌瘦弱，倒还顽强。去年我还从五米高的悬崖上跳到水库里去游泳呢。这十几年考验的日子，虽然也时有苦恼和迷惘，但我并没有消沉，没有虚度年华，没有走上邪路。按照《讲话》的教导，我倒是在与工农兵相结合，改造世界观的道路上迈出了微小的，却是实在的一步。特别是在伊犁农村的那六七年，去的时候言语不通，举目无亲，临别的时

[①] 此函原载于贺良朗著《萧殷传》，落款未注明时间，根据萧殷笔记补署。
[②] 黄伊（1929— ），壮族。1951年毕业于中山大学语言学系，中国青年出版社文学编辑室编辑。

候,推开每个贫下中农的家门,就像推开自家的门一样了。在掌握维吾尔语言上的收获,也是特别珍贵的。总的来说,我还算幸运的,粉碎"四人帮"后,立即投入了创作实践,我希望能以新的习作向关心自己的老前辈们汇报。记得一九六五年,我去伊犁前夕,胡乱写过一首七绝:"死死生生血未吟,风风雨雨志弥坚,春光唱彻方无恨,犹在微躯献塞边。"这是我当时的心情,也是我现在的心情。希望就像我二十岁的时候得到过您的启蒙、教导一样,今后,也能得到您的指导帮助。

听说您的身体不算太好?什么病?治疗得怎样了?望多加保重。党中央的领导使许多老同志变得年轻了,祝愿您也早日康复,青春焕发!

去年在《人民文学》上读过您的论著①,在《湘江文艺》上读到对您的访问记述②,不知您最近写什么新作了没有?我们等待着。

如蒙赐复,请寄"乌鲁木齐十四中学崔瑞芳",我现在住在爱人所在的学校里。
并祝
健康顺遂!

王蒙 四月二十二日

1978年7月31日

萧殷同志:

前些日子非常喜悦地接到惠赠的《习艺录》。今天,又接到您的信,师长之谊,故人之意,实是可感。

我这儿的工作,已经进入长篇的结尾阶段,估计中旬就可完成一稿③。将再略事逗留,于八月底或九月初返京。我在北京的永久性的通信地址是:朝内大街三号楼四门404王洒转王蒙收。

王洒是我的姐姐(我母亲也在那里),她是一中学教师。我姐夫在中组部工作。我们新疆的刊物④,七月份、八月份将连载我的长篇的最前五章。我已关照编辑同志,一俟

---

① 指《是"革命英雄",还是内奸典型?》一文,载《人民文学》1977年第4期。
② 指章明报告文学《老牛羸病犹奋蹄》。
③ 指王蒙反映新疆生活的长篇小说《这边风景》,创作于1974—1978年,但并未按计划发表,直到2013年方由花城出版社出版。
④ 指《新疆文学》,王蒙时任该刊编辑。

刊物出版，直接自乌市寄给您；请您像指导《青春万岁》的写作那样予以指教、批评。

《习艺录》一到我就看了。最近，又读了一遍。您谈创作很真切实际，不板起那种大理论家的面孔，没有学院气。我是很爱读的，我相信年轻同志将更喜爱。希望《论生活、艺术和真实》早日出版。另外，我也有一点希望。一个是有些论点和提法，您提得很有创见，如说人物应有自己的"体温"。我个人非常欣赏这两个字，但我希望您能更多地阐述、发挥一下。再如您谈的事外之意、事外之情、事外之趣，这也是一个很精彩、很重要的论点。但仅仅这样一提，恐怕有许多读者还体会、理解不了。再一个就是您能否再多举一些例子，特别是古今中外的一些创作情况的例子，读起来将更易于领会。月前我看到一本内部出的苏修一理论家写的《论作家的创作个性与□□文学的发展》①，固然有许多谬论，有些故作高深或者故弄玄虚的东西，但里边引用的各种有关创作的材料很多，很有趣。

您怎么又住院了？我深深感到，为健康而斗争应该摆在最重要的、首要的地位。肺气肿弄不好就会变成肺心病。您千万要保重！每天要有点时间散步、打拳之类。您知道我的体质是很差的，这些年来我还是努力奋斗以求改善，也略有效果。仍然不敢大意，身体一垮，什么全干不成了。那将是多么大的遗憾呀。

听说原珠江厂要拍的那个《罪人》，已经停拍。那个剧本我看了，很引人注目。不知您是否了解上级指示的精神？大家还是关心的。总要不断总结，不断探索嘛。并问陶萍同志及孩子们好！

王蒙　七月三十一日

1978年9月21日

萧殷同志：

您好！

我已经于九月初回到北京。长篇稿已交出版社审核中，大约十月初他们可以看完，下一步也还有艰巨的修改工作要作。来京后听说《文艺报》最近组织座谈了八篇小说，

---

① 指《作家的创作个性和文学的发展》一书，[苏]米·赫拉普钦科著，上海人民出版社1977年8月第一版，后由上海译文出版社再版。

其中有《复婚》和《最宝贵的》①云云，不知在穗读者有什么反映没有？

回京后碰到许多老同志，包括四十年代、五十年代，原来地下的、团市委的、区委的和作文艺工作的一些老同志。他们都提醒我做一件事情，就是对五七年的事提出申诉。为此，我找了原团市委的领导人。结果，他们也很积极，很支持，毫不含糊。于是我就写了个简要的材料，对某些情况作了实事求是的说明，而且提出了自己的看法。一份已由原领导同志转给了中组部的负责同志；另一份我寄到了新疆。写完了也就一切听从组织的安排吧。不过这次，有那么多有关领导同志关心这个事情，并抱热情支持态度，还是提供了一定的希望，也是使我挺感动（甚至有点喜出望外）的。

关于《青春万岁》，冯牧、君宜②等同志的意思是基本不改，作为旧作和一般文学作品，由人文社出版。固如再交中青，就要求比较符合对青年的思想教育、共青团当前的工作要求，势必改得面目全非，不如重新写。我觉得他们的意见也是有道理的，不知您的意见怎样？

我现在住址是：北京市崇文区光明楼8楼5单元6号。如作品编辑部寄稿费亦请按此地址。

问候陶萍同志及全家好！

王蒙　九月二十一日

1979年1月20日

萧殷同志：

罗沙同志及他带来的您的信已收到。当时，我手底下没什么稿子，我介绍他到近处林斤澜③同志家中去坐了坐。我想有机会以后再与罗同志联系吧。

我因家中有些事情，略略提前返回了乌市④。七日启程，十日平安抵达的。此次赴

---

①　《最宝贵的》，王蒙小说。他在《大块文章》中说："萧老似乎对此作不十分满意，他回信说到我搁笔太久了，尚须恢复一段。我想他老不喜欢我的这种理性与直挺挺的抒情，这种大帽子与直接的政论。他在夏秋之际的《作品》上将此小说发为第二篇，头题是舒展的《复婚》，写一个'文革'中跳跃不止的夫人，有些幽默讽刺，也比《最宝贵的》多了些趣味。"

②　韦君宜（1917—2002），湖北建始人。时任人民文学出版社社长、总编辑。

③　林斤澜（1923—2009），浙江温州人。北京作协副主席、名誉副主席，《北京文学》主编。

④　指新疆乌鲁木齐市。当时王蒙尚未调回北京。

京，历时七个多月，变化殊多。发了《青春万岁》[1]，又发了好几个短篇（您看到了么？）；尤其是能够参与为包括《组织部……》[2]在内的作品平反的会议，又办理了旧案改正的事（现已大体答复没问题，但还需一些手续云云），这些都是超额完成的。倒是《这边风景》的修改和定稿，还有相当的工作量，原来打算今年问世，说不定要后推了。

听罗沙同志说到您身体不好，十分挂念，请多加保重。并问
陶萍同志及孩子们好！

王蒙　一月二十日

1980年3月13日

萧殷同志：

接到来信，十分慰帖！只是您健康状况不佳，殊堪忧虑。而我又疲于奔命，疏于问候，实在惭愧，并请原谅。

我意您对身体必须采取一个断然措施，至少休息上两年，一切工作，不论编还是写，全部推掉。让年轻人锻炼去吧，反正世界也是青年人的。健康问题，确实容不得拖了。同辈人如方之[3]，才四十几岁就去世。年长一些的如李季[4]，也不过五十几岁就突然辞世。头两天我们还在一起开短篇的《评委会》，李季同志还主持会议，并不显示出任何病容。突然死了，最初听到，我简直无法相信。还有李克异、吴恩裕[5]、戴不凡[6]，都是突然死去，死在工作岗位上。看来就连中年人也不能麻痹了！您好好休息

---

[1] 《青春万岁》，王蒙著，人民文学出版社1979年5月第一版。

[2] 指《组织部来了个年轻人》，发表于1956年9月号《人民文学》，原题为《组织部新来的青年人》。

[3] 方之（1930—1979），原名韩建国，湖南湘潭人。江苏省、南京市文联专业作家。著有《在泉边》等。

[4] 李季（1922—1980），原名李振鹏，河南唐河人。著名诗人，代表作《王贵与李香香》。作协兰州分会主席，《人民文学》主编。

[5] 吴恩裕（1909—1979），辽宁沈阳人。毕业于清华大学，英国伦敦大学政治经济学博士。重庆中央大学、北京大学、北京政法学院教授，中国社科院研究员。

[6] 戴不凡（1922—1980），浙江建德人。戏曲研究所研究员，著有戏剧评论集《百花集》、专著《论古典戏曲名著琵琶记》等。

吧，好好玩一玩吧。留得青山在，这还是最根本的。

新年一过，我又到新疆、陕西走了一趟，凡四十日。参加了一个会，还下乡走了走。旅途中也写了一篇小说两篇论文。春节前夕才回到北京。最近在写一个中篇《蝴蝶》，将交给《十月》①发。另，《北京文艺》五月号上也将有我一个不太短的短篇《断线风筝》。这两篇手法上都与《说客盈门》②不同。人民文学出版社已先排我的短篇集③，二十余万字。出来后当奉寄求教。可惜现在出书太慢。北京出版社下半年也将出我的集子（包括散文、报告文学等）④，本来我还想请您写序呢；可您如此病弱，还是好好将养吧！

可惜会议太多，反映新疆生活的那个长篇还搁在那里。我想下半年离京找个僻静地方，集中精力搞搞。

这次短篇小说发奖，孔捷生和陈国凯同志将来，届时还可托他给代致问候。为了这两篇作品，我也还费了一番唇舌呢。并问

陶萍同志好！

王蒙　八〇年三月十三日

信封上写的是我新居的地址，但光明楼（我的姐姐）的地址也仍可用。

王蒙的新地址：北京前门东大街8楼3门909号（抄在你的本上）。

附王蒙致陶萍（1983年12月21日）

陶萍同志：

您和萌萌的信以及小院的照片收到，感慨系之。

萧殷同志当然是我的老师，过去是，现在是，将来也是。等我读完他的遗著以后，我准备再写一篇文章，争取在《光明日报》或《文艺报》发表。不知您意如何？

《人民文学》已约得韦君宜同志写了纪念萧殷师的文章，写得很好，将发本刊一月号⑤。您提供的线索，我准备推荐给别的报刊。

---

　①　王蒙小说《蝴蝶》，载《十月》1980年第4期。
　②　《说客盈门》，王蒙讽刺小说，发表于1980年初《人民日报》文艺版。
　③　《冬雨》，王蒙著，人民文学出版社1980年7月第一版。
　④　《王蒙小说报告文学选》，北京出版社1981年1月第一版。
　⑤　王蒙于1983年7月起担任《人民文学》主编。此函用笺为"人民文学杂志社"。

萌萌的约稿事我当记在心上。

何时到北京来？望来寒舍一叙，我的电话：338019。祝冬安！

            王蒙　十二月二十一日

王勉思致陶萍1通

王勉思（1926—2015），北京人。康濯夫人。曾任晋察冀边区青联干事，工人出版社编辑、人事科长，河北文联《蜜蜂》杂志编辑，《湖南文学》编辑部主任，湖南少儿出版社社长。

1992年1月15日①

陶萍同志：

新春将至，给你拜个早年，遥祝增福增寿，岁岁平安，阖家欢乐。

我外出探视近三年，回到北京已半年，过着平平淡淡的日子，你近年过得如何？血压平稳吗？我们都已进入古稀之年，望多多保重。

老友勉思

---

① 此函未署日期，邮戳时间为1992年1月15日。

王鸣风来函1通

王鸣风,广东龙川人,业余作者。广东省委宣传部干事,曾借调解放军总政治部文化部工作。

1978年10月22日

萧殷同志——尊敬的老师:

您好!我到京将近一个月了,一切尚好。这次借调到总政文化部,首先一个任务是写解放军体育的三十年。其实,我到体育战线才两年,对军队体育的历史更是一无所知,叫我干这个实在是可为难了。不过到下个月将可结束。完成了这个任务后,也许留我到全军体办秘书处帮助工作。如果参加明年五月的全军运动会和九月的全国运动会,就是一年的时间了。我至少要到年底才能返广州一次。到京后,看到了黄烈同志,据说他可能仍调回八一大队当大队长,我经常到他那里去。

前几天有人到昌黎,托人买了三斤山里红。3号有人回广州(5号到),5号下午将会把东西送到我家。我真怕它烂,收到后请叫葵葵或权权5号晚六点至七点到我家去取,或六号早晨六点半至七点十分去找我爱人。我已写信告诉小林,她在这两个时间一般都在家。

给您写这封信的时候,我想到这几年您对我的教诲。还在中学时代,以后又在部队里,我就很想有机会见到您。四年前,我终于第一次拜见了您。从第一次见面,您就给我留下了深刻的印象。您对人热情,对我还增加了一份乡土感情。您对人关心,这几年,每一次见面,您对我的学习、工作都非常关心,鼓励我努力学习,并常以您的亲身实践教育我。您对我这个爱好文学的青年，有鼓励，有指导，您亲送的《习艺录》，我已经看了多遍。特别使我感动的，是您对社会现象的极深的洞察力。还在四年前，那是"四人帮"专制的时代，您就敢对"四人帮"那一套东西明言、鞭挞。我记得我们第一次见面，您就曾以极大的愤慨责斥江青、张春桥，挖他们的老底。自然，您这一斗争精神，这一坦率性格，对我教育极深。所以在那样的时候，我能经常到您家里，也能向您倾吐所知的一切。我觉得，这几年我从您那里学到了许多宝贵的东西，这是要特别感谢您的。当然，我还要更好地向您学习，也希望您对我这样一个青年，一个家乡青年，给予更多的教育、指导和帮助。

我在北京还有较长一段时间，您如果要办什么事，请来信明告，我当尽力为之。

前些天学习了华主席的一个讲话，对小平同志视察东北时的指示，以及李先念同志在国务院务虚会上的讲话，中心议题是如何加快四个现代化步伐的问题，很受鼓舞。北京群众对于林乎加同志接替吴德同志任北京市委书记和主任职务，表示了极大的高兴，众称这是又一个胜利。关于两个"凡是"问题①，北京盛传很广，其实成了人皆知之的新闻。《中国青年》第一期因没有刊登毛主席诗词而被扣不准发，最后还是华主席为之解脱了。看来，有许多事情已越来越深地被人们所了解、所认识。因刚到北京不久，情况不是很熟，有些事以后再告了。

在这里，一并向陶萍同志问好。葵葵和权权有事，请他们来信。因为我忘记了您家地址，只好寄到"作品"，有可能由萌萌转给您了。我暂住总参招待所，12月后才搬去总政招待所。来信请寄：北京白广路1号总参谋部第三招待所315号房。

顺致以崇高敬礼！

学生　王鸣风
七八年十月二十二日拜上

---

① "两个凡是"，1977年2月7日《人民日报》《红旗》杂志、《解放军报》发表社论《学好文件抓住纲》，提出："凡是毛主席作出的决策，我们都坚决维护，凡是毛主席的指示，我们都始终不渝地遵循。"

王肇岐来函2通

王肇岐（1933— ），江苏无锡人。1965年毕业于中国人民大学中文系。历任上海市《支部生活》记者、上海文艺出版社副编审。著有自选集《流水集》、短篇小说集《死亡与复苏》等。

1982年6月2日

萧殷同志：

您好！

大作并信均收到。这封书简写得好，我已送审，我想发表是不会有问题的。关于去上海藏书楼查大作一事，我一定放在心上，目前因要发一部长篇，实在太忙，等稍过一段时间，查到后设法复印寄您，印费自会告诉您的，或从稿费中扣除。

您计划写的微型小说，盼早动手，写成后寄我。

元昌①这个星期轮到去杭州休养一周。怕您等急，特此函复。顺颂

文祺！

王肇岐 六月二日

---

① 丁元昌，上海文艺出版社编辑。

*1982年7月28日*①

萧殷同志：

您好！大作《小说不是生活的任意再现》已定在第四期《小说界》上发，请释念。

昨天，我专程去上海藏书楼②查问1935至1936年下半年的《广州民国日报》《广州市民日报》以及广州出版的《黑暗》《文学生活》《努力》等刊物。回答说："没有这些报刊。"据他们说收藏南方的三十年代的报刊特别少，上海其他地方也不一定会有。后查看了1939春天的《新华日报》，《井圪塔的血》③倒是有的，在第四版连载三天。我请他们复印，他们说，报纸不能复印，只能拍照，时间得二三个月，非常麻烦。我一看字数不长，就花了三个多小时全文抄录一份寄您。我想能查到不容易，您更急于要它，所以就认认真真地抄录了，上午抄了一部分，因有些字看不清，下午又带了放大镜去查对、继续抄。这次去查，虽不能令人满意，但收获还是有的，真为您高兴。

现将抄录的小说挂号寄奉，请检收。便中复一信。

最近上海天很热，广州恐怕更甚。盼多保重身体。专此。顺祝

著安！

王肇岐　七月廿八日

---

① 萧殷注：8月10日收；82年8月11日复。
② 应指徐家汇藏书楼，始建于1847年，1956年并入上海图书馆。
③ 《井圪塔的血》，萧殷报告文学作品，载1939年3月23—25日重庆《新华日报》。

韦君宜来函1通（另函1通）

韦君宜（1917—2002），原名魏蓁一，湖北建始人。《中国青年》总编辑，《文艺学习》主编，作家出版社总编辑，中国作协文学期刊工作委员会主任，人民文学出版社社长。著有《思痛录》等。

1978年×月×日①

萧殷同志：

龙世辉回来，捎来你的口信，知道你身体就痊，至为欣慰。（过去凡广州来人，我总问到你的情况，他们说你病倒在床一直起不来。）不知究竟全好了吗？肺气肿在暖和潮湿的地区是比在寒冷干燥地区好些吗？

听龙世辉说你愿北来工作，果若如此那是极好的事。是真的吗？欢迎你不妨先北来休息休息，看看情况。

陶萍听说也是患病，好些了吗？专此即问

近安！

韦君宜

---

① 此函无日期。根据龙世辉致萧殷函，可推知写于1978年8月或9月。

附：致陶萍（1983年11月）①

陶萍同志：

惊悉萧殷同志逝世，无任悲悼。

自从创办《文艺学习》，搞作协普及部②，跟他共事，深感他待人诚恳，对青年殷勤帮助，循循善诱。"文革"后广东之行，又听到他在大劫后仍勇敢地坚持正确意见。这是很难得的，不幸逝世，广东的和国内的同志们都会纪念他的。

他病已久，支持，对病人本身来说是一件痛苦，解脱而去，未始非佳，只是令生者悲痛，希望你能作达观想。专此，即问

礼安！

韦君宜

---

① 此函亦无日期。陶萍注：11月22日复。

② 1953年10月，中国作家协会成立普及工作部（后更名为青年工作部），老舍任部长，韦君宜与萧殷等任副部长。普及部创办《文艺学习》期刊。

韦丘来函4通

韦丘（1923—2012），原名黎思强，广东清新人。作家、诗人。两广纵队文工团戏剧队队长、创作组长，中南军区政治部文艺科干事，作协广东分会副主席，中国作协名誉理事，《作品》编辑部主任。

1980年8月4日

萧殷同志：

　　送上这次去粤赣湘边写的诗给你教正。有精神，就请全都过过目；精神不好，就看看《还魂草》这一组小叙事诗吧。

　　这一组小叙事诗，我是按照"叙事诗主要不是叙事，而是抒写人物的情怀或揭示他的精神素质，而达到诗的境界"这一主张去尝试实践的。另有旧体诗一首，也是寄怀之作，看过便算，不要外传了。

　　礼！

韦丘 八月四日

　　专稿是留底，看后盼还我。又。

1980年12月16日

萧殷同志：

　　你在龙川寄来的信，和最近寄来的《月夜》都已收到。接你龙川来信后，本想即回信，但又怕你已回广州，所以没有写，请谅。

我来高州后，已两个多月了。在这期间，常委①分工让我去整顿粤剧团。此事搞了四十天，形势有所好转，领导干部思想提高了，加上给他们搞了技术补贴和岗位补贴，加上原来的工资，收入也整倍地提高，订立了一些必要的规章制度，奖罚分明，现在也积极地投入排练新戏。更重要的，是将现有人员分出一个青年剧团，统一核算，所有两个演出队，使到大家都有戏演，主力团穿州过府；青年团，到本县公社大队去演。这样，不只作锦上添花，更做了雪中送炭，又节约了开支，增加了收入，既符合为人民服务、为社会主义服务的方针，又能从实践中培养青年演员……所有这些，都是在当地文化、宣传部门共同努力，加上常委大力支持，加上自己的一边做一边学的情况下想出的一些主意，得到了实现。虽然这一段还未下乡，但总觉得为地方做了一些有效的工作。在整团中，又更深入地了解到一些演员的思想、性格，写了一个短篇小说《落果》，约九千字。

小说的主人公的模特是那个小女孩陆光（你会记得的，你在新会养病时，她去看过你，你还给她题了字）。写的是一个天真活泼，并很有发展前途的小演员，由于种种原因，现在嫁了一个香港客（我一到高州便逢她结婚，才十九岁，在参加了她的婚礼，心情的难受，你可以想得到）。在小说中，我力图在这事情中寻找它的社会原因。写完之后，看到了《人民日报》社论《必须加强思想政治工作》中指出：由于不断向外开放，资产阶级思想的腐蚀是一定出现的。如果说主题的话，小说正与社论这一提出不谋而合。在小说中，我写到她的公公，真人是一个三十年党龄的老干部，公社办公室主任，两年内把全家弄到香港去，最后，找到了陆光作媳妇，一同弄好了去香港的"合法"手续，公公早去了，陆光明年初也去了。在小说中我提出：当年曾经为之流血拼命而建立的新社会不要了，不但不要，相反，却削尖了脑袋钻回另一个人吃人的社会。这种人，三十年党龄在他眼中不过是草芥罢了，这种人，难道仅此一个吗？

小说的调子是低的，面对这样的现实，我高昂不起来。手法上吸收了一些"意识流"的写法，我觉得它正如王蒙所说：好处是不受时、空的限制，节省不少文字，而且可以像诗一样来抒发自己的心情，未知你有何看法。

前几天去了一趟阳春，看了当地的岩洞，其中有一个凌霄岩，真是叫人惊叹。我无法描写它，只觉得广西所有岩洞，凡是开放了的，我都看过，似没有一个有它如此壮

---

① 1980年，韦丘挂职高州县委副书记。

美,光钟乳石一项,就有无数条高达七十多米高,几十人合抱也围不过来。桂林岩洞有的,阳春都有,而凌霄岩则是桂林所没有的,进去简直是个神话世界。现已开辟成旅游点,吃住都方便,如你身体好些,真值得一去。爬不上去,光划艇一游那条地下河就开了眼界。

春节前我打算回广州,组织一些诗人、画家、书法家去阳春一游。现在阳春的第一书记即高州的第一书记郑志辉[①],他欢迎我们去,一切都包起来。阳春可有钱了,今年超额上交200万元,这次是他请我去的。

下一步打算把高州的文联工作搞起来,协助他们开办一些业余作者的文学创作讲习班,以小报的形式恢复《高州文艺》,能够为高州的业余创作队伍加强,写出一些较好的作品来,也算是不虚作这个"书记"了。县委也是这样希望我的,一边做些工作,完全不妨碍自己写,主要的是在此上下一心,互相支持,互相依重,工作愉快,完全没有那些无谓的纠纷,心情是愉快的。日子过得很快,组织部只让我在此半年,这显然是远远不够的。因此春节回来我便写报告申请延长一年,然后在八二年转到阳春去,再当他一年书记。不过这是后话了,望你能支持我。

你关心的那三首小叙事诗,《花城》已发第七期,去年写的长诗《青春和爱情的故事》,已在广西的《漓江》第三期(十月份)发表,顺告。

你的身体好吗?如果还要找地方休息写作,可托出版社的同志告知李汗[②],他已调出版社文艺室工作,已经上班了。一告诉他,他便会来看你,并为你尽力安排好的,一切交通、住宿他都有办法,他家可真是个好地方!

一给你写信,便有说不完的话,写得长了,字又潦草,费你精神了。

又,李昭[③]随我来,已把黄业[④]同志的回忆录重写了一遍,共十章十五万字,月底便回广州。问候陶萍。

礼!

韦丘　十二月十六日于高州

---

① 郑志辉,湛江人。1990—1996年任湛江市市委副书记、市长。

② 李汗(1931—　),广东新会人。曾任《广西文艺》编委,中国作协文学讲习所学员,广东人民出版社编辑,花城出版社小说室主任,广东省新闻出版局报刊管理处处长。

③ 李昭,韦丘夫人,广东人民出版社文艺编辑、副社长。

④ 黄业(1919—1997),原名黄业成,广东惠阳人。曾任北江军分区司令员、广东省省军区副司令员。

1981年1月8日

萧殷同志：

　　元旦写的信收到了，知道你身体不好，很是不安。我把你信中写的病况让这里的老医生何元基看了（他就是你那次来高州时给你看过病那个），他开了两张药方，他说你的病状不是肺热，而是肺寒，可按药方开的连吃多剂。另外黑锡化丹丸，是中药成药，但不好买，高州根本没有，如在广州或在别处能托人买到，亦可服用。现将两条处方一起寄上，如能有些收效，可以将情况继续写来，让他继续开方。另外，你一定要注意多休息，不要接待太多客人了，非不得已，也不能谈得太长时间，尽量想法找点可口的东西，多吃点饭，以补充体力，也不要用脑子太多，写东西也应适可而止。早上起来，尽可能下楼走走，活动一下，适量增多，总比不动好些。

　　《作品》敞开，印数会增加是自然的事，但广东的读者减少，也早在意料之中。你用"赌博"二字来形容当前的印数，真是妥帖极了！编辑有同志来信，也透露出左右为难之意。我想他们过去有闪失是事实，想做好是有这份心的，但由于心情很不舒畅，加上种种客观原因，有时也会力不从心的。基本情况你是知道的，但有许多具体问题，你不管事就不一定知道的了。我离开了三个月多，单看那些人事变化，也可以看出问题来。作协这样的局面，长久下去，何止仅仅是印数是"赌博"？以一己而治天下，何尝不是一场"赌博"？

　　我那篇东西，是吸取其不受时空限制之长，使用更多一点第一人称的抒情、议论手法而已。具体说，是从眼前事联想过去的人物发展历史，又从人物发展的历史中抒主观的情怀，发主观的议论，这是看过的朋友都看得明白，并认为我是用写诗的手法去写小说，欧阳翎他们看过，也未说看得明白，认为"文字十分抒情流畅，颇有吸引力，形式也新颖别致"。认为修改一下，可在《作品》发，但未知上头意见。能否在《作品》发，我也不抱多大希望，寄回去只有两个意思：一、广东作家，有了作品，先给自己的刊物，我觉得这是一个责任；二、给老朋友看看，听听意见，看看在自己人中能否看得下去。第一点意见，在前些日子，未敢坚持，怕人说利用职权，占领篇幅。去年的《林溪谈话》，他们本想早发，我主动提出不要早发，第六期才发了我的文章（谈诗歌的文章，稿子在新会时你看过的，后来在省文代作为发言）；请他们要发也放在九月以后。现在我没有这种顾虑了，秦牧创作假，已有人担纲，我这所谓第一副主编，实际上已是

取消了，至少是名存实亡了。我绝不计较这些，说的只是现实，人家怎么会使用一个处处都搞"非组织活动"的人呢？但这也正中我的下怀。能有机会下来生活，一个作家，只要还能写作，他的生命还是青春不老的。

有同志来信说：那天老头子大扣帽后我没有反驳，对我颇有意见，说我不敢斗争。我理解他们，但不同意他们对我的结论。胡耀邦同志最近有一次讲话说，当领导的不要做矛盾的激化者，这话很好，说明我不反驳，正是做了不当"激化者"，而别人要做，那则由之，责任在他。历史和时间，党员、群众是最公正的法官。你说对吗？

你的住处环境越变越糟，身体好一点，就住到乡下去好了，至少空气好一点，开朗一些，心情也舒畅一些。我也很怕广州了，去一次邮局，买一次菜回来，便觉得眼花缭乱，头脑昏然。也有到小城镇去度晚年的想法，当然这是瞎想。你争取多点时间在乡下，于创作，于卫生都好，何乐而不为呢？昨天我寄出了一份一年工作创作的汇报给主席团，与党组织支部，一份副本给梁梅珍[①]那个联络科，以尽一个党员，一个会员之义务。其中提出延长挂职时间，并请报组织部，我想你是支持的。这份汇报主要部分是介绍了高州的一些情况，还报了个发表的账单。这里有几个数字，也写给你让你了解我的情况：80年全年发表诗68首共1471行；散文两篇11000字；杂文、评论6篇，14300字。诗以20行一千字算，连同文字合起来，发表了十万字。也可说不算勤，也不算懒了。当然，写了和已知即将发表的还有一批，这就算在今年的账了。

李昭已于元旦前回广州，她打算递退休报告了。我也主张，人，特别是妇女，年纪大了就迟钝了，何必占据那个茅坑呢？当然作家、画家是个例外，可她是个副社长——行政官员。应付人事关系，她已吃力，何况又老了呢？美术成立出版社，罗宗海[②]任总编，极力接她去美术出版社当社长，看她来信是不太想干了。这也好，退休后，读点书，说不定还能写点作品呢？

又是啰嗦一大堆，就此打住，我二十号后回广州过春节，回来时再去看你并畅谈。问候陶萍。

新年好！

韦丘　元月八日于高州

---

① 梁梅珍（1936—　），原名梁德昭，广东梅县人。《作品》编辑，广东作协组联部主任。

② 罗宗海（1935—2020），广东潮州人。毕业于中南美术专科学校油画系。《广东文艺》杂志美编、编辑部副主任，广东人民出版社美编室主任，广东省新闻出版局局长。

*1981年5月12日*①

萧殷同志:

趁范敏②同志回广州，托他带上一盒元肉给你，并向你和陶萍问好。

钢鸣同志的追悼会，恰与高州县创作会议同一天，而县委分工我自始至终主持其事，因此无法参加，心中一直不安。

来高后又两个月了。曾在一个公社中的三个大队作了一些较深入的调查，了解到包干到户的做法和情况，写了一篇约七千字的文艺通讯《清明谷雨》寄回作协联络科，同时给《南方日报》发了稿。这种大包干责任制对穷队改变面貌得到温饱确是灵丹妙药，同时它决不是分田单干。回来后再给你细说。我是因为该公社受到很大的压力而专门去作调查的。这篇通讯我抄了一份给常委会作汇报。

两个月来，写了两篇散文，一篇是应《黄金时代》写的《当我年青的时候》，五月中可刊出。一篇是写老区的《篱竹火把》，约七千字，也是湖南《芙蓉》的约稿。命运如何，未见回音。

现在在写一组诗，主要是写农村面貌的改变。并从生产力与生产关系要适应这个角度去写的，很吃力，但有趣，还得求助于"象征主义"手法，现在写了七首，约百行，还继续写下去，回来请你看。

可喜的是，近来创作冲动很强烈，还想写两个短篇，写完诗后就动手。

越来越觉得这种生活方式的好处。人熟、地熟，一次会议，便能听到和理解许多可供写作的素材，事半功倍，还未能道尽其意。听过之后，再下去有目的、有对象地了解。熟了，就无话不说，变成了朋友。还用"采访"么？

会议中，干华③、三泰④来讲学，反映很好。尤其是干华，既实际又生动。

我给干华写了首诗，可见我的心情："青青缅茄树，悠悠铿水心。清茶消积垢，旧酒洗器尘。鄙薄豆萁逼，欢歌稻菽情。客中逢知己，论月说星星。"

---

① 萧殷注：十九日收到，因廿日去京，来不及答复。十九日晚。
② 范敏，广东省剧作家协会干部。
③ 杨干华（1942—2001），广东信宜人。时任广东文学院作家、广东省作协专职副主席。
④ 洪三泰（1945—　），广东遂溪人。中国作协广东分会副秘书长，广东文学院院长。

此间文艺思想颇动荡,谣传也多。会议的指导思想是四期《文艺报》周扬讲话①为口径的,未知可有闪失?

月底拟回广州一行,了解一下形势,再到其他地方的农村看看。拟广视野,夏收时再回高州。见面详谈。请保重。

韦丘　五月十二日

---

① 周扬《解放思想,真实地表现我们的时代——谈有关当前戏剧文学创作中的几个问题》,载《文艺报》1981年第4期。

韦嫈来函1通

韦嫈(1922—),原名张月琴,江苏常州人。曾任张家口华北联合大学干部,北京《大众日报》《工人日报》记者,中国作协创作委员会秘书,天津作协专业作家。

1979年12月7日

萧殷同志:

回去以后,身体如何,十分惦记。看到你那么瘦弱,还在坚持工作,对我说来,真是鞭策!希望多加保重。

利用空暇,写了个短篇,寄去给你看看。因为我后来离开北京作协,到了天津,你对我的文学素养、写作水平是不了解的,寄上这篇请你看看,也是为了征求你的意见,看看我这个水平,写出的长篇①寄给哪边为好?否则,可能碰钉子。在东总布胡同②住时,感到你为人亲切,肯于帮助水平低的文学青年,留给我很深的印象,因而我的那部东西,便想到请你参谋参谋。我从离开艾青后,一直下工厂,又上来,又下的,折腾了相当一段时间。带着四个小孩,又下厂,又写写,弄出这部东西也实在不容易,但最近有些灰心,怕弄不出结果。曾请一位"革命的一家"整理人何家栋看了五分之四,他认为:故事情节的安排、人物的描写都尚可以。认为够上出版水平。希望我给天津"百花"③,可是天津有一位同志又认为不如先给北京人民文学出版社,因为他们当初曾决

---

① 韦嫈长篇小说《从前有个姑娘》,1986年7月由漓江出版社出版。
② 韦嫈1939年与艾青结婚,1949年后住进东总布胡同中国作协宿舍,直到1955年离婚。
③ 指百花文艺出版社,成立于1958年。

定出，后来不出是因为要搞奉命文学，要我改成"揭资"的，我没有改。但我想，我水平不高，人民文学出版社听说压了许多稿子，加上他们可能要求高，所以还没有决心给他们。你在京时曾说，最好弄得好一些再送出去。可是，我水平有限，弄来弄去可能也就那样了。你先看看我这短篇，帮我出出主意，如何？听说蒙蒙在《作品》编辑部，也请她看看，如《作品》认为可用，给他们也可，如不用，不必再寄还，我留有底稿。总之，这篇文章寄去是请你参谋参谋，看看我这个情况，长篇放到哪里去好。长篇送给龙斯荣①的话，他当年曾看过，他当时看得很快，一个多月就找我（一九六五年），表示决定出版的。后来叫我修改了两次，他们要求改的我也改了，最后提出要我把斗争的矛头指向资本家。我没改，这样就不知道他们到底是不是推辞？假如是因为我改后还不满意，再送去是否碰回来？你看呢？当然，这两年，我又修改了不少的。

因为是老同志，又知道你关心像我们这样水平不高的人。所以麻烦你帮我出个主意！在丁玲同志处碰到人民文学出版社小说组组长②，因为丁玲口头介绍，那位同志当然表示欢迎。但我看，实际情况还得在于自己的东西如何？故函请你帮助看看稿子，想必你会热情协助。你身体那么弱，这将增加你的负担，先行道谢！

陶萍同志一定也忙于写东西，假如她有时间，也请她帮我看看，出出主意。来京时，或能来我处玩。北京文艺界我不大去接触，因为免得刺激神经，再说，别人也不是都乐于助人的。所以不远千里写了这信。再见，敬祝

冬安！

韦婴　七月十二日

---

① 龙斯荣（1934—2011），湖南祁东人，法学家，吉林大学教授。此处或指龙世辉（1925—1991），湖南武冈人，人民文学出版社编辑。

② 或指刘剑青，曾任《人民文学》杂志小说组组长、副主编。参见刘剑青致萧殷函。

苇文来函1通

苇文，业余作者。详情待考。

××年4月13日

萧老：

您的信编辑部给我转来了（不是原稿），我一连读了三遍，现在读是第四遍了，并且把大部分句子都画起来和圈起来（这些句子都是重要的）。您的信和批下的意见，使我越读越激动，心绪不能平静，一方面，我庆幸得到您的指导和激励；一方面，又难过自己写了这几年来东西，还未入门，我痛恨四人帮，同时也骂自己愚蠢，笨蛋！

萧老，我太多谢您，特别您在住院期间，又得做着许多必做的工作，也还替我看稿，为我费心，这就使我更加感动，对您更加敬重，我要记住您老的话，认真地学习，努力克服我写作上的缺点。

那天我见您回来后（本月十一日），便翻回您老的55年写的《孟泰仓库》。作品里，您不仅看清了"小屋"的"模样儿"，而且真的，您"从这间小屋里看出老孟泰的心灵"。就是作品的末尾，您也没放过写老孟泰的性格，还叫他拾回"一块焦煤"。……这就使得老孟泰这个人跃出了纸面。

最近我计划认真学习老前辈的一些作品。这两天来搜集到的：您老的《孟泰仓库》，李准的《李双双小传》，鲁迅的《祝福》《孔乙己》《阿Q正传》，还读读赵树理的《小二黑结婚》。除继续收集学习老前辈的作品外，陈国凯同志最近写的几篇作品,我同时列进学习计划之内。《法国短篇小说集》[1],我一方面托朋友帮忙买,一方面预备"五一"一早去排队,希望能买得到。我设想,通过一段时间的刻苦学习,能写出一两篇比较像点样子的作品来。

萧老,您的身体不太好,而且很忙,从心里说,真不想多给你增添麻烦,伤您的神的,但出于要求进步的愿望,谨向您提一个小要求:可能的话,我希望能参加文联组织的一些作者活动,借此让我得到多一些的学习机会。过去创作室组织的一些作者活动,我是得到通知参加的,且也曾是填表备案的工人业余创作组成员(当时是郁如同志抓的,现在也许散了)。后来,一九六七年初,厂清查运动开始,由于一些事情的误会,我受疑审查,就一直没通知参加了。(受疑的事,厂里很快就查清了,确是与我无关。这些事,去年我就想找您说说的,但是您身体不太好,后来又忙,就没有说了。)我的要求,不知可能否?也不知过分不过分?

我下星期来医院一次看您。您的时间是很宝贵的,咏瑜和陈绍伟[2]都这样说:"很想念您老人家,希望经常得到您的指导和帮助,但又不愿多打扰您。"我们在讨论着说:"长时间看不到萧老我们心里是受不了的,只可把时间拉长,三五月看他老人家一次,平时多看他的著作,看到创作室的同志就打听一下情况。"萧老,想念您的人,希望得到您的帮助和教导的人,不止我们三个,很多读者、作者都有这种念头存在,都希望得到您多一些的帮助,对祖国文学事业作出更多的贡献,您要注意保重才好。

愿您早日恢复健康。

苇文上　四月十三日夜

---

[1]　《法国短篇小说集》,赵少侯编选,中国青年出版社1978年8月出版。
[2]　陈绍伟(1941—　),广州市郊区文艺宣传队创作员、白云区文化局干部,《花地》杂志主编,《华夏诗报》主编。

文毓来函1通

文毓,文学爱好者,详情待查。此函刊登于《广州文艺》1979年第5期。

1979年1月×日

萧殷同志:

我是个酷爱文学的青年,现在从事共青团的工作。很早我就对文学产生了浓厚的兴趣,可是没有机会进行这方面的深造和学习。虽然在平时我也搞一些文字工作,可是要想创作出一部像样的文学作品来,那可真是心有余而力不足啊。

这些年来林彪、"四人帮"这伙万恶的坏种,践踏了我们中华民族的灿烂文化,把知识当作揩脚布,艺术成为最不值钱的东西。有多少如同您这样的为青年们所敬佩的老作家成了罪人,又有多少青少年在他们的坑害下成了"文盲加流氓"式的当代"畸形儿"。林彪、"四人帮"不但劫掠了我们美好的青春年华,而且也破坏了一切可以发展我们兴趣爱好的环境和条件。我们真是恨透了这帮魔鬼。

几年来,我一直坚持自学,坚持写作练习,除了搞好自己的本职工作外,我把业余时间都花在这种学习和工作上。我利用自己现有的条件,吞嚼着能找得到的书籍和杂志(两年前还不得不偷偷摸摸地读这些"禁书")至深夜。这样做不是为了别的,而是感到了一种责任在催促着我。我时常在想,伟大的祖国啊,这个世界著名的文明古国,您有着几千年悠久的文化历史,您曾为人类创造了无数不朽的艺术珍品。我们作为中华民族的子孙,怎能不为自己的民族文化增添荣誉,怎能不为祖国的文艺百花园地去增添一点芳香呢!可是几年来我们总感到自己的前进是盲目的,提高也是缓慢的。我们多么希

望有个辅导青年的文艺刊物来指引我们啊!

今年初,我写了一篇很不像样的小说。我之所以写这篇东西,完全是出于对万恶的"四人帮"的控诉。这些年来,林彪、"四人帮"给我们青年一代造成的灾难多么深重!我们搞青年工作,有较多的机会了解青年。当我们看到有些青年不学无术,胸无大志,碌碌无为,虚度年华;还有些青年醉心于吃喝玩乐,迷恋于谈情说爱,把自己的青春埋葬于颓废的酒杯与个人主义的温情之中,不能不令人触目惊心!同时我们也看到许多富有朝气的青年,无论是在"四人帮"飞扬跋扈的日子里,还是在新时期的征途中,他们都满怀共产主义的伟大理想,勤奋学习,努力工作,用自己的实际行动谱写着革命青年的青春之歌。还有不少青年人向我谈起自己的生活、爱情,其中有欢乐,也有悲伤。但作为一个革命青年应该如何对待生活?如何对待爱情呢?由于一些真实生活的启发,我写成了这篇小说。我深知它不论在政治水平还是艺术表现上都达不到我预期的目的。

但是怎样才能深刻地反映我们青年人的生活呢?类似爱情、悲剧这样的题材是否能表现呢?我和一些朋友曾反复讨论过。我们认为爱情和悲剧都可以反映,关键是怎样去反映。虽然"四人帮"被人民抛进垃圾箱里已两年了,但这具僵尸遗留的臭气依然飘荡着,毒害着我们青年人。尤其在文艺创作上,有些人更是战战兢兢,胆子小,步子慢,写出的东西仍是别别扭扭带着浓厚的"帮"味。今天下午我们单位进行"理论与实践"问题的讨论,当讨论到评价文艺作品问题时,一位平时颇有点"才学"也很有些"见识"的干部却说:"前几天,我看了一个话剧《西安事变》,总的感觉还不错,可是里面有一个情节太不攒劲('攒劲'是好的意思),是国民党西北军的一个连长,在阻止学生们示威时用陕西话骂了一句:'妈的×!'这句台词太不攒劲了。舞台艺术总得高于生活,让这样的台词出现于舞台就太粗鲁、太不攒劲了,太不攒劲了!……"听了这话以后,我十分惊愕,可使我更加愕然的是绝大部分人竟迎合赞同(更有甚者,我们单位的领导也赞同这个观点),并指责编剧者竟把骂人的话写到剧本上去。我简直不明白,这些人即使不懂得文艺,也该懂得一点生活吧?难道让一个国民党的连长对老百姓毕恭毕敬地唱颂歌才称得上不粗鲁了吗?这样的例子,在我们的生活中难道仅仅是个别的吗?

由此看来,这些年来,在"四人帮"的糟害下,我们这样一个有着光辉灿烂文化的文明古国的文坛艺苑竟是一片萧瑟凋零,没有创作,没有评论;在"四人帮""愚民政策"的浸蚀下，我们某些同志的思想至今还如此僵化、愚昧！此时此刻，纵观世界，目睹现状，凡是一个真正爱国的热血青年怎能麻木不仁，无动于衷呢！凡有远大理想的青年，要奋起，要努力，要战斗呵！正是在这种精神的鼓舞下，在伟大时代的催促下，在"不虚度年华，立志做一名无愧于伟大时代的战士"的坚强信念的激励下，我们义不容辞地拿起了手中的笔参加这场战斗！在这个战场上，我们毕竟是新兵，空想多于实践，幼稚多于老练，常常踯躅徘徊在文学创作的云山雾海，我们是多么渴望有个专门辅导文艺青年的刊物出现呵！

　　萧殷同志，我终于想到了您，我知道您工作繁忙，身体又差。我反复考虑多日，今天终于鼓足勇气来打扰您，向您倾吐我心中的夙愿。希望您和您的战友们筹办一个辅导青年、指导青年写作的文艺刊物，并希望它能早日出世！

　　我虽然没有见过您，但我却熟悉您，如同千百万爱好文学的青年人一样常在报纸杂志上见过您。您虽然不认识我，但您是熟悉我们这些青年人的心情的，这正像您能理解许多仰慕着您，而且亲身经受了您的指教的爱好文学的青年人一样。……

文毓　一九七九年一月

吴超来函1通

吴超（1929— ），原名吴君超，安徽桐城人。1956年转业中国文联，曾任《民间文学》编辑，《诗刊》编辑，《民间文学论坛》编辑部主任、副主编，《中国歌谣报》主编，《通俗文学选刊》主编。

1978年2月16日

萧殷同志：

春节好！向您拜个晚年。

告诉你们一个好消息，为隆重纪念3月5日总理八十诞辰，中央已批准在三月号《诗刊》上发表"周总理青年时代的诗"（目录抄后）。我们正紧张地忙着发稿，还发了一大组歌颂总理的诗。同时，要搞一个大型的诗歌朗诵会……

去年随葛洛①同志去南方跑了一圈，特别在广东给我的印象最深。由于省领导和同志们无微不至的关怀，使我大开了眼界，长了见识，受到教育，真是十分感激。离穗时，曾登门辞行，你住医院了。现知你出院后，又具体抓《广东文艺》了，工作一定够忙的。

在穗开座谈会时，我坐在您的旁边。您对诗歌创作特别是诗的意境很有兴趣。不知文章写出来没有？葛洛同志常提起，常问起。这封信，也再一次地向您约稿，急切地等待着您的回音。

回来后，一个大事接着一个大事，忙得不可开交。直到今天才给您写信，请原谅。

---

① 葛洛（1920—1994），时任《人民文学》副主编。

望您注意身体。并祝

创作丰收!

　　　　　　　　　　　　　　　　　　　　　　　吴超　七八年二月十六日

　　葛洛、严辰问您好,问编辑大伙好!

吴远来函1通

吴远，业余作者。通信地址：广州市国营白云山农场农业机械厂。

1977年10月13日

敬爱的萧老师：问好。

转眼又好久未来拜访了。

知道您在省创作会议上为广大的文艺工作者及业余作者们讲出了心里话，并且在报纸上读到您热情接待"向阳花"的赖同志，衷心祝贺老一辈作家在打倒四人帮之后能扬眉吐气。今后广东文艺大有前途。

近月因工作繁杂，故未能赶在创作会议之后去请教。请代向陶萍老师问好。

（小书架不日送来，待有车时物与人同来。）如还有什么吩咐即来几字。

握手。

学生：吴远　七七年十月十三日

吴允海来函1通

吴允海，文学爱好者。通信地址：湖北省洪湖县代市公社社直学校。

1980年8月26日

敬爱的萧老作家：

我八月二十一日参加县教育局组织的工调验收工作，于八月二十五日返回学校，同事当即将您的来信给我。拆开，我捧读再三，心情像汹涌奔腾的大海波涛，长久不能平静，彻夜没有安眠……

真没想到，与您素不相识且在文学上并无造诣的我，给您写了一封信，您竟会抱病给我回音。一想到您的病，我就痛恨自己冒昧给您写信，而干扰了您的病休。然而，我又觉得，我给您的信，是一封非常有价值的信，它使我又从您那里得到无限巨大的精神源泉，是推动我坚定不移地迈向文艺大门的精神支柱。

我曾一度设想，在适当的时候，亲赴"羊城"，拜访您老人家，但是，我又暗自忖度，只在这九百六十万平方公里的土地上，希望能拜会您的人何止千万，我怎么能为了自己求学而不顾打扰您的正常工作呢？我不得不多次非常惋惜地放弃了我这一十分宝贵的设想……

近几天，我常常恍恍惚惚，看到您老人家正拖着虚弱的病体，十分艰难地挥笔在给我回信……想当初中国文化革命的主将鲁迅先生对青年一代的亲切关怀，也不过像您这样对待我吧！因此，我以为称谓您为活着的鲁迅先生是一点也不过誉的。

敬爱的老作家：请您不要再对我回信，您安心地养病吧！今后，我能在有关文学作品上看到您的文章，就好像是您给我的亲笔信一样……

看过您的信，我立即给您回音，但写了又改，改了又写，总感到不能表达我对您无限敬仰的真切心情，但我总不能把对您的信继续拖下去，因而只好作罢。

衷心祝愿您老人家早日战胜病魔，尽快恢复健康，重返光荣的战斗岗位！

学生：吴允海　八〇年八月二十六日

武国华来函1通

武国华(1934—2009),河北行唐人。河南省文联委员、河南省作协理事。曾任《河南日报》副刊编辑、河南人民出版社编审。

1981年1月17日

萧殷同志:

您好!您在普及文学知识方面是做出了贡献的。影响很大的。在五十年代和六十年代,我在《河南日报》当副刊编辑时,就喜欢您的文章。

由于林彪、四人帮的迫害,几经风雨,我又来到河南人民出版社文艺编辑室工作。最近,我们打算把《文学知识》办起来。特去信请您撰稿,在第一期上发。尔后,请你经常为我们赐稿。如能如愿,我们是十分感激的。

我们已向社党委和局党组建议,拟请您为《文学知识》的顾问。待党委定下后,便可发聘书。我先和您说一声,望勿推却为盼。此致
敬礼!

武国华　一九八一年一月十七日

又及:请函告确切的通讯处。盼复。

谢发旺来函1通

谢发旺，广东龙川县佗城镇（公社）工作人员。

1980年12月9日

萧殷同志：

谅你们近况工作繁忙，身体一切都好！

我在2号下午四时安抵佗城，勿念！我在9号接萌萌来信一函，催请罗秀娥同志尽早些去穗帮助之事，我很明白，但是近来去广州的货源甚缺，到了几个单位去找都说无货去穗，所以无法确定。我又将此情况转知罗海清老师和刘均新二人，叫她购交通车票作速去穗为盼。今天我又听刘均新同志说，已确定在12号罗秀娥同志搭县水轮机厂的货车前去。是熟悉的司机，方便得多了，这事请你们放心。我因回来时事情比较多些，虽然托带的二株花已交给罗老师，将花即晚播种下去，但是我仍没亲面见到罗老师。相信他一定会给你回信说知情况。望你将罗秀娥同志去穗的情况转知萌萌同志，免致想念为盼，我不再另寄信给她。祝你们身体健康！

并向陶萍同志、权权、奎奎等问好！工作顺利。

托购豆腐片之事待后买去。

同志：谢发旺　十二月九日

谢金雄来函1通

谢金雄（1934—2019），广东电白人。毕业于暨南大学中文系，萧殷弟子。曾任珠海县委办公室副主任、佛山地区文化局局长、珠海市委常委、副市长。著有长篇小说《闹海记》（上、下卷，合作）、《彼岸情思》等。

1978年8月9日

萧主任：

我六号从珠海回来，看到了你寄来的稿件和赠阅的《习艺录》，很高兴。

《闹海记》下集①，写了25万字。这次在珠海，根据你提出的要写成具有"政治力量和艺术力量"的要求，我们进行了一番讨论研究，以求把质量搞好些。但又感到我们的水平太低，技巧拙得很，不容易把作品写好；加上，在下面搞创作，条件、环境不理想，周围整天闹哄哄的，写了出来，又缺乏充足的时间细磨，也是影响作品质量的原因。

七月号的《作品》，质量有明显提高，看后令人心情舒畅，但是与六一、六二年你亲手办的来比，还是有很大差距的。你和欧阳山同志的文章，很有吸引力，看后令人心旷神怡。我们认为，这两篇文章，确实抓住了当前文学界的要害问题。培养建立文学队伍，从上到下叫了一年多，但没看过，也没听过有什么具体措施。你的文章总算把措施提出来了！这对全国也有普遍意义。以后，且看省委如何动作了。题材多样化和人物多样化问题，也是当前创作上的要害问题，但解决这问题很不容易，非狠狠地深批林彪和

---

① 《闹海记》（下），唐允双、谢金雄著，广东人民出版社1979年12月版。

"四人帮"的谬论，肃清他们的流毒，就不能解决创作思想问题。目前，文艺路线同组织部门、政法部门一样，假左真右的东西很多，有不少同志，包括一些领导同志，仍被什么"利用小说反党"一类的警句束缚工作，工作和创作放不开手脚。这类问题没有强有力的措施是不可能真正解决思想方法的。

原来拟去广州探望你，返到佛山，一大堆事务，连续开会；今天又收到出版社同志来信，说月中或月底要来看稿，又得应付，恐怕探你的愿望要迟一些日子才能实现。有什么需要，请先来信告知。

顺带说一点意见，《习艺录》印得太少了，整整一个佛山地区，七八百万人口，只来了二万本书。青年作者一见面就向我索取，说是我的老师写的书，一定容易买到，却不料书店一本也分不到我们。原来我们准备购买几十本送给业余作者，但是光给学校图书馆和集体单位也不够，结果我们一本也买不到。对此，我们建议出版社迅速重版。

余事见面再谈，问候陶萍同志。祝你
早日康复！

谢金雄　八月九日

徐健伟来函1通

徐健伟,广东省南雄县房管所工人,业余作者。

1979年7月13日①

萧老师:

您好!

我是个有志于文学创作的青年工人。不久前,我写了自我学习以来认为比较满意的一篇小说——《宋大娘的叹息》。说到满意,那是它所包含的内容乃是我最熟悉的东西,写起来得心应手,写好后畅快淋漓,并且文中所揭露的和所赞扬的都是人民所深恶痛绝的和热烈向往的;而我,自以为完全忠实于生活,做了人民的代言人,尽管在艺术上还很不成熟。

小说的故事情节大致如下:

粉碎"四人帮"的前三个月,身为八口人家之主的宋大娘,为自己那年已三十的大儿子的婚事担忧。并非找不上对象,而是婚期在迫,却苦于没有房子成婚。因为她家总共才有二十多平方的住宅面积。

在呈送了十多份要求安排住房的报告给房管部门,却被置之不理的情况下,宋大娘决定亲自去找主管人员商量解决。在房管所,她遇到一位上班时管自打毛衣,对来访群众傲然粗暴的女办事员。这种粗暴的态度激怒了她,致使她和女办事员吵起架来。随后有二位群众劝解。一位是旧的社会习惯势力的代表人物——身穿"维民论"衣衫的人,

---

① 萧殷曾将此函批转黄培亮。参见萧殷致黄培亮函。

他向她传授处世待人的"秘诀",让她去买礼物送给房管所主任;另一位是身穿工作服的工人,他对"维民论衣衫"那种处世哲学很反感,并向宋大娘说明:"咱们新社会,就是不能容忍这种'现实'(指请客送礼、走后门)存在!"

可是在那种特定环境下,宋大娘终究拗不过"现实"的魅力,经过一番思想斗争后,只好无可奈何地进行生平第一次的"尝试"——送礼。房管所的邢主任虽是党的干部、人民的勤务员,可他信奉地主、资产阶级及其代理人"四人帮"的那套"在其位谋其利"的丑恶思想,竟把宋大娘的礼物如数收下而不给她解决问题,甚至还多次诈骗她的东西,然而她却蒙在鼓里。最后一次送礼时,她才得知邢主任早已调离房管所,于是不得不提着礼物郁愤地回到自家。

经过几次受骗的宋大娘,不想再去找新上任的郝主任了,因为她担心他也是邢主任那种人。不料"文革"前的房管所老所长、现任复职的郝主任却自己找上门来,他向宋大娘讲述了打倒"四人帮"后房管部门出现的可喜局面,向她描绘了一幅房管部门今后的"四化"蓝图,并且还给她带来了好消息:经过调查研究,本着优先安排困难住户的原则,她家已分配到一间新房子,她儿子也就可以在预定的日期办喜事了。原来这郝主任就是那位穿工作服的工人。

这时,宋大娘激动地拿出原来准备送邢主任的食物,摆在郝主任他们面前,聊表感谢之意。但郝主任是位作风正派、联系群众的好干部,面对着群众的心意,他只是道谢,却拒不接受。最后,宋大娘看看这些食物,再看看已经离开她家的郝主任的背影,不禁自心底发出一声感慨万分的叹息。

这篇习作修改后,曾投寄到《作品》编辑部,希望能得到一些宝贵的指教。投寄前,曾给我的几位朋友看,请他们提意见。其中有一位对文学亦有所爱好的朋友看后说道:"这篇东西比较真实,像我们厂的某个职工就有类似这样的情况。不过,你所写的题材,正是当前最感头痛的社会问题。如果人们看了,定会使他们发泄对社会的不满,特别是那些至今不够房子住的人。所以还是少写这类题材为妙。即使准写,也将会被打入冷宫。"

联想起黄安思同志的《向前看呵,文艺》,我这位朋友的话仿佛一盆凉水,浇冷了我的创作热情。我不能不因此而思索起来:难道这类题材真不该写吗?不是提倡题材多样化吗?不是允许写社会主义时期的"阴暗面"并借此使人民"感奋起来"吗?难道邢主任这类人物非得是四人帮的亲信、爪牙不可吗?难道宋大娘的上当受骗不是在那种生活环境中，人们所常见的事吗？

如果是这样的话，我倒有点迷惘不解了：刚刚迈出了第一步，而且这一步还是从真实生活中摄取而来，就有摔跤的危险，那么，今后的路该怎么走呢？是脱离现实生活去胡诌一些我所不认识的人和事，抑或干脆"就此搁笔"，少吃盐少口渴？

苦思冥想，不得要领。万望您能在百忙中抽点时间，给予我宝贵的、具体的指导，使我在探索的道路上不至于多走弯路。不胜感谢！顺祝

身体健康！

广东南雄房管所工人　徐健伟

一九七九年七月十三日

雁翼来函1通

雁翼（1927—2009），原名颜洪林，河北馆陶人。1942年参加八路军，曾任第二野战军后勤部文工队分队长。后曾任《星星》诗刊、《四川文学》主编。著有《大巴山的早晨》《在云彩上面》等诗集。

1978年10月7日

萧殷同志：

你好。

在穗时，知道你忙，我也忙，没有去拜望，望谅。

来到京，看到一篇文章，我很喜欢，但我不懂。因此，想到大家都很喜欢的刊物——《作品》，更想到你。这篇文章，思想不太解放的刊物，是不敢发的。我想《作品》大约敢用，寄给你，由你审定。作者是《文艺报》的同志，名叫何孔周[①]，他是很喜欢你的文章的，也要我把他的文章寄给你。《星星》[②]复刊号□□会寄给你，你看后，望能写点什么寄给《星星》。这是你答应过的。

祝好！敬礼！

雁翼　十月七日

---

① 何孔周（1942— ），毕业于北京师范学院中文系。《文艺报》编辑、理论部主任，《文艺报·文学周刊》主编。

② 《星星》诗刊创刊于1957年1月，由四川省作家协会主办。1960年10月停刊，1978年10月复刊。

严庆澍来函7通

严庆澍（1919—1981），笔名唐人、阮朗等，江苏苏州人。曾任职于上海、台北、香港《大公报》。一生勤奋笔耕，作品在千万字以上，近一百部，最有名的是长篇章回小说《金陵春梦》。

1979年3月20日

殷兄如握：

弟自去年九月十二因脑溢血住院，于今春一月十七日返家，尚未返工，兄知之矣。有可能到从化理疗，兄可否为弟介绍一二？

客岁多谢赠弟大作一册，不但学习了，而且已见诸新晚①（介绍），来日当剪奉。

兹奉上拙作小说四册，请兄台指正。匆匆。祝

好！

弟：庆澍再拜　一九七九年三月二十日

赐教处：九龙跑马道拾壹号二楼。

1979年5月3日

殷兄：多谢介绍，弟已于五月二日抵达从化，住第一疗区107室。"天时、地利、人和"，深信对贱躯有太大帮助（此行由八办赐助）。

---

① 指香港《新晚报》，《大公报》子报，严庆澍任职于该报。

作协登记表已由罗孚①兄给我,是在四月卅日于火车上给我的,不慎当场弄湿,交不了卷。乞转告曾炜兄补寄一份,自当照填奉上。弟字不成形,请恕少写这封信了。

　　行前与吴其敏②、曾敏之兄通电话,他们说已寄书刊给兄,收到否?

　　奉上那篇介绍《萧殷新作》的拙稿,请勿见笑。因为弟以"弓满雪"名写小品,都是罗兄出差时填补他的《岛居小品》。弟并未在晚报副刊写小品,而且都是当天晚报出版之前,清样下去之后,吃过中饭在排字房收工前赶出来的,欠缺思考及推敲时间,乞谅。

　　为治疗(超声波),弟今天剃了个光头,颇为有趣。再谈。祝
好!

弟庆澍　一九七九年五月三日从化

　　请老兄勿过劳,至盼至盼!问候于逢、韦丘诸老友。

　　《作品》请自三月份起寄从化。《金陵春梦》当俟第五集③出版后一齐由出版社挂号寄上,请指正。

1979年8月1日

殷兄如握!

　　血压下降情况如何?十分惦念。上月间残云、韦丘、曾炜三兄来,对您的险遇转述颇详,知在新会休息,稍告放心。咱们"劳碌命",却都生了"富贵病",冤哉冤哉!此类病"贵"在静养,真教人气得够呛——话如此说,咱们真该平心静气地疗养,找个"空子"就抢一些时间,奋战而已。愿与吾兄共勉之。我近月来血压偏高,正在小心应付,顺闻。

　　文代会延期事,说明了一个人所共知的大问题,我赞成您的意见:不必掩饰也掩饰不了,不如面对面争辩,"真理只有一个"。大家为的是共同的事业,对的一方不可能骄傲,错的一方也甭颓丧。时至今日,我们应该也不能没有这种气度,否则事业怎

---

① 罗孚(1921—2014),原名罗承勋,广西桂林人,著名报人。曾任香港《大公报》属下《新晚报》总编辑。

② 吴其敏(1909—1991),原名吴锐心,广东澄海人。香港《海洋文艺》主编;香港中国通讯社副总编辑。

③ 《金陵春梦》第五集,唐人著,北京出版社1980年4月出版。参见北京出版社来函。

得了?

广东新华分社伊晓同志在此养病（他驻西藏四年，高原缺氧，心脏有病），前天离去。他说他认识贤伉俪的。

疗养院认识您的人更多。医生、护士、疗养员，知道我们熟悉，时常谈到您。几位护士曾在报上读到您当年的惨遇，完全是同情的口吻，一位疗养员谈到您在延安撤退时曾遭土掩（轰炸）情景，都很有意思，都不是太小的素材。

苏晨、易征兄上周来从化，约了一篇短篇小说（旧的）将刊《花城》五期；又为我出一本短篇小说集，约15万字，八月底交稿。连同《当代》约稿统统都是旧的，不能不着急，可就是"不便"动手（主要是伤脑筋）写新的。但愿疗养得好些吧。祝好！问候萍嫂。

弟庆澍上　一九七九年八月一日

1979年9月16日

殷兄如握！

近来精力谅必趋佳，定符私颂，幸勿过累，有厚望焉！

《作品》汇来百元，郭茜菲同志另有一信，隆情盛意，不胜铭感。除另函《作品》编辑部郭茜菲同志外，并请便中代转谢意，特别向吾兄致意，费用事告一段落。弟开支有限，兄不必再操心了，余容面罄，不尽欲言。顺颂

撰安！

弟庆澍上　一九七九年九月十六日

萍嫂安好。

1980年7月15日

殷兄如握：

您好！

弟治疗如常，一切"正常"，有进展而嫌太慢，但又奈若何乎？

舍弟自杭州送来天目山云雾茶，味道不恶，特请分尝，乞哂纳。

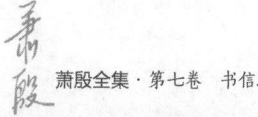

天气太热，诸请珍摄，少出门，宜也。此颂
撰安。

弟庆澍　一九八〇年七月十五日

萍嫂诸姪安好。

1980年12月16日

殷兄萍嫂：

好久不见，近况佳胜为颂。阅报上笔会消息及龙川游记，知贤伉俪已返来。弟上月收到吾兄信时正打算去岳阳治疗，因此不及复信，来回20天内"紧张惊险"，一言难尽。闹成失眠，最近才"恢复旧观"，以致复信迟了，乞谅。

主因是岳阳太脏，设备谈不上，官僚主义作风又太可怕。我自责此行太孟浪——尽管事前已做了调查工作，奈好多事情查不出来，例如苍蝇之多，多到令人目瞪口呆之类。

返后仍住东病区107房，顺闻。并颂
俪安！

弟：严庆澍　一九八〇年十二月十六日

孩子们好。

1981年2月23日

殷兄萍嫂：

新春快乐，阖府康吉！

弟返家已三星期，尚在"适应"这个社会的"节奏"阶段（太紧张，太快，太什么了）。

奉上二月十七日《新晚》一篇文章，王蒙不忘旧，凭这一点，大可风矣！此颂
俪安！

严庆澍　一九八一年二月二十三日

杨继业来函1通

杨继业，业余作者。曾任教于广东饶平县卫生学校，后调任广东省卫生局干部。

1978年1月16日

萧殷同志：

您老人家好！

省创作会议期间，得会尊颜，聆听了您老人家指示，甚慰！

见1月10日《南方日报》，方知您老人家贵体欠安，念念。谨望珍重自爱，认真医治，并祝早日康复！

为省卫生局调动，春节后，我们夫妇亦会返省卫生局工作。届时方亲往拜会。

春节期间，我们料无暇返穗，谨草数字，并祝新春

大安！

杨继业拜上　一九七八年一月十六日

杨家文来函2通

杨家文（1923—2004），笔名周敏，湖北浠水人。历任《长江日报》记者、编辑、文教部秘书，中共中央中南局宣传部干事，《南方日报》编辑部主任，《羊城晚报》副刊部主任，《广州日报》副总编辑，《羊城晚报》副总编辑。

1979年12月7日

萧殷同志：

听说你又进了医院，盼望能早点康复。住进医院也好，环境清静些；在家里，找的人太多了。

你的约稿信已另寄。虽则是个形式，表示表示我们的心意吧。我还是建议你考虑干脆写个小专栏《文艺书简》，如何？

这一封约稿信，请你签上几行字，转致兰州白银公司二中赵启强同志，我很希望他能为我们写些什么。从来信和来稿看，他是很有才华有思想的。

祝好。

家文　七月十二日

1980年1月29日

萧殷同志：

示悉。赵启强处我已另去信。《百分之九十里》的处理，后来我没详看。当时曾经给《广州文艺》同志说过，如删，希望不要伤筋动骨。看来，他们还是注意不足；也可能和编辑者的手眼有关。有适当机会，当再从旁提醒一下。

赵的长篇写得不错，很引人看，三十万字，我一连五晚就看完了。原想等他的最后一部，专写"文革"的，但他现在还未动笔。我初步考虑，现在寄来的头一、二两卷中的第二卷，也可以连载或选载，给读者先打个招呼吧。等他复信来再说。

希望你安心治疗，注意保重，年纪大了，体质又差，恢复是要慢一点，急不得。

我昨晚在街上给单车撞伤了脚，大倒霉。好在没伤到骨头，正在敷药，治疗。

祝好。

家文　一月二十九日

杨奎章来函3通

杨奎章(1921—2009),笔名杨群,广东梅县人。曾任广州市教育局副局长,广州市文化局局长、党委副书记,广东省政协副主席。著有《杨群杂文选》《片叶集》《秦牧散文的风格》《海内有知己》《盛世危言》等。

1979年4月22日

萧殷同志:

您好!

两旬不见,近状谅好?

自到文化局以来,事务羁身,本欲趋候,难得有暇,乞谅。

我的组织问题,已获领导批准。兄一贯关怀备至,勉励启迪,谊逾忘年,谨此奉闻。附呈近作一首,请教正!

最近《创作论》写作进行如何?盼能减却一般事务,集中宝贵精力,早日完成写作计划。稍暇定当趋候。顺祝

撰祺!

奎章　四月廿二日

陶萍同志问候。

××年1月15日

萧殷同志：

今天下午留下拙稿《生活、形象思维与创作》。在与兄等谈话中，觉得那天座谈会上有人提出的"是否有形象思维？形象思维的特殊规律是什么？""探讨形象思维是学术问题"等谬论，是有代表性的，应该加以批判。这种错误思想，是混淆当前揭批"四人帮"斗争的政治大方向问题。

其次，形象思维与抽象思维的关系，毛主席在《实践论》中实际上已经明确解决了。"我们的实践证明：感觉到了的东西，我们不能立刻理解它，只有理解了的东西才更深刻地感觉它。感觉只解决现象问题，理论才解决本质问题。"这句话实际上阐明了抽象思维对形象思维的指导作用。毛主席《讲话》中提出的"观察、体验、研究、分析一切人、一切阶级"，其中"观察、体验"基本上属于感性认识阶段，"研究、分析"属于理性认识阶段。我看这也可以理解为前者属于形象思维范畴，后者属于抽象思维范畴。总之，毛主席上述有关论述，是理解抽象思维与形象思维的根据。如果强调什么"学术性""探索性"，从而把问题引向神秘化，是十分有害的。

拙稿如觉可用，我想是否补充一下上述两点意见，特别是第一点，使文章更有战斗性。尊意如何？请示知或请迳直加以补充修改。

今晚回来，经反复思考，特给您寄这封信，我觉得上次座谈会对个别人的谬论不能等闲视之。可惜那天兄没有参加座谈。今后主持座谈会的同志，的确应该正视不同思想的斗争，千万不要作为例行事应付过去。那天残云同志最后提三点意见，还是旗帜鲜明的。

祝好！

奎章　一月十五日

××年4月22日

萧殷同志：

那天畅谈，深受教益。兄对拙稿所提意见，既中肯又深刻。特别是指出对问题（即矛盾）要作具体分析，具体辩证，切戒一般化，这一点启发特大、领悟殊深。兄谈到的两点：一、对问题的剖析，要抓住实质，步步深入，像剥竹笋一样——由表及里，一层深入一层，直到核心；二、所使用的武器，即马列主义和毛主席教导，要尽量用自己的语言，化作自己的血肉，切忌以概念对待概念，给人以空谈之感。这两点是互为影响、互相促进的，两者结合得好，就是一篇好的或比较好的文艺评论文章。这番话，我意识到不仅对我写的那两篇文章的深刻意见，也提出了写评论文章的普遍的更高的要求。重读拙稿，更感亲切！使我对重写这篇东西，更具信心。同时对以后执笔为文，也有很大启发：下笔之前，能首先考虑这两点，这两点有把握了，才不致出废品。严格说来，从概念到概念，这也是形而上学、简单化的表现，是"四人帮"八股流毒的一种反映。珠玉之言，引为知己；茅塞顿开、豁然开朗，一快事也！

拙稿重新改写后，当再送上请正。

又，前次读及兄拟雇请保姆事，曾叫我家保姆去了解，那人已找到工作了。以后如有方便可靠的人，当代留意，顺告。即致

敬礼！陶萍同志均好。

奎章　四月廿二日

杨全宁来函1通

杨全宁，业余作者。通信地址：海南岛琼海县福田人民公社。

1977年5月6日

同志：①

您好！看了您社一九七七年第四期出版的萧殷的信《从生活出发》深受教育。萧殷同志列举的许多问题，好像净是针对我所言，明白无数。《从生活出发》是林中响箭，夜里的火光。

我从学校回到农村参加三大革命运动，转目二年，断断续续写了一些"不像样"的作品。革命的内容尽可能同完美的艺术技巧结合在一起，初学写作就力求如此。不知什么原因，不能将"两结合"拼在一起。虽然没有进入"四人帮"的"创作经"学校，多少也是受影响的。打倒"四人帮"的同时，我自有摆脱"创作经"的念头。可是那"创作经"就像咬着的蚂蟥老捏不开。

开始创作时，我首先学习毛主席《在延安文艺座谈会上的讲话》，后来学习鲁迅的作品，认识文学为一定的阶级服务，我们无产阶级的文学艺术为工农兵服务——描写工农兵——为现实的斗争生活服务。取材于生活，可是写啊写的，老是描写生活、反映生活，老是写不出表现现实生活的作品。后来，虽然对这种写法没有怀疑，但有些烦厌了，简碎就概念来对作品实行虚构，结果越写越差，来三去四，颠颠倒倒，不知所向。后来，决心取材于生活——这种决心有些坚定了，可是到处摸索，只有一个感觉，本身

---

① 此函寄广州市文德路69号之一《广东文艺》编辑部，以读者来信转萧殷阅。

的生活周围平庸无奇,没有写处。只好又是放下笔来,去问不讲话的老师——一些作家对创作的论述求教,真真是可恼而又不可恼矣!

同志,就"为什么想描写生活,而总感觉没有题材可写",回信求教吧?求之而得,万分幸会。

祝愿工作进步!

海南岛琼海县福田人民公社茂东生产队,杨全宁手草
夜读《从生活出发》后命笔
一九七七年五月六日夜十二点整

杨玉玮来函1通

杨玉玮，山东蓬莱人。著名作家杨朔的胞弟。曾与杨朔在北京禄米仓胡同一处庭院共生活。杨朔屈死后，杨玉玮四处奔走，为其申诉鸣冤。

1978年10月23日

萧殷同志：

您所赠的大作早已收到，多谢！

兹寄上杨朔的《三千里江山》新版一本，请留作纪念。

我于八月中旬去庐山疗养，前天才回京。途经长沙时，在铁道兵学院与简坚[①]同志相遇，谈起您，知您全家都好，甚慰下怀。我的全家均好，特告。此致

敬礼！并候阖府均安。

杨玉玮　一九七八年十月二十三日

《文教资料简报》系南京师范学院内部刊物，供研究单位使用，内有纪念杨朔同志逝世十周年的专刊[②]，特寄上。又及。

---

① 简坚，萧殷夫人陶萍的妹夫。

② 《文教资料简报》总第80期，约半篇幅为"纪念作家杨朔逝世十周年"专辑，出版时间为1978年8月，南京师范学院中文系资料室编。

杨兆祥来函1通

杨兆祥（1937— ），河北安新人。1956年开始发表诗歌。1963年毕业于北京广播学院新闻系。历任新疆人民广播电台编辑、记者，《人民文学》编辑。

1983年3月21日

萧殷同志：

您好！

贵体康否？八〇年我和冼宁①去穗拜望后，几年没见尊容，念念。

现在，《人民文学》搞评论的同志相继改换其他工作，评论由我兼管。您一贯大力支持本刊工作，编辑部同志对您深怀谢意。经与剑青同志商量，请您在近期抽时间写一篇谈创作的文章，谈哪方面的问题请自便。另外，我们听说广东作协抓作家深入生活颇有成效和特色，就此谈文学与生活的问题亦表欢迎。生活的问题虽属老生常谈，但现在对此问题确仍有争议，此情之下，"老生常谈"亦颇有必要，也会有新意的。后面说的这个意思，仅供参考便是，写什么，由您自己酌定。形式，或书简或文章均可。我们诚盼早日拜读您的文论。四五月能接您赐稿，我们将感谢之至。

望多多保重贵体。祝健康长寿！

杨兆祥 三月二十一日草上

---

① 冼宁（1928— ），原名冼德慧，广东南海人。毕业于北京大学中文系。中国作家协会《文艺学习》杂志编辑，《人民文学》杂志编辑、二编室主任。

叶笛来函1通

叶笛,广东梅县人。业余作者,广东省作家协会会员,畲江绿园文艺社社长。

1982年2月16日

敬爱的萧伯、陶姐:

请允许我问候您俩身体健康,祝贺陶姐的新中篇小说,萧伯的新散文、评论集出版。

我一直愉快地在农村搞信用社工作。工作安定,边生活、边读书,也学写些东西。去年秋在《梅江文艺》发一篇小说拙作《夫妻情》,得到程贤章同志的热情评论,鼓励我向前,我决心从头越。十月份,我学写了《铜雀春深》《甜夜飘香》两篇小说习作寄《作品》,得到丘赵祥同志的热情复信,但至今还未处理。我永远不忘您俩多次对我热情辅导与关心,是我幼稚、无知,这才久久难于成材。此刻又想起您俩,再次硬着头皮冒失,麻烦您俩过问一下。学步写作的人是很期望早一日得到前辈的指导的。

特拜,草草。顺祝

春安!

愚作者叶笛顿首　八二年二月十六日

通讯:梅县畲江信用社。

俞天白来函1通

俞天白（1937— ），浙江义乌人。1958年毕业于上海师范大学历史系。历任上海市昆明中学、江浦中学和黄浦区教师进修学院教师，《萌芽》杂志社编辑、副主编，《沪港经济》杂志总编辑。

1982年3月25日

萧殷同志：

您好！

您的名字是同文学一起走进我心中的。我今天成为一名文学工作者、一名作家，是同您的哺育分不开的，尽管我们从未见过面。正因为这样，我早就以得到您直接教诲作为人生的一大快事，但一直没有勇气给您去信。今天，终于在叶孝慎①同志的鼓动下，向您求教了，但愿不要太累了您才好，也希望不要太使您为难才好。还是"孺子可教则教之"吧！我只希望以此为开端，能经常得到您的教导。

即问

大安！

俞天白上　三月廿五日

---

① 参见叶孝慎来函。

余仙藻来函1通

余仙藻（1930— ），江西婺源人，上海《文汇报》文艺部编辑，曾主持"笔会"专栏。

××6月10日

萧殷同志：

前寄一信，想已收到。

现转上读者寄给您的信稿，请收阅。如健康条件许可，希望能为我们文艺评论版写篇文艺书简。谢谢您。顺颂

康乐！

余仙藻 六月十日

原甸来函3通

原甸（1940— ），原名林佑璋。原籍福建闽侯，出生于上海，幼年随家迁新加坡。曾任职于《星岛日报》。1965年至1984年居于香港。诗作有《青春的哭泣》《写在中国的诗》等。

1980年7月3日

萧殷先生：

大札收悉。所列舍下地址不误，大作惠赠可依该址。先此谢过。

十多年前，弟在新加坡时，文艺同行间私下传阅大作《论艺术的真实与生活的真实》①一书，启迪殊深。该书在当时当地的环境下是属"禁书"，我们看的是您的"禁书"。一哂！

日前曾代星洲②朋友转去当地的杂志"乡土"1—4期予"作品"编辑部，便时敬请一翻。

祝好。

原甸　八〇年七月三日

---

① 应作《论生活、艺术和真实》。
② 星洲，即新加坡。

1980年9月9日

萧殷先生：

趁携春赴穗度假之便，拜访先生，至感愉快。原想与先生作一长谈，面聆赐教，又恐先生过分疲劳，故未敢太久叨劳，便匆匆告辞。甚望下次在先生身体较佳之时，能再次与先生一叙，届时当畅谈一番。兹附去照片二帧，祈收。敬祝

健康！

弟原甸　八〇年九月九日

1980年10月22日

萧殷先生：

曾获信知悉先生拟外出度假疗养，故未敢去信致候。料想此时当已返穗，方才修书问安。深盼先生善自保重健康！

海外文苑日衰，从文者咸束手。前次赴穗，弟向《花城》朋友表示，真希望中国的文艺界能为海外的文艺界做多些工作。他们并应允为弟编一本诗集，列为《花城》丛书。

日来应新加坡某书局之约，正在修改一批文稿，拟供他们出版。为文艺评论集，约十余万字，书名暂定《星马、香港、文艺》。书成当敬赠求正。敬颂

健康！

弟原甸　八〇年十月二十二日

曾敏之来函5通

曾敏之（1917—2015），广西罗城人。历任《大公报》记者、采访主任，1978年后任香港《文汇报》副总编辑。香港作家联合会会长，香港文学促进会高级顾问。萧殷任职暨南大学中文系主任期间，曾被聘为中文系教授。

1978年1月16日

萧殷同志：

久未趋前拜候，但从报刊上得读大作，知体笔两健，深为佩慰。

日前彭骏同志来，芃子托他转告您对我的关怀与期勉，令我感动。长久以来，我几处于物我两忘之中，而您却念旧情殷，能不使我愧感交集。十一大之后，颇思振作，曾为海外为文，但亦隐姓埋名而自适，不敢为师友告也。韦丘同志见告，以忆司徒乔[①]一篇散文送呈尊审，想已见到，敬乞有以教之。如尚堪入目，则作为报答您的关注而努力的开端亦好。太阳[②]兄之画，已再催寄，久而未报，尚希见原。

匆此。祝冬安！

陶萍同志均此问好！

敏之　一月十六日

---

① 司徒乔（1902—1958），广东开平人。擅长油画、素描。曾任教于岭南大学，《大公报》艺术周刊编辑，中央美术学院教授。

② 阳太阳（1909—2009），又名阳雪坞，晚号芦笛山翁，广西桂林人。历任广州美术学院院长、广西艺术学院院长、广西书画院院长等职，漓江画派开创者。

1978年1月28日

萧殷同志：

接到你25日寄复的信，十分感动。你对同志友辈的关心鼓舞可说成为难能可贵的美德。我一定要努力学习，再提秃笔，遵照你的指示写些文章。

关于暨大复校①的事，我接到北京最新的信，说是千真万确，弄完秋季招生。廖承志②同志不久就来广东处理沈阳军医学院占用暨大校址的问题③，可能逐步搬迁，并补回一部分建筑费给该院。原来暨大已星散的同事，各有愿回暨大的表示。目前梁奇达④同志正负责筹备工作。你如能再兼暨大的职务时，对大家将是极大的鼓舞。想当年筚路蓝缕之时，你曾费尽心血，使中文系得到培育人才。事实也证明毕业后的许多同学表现不错，有的很为出色。希望你能率领大家进军，做出更多的贡献。

对于由你主编《作品》，文艺界几乎是喜奔相告，因为你具有独创性的风格，见之于文，于刊物也不会例外。又是想当年在你主持之下的《作品》，可说在全国刊物中独有个性，也具水平。所以我赞成你的设想，如能在篇幅稍为增多的基础上也不排除有分量的论文或长篇，就更好。内容多样，精练严谨，就必然独树一帜。

太阳的画，早已答应，只因为他为广西壮族自治区成立二十周年的画册忙于应付，仆仆于桂林南宁之间，加以他又是民主党派成员，多为统战工作奔走，所以未能早日寄来。他为人热忱忠厚，对你早已心仪，绝不是不肯给寄。今附寄他前天来信提及寄画的事纸条借你参考，并请原谅他迟赠之愆⑤。

你的"三多"，令人悬念，也令人欣慰。多了，会影响身体的健康，因为你仍抱病。但看到你写的许多文章，又感到文气与豪气都不减昔年。希望你能把"来人多"一

---

① 暨南大学1958年在广州重建，"文革"期间被迫停办。1978年，国务院同意暨南大学董事会恢复，当年10月16日举行复办后的首次开学典礼。

② 廖承志（1908—1983），广东惠阳人。时任全国人大常委会副委员长、国务院侨务办公室主任，兼任暨南大学董事会董事长。

③ 南方医科大学始于1951年创建的东北军区军医学校，1969年迁长沙，1970年迁广东，1975年更名为中国人民解放军第一军医大学。曾占用暨南大学校园。

④ 梁奇达（1916—？），广东开平人。曾任珠江地委宣传部部长、广东省高教局党组书记、广东省教育厅党组书记，暨南大学党委书记兼副校长。1978年暨大复办时任副书记、副校长。

⑤ 此函后有剪贴附言："萧殷、张绰同志的画弟当早日完成。近日总因杂务和会议较多，诸为分心也。"当为阳太阳亲笔。

项稍加限制，不妨在门外贴上"上午谢绝会客"的条子，把时间调整一下。这样就可把写作与休息的时间分配得好一些。

我对读书读报的习惯如常，近年也多为港报撰稿，作为练笔，但成绩劣而少，实为惭愧。过去写的《鲁迅在广州的日子》①，广东人民出版社要我修订再版，也许在谈妥之后试笔。待按章完成时，当送请你审阅指示。

有什么需要从海外弄来的可来信告诉我，当尽力以助。祝

俪安！

敏之 一月二十八日

1979年4月11日

萧殷同志：

收到您四月三日的信，承于忙病中关心，写信来，十分感激。

我在主编一个文艺周刊②，已出了六期，每期都寄几分给曾炜同志转作协的朋友看看并指教，不知道您看到没有？

这里的文艺有待拓荒，虽有一些写作的人，但多数"为口奔驰"，以专栏收入糊口，因此专栏成了清闲文章。我们的报转载过如《班主任》《于无声处》一类作品，引起注意。按照我的理解，许多人对国内运用批判现实主义问题有兴趣也有怀疑，它与过去的批判现实主义有什么不同？怎样才用得合乎分寸？希望您就这点谈谈如何？由于海外水平不同，文章可写得通俗一些，能有具体生动的例更好。

我很想开一个文艺信箱，由您回答问题，每月有两三篇短文就行了，你看如何？如同意，我先发预告。也许我还另作写一篇介绍您的文章。至于回答的问题，我可以列出具体的提前寄给您。

您想看的书，这里有的是翻印的，出口的很不少。但是书价贵，在内地几角钱的定价，这里都要十元港币（折合人民币即三元），所以我来后未买过书。我觉得您写稿来买书买药都十分方便，我可以作运输队长。

---

① 《鲁迅在广州的日子》，曾敏之著，广东人民出版社1956年9月出版。
② 指香港《文汇报》"文艺"周刊。曾敏之时任《文汇报》副主编兼"文艺"周刊主编。

以您的健康，带两校研究生[1]，一定吃力，希望您多多保重才好。希望陶萍同志寄些散文来。祝

全家安好。

敏之　四月十一日

1979年4月24日

萧殷同志：

　　四月十六日来信收到了，承您忙中见复，至为感激。

　　《文艺》周刊每期寄了多份给曾炜同志转文联、作协领导及朋友们看的，希望能得到您的指导。您不妨向他取阅，如何？

　　您能为《文艺》周刊主持"文艺信箱"的解答，真是太好了，海外广大文艺作者及大专院校师生都久已仰慕您的大名及有真知灼见的文艺理论，您能答复问题，必然引起广泛注意。我拟先发表开辟"文艺信箱"的新闻预告，说明由您专文解答，以后还拟在这里出专书。至于要解答的问题，我当从反映问题中提得具体一些，以供参考。

　　有可能寄您一套《诗话》[2]，是台湾出版的，只不知能否进口而已。

　　我在这里已先后与二十多位有写作经验与历史的朋友碰过杯，正动员他们为我们的报纸写稿，他们已表示愿意。过去十多年，他们都已离开了我们，如今正谋扩大团结，所以先要以文会友，希望能争取他们过来。

　　请陶萍同志寄散文来，不要太长，三千二千字都可以。匆复，并祝

俪安！

敏之　四月廿四日

1979年5月5日

萧殷、陶萍同志：

　　特介绍香港青年作家李国柱同志拜访，请予接见。他素仰大名，想得面聆教益，写

---

① 萧殷在暨南大学中文系招收两名研究生，同时兼任中山大学中文系教授。

② 指《诗话丛刊》，台湾翻印日本原版。此书后由李国柱寄来，参见下函及李国柱6月12日来函。

访问记。如欧阳老、残云、有恒在广州,也请介绍他去会见。

李的笔名叫林真,与许多青年朋友为文艺拓荒,热情爽朗,出自底层,很为难得。他在九龙开了一间书画屋,他原拟送您一套《诗话》,只因是台湾出版,携带不便,只好以后再说。

我定十号返穗小住一周,《文艺信箱》的稿已寄出否?如未寄出,可留待我取亦可。祝

撰安!

敏之 五月五日

张汉青来函1通

张汉青（1931— ），笔名贺青、闻道迟。广东揭阳人。曾任中共华南分局、广东省委宣传部干事，广东省委理论刊物《上游》杂志编辑。1963年调任陶铸秘书。后曾任广东省委办公厅主任，广东省人大常委会副主任。

1966年6月5日

萧殷同志：

　　多日不见，首先向您问好！蒙惠赠大作《论生活、艺术和真实》，十分感谢。这个集子中的文字，除少数过去曾拜读外（如对《金沙洲》的评论），其他大多数我均未读过。今承赠书，这对我这个文艺的门外汉来说，是雪中送炭，自当抓紧时间，多多学习。

　　这里奉寄习作《挑灯集》①一册，很不成熟，但它是我学习写作途程中留下的一些脚印，在出版社同志的热情关注下，我不揣冒昧，编成小册子出版。要是您能抽出时间，请翻翻，并给我指教。

　　《再版后记》有一句错误的话，我涂去了。专此，即颂

撰安！

张汉青　六月五日

---

① 《挑灯集》，署名贺青著，广东人民出版社1965年8月出版。

张惊秋来函1通

张惊秋（1917—2008），原名张鹤龄，笔名殷白。浙江海宁人。早年入读延安马列学院。曾任重庆西南新华日报社文化组长，西南文联秘书长及《西南文艺》主编，重庆市文联专业作家。

1978年9月15日

萧殷同志：

万玫①同志自广州归来，极快地来报告我关于你的一切和她能够会到你的兴奋之情。

那时我正在挥汗写一篇报告文学。重庆有名的酷热，今年特别持久，苦旱苦热，直到最近才被晚来秋凉杀下来。已经是国庆将临，这一年又剩四分之一了。

"文革"十年，时间不当时间，粉碎"四人帮"后，好多人口说要追回被"四人帮"耽搁的时间，但行动并不如此，仍在继续糊糊时间，自己的和别人的。

昨天，万玫又来了，她拿来她广州的朋友寄给她一张《南方日报》，急急指给我看，我依她指示看去：《寒凝大地发春华》的长篇报告欣然入目。我一气读完，报纸被别的同志借去，还未归还。我想再读读，从青年作者笔下寻找老战友的生活点滴。不等了，我应该给你写几句。上次万玫去，太草率了，我想请她代见老同志，无以可告，就抄两首旧作去。这东西，我抄得潦草，是给青年万玫备忘的；现在我略略抄正了一下，就正式呈给你改了。这东西，今春我寄过给葛洛同志（也是忽然想起），他回我信，认

---
① 万玫，重庆青年作者，生平待考。

为东西感人，时隔久了一点，无粉碎四人帮内容。他要我写新的诗和诗论去，这两样东西，我都是不写的。诗不写和少写，是容易理解的。论文我不写，是一戒二让。戒，并非因论文有亏于己（四人帮打击是一场斗争），而是想缩短一下战线，穷劫后余年搞点创作；让，是想让给其他同志包括青年同志。

但"积习"是很难改的。读《南方日报》的报告，光是你那论作的一百五十题，就使我神往，受到鞭策。问内心，理论这东西于我并无恶感，所以要"一戒二让"者，说穿了，现在并没有哪个编辑部认真想要你写些什么，自然就远离了。至于重庆，我意见还在发表，对别人所写也常指摘或称好。明年出版刊物，少不得还要卷进去。至于和青年作者通信，一直在长篇大论，无非不公开而已。

以上两段是情况汇报。要补充的是，六十年起，我就离开一切领导岗位，仅仅保留写作的条件。本来应就是很好的条件，但事物是复杂的，种种原因，主要在自己抓得不紧，创作量少，"文革"前不及成集，就被挤下来了（有过一个议论集子，我记不得寄过你没有）。这是向老同志的极简单的汇报。

你的身体大大不如我吧？读了那篇报告，搜索过去的记忆，使我伤心。因为我身体实在不错，虽然也有一些老年病出现，无大碍，现在仍下得了厂，坐船登舟不须人操心，仍保持着完全的"自由"。

我想，《广州文艺》①能否送我一份。前面所说我如果开戒写点什么理论，当首先送你过目去。

写多了。问候夫人和全家好。

紧紧握手！

张惊秋　九月十五日

---

① 应指《广东文艺》，萧殷任主编。

张盛裕来函2通

张盛裕（1931— ），上海人。1953年毕业于中央文学研究所。曾任华东军政委员会文化部秘书，中央文化部戏曲研究院院长室秘书，《文艺报》理论组编辑，《湖南文学》理论组组长，《湘江文学》主编。浙江省作协党组副书记。著有《北欧散记》等。

1978年2月16日

萧殷同志：

二月十二日手书谨悉。附寄的两篇谈形象思维的文章也拜读了。你的文章都是很有战斗力的，我爱读，大家也爱读，及时发表出来，对推动揭批"四人帮"的伟大斗争能起应有的作用，真是老将出马，一以当十。只是你身体有病，担此重任，还望勿操劳过度，要多多保重才是，文艺界对你是寄以很大希望的。

《韶山的节日》①第二次在《羊城晚报》刊登是你处理的，前面加的编者按语是你写的，这事我还是见到你这次来信才知道，并已去信转告立波②同志。以后如有机会，愿闻其详，因为关于《韶山的节日》事件我作了第一手调查，北京、湖南、广东许多和此事有关的人物，我几乎都访谈了，或通信联系了，却偏偏把你忘了，真是遗憾！如果你对《韶山的节日》事件还有补充要说的，希望能写点文字寄我，如能在本月25日前寄到，可发在三月号上；赶不上发在四月号刊物上也行，不知尊意若何？

---

① 周立波散文《韶山的节日》曾于1966年1月刊载《羊城晚报》"花地"副刊。
② 周立波（1908—1979），本名周绍仪，湖南益阳人。湖南省文联主席，中国作协湖南分会主席。著有长篇小说《暴风骤雨》《山乡巨变》等。

评浩然的文章①,《广东文艺》一月号尚未见到；11月、12月号上的两篇，我认为都击中要害，写得很好，文章能有这样的深度和广度，当然是和你的掌握分不开的。前一响，因忙，一直没有时间去查找浩然的那些发言材料之类的东西，昨天接你信后，下决心找了一下，终于找出来了，是我们湖南省人民出版社编的两本《学习资料》，其中充塞着浩然的讲话之类的黑货（附上二本，因我还有复本多），此外还找出二篇浩然讲话的打字油印稿，其中一篇就是你刊12月号上提到的《要勇敢地前进》——浩然在天津的长篇讲话。不过我手上的这篇打印稿没有标题，如果你们批的这篇讲话是铅印的，而又有多余的话，盼即寄我一份，我好对照一下看有无出入，否则告我这篇讲话的出处也可。现在我打算自己动手也写一篇评浩然的文章，争取发在三月号上，以示配合作战，文章排出清样后会寄请你教正。批浩然，在我们省里是会有阻力的，阻力来自我们文教部门领导中的实力派。不但是批浩然，就是为了发表《韶山的节日》事件的文章，我也和他们大干了一场，可以说已撕破了脸，这种矛盾冲突是不可避免的，除非我们放弃战斗。但是只要我们一天还在刊物阵地的岗位上，我们是决不会放弃战斗的。为真理而战，就是我的人生哲学。所以这次决意再冒犯他们一次，结果如何还要等看看。问题复杂和困难的，还不单是来自省内的阻力，它还涉及中央的有些部门和有些人，比如《人民日报》文艺部原已决定转载《韶》文，并已排出过二次小样，可是最近我给袁鹰②挂长途电话，他却变了调子，说尚未最后定下来。其中奥妙何在，目前还不大清楚。就说你刊评浩然的文章，《人民日报》文艺部的同志早在一个多月前就对我说要转载，可是迟至今日，仍不见出来，这闷葫芦里又是卖的什么药？他们要"沉默"到什么时候？其实"沉默"本身也就是一种态度。凡此种种，说明文艺战线的斗争任务是十分艰巨的（周扬③现在还在，还安排在社会科学院当顾问，《人民日报》上常常把刘白羽的名字排在他的前面，这些迹象不是没有人注意的）。《广东文艺》下半年改为《作品》，我是完全拥护的，所寄寓希望最重要的一点就是它能成为南国的一面旗帜，这面旗帜标志着它在同"四人帮"反革命修正主义文艺路线的斗争中是最坚定的，最不妥协的，最勇

---

① 指《广东文艺》刊载的批判浩然的文章。浩然本名梁金广，河北宝坻人。著有长篇小说《艳阳天》《金光大道》《西沙儿女》等。其作品中人物"高大泉"是"文革"中文学创作模式的代称。

② 袁鹰（1924— ），原名田钟洛，江苏淮安人。曾任上海《解放日报》文教组组长，《人民日报》文艺部主任，《人民文学》编委，《散文世界》主编。

③ 周扬（1908—1989），原任中宣部副部长，"文革"中受批判并被监禁，1975年获释，1978年复出。周立波叔父。

于战斗,也是最善于战斗的。我曾向北京的很多友人说:广东现在是跑在全国的前面了,我相信在你主持下的《作品》一定会勇往直前,没有任何阻力能阻挡住你们胜利前进的。我们将乐于以《作品》为榜样,为着共同的目标,为党的文艺事业的真正繁荣发展而战斗。

盼来信。问好陶萍同志。祝
春安!

盛裕　二月十六日

1978年4月7日

萧殷同志:

手书敬悉。知你患病住院治疗,食纳如此之差,甚感不安。望你精心疗养,一定要把病彻底治好,在揭批"四人帮"的伟大斗争中,我们都期望和相信你还会为党的文艺事业做出更大的贡献。

北京文艺界的许多同志,包括周扬、默涵同志在内,都为你们批浩然的文章叫好(《人民文学》第三期转载你们二篇)。大家说你们放了三炮[①],把浩然的全国人大代表轰掉了,人心大快。我刊配合迟了一点,但也算是向你们学习了,作了呼应。

对一个诗人、一个作家炮轰后,在适当时刻,我看还可以对一个理论家以至"四人帮"的头面人物开开炮,这种炮声至少对某些人可起头脑清醒作用,对促使揭批"四人帮"的斗争进一步深入开展也是有好处的。不知尊意如何?你现在躺在病床上,使我难于启口催你写稿,但只要是你写的批"四人帮"的文章(包括创作论在内),什么时候寄给我们就可在什么时候发的。问好陶萍同志。此复。谨祝
早日恢复健康!

盛裕　四月七日

---

① 粉碎"四人帮"后,于逢于1977年底一口气写了三篇评论浩然作品的文章,发表于《广东文艺》(后改名为《作品》)上,气势如虹,文笔洒脱。经《人民文学》编辑刘锡诚的手,将其中的两篇在当年第3期的《人民文学》转载了。

张文来函1通

张文,广东龙川人。萧殷同学张海飘之子,在佗城电力管理所工作。

1978年12月2日

敬爱的萧伯伯:

您好!自我父亲接到你的回信后,使我全家老少感到非常荣幸和高兴。首先让我代表全家向你对我父亲的关怀,致以深切的感谢和致敬!

萧伯伯:我是海飘的儿子,首次给你写信,可能你也不会忘记20多年前,你在北京回佗城家乡时,我经常跟着我父亲到你家中的时候。那时我刚好十岁,很多事情我听得懂。当时你的孩子还小(可能是萌萌),在北京给你写了一封信,都使你高兴。另我还有一次跟着我父亲同你一起到南山去捞小鱼(即彭皮色),及采挖"满天星"花草,当时你还对我作起儿歌来:满天星,亮晶晶,数来数去数不尽……。真使我高兴,什么九里香,花豆等家乡的一草一木都使你非常满意。

萧伯伯:多年来,我父亲经常挂念着你的政治生涯和身体安健,并经常对我说起你在青少年时期参加革命工作、加入共产党等及读书情况。连你在读书时送给我父亲一只藤织书□,都保存到现在。只是你用过的课本及书,经过几次洪水洗却没有保存下来。

作为你对革命的贡献,就我们整个家乡县及我父亲都感到自豪。使我想起今天的果实确是得之不易、敬佩不已。□□你的身体太差就是。

今天,以华主席为首的党中央,一举粉碎了"四人帮",我们走上了第二个春天,万物生长,连老枯树也开始萌芽了。特别我看了《南方日报》11月16日发表的社论,有

关我父亲的政策，就要得到解决。这首先要感谢以华主席为首的党中央，并做好一切工作为早日实现四个现代化而奋斗。也就是在这个春天，找到了久别的亲人。

　　说来话长，我也不打扰你的精神，简单谈及我本人及家乡近况。我在供电站工作已有多年，自己已做了两个孩子的爸爸，工作、生活、身体都好。家乡情况变化更大。从电方面来说，各大队、生产队、家家户户都用上了电。打禾、碾米、加工、抽水等更不用说。生产、生活有了很大的改善，气象万新。只因自己文化水平低，小学没毕业，就因父亲的事，58年回家，自己也相告失学了。好吧！下次再谈！
顺祝身体健康！

　　　　　　　　　　　　　　　　　　　　　　　友儿：张文　七八年十二月二日

寄来两份杂志已收到，2日。

张又君来函1通

张又君（1915—1992），原名张炳文，笔名黑婴。祖籍广东梅县，印尼华侨，毕业于上海暨南大学。《雅加达生活报》总编辑。后归国任《光明日报》编辑、副刊《东风》主编。著有《飘流异国的女性》《帝国的女儿》《红白旗下》等。

1981年1月31日

萧殷同志：

谢谢你在百忙中，为《东风》的广东专页写了文章，而且针对目前文艺界问题，发表了有益的意见。

由于春节关系，广东专页估计要到二月中旬以后才能刊出，到时当寄奉报纸。专此，顺候

春节愉快！

张又君　一月三十一日

赵文龙来函1通

赵文龙，文学爱好者。通信地址：陕西潼关县李家村公社李家村五年制学校。

1980年9月9日①

萧殷仁叔：

您一定想象不到这封"海外"来信吧。

说起它，那还是一九七四年我在中学读书的时候，想学习写作，没有钱买书，给父亲要7.3元钱，就是买不到一本像样的谈写作的书，后来被一个好朋友知道了，他送给了我一本《与习作者谈写作》，我如获至宝，高兴极了，整天整夜地读，走路读，吃饭读，上边的好多篇章都能背下来。当时我就想给您写信求教，但不知道你住在什么地方，尽管知道您这本书在北京写的，但那已是五三年的事情了。于是我非常失望，曾想：将来一定总会见到的。

真想不到，过了三年，不但没见您，书还被偷到湖北去了。这时我越发想念您，一是想让您看能不能再送给我一本这样的书，二是想得到您的指教。

一个偶然的机会，使我见到了您，那是去年冬天，《光明日报》登了您为陈国凯的《羊城一角》写的序，我高兴咋啦，从陈国凯的成长过程，我看到了您的为人。我准备向您求教，但是一个问题无法解决，"萧殷叔叔究竟在什么地方呢？那上面说的是羊城，究竟在羊城的什么地方呢？"所以写好的信又压下了。

今年暑假，我们教师办学习班，使我再次见到了您，我们有个教师拿了一本今年五

---

① 萧殷于函封注："9月20日复。"信首另有注："稿转编辑部。"

期《作品》，我告诉她，那上面有一篇我非常非常需要的东西，央她借给我抄一下，因为我连本省的杂志都不看的，不是不看，而是订不起，所以更提不到看外省的杂志。于是，我趁开大会机会，在下边偷偷地抄《关于人物个性》，回家，又工工整整抄在笔记本上，反复读。也正好在八月二十日《人民日报》上看到您的《发挥文艺编辑培养新人的作用》，我再也抑制不住自己的感情，我被您对文学青年的关怀的高尚品德深深地感动了。决定将自己这个不像样的东西寄给您，希望得到您的指教，但是又一个问题摆在了我的面前："萧殷叔叔会不会接受呢？他除了工作，还有家务，顾得过来吗？"犹豫徘徊，徘徊犹豫，十多天就过去了。今天才下了最后的决心。叔叔，您一定会理解我一个爱好文学青年的心情。另外，我还担心这封信您是否能收到（因为我还没有打听准确地址）。

　　叔叔，请您对我这次的莽撞行动一定给以恕罪。我相信总有一天我会直奔广州亲聆教诲的。

　　　　　　　　　　　　　　　　愚　赵文龙敬上　一九八〇年九月九日
陕西省潼关县李家村公社李家村五年制学校。

赵贤和来函1通

赵贤和,业余作者。来信地址:广东省香洲船厂。

1978年9月25日

最尊敬的老师:

您好!料想您现在身体健康、工作顺利、生活愉快吧?今天我作为一个没有和你见过面的学生,向您老人家请教和向您深切的问候,想您一定会允许及容量吧?

尊敬的老师,首先让我祝贺您的《创作论》第一卷《习艺录》的成功出版。这是广大青年初学写作及其爱好者的大喜事。我在前几天出差回来厂里,看到《广州文艺》的第五期中的一篇叫《寒凝大地发春华》的文章,心里十分受感,深深感到老师对我们这一代青年的关怀和爱护。多么动人心弦的文章,它引起多少人们的关心。可是,我因为工作在身,路程遥远,不能面面领教和问候,心里十分感到遗憾。因为我们这一代,正是当时"四人帮"横行日子,受其流毒和影响不浅的人。现在以华主席为首的党中央一举粉碎"四人帮"后,我们的文艺战线上,呈现出一片文艺春天景色。在这个春天的到来,我在工作中,感到了我的文化知识如此渺小,如饥似渴想寻个良师益友来指路。可是,我的心里,总感到茫茫大海何处寻?单靠自学,但回顾了我自己的两年自学的成绩,总感觉十分延慢。但是,我的信心还充沛的,因为我从小就很爱好文科这一门。不过,由林彪"四人帮"盗窃走了我这几年的学习时间。但是,现在我才十八岁,是还有机会来填补过去的损失的。特别是今天,已经寻到了您这一个良师益友,信心更十足了。

尊敬的老师，现在信也不短了，已经花费了您不少宝贵时间，我心里十分过意不去的。但由于求学心切，也是难免的还是请老师原谅。愿老师收容我当您的学生中的一名吧！这是我终生愿望的请求，并请老师收信后，回信给学生，以免悬望。好了，因学生水平有限，在此收起秃笔，下回有机会再长谈。再后让我再一次向老师祝福。祝老师身体健康、长寿！

学生：赵贤和

一九七八年九月二十五日

地址：广东省香洲船厂。

郑连英来函1通

郑连英，业余作者，通信地址：黑龙江省大庆师专80届英语二班。

1981年1月10日

郑老师：①

您好！学生写这封信实在是有些太冒昧了。

我现在非常痛苦，不想吃，也不想睡，更不想学习，每天精神恍恍惚惚的。

老师，我想问问您，一部长篇小说的审稿需要多长时间？我于一九八〇年四月十六日发往人民文学出版社一部长篇小说的稿子，八个多月来一直没有消息。我盼信急切，已经三次写信去问了，结果还是音信了无。老师，再等下去我可能就要疯了。老师，您是老文学了，我年轻，又是第一次搞文学创作，什么也不懂，请您告诉我需要多长时间。

来信请寄黑龙江省勃利县七台河市北兴农场计财科郑玉喜（我父）转郑连英。我是大庆师专80届英语二班学生，一月二十四日我们开始放寒假，接到您的回信时，我也许在家了，所以来信请寄我家地址。

老师，麻烦您了。

学生：郑连英草　一九八一年一月十日早

---

① 此函寄"广东省文联萧殷"收。

郑贻源来函1通（另函2通）

郑贻源，福建福清人，萧殷战友仓夷的弟弟。新加坡华侨，1953年回国，中师毕业后任教于福建南平第三中学。一直为寻找仓夷尸骨而努力。

1979年4月7日

萧殷同志：

愿您玉体健康。

上次邮去仓夷[①]相片一张，未能收到，深表遗憾。出于对仓夷战友的崇敬心情，再寄一张给您留念。仓夷战友，都因"文革"时"四人帮"林彪一伙的浩劫失去了仓夷同志的手稿、相片等珍品，万分遗憾。中国新闻社张帆[②]、张磊[③]同志的遭遇是同样的。丁一岚[④]同志见到我们，更是热泪盈眶；周扬也亲笔与我写信；刘敬之[⑤]副社长亲自请

---

① 仓夷（1921—1946），原名郑贻进，福建福清人，出生于新加坡。1937年春回国参加敌后抗战，曾任《晋察冀日报》、北平《解放》报记者。1946年采访"安平事件"时遇害。

② 张帆（1919—2002），原名张英池。清苑东闾人。新华社晋察冀分社、晋察冀日报记者。新华社陕西分社兼西安分社社长、陕西省新闻出版处处长。中国新闻社副社长。

③ 张磊，时任中国新闻社副社长。

④ 丁一岚（1921—1998），原名刘孝思。出生于天津，原籍福建福州。曾任《晋察冀日报》通讯员。1949年后任北京人民广播电台台长、中国国际广播电台台长。邓拓夫人。

⑤ 刘敬之（1920—1993），原名刘文彬，辽宁丹东人。曾任中共东北局宣传副部长兼政研室副主任。辽宁省委宣传部部长，新华社副社长，吉林省委书记、省政协主席。

我们吃晚饭。我们还见到了梅生、柳阳、杜导飞①。张磊，张帆与我们多次聊天，我们深感在仓夷战友中的温暖。

郑季翘②同志在人大常委会办公厅，来信说仓夷同志牺牲在"曹福楼"③旁边战壕，牺牲后就用土埋在战壕内，这是排长供认。排长是在送北京路上跳火车逃跑了。但是他却连说"不用找了""找不到了"。真遗憾，听起来真伤心。俗话说"人走茶凉"，这是社会实践的现实。我还为在与您通信过程中的一个代号：萧殷的女儿，未知其名，感到遗憾。仓夷在世时，我这个有（女儿四个，小男儿一个）五个小孩的人，肯定不会增加这么多的苦恼。

仓夷同志牺牲在"曹福楼"战壕边，用土埋在战壕内。又抓到排长，又是在送北京时逃跑，而当时仓夷牺牲只有三年。"找不到了"。"不用找了"。这只能说白白费去了我回国25年的光阴，遗憾极了。祝你健康！向萧殷的女儿问好。

郑贻源　一九七九年四月七日

附陶萌萌致郑贻源（1979年2月15日）

郑贻源同志：

您好！

我是萧殷的女儿，这个月您给他的信转来的时候，正逢他卧病发高热，但他还是读了您的信，并嘱我把他所知的一些线索提供给您。

大同解放以后，军管会的负责同志是郑纪翘同志，据说是他亲自审问那个国民党伪排长的。因此您哥哥的尸骨他可能会清楚。我父亲一九四九年已到了石家庄，所以详情他也不是很清楚。

郑纪翘同志现在北京中国政治协商会任副秘书长④，您可以写信去问问他。

---

① 杜导正（1923—　），山西定襄人。历任新华社河北分社、广东分社社长，《羊城晚报》总编辑，新华社国内部主任，《光明日报》总编辑，新闻出版署署长。

② 郑季翘（1912—1984），山西五台人。曾任《晋察冀日报》副总编辑、北平《解放》（三日刊）编辑主任。《红旗》杂志常务编委、吉林省委书记。时任全国人大常委会副秘书长。即下函所称"郑纪翘"。

③ 曹福楼，下函称为桥福楼。

④ 应为全国人大常委会副秘书长。

我父亲问候您好！并通过您向您的哥哥、姐姐转达我父亲——仓夷同志的老战友的亲切问候。

祝您顺利！

萧殷的女儿　一九七九年二月十五日

我父亲的地址是：广州广东省作家协会。

附郑贻源致陶萌萌（1984年3月28日）

陶萌萌同志：

来信收到。未能及时回信，请原谅。

能知道萧殷同志的女儿，又知道您的名字，很高兴。您好。

您父亲去世的消息，当时我在《福建日报》上见到，看到仓夷同志的战友去世的不幸消息，当时我非常难过。我以崇敬的心情，沉痛悼念仓夷同志的战友，文艺战线上的功臣，我敬仰的老前辈萧殷同志。今借写信之机，向您及家人表示深切的问候。

我是仓夷烈士最小的弟弟。萧殷同志和仓夷同志是十分亲密的战友。1946年8月8日那天，萧殷同志和仓夷同志奉命从张家口赴北平，参加军调处第25小组工作。参加调查安平镇事件。由于美帝国主义的飞行驾驶员不让飞机坐二个人，致使萧殷和仓夷不能同机飞北平，仓夷为了赶到北平去，改道大同—北平，当时您父亲到北平后，一直在飞机场等，等到最后一班飞机，最后才离开飞机场，回到北平军调处。就是那天，仓夷同志永别了战友。萧殷同志是和仓夷同志同行的战友，因此，对仓夷同志有更深的感情。

我是1953年8月23日一个人回国的。在广州住一个月，后来考上初中，自愿到东北抚顺市第二初级中学读书，由于年小，加上生疏，如何寻找大哥仓夷同志的尸骨，根本不懂的。五九年（中师毕业，留校培训中教物理与数学后）分配在南平市第三中学（即现在樟湖中学）工作，一直到懂得想找仓夷下落时，文化大革命就开始了。茫茫中国，不知往哪儿去寻找。虽然新华社委托福建分社照料我们，福建分社也收集了许多有关仓夷同志的材料给我们。其中有一则是萧殷同志写的材料。《桃子熟了的时候》——忆仓夷同志，刊登在《红旗飘飘》第一集[①]。但是萧殷同志在哪里？分社同志也不大清楚，

---

① 《红旗飘飘》第一集，中国青年出版社1957年5月出版。

当然还有陈思、亚当、郭戈奇。后者到目前还是找不到。到一九七八年五月,《广州文艺》刊登了一篇黄宗英[①]同志写的《青山着意化为桥》——记萧殷同志与青年作家的谈话。而谈话的主题也是以《桃子熟了的时候》作为例子谈写作方法。我如获至宝,一九七八年七月廿七日我陪同母亲到北京总社玩(总社邀请)时,我把《广州文艺》带去,总社同志看见文章后,也很感动,因为接待我们的几位同志虽知仓夷的事迹,但没有您父亲知道的那么清楚。总社同志把《青山着意化为桥》拿去影印了几份。总社干部处留下一份。8月20日回到福州,福建分社也留了一份。经过总社电话联系,得知您父亲确实在广州作协(文联),并告诉了我。由于我母亲在北京见到了许多仓夷的战友,过于激动,脑溢血不幸在北京去世,我没有立即与您父亲写信。直到年底,心情比较平静后,与您父亲写了一封信,并寄去仓夷同志的相片,但是当时您父亲已经住院,他看了信和相片后很激动。而且坚持把信看完,而且嘱咐他的女儿即与我写了回信。联系上后,我第二封信写去询问他,关于仓夷同志的情况,要他告诉我仓夷同志牺牲的经过。他告诉我同行的过程,分手后的情况他就不懂得了。但是他提供了线索给我,叫我找人大常委会副秘书长郑季翘同志,79年3月份,我去了信北京,找到了郑季翘同志,郑季翘同志把仓夷同志牺牲的经过和地点告诉了我们:仓夷同志牺牲在大同郊区三十里铺,桥福楼战壕。但是尸骨找不到了。

82年5月我大姐携外甥回国探亲。由于北京总社邀请,于6月17日,我陪同大姐赴京。在北京,这次见到的战友更多,见到了周扬、杜导正、张致祥[②]、张帆、丁一岚等,但是郑季翘同志到北戴河疗养去,未能见到,更未能见到您父亲,十分惋惜。如果您父亲还在世的话,我一定去看看他。

萧殷同志的文章写得真好,他是个人民的好作家,他的文章生动感人,语言简练,文笔流利。他的去世,太可惜了,我们十分怀念。

记得回信都是以萧殷的女儿署名写的。我还以为你们姓萧呢?原来还是姓陶。只找到一封信,现寄去给您。

十分感谢您父亲生前为我们寻找仓夷尸骨给予我们的帮助。也向您表示感谢。有来福建,热烈欢迎您到我家玩。

---

① 为黄伟宗之误。

② 张致祥(1909—2009),江苏常州人。曾任《晋察冀日报》副总编辑,华北军区政治部宣传部部长、华北军区文化部副部长、对外文委副主任、党组书记。

待我有路过广州时，一定去拜访您。乱扯一通，未能达到您的愿望，请见谅。此致敬礼！

          仓夷的小弟弟郑贻源上　八四年三月二十八日

注：还有两封找不到。对不起。

郑真来函1通

郑真,广东龙川人,萧殷堂弟。曾参加抗美援朝战争,时任广东佛山某工厂厂长。

1978年1月15日

萧殷同志:

信收到。白拓方①同志我可以到广州站接他到梅花村来,只要他购好票,确定车次、时间后给我来个信就行。他要的人参再造丸,到时我一定搞到手。

今年春节,我如能碰上顺风车,想带孩子们回佗城住三五天。老刘同志如来梅花村,请代我向他打个招呼,求得刘友贵帮个忙就可以省几个钱。到时您有什么事,我会尽力办好的。

祝你们好!

弟:郑真 一月十五日晚

---

① 白拓方(1917—1988),原名于明仁。萧殷在华北联大文学系时的同事。时任南开大学教授。参见萧殷往函。

钟毓材来函2通

钟毓材（1936— ），祖籍广东梅县，生于印尼万隆。50年代归国求学，60年代初毕业于暨南大学中文系，萧殷弟子。1973年移居美国，后辗转香港、泰国和中国内地经商，居香港并担任世界华人文化研究会主席。著有小说《淘金梦土》三部曲、《故乡别传》三部曲等。

1981年4月6日

萧主任：

　　我还是这么称呼您。

　　一别十五年，我与李娴都已步入中年。盈盈已十七岁，今年暑假后就升大学了。香港出世的儿子晓山，也已十一岁了。

　　离开祖国之后，时时怀念着您，尤其是十年浩劫的黑暗时期，真为您担忧。后来从报刊上得知您平安，也知道您身体欠安，常在医院中（从您写的文章后记中得知），怀念之中带着不安……

　　我们是七三年秋移居美国纽约，一晃就快八年。天涯海角，祖国常在念中。早两年，就想写信向您老人家问安的，只是提起笔来，千言万语不知从何诉说起；同时惭愧之情，令我怯以陈述——我们都辜负了您的期望，早在十多年前就已弃文从商，雄心壮志也似乎被残酷的生活磨掉了。因此，迟迟未敢执笔……

　　近来，来自祖国的书刊很多，我购到您的《月夜》《谈写作》和《习艺录》，又高兴又感慨。读着您的作品，就好像见着您一般。

上个月，见到周霭楣，分别廿二年的老同学，异国重逢，非常高兴。我们在一起谈起您，想起您从前对我们的教导、爱护和关怀，至今还感到十分温暖。

您需要这里的补药（指西药方面的），尽管吩咐，我可以空邮寄上。希望您保重身体，不要过劳。有空，请您来信教导我们，师母和孩子们近况也告知一二。

李娴向您问好。就只写这些，徐容再禀。即颂

福安！

您的学生：钟毓材敬上

一九八一年四月六日夜

我的地址：MR.YUK CHOL CHUNG，91-09 50th AVE ELMHURST, N.Y.11373 U·S·A

1982年5月18日

敬爱的萧主任：

今天接到你的书《给文学青年》和附下的条子，非常谢谢。得知你身体已逐渐好转，离开医院回家了，十分高兴。遥祝你健康，快乐。

我已于今春全家搬到华盛顿来。这里的环境比纽约好，治安好而且比较清静。我已离开原来的家，另自组但金洋海产公司，专经营海产给中国餐馆。生意刚开始，比较忙，所以本想早写信给你的，一拖再拖，实在抱歉。在这里，做生意不容易，几年来也颇不顺利。在商场上碰得头破血流。

由于最近忙于商务，又把□□写作搁下来了。这十多年来，经历过许多风雨，题材和构想都有，就是苦于没有时间写出来。为此，也常感到痛苦。

国凯①常有信来，他写你的文章（发表在《萌芽》的）也寄来给我。读了后十分感动。王坚辉②（"花地"编委）也常有联系。他们在文学上都有成绩，令人羡慕。我在这方面是远远落后了。未知你有无见到谢金雄③同学？如有，请你把我的地址转告他，

---

① 国凯，指陈国凯。

② 王坚辉（1933—　），广东揭阳人，印尼华侨。广东省归国华侨作家联谊会常务副会长。1958年与钟毓材合著《赤道线上的孩子》一书。

③ 谢金雄（1934—　），广东电白人。1962年毕业于暨南大学中文系，钟毓材同学。

很想念他。

霭楣仍在纽约的医院里工作，常有联络。她也很挂念着你。

我和李娴都很想要一张你的近照，以便挂在书房里，一来以了想念之情，二来也好鞭策自己不要放下笔来……为了不能辜负你对我们的期望，等环境稍定，我会多写作品的。

你孩子来美之事，未知进行得如何？

有空请来信示教。向师母问安。我们旅美平安。敬祝

福安！

你的学生　毓材敬上

八二年五月十八日

新地址：yuk choi chung 5605 F.GENERAL WASHINGTON DR.ALEXANDRIA，VA22312.USA

周霭楣来函3通

周霭楣,20世纪50年代末就读暨南大学,萧殷弟子。1960年留学美国,哥伦比亚大学护理学硕士。

1981年4月2日

亲爱的萧主任:

相信您一定没有想到我会给您写信吧?您好吗?

今年初和毓材联络上,上周末也见到了淑贤,我们一起吃饭谈天,得到您的地址。他们都很挂念您,问您近来身体可好。毓材事务很忙,叫我先转告您,不日他也会给您写信,并寄一份他的作品让您看看。

我于一九六〇年二月初来美就学,原想念化学,结果转念护理;于一九六四年毕业开始工作;六七年再回学校念书,开始以半工读,最后于七〇年向单位请假二个学期,于七一年初结束获得护理硕士学位(哥伦比亚大学师资学院);目前仍于康纳尔大学附属医院纽约医院(即母校)工作,为外科部"护士专家"(clinical nursing specialist)。我自小喜欢护理工作,虽然当时对此职业未必有真正的了解,现在倒真正体会到助人之乐了!我刚回来时是自己一人,十年后弟妹文田也陆续移居加拿大和美国,所以我的生活也安定舒服得多了,不那么孤零零的。当然现在对这里的生活习惯、语言也都比较适应,不过朋友们都说我的思想、起居还是道地的中国传统。

二十多年侨居海外,又近年减少写家信的机会,中文实在差得不可见人。原先有些不敢写信献丑,但实在想让您知道我还没有忘记您当年对我的关怀,更想知道一点您的近况。要是萧主任能不嫌弃地给我一些更正指教就太好了!

第一次动笔,就先写这一些,请代问候师母。来信请寄至Miss Any Chou, 445 E 68th ST. N.Y. N.Y。专此敬请

近安!

晚周霭楣敬上　四月二日

1981年7月21日[①]

萧主任:

师母不分笔,请代问候。

五月十日的信早就收到了,心想您就去朝鲜访问,待您回来才回信,谁知道一拖就到现在!《论生活、艺术和真实》也收到了,十二万分感谢(有李玉梅的消息吗?)。

从来信知道您身体很差,心脏问题大概是因为肺不好影响的,不知道医生对您肺的毛病有何根治办法?有什么药可以服用,避免经常复发?如有什么西药有效,请告诉我,我可以这里买寄给您,请不要客气,我可以托朋友想办法(如需要药方购买)。不知道朝鲜之行对您身体影响如何?地区气候有否关系?广州气温长春,但是否会比较潮湿?

不知道我前信提过没有,我于一九七九年十二月回国旅行过一次。我早就想回国一游,但外交关系不许。七九年中美建交,我就已赶紧请假准备行程。原想在广州可以找时间打听一下暨大师友情况,谁知道因为去抚州机票问题,我们只被安排在广州半天,什么也做不成!除了这点不如意之外,全程非常愉快,旅游团一行二十三人,其中有三位医院同事,只我一人会中文(另一中国女孩是美国长大的),我们到的都是名地——抚州、上海、苏州、南京、北京,其中我最喜欢苏州,我还希望以后有机会去大西南看看昆明、桂林、重庆、成都,并游一游长江三峡!我虽已住美国二十多年,但还是感到中国是自己的祖国,"落叶归根",将来有机会还是回国居住好。有时候我也感到很气愤,为什么父亲为了爱国在解放时留下不走而又被侮加"贪污"罪名,最后被生活所逼到海外谋生,我也因为"出身成分"关系不能如意升学。要不是这些环境所逼,我才不

---

① 萧殷于函封正面注:"81.9.23复。"背面注:"毓材收到书否?怎么至今不来信?带研究生,创作论。素任什么工作?外国冷漠,没有祖国那样亲切温暖。"

会跑到这么远的西半球来！我经常注意报纸新闻，中国大有进步，经济、生活水平、民主化都在改善中。我们在海外的侨胞都有极大的期望，更希望将来能自如地回国居住。

毓材、美娴也很忙，我们只有通通电话保持联系，见面也不容易。这里都是"一脚踢"，内外一切都得自己来！（我到Ny后也学会了广东话，不但自己方便，还可以经常为中国病人翻译）。匆此。敬祝

安好！

楣上　七月二十一日

1981年10月19日

想念中的萧主任：

您九月廿四日的来信早已收到，一直放在台子上好给您回信，没想到一拖，又是快二个月。昨天晚上毓材从华盛顿给我长途电话，听说您最近身体又不太好进了医院，我想再也不能拖了，今早赶快执笔问候。可惜路途遥远，不能亲身探病，连电话都不能打！不知道萧主任这次患的是什么病？还是肺气肿方面的吧？请您问问医生，如果有什么西方的特效药，我一定尽量代您采购邮寄，希望您收到这封信时已痊愈出院。

知道葵葵获得来美留学的机会，为你们感到非常高兴，未知他几时可以启程？到美国哪一城市，进哪一间大学？我认为他在广州学英语，倒不如到美国来学，进步会快很多，这里有成人英语学校，让外国学生补习。想我当年还是直接进大学里去混的，请一定让我知道他的英文名字、地址，将来能够帮忙照顾的地方一定尽力。

我一切如旧，最近医院中碰到二个去年才由中国来的病人，感到特别亲切，也许有一天我还可以再回国工作。

请代问候师母，匆此敬祝

康安！

晚霭楣上　一九八一年十月十九

周良沛来函1通

周良沛（1933— ），江西永新人。1949年参军，曾任文化教员、宣传队队员。1958年被划为右派，1979年改正后任中国作协云南分会专业作家。国际笔会中国中心成员，世界华文文学联会理事。《诗刊》编委，《海岸线》杂志执行编委。

1981年6月12日

萧殷同志：

听到您因病未能赴朝的情况，我就想到四次文代会上见您卧床的情况。肖三[①]、冯牧等同志也是这样老给哮喘折磨。我就不知道为什么不能给这些作家一些更好的医疗、生活条件？

您的信是封面上把"云南饭店"写成"昆明饭店"才退回的。后者是住洋人的。服侍洋人的中国人是不太知道中国人的。

那三本诗，承蒙您的鼓励。您叫我代向四川出版社致谢之词，我也抄寄给那里的总编李致[②]同志（巴金的侄子）了。今天"四川"也来信，问我是否明年还可以为他们编两本？是否可以考虑编《闻一多诗集》？因为"人民文学"今年才出了《红烛》《死水》，因此我还想借此机会向您求教，看看在目前的情况下，应该先考虑哪几位大家既

---

① 肖三（1896—1983），湖南湘乡人。诗人、翻译家。政务院文化部对外文化联络事务局局长，中国作协书记处书记。

② 李致（1929— ），四川成都人。四川省文联名誉主席，巴金文学院顾问。

生疏又需要了解的"五四"后的新诗人？有人提到李金发①，我想即使为他出本"内部发行"的资料书，也是几年后的事，还摆不到眼面前来。不知我这种想法可符合历史唯物主义的态度？祝您

健康长寿！问陶萍同志好！

周良沛 六月十二日

---

① 李金发（1900—1976），原名李淑良，广东梅县人。早年留学法国，就读于第戎美术专门学校和巴黎帝国美术学校。著有诗集《微雨》《为幸福而歌》等。中国早期象征诗派著名诗人。

周明来函1通

周明（1934— ），陕西周至人。历任《人民文学》杂志常务副主编，中国作家协会创联部常务副主任，中国现代文学馆副馆长，编审。

××年9月23日

萧殷同志：

　　你好！

　　李季①同志到华北油田②去了，他走时嘱我们写个信给你，希望你能在近期为我们刊物写篇"创作谈"或你给其他作家的（论创作、谈生活……）书简均可。我们热切地在期待着你的文章！

　　问陶萍同志好。专致

敬礼！

周明 九月廿三日

---

　　① 李季（1922—1980），河北唐河人。著名诗人。曾任中国作家协会兰州分会主席，时任《人民文学》主编。

　　② 华北油田第一口油井于1975年出油。李季数度前往采访，创作过长篇叙事诗《石油大哥》《红卷》等。

周扬来函1通

周扬(1908—1989),原名周运宜,字起应。湖南益阳人。曾任延安鲁迅艺术文学院副院长、延安大学校长。1949年后任中宣部副部长、文化部副部长。"文革"中受批判并被监禁。1977年复出,任中国社会科学院副院长,中国文联主席、党组书记,中国作协副主席。

1977年10月12日

萧殷同志:

收到了您的热情的来信,高兴极了。知道老朋友们都好,尤为快慰。文化大革命对我们每一个党员都是最严峻的考验,我们可以从中吸取极为丰富的经验,打开眼界,检查自己,观察和思考许多新的问题,同觉悟空前提高的广大群众一道前进。你的《创作论》,我还没有看到。"四人帮"对毛主席历来倡导的马克思主义的学风、党风、文风破坏最大,理论,包括文艺理论的建设是一项十分重要的迫切的任务,希望您的劳作取得成果。

我肺癌动手术已经十二年,目前健康情况还算好,灵扬[①]身体也还好。我们现仍住万寿路中组部招待所。默涵同志现仍在江西,去信可由江西省委组织部转。热烈盼望广大的文艺界能开创一个新局面。问您和陶萍同志好,问老朋友们好!

周扬　一九七七年十月十二日

[①] 苏灵扬(1914—1989),原名苏美玉,江苏常熟人。周扬夫人。曾任延安鲁迅艺术学院副院长。

周尊攘来函1通

周尊攘（1925— ），广西蒙山人。毕业于华南人民文学艺术学院文学系。历任广州《华南文艺》、北京《文艺学习》杂志编辑，山西人民广播电台记者，上海《文汇报》及《文汇月刊》记者、编辑。

1980年12月31日

萧殷同志：

　　来函敬悉。返沪后，因出差时间长，积压信稿较多，亟需清理，故未能及时函告尊作处理情况，请谅。尊作返回后，我即签署意见，建议发排交领导决定。接信后我即询问领导意见，最后决定适当删去少部分发排。待排出小样后，当寄上请您再审阅一遍，删去部分并抄录奉还，特告。

　　天气变化，请保重身体。祝您健康！

问陶萍同志好！

尊攘　十二月三十一日

附机构来函

上海人民出版社文艺读物编辑室来函2通

上海人民出版社前身是华东人民出版社,成立于1951年3月,设文艺、通俗读物和一般读物3个编辑室。1955年改为上海人民出版社,1956年设立政治编辑室、哲学编辑室、经济编辑室、工人读物编辑室(后撤销)、历史读物编辑室,另设翻译读物编辑室。

1977年6月4日

萧殷同志:

谈到您在《广东文艺》上发表的《创作论》片断,很有启发。想来《创作论》是一部完整的文艺理论书稿,不知可否交本社出版?如已有兄弟出版社约定,能不能选几个片断(可以配合批判"四人帮"的),供我们编辑出版的《文艺论丛》发表。字数不限,七月中旬以前交稿,可发在《论丛》第二辑上。希望得到你的支持。谢谢。盼复,专此即致

致礼

上海人民出版社文艺读物编辑室(公章)

一九七七年六月四日

1977年6月18日

萧殷同志：

　　十三日示悉。承你支持我们的工作，很感激。《文艺论丛》是不定期出版的文艺评论读物，它的体例介乎期刊和书籍之间。每辑二十万字左右，全是未发表过的文艺评论专稿。我们希望你为它写一些研究性的文艺理论文章，如可能，可否从《创作论》中选一部分未发表过的文稿交《论丛》刊载，字数七八千至一二万均可以。如另有适当题目（如学习马列和毛主席的文艺论著札记等），写几篇专文，也欢迎。《论丛》第一辑已发稿，第二辑截稿期暂定七月中旬。谈及的已发表的三篇，其中《一定要把立足点移过来》，已决定编入纪念《讲话》的集子中，希望改稿能在六月底、七月初寄下；另两篇，我们正在考虑，有可能编入批"四人帮"反革命修正主义文艺路线的集子中，一俟定下来，再同你联系。谢谢你的支持。等待你的回音。

敬礼！

上海人民出版社文艺读物编辑室（公章）
一九七七年六月十八日

《延河》(《陕西文艺》) 编辑部来函2通

《陕西文艺》原名《延河》,1956年4月创刊,1966年"文革"开始后停刊。1973年复刊更名为《陕西文艺》。1977年7月恢复《延河》原名。

1977年6月22日

萧殷同志:

您好!最近,在《人民文学》《广东文艺》等刊物上,连续看到您的文章,受到很大启发和鼓舞。打倒"四人帮"以后,文艺创作和理论战线的许多老同志,都纷纷拿起笔来投入战斗,无产阶级文艺事业,必将有一个更大的繁荣和发展。我们陕西的文艺战线,形势也是一派大好。为了继承和发扬毛主席亲自培育的延安精神,《陕西文艺》从今年七月起,更刊名为《延河》。在今后的工作中,特别是在评论工作中,殷切期望得到您的大力支持。今年,我们拟结合毛选五卷①的学习宣传,结合揭批"四人帮"的斗争以及文艺创作的实际情况,有计划地组织一些学习马列文艺论著(特别是五卷内的)的心得体会文章,揭批"四人帮"推行修正主义文艺路线的文章,以及研究创作问题的短论、随笔、杂感,等等,您如能就上述任何一个方面(或其他方面)为本刊撰写一点文字,我们将不胜感谢。盼望得到您的回音。

  顺致
敬礼!

陕西文艺 七七年六月二十二日②

  通讯处:西安建国路71号

---

① 《毛泽东选集》(第五卷),人民出版社1977年出版发行。

② 此函及下函均加盖"陕西文艺编辑部"方印。

1977年7月19日

萧殷同志：

您好！收到您的回信大家都很高兴，非常感谢您对我们刊物的热情支持。听说你身体不好，大家都很惦念，特表示慰问，望多加保重。

对你正在写的《创作论》，同志们都很关注，希望你在方便的时候，能先寄来几节，供刊物发表，以飨读者。

随信寄来《陕西文艺》5、6期各一本，请批评指教。此致

敬礼！

《延河》编辑部　七七年七月十九日

中国青年出版社文学编辑室来函1通

青年出版社成立于1950年1月。1953年与开明书店（始建于1926年）合并成立中国青年出版社。2003年和中国青年杂志社（创刊于1923年10月）合并，更名为中国青年出版总社。

1977年8月9日

萧殷同志：

您好。

从《广东文艺》上读到您的近作《创作论》，觉得写得很及时，很需要。

文学创作从理论到实践，都被"四人帮"搞乱了，使青年从事创作，无所适从。到底在创作上应当注意些什么？正确的路线和方法是什么？很需要给予指导。正好您写了《创作论》，这对青年来说无疑是有教益的。目前，我们所看到的只有《从生活出发》《人物、情节、主题》《一定要把立足点移过来》几篇，不知您计划一共写多少篇？能否汇集成书交我们出版？请您考虑。盼复！

祝撰安！

中国青年出版社文学编辑室　七七年八月九日

人民文学出版社理论组来函1通

　　人民文学出版社1951年3月成立于北京,冯雪峰任社长兼总编辑,设现代文学、古典文学、外国文学等编辑部和总编辑室。1966年编辑出版业务停止,1971年恢复。1958年,该社编辑部曾分为十个组,此后设置多次调整。

1978年3月18日

萧殷同志:

　　您好。为了促进社会主义文化建设的新浪潮,繁荣无产阶级的文艺事业,我社准备重编出版一批文化大革命前已出版过的文艺论著。在这方面,您曾做出过不少的贡献。最近,我们拟把您过去所著的《论生活、艺术和真实》《鳞爪集》重新编选出版(包括未曾结集出版过的文章),未知您有何意见?

　　同时,由于目前我们人力不足,所以,如果您同意我们的打算的话,我们希望由您自己进行重编工作。随信寄上《鳞爪集》一册(《论生活、艺术和真实》我社已没样书)。这项工作,我们已列入今年下半年的发稿计划,请把您的意见及时告知我们为感。我们期待着您的答复。致

敬礼!

人民文学出版社理论组　七八年三月十八日①

---

　　① 加盖"人民文学出版社现代文学编辑室"公章。

《文艺报》编辑部来函1通

《文艺报》创办于1949年9月25日，历任主编有茅盾、丁玲、冯雪峰、张光年、冯牧等。萧殷1949年8月参与《文艺报》筹备工作，并在编辑部工作至1951年底。《文艺报》1966年停刊，1978年7月15日复刊，仍是月刊，1985年改为报纸。

1978年5月17日

萧殷同志：

您好！

经华主席、党中央批准，全国文联和作家协会将于最近召开的文联全国委员扩大会议上正式宣布恢复活动，《文艺报》也初步定于七月复刊。目前，《文艺报》正在筹集稿件，亟盼得到您的大力支持。

我们想请您写一篇论文，谈谈生活与创作的关系。近年来，由于"四人帮"的干扰破坏，这个问题被搞得相当混乱，文艺创作的现实主义基础和真实性都被否定了，因此很有大谈特谈的必要。您对这方面的问题是很有研究的，写过不少好文章，现在想请您结合批判"四人帮"的反马克思主义谬论和正反两方面的创作实际，再谈这个问题。希望您拨冗执笔，在六月中旬将文稿寄给我们。来信请寄北京东四礼士胡同54号文化部政策研究室转文艺报编辑部收。此致

敬礼！

《文艺报》编辑部　五月十七日[①]

---

① 加盖"中国文学艺术界联合会"公章。

《中国青年》文艺组来函1通

《中国青年》杂志创刊于1923年10月20日，历史悠久，影响广泛。毛泽东三次题写刊名。1949年后成为共青团中央机关刊物。设有批评、时事述评、书报评论、文艺、通讯等专栏。

1978年9月1日

萧殷同志：

您好！

自五月二十六日拜访请教以来，一直没再跟您联系。我们先后寄去的几期《情况简报》谅您都已看到了吧？

我们出差回京后，汇报情况，研究宣传思想，搞了一段时间。这两个月来，是忙于抓复刊第一期的稿子。现在，即将签字付印，总算喘了一口气。刊物将于九月十一号出版。届时我们寄上一本给您，请您指正。您上次谈的意见，对我们很有启发。盼望您能经常给以指点。

您上次谈到关于青年学习写作的问题，我们觉得，确实需要对青年习作者给以多种形式的辅导。这不单是为了培养文学新军，也是为了提高整个民族的文化水平。而且，对于不学写作的青年阅读者来说，了解写作的基本道理，同"四人帮"那套"三突出"谬论划一划界限，也是必要的。这样，青年读者能正确对待文学作品，更好地从优秀文学作品中吸取营养；反过来，也能促进创作的繁荣。"写"和"读"，毕竟是互相影响的"对立面"。出于这种考虑，我们想请您给我们写一篇谈写作的文章。具体题目，请您根据所掌握的青年习作者的情况斟酌。我们粗略地设想了一下，如果谈"从生活出发"这个问题，不知是否较能切中时弊？而要能够做到"从生活出发"，这里面似有个敢于打碎精神枷锁，解放思想的问题（当然，解放思想是有标准的）。另外，恐怕也还有具体认识问题、方法问题。你经常与青年习作者所接触，对他们进行辅导，情况比较熟悉，从什么角度谈，肯定比我们清楚。我们出的主意不一定合适。

我们希望，文章从分析具体作品出发，讲讲学习创作的态度、指导思想和创作方法。同时，也捎带谈及怎样正确鉴赏文艺作品。文字不要太长，两三千字，最长不超过四千多字（我们刊物一页1600字，即便三页篇幅，除去题目，也只能容纳4400字左右）。青年刊物，一般谈理性文章短小些较受欢迎。您过去给我们写过不少深入浅出，结合青年思想实际，亲切生动的文章，很受青年读者的欢迎，我们现在尤其需要这样的文风。

这篇稿子，不一定很急。您身体不好，事情又多，我们想，要得太急了不合适。但希望您能先给我们来封信，说一说您的考虑，您看行不行？

还有一个附带的请求：请您寄一本您的《谈谈写作》给我们学习学习。如您有事来京，请打电话给我们（443296）。即祝
健康！

文艺组 宋文郁、陈端民、陈汉涛
一九七八年九月一日

人民文学出版社现代文学编辑室来函1通

1978年10月4日

萧殷同志：

您好！王蒙同志过去写的小说稿《青春万岁》，我社拟于近期出版。据作者说，您对这部稿子很熟悉，也很关心，希望您能为这本书写篇序言。我们很同意作者这稿想法。因此，特奉函致意，请您在百忙中为本书做序，望勿推辞。清样将由作者直接奉寄。谢谢！

　　此致

敬礼！

现代文学编辑室（公章）　一九七八年十月四日

广东人民出版社来函1通

广东人民出版社成立于1951年，被誉为广东出版事业的孵化器和"黄埔军校"。1978年和1981年先后分出广东科技、岭南美术和花城出版社。1985年，又分出广东教育出版社和新世纪出版社。

1979年10月15日

萧殷同志：

您好！

粉碎"四人帮"以来，文艺创作呈现出极其喜人的景象：新老作者思想之解放，热情之高，作品主题开掘之深，题材、风格之多样，以及广大读者反响之强烈，都为建国以来所未见，令人耳目为之一新。但是与此同时，创作思想上也不可避免地出现了这样或那样的问题。从事文艺编辑工作的同志，经常阅读大量稿件，一定会有许多感受。如果将这些感受写成文章，不但对青年业余作者有所帮助，而且相互间也可以借此交流经验、畅谈心得，促进工作。为此，我们决定约请省内从事文艺编辑工作的同志们从自己的工作实际出发，写一些谈论文艺创作的一得之见，汇编成《编余漫笔》[①]一书出版，以后有足够稿件，还可以出版续篇。预料这是会受到广大业余作者和编辑工作者欢迎的。

现谨约请您在今年十一月底以前惠稿一两篇（寄我社文艺编辑室）。以后尚请陆续

[①] 《编余漫笔——编辑谈创作》一书于1980年出版。

惠寄。相信您一定会支持这一工作的。致

敬礼！

一九七九年十月十五日①

---

① 加盖"广东人民出版社文艺编辑室"公章。另注：联系人王伟轩。

《四川文学》编辑部来函1通

《四川文学》杂志创刊于1956年,1959年10月与《红岩》合并为《峨眉》,1960年4月更名为《四川文艺》,1963年1月更名为《四川文学》。"文革"期间停刊6年,复刊后更名为《四川文艺》,1991年恢复《四川文学》。

1979年11月29日

萧殷同志:

您好!

当前,大力培养文学新生力量,是发展社会主义文学事业的一项迫切而重要的任务。前些年"四害"横行,不少业余作者和文学青年的学习受到影响,缺乏艺术修养和文学基础知识,需要加以帮助。在培养和辅导业余作者方面做些切实有益的工作,这是文学期刊的职责。

为此,我们准备发起组织"我与文学"的专题笔谈,特请作家们谈谈自己是怎样走上文学道路的,或者选择最喜爱的作品谈谈创作体会。这些文章拟在明年的刊物上陆续发表。我们想,作家们在生活、学习和创作实践中的亲身体会,哪怕是点点滴滴,一得之见,对业余作者也是有启发的。如果您很忙来不及写,过去谈创作体会的旧作也可寄给我们重新发表(或告知篇名及出处)。

我们热忱地希望您支持这一工作。文章不论长短,不拘形式,回忆、散文、随笔、书信等都欢迎。

盼赐复,并望早日收到您的文章。致
敬礼!

　　　　　　　　　　　四川文学编辑部　一九七九年十一月二十九日

新蕾出版社来函2通

新蕾出版社成立于1979年9月。出版纸质图书、期刊、音像和电子出版物,是国内著名的大型专业少年儿童出版社,现隶属于天津出版传媒集团。

1979年12月7日

萧殷同志:

新蕾出版社成立后,曾经得到您的深切关怀与大力支持,特致谢意。

为了教育广大少年儿童,认识社会,热爱生活,热爱社会主义祖国,向革命前辈学习,我社计划编辑出版一套供少年儿童阅读的《作家的童年》丛书。

我们约请您为本丛书的撰稿人。

这套丛书的要求是:

1. 内容:介绍作者本人的童年及少年生活。

2. 表现形式:散文、故事、报告文学、特写均可,行文力求生动活泼,通俗易懂;不论哪种形式,必须是真人真事。

3. 读者对象:以高小五、六年级至初中程度的少年儿童为主。

4. 每篇篇幅可长可短,短的拟多人合集,长的也可单成一集。

5. 本套丛书将陆续出版,每册约八至十万字。

为了使这套丛书尽快与小读者见面,请您在百忙中,早日动笔,并请将交稿日期,拨冗相告。

另外,请随稿寄来您的近照一张(形式不拘,请注明照相的日期,寄底版更好)。

如有童年照片，也请寄来。并请将您的简历和主要著作书写后一并寄来为感。来稿请寄天津市赤峰道131号新蕾出版社《童年》编辑组。此致

敬礼！

新蕾出版社编辑部　一九七九年十二月七日

1981年10月15日

萧殷同志：您好！

我社编辑出版的《作家的童年》丛书，已陆续分集出版。我们恳切地希望听到您对这套书的意见、建议，以帮助我们将这套丛书编得更好。

您曾答应为我们撰写回忆童年生活的文章，我们殷切地期待着早日读到大作。

衷心感谢您对我们工作的支持！此致

敬礼！

新蕾出版社《作家的童年》编辑组

一九八一年十月十五日

百花文艺出版社《小说月报》编辑室来函2通

  百花文艺出版社始建于1958年,以编辑出版散文、小说等书籍为重点。1980年1月,百花文艺出版社创刊《小说月报》,选载全国优秀中短篇小说,是一份"文选性"的文学杂志。

1980年2月7日

萧殷同志:

  二月五日来函已收阅。

  得知您俯允为我刊顾问,非常高兴。谨代表我社和《小说月报》编辑室,向您表示感谢。

  今后,我们将按期向您寄送《小说月报》和其他有关材料,盼通过信件经常给我们以指示为感。致以

敬礼!

百花文艺出版社　一九八〇年二月七日

1981年1月20日

萧殷顾问：

《小说月报》第2期稿件已发，现将目录寄上，请收阅。

您对《小说月报》的改进和提高有何意见，请于便中示知。此致

敬礼！

　　　　　　　　　　　　《小说月报》编辑室　一九八一年一月二十日

中国作家协会安徽分会等来函1通

《清明》季刊创刊于1979年，安徽省文学艺术界联合会主办。《安徽文学》月刊创刊于1950年，安徽省文学艺术界联合会主办。

1980年5月25日

萧殷同志：

我们联合举办的黄山笔会，原定于五月二日在黄山举行，后因故延期，现定于七月五日至十一日在黄山举行，请于七月三日至芜湖铁山宾馆报到。如因事不能参加，请于六月二十五日前通知我们。

联系地址：合肥宿州路九号作协安徽分会办公室。

中国作家协会安徽分会
《清明》文学季刊编辑部
《安徽文学》编辑部
一九八〇年五月二十五[1]

---

[1] 此函加盖"中国作家协会安徽分会""清明文学季刊编辑部""安徽文学编辑部"公章。

武汉大学来函1通

武汉大学可追溯至晚清自强学堂（1893）。1913年在国立武昌高等师范学校基础上成立国立武昌师范大学，1924年改名为国立武昌大学。1926年组建国立武昌中山大学，1928年正式定名武汉大学，校名沿用至今。

1980年7月

关于邀请参加中国古代文学理论学术讨论会的通知

为了开展学术交流，促进对中国古代文学理论的研究和教学，武汉大学、中国古代文学理论会和湖北省社会科学院、湖北省文联共同商定：拟于今年十一月初，在武汉大学联合召开中国古代文学理论学术讨论会，特邀萧殷先生出席会议。并将参加会议的有关事项奉告：

一、会议讨论内容：1. 古代文学理论中的现实主义问题；2. 古代文学中关于艺术规律的问题（如"文气""风骨""意境"等）。

二、请按上述内容提出一篇论文，铅印或打印150份，于10月15日以前，邮寄武汉大学中国古代文学理论学术讨论会筹备组（地址是：武昌武汉大学中文系办公室转）。

三、按教育部通知规定：出席学术讨论会的专家、学者的住宿费、伙食补助费由会议负责，旅差费则由原单位报销。

四、请将与会人的姓名、性别、年龄、职称于9月20日前通知我们，以便安排食宿。

五、会期预计十天。会议具体日期另行通知。

武汉大学　一九八〇年七月　日①

我校邮政号码：430072

---

① 此函加盖"武汉大学"公章，未署日期。

《奔流》编辑部评论组来函1通

《奔流》文学杂志创办于1957年1月,河南省文联主办。80年代末停刊,2014年复刊。

1981年1月27日

萧殷同志:

听说您身体不太好,又在住院,是吗?向您致以亲切的慰问之意,愿您早日恢复健康。

您赐寄的大作《随感录》已发《奔流》第三期,为刊物增添了光彩,深深地向您感谢。常常在其他刊物上拜读您的大作,对您的勤奋十分钦佩。奔流创刊虽已二十余年,但质量平平,很希望老前辈作家给予关注、指导和帮助,所以盼您今后能不断地赐稿给奔流发表,我们再一次向您表示致敬和谢意。稿子是通过易准同志寄来的,同时也向易准同志致谢。此致

敬礼!

《奔流》编辑部评论组　一月廿七日

佗城公社管理委员会来函1通

佗城位于广东省龙川县南部，始建于秦代，是广东省首批历史文化名城之一。萧殷1915年农历八月十六日出生在佗城竹园里村。

1981年9月10日

萧殷同志台鉴：

去冬荣归乡梓，多蒙赐教。特别是您老对佗城文化事业、教育事业的关心，更使我们受益匪浅。在此深表感谢和敬意。

去冬以来，我们公社的文化事业，在上级有关部门的帮助下，小有发展。今年，公社文化站被评为省、地、县先进单位；最近，又被地区推荐为出席全国先进文化中心表彰单位代表候选单位。当然，我们深知自己的工作并无出色之处，上级给我们挂上这些头衔，无非是对我们的鼓励和鞭策而已。为了使实际与头衔真正符合起来，我们打算在最近办好如下几个单位：

佗城文化楼、佗城文化公园、佗城影剧院、佗城人民广场。

因此，我们恳请您在可能和方便的情况下，为上述四个单位的招牌题字。

知道您很忙，不敢麻烦其他事，就此搁笔。恭候赐示。

佗城公社管理委员会
一九八一年九月十日上

广西语文学会《语文园地》编辑部来函1通

《语文园地》创刊于1980年。1987年更名为《阅读与写作》，2012年更名为《文化与传播》，广西壮族自治区语言文学学会主办，广西大学出版。

1981年11月15日

萧殷同志：

　　您好！

　　我会主办的刊物《语文园地》，从八一年起将在全国发行。我们主编秦似①同志特别提出，希望您能经常给我们写稿。现特派本刊编辑林仲湘同志前来联系，请给予支持。致

敬礼！

广西语文学会语文园地（编辑部）　八一年十一月十五日②

　　听说您病了，不敢打扰。特留下《语文园地》两本，请您提意见，并望康复后给我们写些稿。

林仲湘　十一月二十日

---

　　① 秦似（1917—1986），原名王缉和。广西博白人。曾任香港《文汇报》副刊编辑、《野草》丛刊主编。广西省戏曲改革委员会主任，省文联副主席、省文化局副局长。广西壮族自治区语文学会会长。

　　② 加盖"广西壮族自治区语言文学学会"公章。

中国作协广东分会来函2通（附录1件）

广东省作家协会前身是创立于1953年5月28日的广州作家协会，成立时有会员34人（含广东、广州部队、广西、香港、澳门会员），1959年有会员112人。1976年12月恢复活动，改称中国作家协会广东分会。

《作家通讯》为中国作家协会广东分会出版的内部刊物，旨在沟通情况、交换意见、促进创作。1981年出版4期，1982年继续出版。

1981年1月12日

萧殷同志：

作协广东分会主席团研究决定设立作家权益保障委员会、创作委员会、青年文学工作委员会、理论批评委员会、儿童文学委员会、外国文学委员会、文学基金管理委员会等。现聘请您为理论批评委员会的主任委员。望多提改进工作的意见，以及积极参加该委员的工作和活动。此致

敬礼！

作协广东分会（公章）　一九八一年一月十二日

附：中国作家协会广东分会设立六个委员会名单

作家权益保障委员会

主任委员：杜埃

副主任委员：肖玉　吕坪

委员：罗源文　徐楚　林举英　许诺　王广仁　丘均　杨重华　唐瑜　黄每　方亢　岑桑　容希英

创作委员会

主任委员：于逢

副主任委员：韦丘　易巩　梵扬

委员：吴有恒　金敬迈　赵寰　柯原　瞿琮　王有钦　陈国凯　陈芦荻　曾炜　赖澜　刘日波　欧外鸥　关振东　王杏元　唐亢双　杨干华　洪三泰　沈仁康　余松岩　谢金雄

青年文学工作委员会

主任委员：黄秋耘

副主任委员：梁信　陈善文　谭学良

委员：仇智杰　孔捷生　杨嘉　黄培亮　郭茜菲　欧阳翎　虞丹　程贤章　邓涛　刘家泽　杨家文　西彤　吴紫风　朱逸辉　李士非　陈焕展　苏晨

理论批评委员会

主任委员：萧殷

副主任委员：楼栖　杨奎章　易准

委员：黄树森　杨樾　蔡运桂　张绰　苏烈　陈则光　王起　谢望新　易征　饶芃子　李汝伦

外国文学委员会

主任委员：戴镏龄

副主任委员：黄伟经

委员：顾绶昌　梁宗岱　李育中　吴文辉　郭东野

儿童文学委员会

主任委员：黄庆云

副主任委员：郁茹　岑桑

委员：秦牧　吴紫风　陶萍　郑江萍　汪潮　谢加因　吕志澄　何芷　李恒茂　罗德祯　赖天受　关夕芝　杨羽仪　廖红球

文学基金管理委员会（人员未定）

作协广东分会　一九八一年一月

1981年11月

萧殷同志：

一九八一年即将结束，一九八二年就要来临。我们预祝您在新的年头创作丰收，取得可喜成就。

在会员同志的支持下，我们在今年出版了四期《作家通讯》，对沟通情况、交换意见、促进创作收到一定效果。我们决定明年继续出版《作家通讯》，明年第一期拟辟"迎春笔谈"栏，内容包括：学习中央30号文件的心得，个人在深入生活中的体会、看法，明年写作的计划、设想，对文艺创作的希望、意见，等等。该期定于一、二月间出版，现正进行组稿，请您为此栏目撰写两千字内的短文，在12月15日前寄来《作家通讯》。

我们还衷诚地请您今后经常为《作家通讯》撰写稿件，支持我们，共同办好此一会员的刊物。此致

敬礼！

作协广东分会《作家通讯》　一九八一年十一月

北京出版社来函2通

北京出版社的前身为1948年成立的北平大众书店。1956年正式成立北京出版社。1978年复牌，同年大型文学期刊《十月》面世。1995年5月12日，国家新闻出版署批准，成立北京出版社出版集团。

1982年3月24日

萧殷同志：

我们在一九八一年编辑出版了一本《编辑杂谈》，选编建国以来到一九八〇年十月报刊上发表的有关编辑工作回忆、体会、经验等方面的文章，出版后读者觉得还切合需要，读后有所启发，是一件开创性的有益的工作。

近一年来，各地刊物上又陆续发表了一些谈编辑工作的文章，我们计划续编《编辑杂谈》第二集。现寄上初选篇目一份，我们准备选入您的《关于文学期刊的编辑工作》[①]文章一篇。现将原稿寄上，希望得到您的同意；如有修改补充，也请定稿后尽快寄还，以便早日整理发稿。并盼能对编选内容、初选篇目加以指导，提出意见。

赐复请寄北京崇文外东兴隆街北京出版社总编室。

专此即颂编安！

北京出版社总编室　一九八二年三月二十四日

---

① 《关于文学期刊的编辑工作》为手写。萧殷备注："四月廿三日寄出文章。"

1982年12月20日

萧殷同志：

  唐人先生已经逝世一年了。根据唐人先生生前嘱托和唐人先生家属的委托，现将《金陵春梦》第七集《三大战役》[①]寄给您。请指正。

  致

敬礼！

北京出版社 一九八二年十二月二十日

---

① 唐人著《金陵春梦》第七集《三大战役》，北京出版社1982年3月版。

"中国当代文学评论丛书"编辑部来函1通

1982年5月11日

"中国当代文学评论丛书"编辑设想

湖南人民出版社 为了发展当代文学评论和壮大当代文学评论队伍，拟于即日起编辑"中国当代文学评论丛书"，争取年底开始成批出版。

本丛书所收入的文章，应是当代文学的评论文章。

本丛书各册应是作者的代表作。

新作旧作均可收入，但新作不能少于三分之一。

每种以十五万字为宜。

本丛书暂定两辑。第一辑十二种。编选老一辈评论家的选集。七月中旬编定交出版社，争取年底同时出版，同时成批地投放市场。第二辑十种，编选中青年评论家的选集，年底发稿，明年第一季度发排，同时出版，集中发行，造成声势。

本套丛书，湖南人民出版社委托冯牧（主编）、阎纲、刘锡诚三同志负责编辑。

希望这套丛书有助于加强作家、评论家、广大读者之间的联系，提高文学评论的声誉，推动文学评论的进一步发展。

致萧殷同志

一九八二年五月十一日

广东省鲁迅文艺奖金评选委员会来函1通

鲁迅文艺奖的设立旨在推动广东省文艺创作，繁荣广东省文艺事业。首届鲁迅文艺奖于1983年举办，总结了三中全会以来，广东文艺界的创作成果，共评出一等奖7件、二等奖24件、三等奖23件，共54件作品。

1983年4月18日

广东省鲁迅文艺奖评选委员会会议纪要

萧殷同志：

四月十五日下午，评选委员会在文德路75号南楼会议室召开了会议，出席会议的有杜埃、郑达、洪遒、李门、吕坪、罗源文等同志。省委宣传部副部长田蔚以及徐楚、陈善文、谭林等同志也参加了会议，会议就审定首届鲁迅文艺奖金获奖名单和颁奖日期进行了讨论，纪要如下：

一、审定获奖名单（附后）。

二、颁奖日期：五月二十一日至二十四日之间。

三、讨论其他问题：

1. 首届奖金入选作品的时间计算问题。上次会议对入选作品的时间计算未做出决定，这次会议有同志提出，首届奖金入选作品时间是否可延长至1982年底。经过讨论，大多数与会者认为仍应定自三中全会以来至1982年6月底为宜。作协评选的《普通女工》《紧锁关山》是1982年下半年发表的作品，可放到下一届再评选。

2. 于红线女改编及演出的《昭君公主》应否评为戏剧一等奖的问题。经讨论，与会者认为"昭"剧未经剧协评委会推荐,而且首届奖金不评表演奖。因此,红线女的《昭君公主》这次不评,下届另议。

3. 关山月同志作品《鼎湖山组画》,美协评委会推选评为二等奖。有的同志提出:关山月同志作为国内外知名的老画家,他的作品评为二等奖是否适宜的问题。建议本届可否不参加评奖,待下届再评。经讨论,认为最好尊重美协的意见,由美协评委会决定。

4. 原评定容庚书写的金文条幅为一等奖,现容庚已逝世,是否仍然有效问题。经讨论,应按原来评定不变。

这次会议因您未出席,对上述决定有何意见,请尽快告知。

广东省鲁迅文艺奖评选委员会
一九八三年四月十八日

附中山图书馆致陶萍1通

广东省立中山图书馆创建于1912年，1917年定名为广东省立图书馆。1933年10月并入广州市市立中山图书馆。1950年改名为广东人民图书馆，1955年与广州市中山图书馆合并为广东省中山图书馆。2002年更名为广东省立中山图书馆。

1996年8月2日

陶萍同志：

您好！感谢您对本专藏的关心与支持！

现把广东作家作品专藏室已收藏有关萧殷同志的作品开列如下：

1. 《生活思想随笔》1951年　　2. 《论创作方法》1959年
3. 《习艺录》1978年　　　　　4. 《月夜》1980.8
5. 《谈写作》1982.9　　　　　6. 《萧殷文学评论选》1983.3
7. 《萧殷自选集》1984.2　　　8. 《给文学青年》1984.9
9. 《文学随谈录》1985.1　　　10. 《萧殷论》1989.8（贺朗著）
11. 《萧殷文学书简》1993.10
12. 《风范长存：萧殷纪念与研究文集》1994.12

请您看看有没有漏藏的，若有缺藏的祈请予以支持。此致

敬礼！

中山图书馆广东作家作品签名本专藏

一九九六年八月二日

编后记

2018年底，萧殷文学馆在河源揭幕，《百年萧殷纪念文集》同时首发。此书由黄树森先生主编，我担任执行主编，与于爱成、刘中国、梁少锋诸君共襄其事。躬逢其盛，与有荣焉。在萧殷文学馆揭幕和纪念文集首发式上，我有幸结识先生女公子陶萌萌及哲嗣萧葵葵，因此得以更加深刻地了解感悟先生的人格魅力。编辑纪念文集及此次河源之行，也是我2022年受邀参与主编《萧殷全集·书信卷》的前因。

个人微观史如涓涓细流，终究汇成时代历史洪流。名人往来书信是其个人经历的脉络和骨骼，同时又是大历史的有机成分，可视作时代洪流的点滴微澜。萧殷往来书信便是典型范例，其必将成为研究中国现当代文学特别是广东当代文学的重要史料。

萧殷先生少有凌云壮志，中学时代已开始文学创作，不断有作品见诸报刊。书信是他与编辑和作家们交流联络的主要方式。现存萧殷最早的一封书信是1934年9月6日写给鲁迅先生的，署本名郑文生。原稿藏于北京鲁迅博物馆，周海婴编《鲁迅、许广平所藏书信选》和孙郁、李亚娜主编《鲁迅藏同时代人书信》先后都有收录。萧殷北上延安投身革命后，曾于1939年5月3日写信给龙川的同学，署名肖英，因以《西北鸿爪》为题载入《新龙川》杂志得以保存。

书信也是萧殷先生主要的写作体裁和工作内容之一。1949年进京以后，他曾与丁玲、陈企霞共同主编《文艺报》，负责指导唐达成、唐因和杨犁等人处理来稿、来信，有时也亲自复信。现存那一时期的书信，包括致作家徐光耀约稿函和与作协勤务员宋永平的通信，特别是后者，指导写作，循循善诱，事无巨细，今天读来仍令人动容。以后编辑《人民文学》《文艺学习》，及回到广东编辑《广东文艺》（后改名《作品》），他仍照以往工作经验，写信回复作者。

1958年，暨南大学在广州复校，萧殷先生受陶铸之邀担任首任中文系主任，学生们都亲切地称他为萧主任。他与钟永华、张振金等人，以及后来与曾敏之、周礜楣、钟毓材等人的通信，便是这一段经历留下的痕迹。

萧殷一生以辅导青年文学作者为职志，除担任华北联合大学文学系教员、暨南大学中文系教授外，还兼任过北京大学中文系教师和中山大学中文系教授。他还通过书信的方式培养了无数文学新人，其中不乏后来成为著名作家或评论家者，如王蒙、唐达成、陈国凯、程贤章、谢金雄、吕雷等。他撰述的《论生活、艺术和真实》《与习作者谈写作》《鳞爪集》《习艺录》等书，所收文章大多是给文学青年的回信，而这些著作出版后，又吸引更多的文学青年来信求教或探讨文学问题。这样，来信越来越多，复信也越来越多。"文革"前十多年，他坚持每天写信两到三封；"文革"后复出工作直到逝世，写信数量也十分巨大。

萧殷书信中，有相当一部分是写给同学、朋友或战友的，它们或许与文学无关，但通过回忆过往历史、交流对时局的看法，或彼此关心工作、家庭及身体健康，更能见其真诚和坦荡。其中数量较多者有：致罗海清49通、致白拓方47通、致吕蒙23通、致张继元12通等。广东文学界许多同仁与他亦师亦友，推心置腹，其交往程度远超过一般的同事或上下级关系，读他与陈谦、朱逸辉等人往来书信，便会有深切体会。

"文革"结束以后，萧殷先生作为广东文坛的思想灵魂和组织核心，率先对"四人帮"文艺流毒进行批判和清理，引起全国瞩目和震动。究其原因，在于他善于观察，思想敏锐。他喜欢与青年交朋友，他关注港澳地区文坛现状和动向，因此信息渠道畅通，容易呼吸到新鲜空气，突破思想窠臼，这对一位作家和批评家来说十分重要。萧殷与青年作者弘征、赵启强，以及港澳作家严庆澍、李国柱、潘耀明、涂乃贤、李成俊等人的通信，今天读来仍发人深省。

《萧殷全集·书信卷》能够顺利整理完成，首先得益于书信的先期搜集工作。萧殷先生生前将有参考价值和指导意义的书信用复写纸留下底稿，保存起来，"文革"前就已积存数本之多。但这数册书信底稿，不幸在"文革"中全部丢失。萧殷逝世后，其夫人陶萍和女儿陶萌萌整理遗物时，发现大量来信来稿的信封都注明了复信日期。她们按图索骥，写信请求受信者寄回萧殷书信（或复印件）。这样，陆续收到对方寄回的几百封萧殷遗书，其中大多是1978年他主编《作品》以后所作。这一批书信共697通（包括来信）及手稿8件，已捐赠给中国现代文学馆，此后又于1993年择其要者（200通）编辑整理成《萧殷文学书简》出版，成为珍贵的现当代文学史料。此后，陶萌萌坚持不懈，继续与受信者及其后人保持联系，又找回萧殷遗书百余封；还通过查阅档案文献图书资料等方式发现了部分萧殷书信。

即使在"文革"结束以后，由于各种原因，保存往来书信仍是一件奢侈的事。赖少其与萧殷交往数十年，两人通信自然多不胜数，但他坦言"片面的接受文化大革命的经验，一般的不留书信，以免连累他人"，萧殷书信都被他"消尸灭迹"，追悔也已经来不及了。晏明找出4通萧殷来函，当然都是"文革"后所作，他反复向陶萍、陶萌萌母女申明自己对萧殷书信的态度："对萧公所有书信，不要改动，也不要删节。"弘征、李国柱、赵启强等人作为后辈作家，出于景仰与尊敬，完整地保存了萧殷全部来信，并完璧归赵，是对这部书信集的可贵贡献。

陶萍、陶萌萌搜集萧殷先生书信不遗余力，故事不胜枚举，令我感动不已，其初衷或许出于亲情，而影响深远，以至保存史迹，赓续文脉，泽被后世，功德无量。

萧殷先生曾经战争洗礼，一生坎坷，饱受伤痛和病痛煎熬，也受到恶劣生活环境袭扰。他晚年书信中经常抱怨"一直在病痛中挣扎，有时呼吸困难，几陷于绝境"，"胃口又很坏，几乎不想吃东西"，又称"环境嘈杂得惊人"，自己的住处被高楼遮挡，几乎密不透风，"不但呼吸困难，简直令人窒息"，读来为之心痛，同时对其精神和毅力油然而生敬意。

整理编辑《萧殷全集·书信卷》时，正值新型冠状病毒肆虐之际，大规模社区隔离严重阻碍了人与人间的正常交往。幸赖发达的现代通信工具，我可以与河源、广州、香港、珠海等地同仁迅速沟通，使得编辑工作得以正常进行。

书信卷是由我和赖金凤、钟梓梅二位共同整理编辑完成的。感谢陶萌萌女士的无私协助和指导，感谢河源图书馆邓丽萍及多位同仁的热心校读指正，感谢陈家基先生的大力帮助。本人水平有限，错漏在所难免，还望读者方家批评指正。

夏和顺

2023年春于深圳梅林坳